講談社文庫

呂后

塚本青史

講談社

目次・呂后（りょう こう）

呂后
りょごう

朱虚侯
しゅきょこう

83   9

匈奴《キョウド》
鮮卑《センピ》
右北平
遼西
月氏《ゲッシ》
五原
雲中
上谷
遼東
白登
漁陽
代
燕
鉅鹿
河間
河水
東萊
漯水
羌《キョウ》
太原
趙
膠西
膠東
上郡
汾水
邯鄲
臨淄
即墨
高苑
劇
済北
北地
河東
済南
淄川
琅邪
渭水
陳
沛
氐《テイ》
長安
覇上
函谷関
洛陽
彭城
垓下
睢陽
淮南
漢中
汝南
烏江
呉
広陵
寿春
汶山
丹陽
江水
蜀
呉
沈黎
巴
南郡
銭塘江
沙羨
邛
武陵
犍為
牂牁
豫章
東欧
長沙
零陵
桂陽
閩越《ビンエツ》

漢初の中国略図

呂后《りょごう》

主要登場人物

呂后（りょごう）　劉邦の妻。盈の母。高后。

劉邦（りゅうほう）　漢建国の祖。高祖。

劉盈（りゅうえい）　劉邦の子。二代・恵帝。

戚姫（せきき）　劉邦後宮の夫人。如意の母。

劉如意（りゅうにょい）　劉邦の庶子。趙王。

審食其（しんいき）　呂后の愛人。辟陽侯。

閎孺（こうじゅ）　劉盈（恵帝）の寵臣。

劉肥（りゅうひ）　劉邦の長男。朱虚侯の父。

盧綰（ろわん）　劉邦の幼なじみ。燕王。

曹参（そうしん）　建国の功臣。平陽侯。

樊噲（はんかい）　功臣。呂后の妹呂須の夫。

季布（きふ）　元遊侠で項羽の将。中郎将。

曹窋（そうちゅつ）　曹参の長男。御史大夫。

張子卿（ちょうしけい）　宦官。謁者。

劉恭（りゅうきょう）　少年皇帝。劉盈の子。

劉弘（りゅうこう）　捏造された幼年皇帝。

王陵（おうりょう）　建国の功臣。

陳平（ちんぺい）　知将。丞相。曲逆侯。

呂禄（りょろく）　呂后の兄・呂釈之の次男。

朱虚侯（しゅきょこう）　劉章。劉肥の次男。

淮南王（わいなんおう）　劉長。劉邦の末子。

趙同（ちょうどう）　星占いが得意の宦官。

中行説（ちゅうぎょうえつ）　才人の宦官。

太倉公（たいそうこう）　名医。淳于意。

劉興居（りゅうこうきょ）　劉章の弟。

灌嬰（かんえい）　建国の功臣。潁陰侯。

呂産（りょさん）　呂后の長兄・呂沢の次男。

周勃（しゅうぼつ）　周亜夫の父。絳侯。

劉恒（りゅうこう）　劉邦の次男。のち文帝。

竇皇后（とうこうごう）　劉恒の正妻。

賈誼（かぎ）　文官。経済改革をめざす。

爰盎（えんおう）　文帝の側近。

鄧通（とうつう）　黄頭郎。もと船頭。

呂未亡人（りょ）　呂禄の娘。朱虚侯の妃。

館陶長公主（かんとう）　劉恒の長女。劉嫖《りゅうひょう》。

周亜夫（しゅうあふ）　周勃の次男。条侯。

劉啓（りゅうけい）　劉恒の太子。のち景帝。

晁錯（ちょうそ）　劉啓（景帝）の寵臣。

郅都（しっと）　酷吏の草分け的存在。

栗姫（りつき）　劉啓の愛妾。

呂后

りょごう

長楽宮《ちょうらくきゅう》へ、赤立羽蝶《あかたては》が迷い込んできた。成虫のまま梁《はり》の片隅で冬を越し、春を感じて戸外へ出ようと飛びまわっているのだろう。高い天井に騙《だま》され、出口を見つけられないまま徒《いたずら》に鱗粉を振りまいている。

前一九五年四月甲辰の日、昨夜から大広間へ集まった者は、誰も、蝶に注目していない。訃報を待っているのだ。西楚の覇王・項羽《こうう》を屠《ほふ》り、劉《りゅう》氏以外の異姓王を次々追い落としていった男も、ついに崩御《ほうぎょ》する時がきた。

未央宮《びおうきゅう》から謁者《えっしゃ》・張子卿《ちょうしけい》が駆けつけて来、劉邦《りゅうほう》の寝所へ行こうとする。燕《えん》王・盧綰《ろわん》が、謀反の嫌疑をかけられているらしい。身の潔白を晴らすべく、使者が立てられたのだろう。間が悪いとは、実にこのことだ。国家存亡を云々せねばならぬ時に、たとえ高祖・劉邦と同郷・沛郡豊県中陽里《はいぐんほうけんちゅうようり》で同年同月同日生まれの幼馴染みとて、誰が個人の都合など優先させるものか！

だが、今ここに居るべくしていないのは、彼だけではない。陳平《ちんぺい》、周勃《しゅうぼつ》、樊噲《はんかい》、灌嬰《かんえい》など古くからの重臣も姿を見せていない。

謁者がやや俯《うつむ》きかげんで寝所の方から出てくると、皆、一瞬息を呑んだ。彼の後ろに続いてきた呂后《りょこう》を見たからだ。

「主上におかせられましては、ただいま息をお引き取りになりました。御冥福をお祈りくださりませ」

静寂があたりを包み、しばらくしてから泣哭《きゅうこく》と嗚咽《おえつ》が漏れはじめる。

呂后は群臣に夫の死を伝えても、涙一つ見せてはいない。

彼女は審食其《しんいき》を伴《ともな》って、広間を後にした。

「禄《ろく》を呼んでおくれ」

言い付けられた宦官《かんがん》が、廊下を小走りに消えていった。呂禄《りょろく》は甥である。兄・呂釈之《りょせきし》の次男にあたる。最近武官としてそれなりに貫禄を付け、中郎将《ちゅうろうしょう》・季布《きふ》麾下《きか》の校尉《こうい》を任せてある。つまり、近衛兵将校である。

呂后は居室に入り、皮革で柔らかく拵《こしら》えた座に腰を落ち着けた。審食其だけが側に侍《はべ》り、彼女の肩を揉みだす。

「太子が即位すれば、諸将はどう出るとお思いかのう？」

「と、言われますと……？」

恭《うやうや》しく応えながら、審食其の右手が呂后の懐《ふところ》へ滑り込む。彼女の乳房はまだ大きく、弾力もあった。

「判らぬか。主上はもともと微賤《びせん》の出《で》身。それを守り立ててくれた朋柄《ともがら》も同列の庶民であったが、今では侯と呼ばれる身分になっておる。それが、年少の主君を素直に戴《いただ》けるものかと心配いたすのじゃ」

言い終わると、呂后は天井を向いて目を瞑《つむ》った。

審食其の顔が近づき、二人は烈《はげ》しく口を吸いあう。彼女の舌がざらついているのは、懸念が晴れていないからだろう。

先ほどの盧綰の使者は『高帝の病が癒《い》えたら、燕王自ら謝罪に参りたいと申しております』と口上を述べたが、崩御と判った途端にもう姿を晦《くら》ませてしまった。この調子だと、他の有力者も右に倣《なら》うかもしれない。それは彼らが劉邦を慕ってはいたものの、気の強い呂后と反《そ》りが合わなかったからだ。特に謀反を企《くわだ》てた梁《りょう》王・彭越《ほうえつ》や淮陰侯《わいいんこう》・韓信《かんしん》を騙《だま》し討《う》ちで一族誅滅《ちゅうめつ》にした一件は、諸将の彼女への反感を募らせていた。

「高后《こうごう》、お呼びでございますか？」

外から声をかけられて、二人は居住まいを正した。呂禄が宦官に連れられて入り、弔意《ちょうい》を示して拱手《きょうしゅ》する。

「戚姫《せきき》を捕らえて、永巷《えいこう》に繋《つな》ぎや！」

頼もしい甥は佩《は》いた剣を握り締め、敬礼すると小走りに広間へととって返す。

永巷とは、宮中にある女官の獄である。戚姫は、劉邦から一番寵愛深かった妾《しょう》だ。それだけのことなら、呂后も夫が身罷《みまか》った日に、このような手荒い処置はしない。

戚姫には現在の趙王・如意《にょい》という息子がいる。子を生《な》したときから、彼女は太子盈《えい》を廃して如意の冊立《さくりつ》を懇願していたと聞く。

呂后は忘れない。劉邦が睢水《すいすい》の戦い（前二〇四年）で項羽《こうう》に大敗し、殲滅《せんめつ》させられるところを、おりからの大嵐に乗じて辛《から》くも脱出したことを。楚軍に追われて故郷の沛《はい》を通り、呂后の生んだ長女（魯元公主）、長男を収容したことも。敵兵の追い討ちを逃れようと、その姉弟を馬車から突き落としたことも。

この行為が問題なのだ。危急存亡の場合ということは判っている。いわば緊急避難である。しかし、劉邦はどのような戦陣であろうと、必ず戚姫を伴っていた。夫が自ら手を下したにせよ、彼の耳もとには戚姫の廃嫡《はいちゃく》の囁きがあったろうとの推察は容易である。

彼女に褥《しとね》を奪われたことは、世の習いと容色の衰えを冷静に思えば、さほど嫉妬は感じていない。自らも、三十路《みそじ》に手が届こうとする頃から審食其と徒《ただ》ならぬ仲になり、還暦近くなった今日も関係が続いているからだ。だが、皇后、太子という社会的地位にまで累《るい》が及ぶと話は別である。戚姫はその後もおりに触れ、何度も息子の太子冊立を懇願し続けていると仄《そく》聞《ぶん》する。ならば彼女を、不倶戴天の敵《かたき》と考えねばならない。

劉如意《りゆうにょい》はまだ十歳だが、呂后が悔《くや》しがるほど溌剌《はつらつ》とした少年だった。それに、五歳上の太子盈《えい》より、確かな才気が感じられるのも癪《しゃく》である。それにつけても呂后が歯痒《はがゆ》いのは、太子盈が如意と特に仲が良いことだった。

「夫が息を引き取ったというに、こんなところで二人どうした?」

良人に逝《い》かれて気落ちしているだろうと、呂釈之《りょせきし》が声をかけた。彼は呂兄妹の長男・呂沢《りょたく》とともに劉邦軍に加わり戦陣で活躍した実力者である。長兄が戦死した後は、呂一族の牽引車でもあるのだ。彼は無論、この二人の仲に気付いてはいるが、諫言《かんげん》などしない。

「言葉遣いをお慎みなされや! 葬斂《そうれん》のことなど、蕭《しょう》相国《しょうこく》(蕭何《しょうか》)か趙《ちょう》御史大夫(趙《ちょう》尭《ぎょう》)に任せておけば宜《よろ》しかろう。今は、諸侯を納得させて、太子をどう即位させるかが先決のこお弁《わきま》えくだされ!」

呂釈之は妹の逆襲に、后の地位を見た。さすがに女傑《ききさ》は、この程度の予期できた変事に取り乱したようすはない。それに比べて末妹の呂須《りょしゅ》は、夫・樊噲《はんかい》の身の上しか念頭になかった。この剛力の元狗肉《くにく》売りは呂一族となったため、戚姫や劉如意に殺意を持っていると噂された。そのため病床の劉邦が、燕王盧綰と陳豨《ちんき》討伐に出向いている彼を斬れと、陳平に命じていたのだ。

「曲逆侯《くげきこう》が、お帰りになりましたぞ」

陳平が帰ってきた。この知らせをもたらしたのは、呂沢の二人の息子・台《だい》と産《さん》である。従軍の経験はあるが、最前線で干戈《かんか》を交えたことなどなく、武人としては頼りない。

「それで、侯はどのような処置を取ったと言いやった？」

呂后は、妹の気持ちを慮《おもんぱか》った。

「それが、まず主上に御報告してからとて、今寝所に駆けつけておられます」

呂后は居室を出た。策士と名高い陳平がことここに及んで、樊噲をどのように処置したか興味があったのだ。ことによれば討ち取らねばならぬと、呂釈之父子も後に従った。

陳平は、柩《ひつぎ》の前で泣いていた。そして、小声で呟きながら劉邦に詫《わ》びている。それによると、彼は周勃を連れて駅伝車を馳《は》せ、燕へと向かった。燕は現在の北京（薊《けい》）を中心とした河北省あたりに位置していた国だ。従って、長安からはかなりの距離がある。

彼らは劉邦の命令を、道すがら反芻《はんすう》したらしい。そして、病床の気の迷いだと結論付けたという。さりとて命には服さねばならず、樊噲の陣営へ勅使の徴《しるし》・節《せつ》を示して呼び出した。そして、何も知らず応じてきた樊噲を後ろ手に縛り上げ、檻車《かんしゃ》に乗せて逓送《ていそう》している最中なのだ。

呂后はさすがだと思った。

陳平は、亡き皇帝にその旨《むね》奉《たてまつ》っているが、その実、呂后に樊噲の身を全うしたと報告しているのだ。彼の巧妙なところは、歩調の鈍《のろ》い檻車を使っていることである。囚人扱いして劉邦の意向にぎりぎり添うよう見せかけながら、時間稼ぎしていたのである。陳平は、劉邦の病症の程度を知っていた。謀反を起こした九江王《きゅうこうおう》・黥布《げいふ》の討伐に出かける前から、微熱が続いて身体中が重いと言っていたことも。戦《いくさ》の最中に流れ矢に当たった場所も深さも、つぶさに見ていたはずだ。

恐らく深酒の不摂生から劉邦の内臓は蝕《むしば》まれ、反射神経が鈍くなっていたのだろう。陳平はそれらの全てを読み切って、劉邦の死期を推量していたのである。

「お疲れにございましょう。お屋敷へなと退出なされ、御ゆるりとお休みなさいませ」

呂后はそう労《ねぎら》う。

「臣は、主上の死に目に会えませなんだ。この不忠を晴らすべく、葬斂までの間、宮中にて宿衛しての伽《とぎ》をお許しくださいませ」

陳平は、呂后の好意を辞退した。樊噲の斬首を控えた功はあるものの、呂須から捕縛《ほばく》の怨みを讒言《ざんげん》されるのを恐れているらしい。だが、呂后は陳平を誅殺する気などなかった。

呂禄が報告にきた。

「戚姫を捕らえ、永巷へ閉じこめました」

陳平が側で聞いているのも構わず、呂后の甥は無神経に言う。

「随分時間がかかったのう」

「それが、哭礼《こくれい》の場所におらず、捜してみますと、馬車を仕立てて趙国へ逃亡を計っておりました」

「なんと！」

呂后は『太僕《たいぼく》を呼べ！』という言葉を呑み込んだ。太僕は、皇帝の車馬をはじめとした外出関係の世話を司《つかさど》る官である。戚姫が皇帝の馬車を使おうとしたのなら、管理責任者に咎《とが》が及ぶのだ。しかし担当大臣の夏侯嬰《かこうえい》は、かつて劉邦が呂后との間にもうけたとされる姉弟を馬車から落とした際、そのつど拾い上げてくれた忠義者である。そんな男を、どのようなことであるにしろ、罪に落とすわけにはいかない。戚姫が勝手に馬車を設《しつら》えたことにすれば、その分の罪も加えて処刑するまでだ。

陳平は俯《うつむ》きながら、周勃《しゅうぼつ》と計った策が取り敢えず成功したと思った。

呂后が劉邦の喪を発したのは、四日後である。それも審食其《しんいき》が、血相を変えて注進に及んだからだ。

「高后。申しわけございません。今後のことをあれやこれや話し込んでいる内に、大事を忘れておりました。早う、葬斂の日取りをお決めくださいませ」

二人で話し込んだ時間の半分は、鬼が居なくなったとばかり、喪にも服さず素っ裸で抱き合っていた時間である。

「そのようなこと、相国か御史大夫が取り決めてくれておるであろうに」

彼女の頭の中には、もう劉邦への惜別《せきべつ》の念など消え失せている。

「いいえ、この儀ばかりは相国といえども勝手に進められませぬ。それに、崩御の報だけが全国へ流れたため、それを葬らぬは戦支度《いくさ》かと諸将が動揺しておる由、承《うけたまわ》ります」

実際、周勃は燕近くに二十万の兵を率いており、灌嬰《かんえい》と申屠嘉《しんとか》も黥布《げいふ》の残党を追い討ちした兵十万を擁して中原《ちゅうげん》で陣を張っている。また斉《せい》には、国相として曹参《そうしん》がいる。

「彼らを迎え撃つとならばまた戦国に逆戻りだ。いや、ことによると漢《かん》が滅びるやもしれませんぞ！」

脅《おど》しのような諫言は、酈商《れきしょう》がしたものだ。長安を守る将軍の言であるから、審食其も震えあがった。

呂后にしても、彼らを敵に回す気は毛頭ない。劉邦は今わの際に、蕭何が亡くなれば次期は曹参、その次は王陵、陳平、周勃の連立内閣を助言していたのである。彼女が謀殺した彭《ほう》越《えつ》や韓信《かんしん》あるいは黥布など、彼らは最終的には劉邦の臣下にならなかったろう。必ず皇帝を望んで、戦いを挑《いど》まねば気が済まぬ輩《やから》だった。従って、彼女は先見の明を発揮して悪い芽を摘《つ》んだとも言えた。だが劉邦を慕う諸将は、その軍事力を削《そ》いで、できるだけ味方にしなければならない。

＊

物々しい警戒の中、劉邦の遺体は高陵へ葬られた。これで全てが終わったわけではない。呂太后にとって戦いの火蓋が切って落とされるのは、正にこれからなのだ。

誰もいなくなった長楽宮の大広間に戻って、呂后は扉を大きく開けはなった。南には秦嶺《しんれい》山脈の冠雪が仰《あお》げる。その遠くの煌《きら》めきに見入っていると、彼女の肩口から蝶が飛び立った。梁《はり》で越冬していた赤立羽蝶である。外界の光を感じ取り、羽ばたく場所を見つけたのであろう。彼女はその蝶の翅色から、亡夫が若いとき見た夢を思い出した。

劉邦が仲間と道を進んでいると、大蛇が寝ていた。邪魔だとばかり斬り捨てると、森の入り口で老婆が泣いている。訳を訊ねると『わたしが生んだ白帝の子が、赤帝の子に殺された』と言って劉邦を指した途端、眠りから醒めたらしい。してみると、赤は瑞兆《ずいちょう》と思われて、彼女の口の端は自然と綻《ほころ》んだ。

劉盈《りゅうえい》が諸将に傅《かしず》かれて即位すると、一段落する間もなく、呂太后は趙王如意《にょい》を長安へ召《しょう》喚《かん》した。しかし趙の国相・周昌《しゅうしょう》は、その真意を見抜いて使者に断りを言う。

「臣は高帝から、趙王の将来を委嘱されております。呂太后が王を召されますは、戚姫と一緒に誅殺されんため。そうと判っていながらこの国相、幼き主を長安へはお送りできませぬ。はたまた王は御病気にあらせられ、都への道行きは適《かな》いませぬ」

使者は三度往復したが、結果は変わらなかった。業《ごう》を煮やした呂太后は、周昌を召喚した。彼は、項羽との戦いにも活躍した剛直な武将で知恵者でもある。この男に対する彼女の思いは、複雑だ。職務上趙王を庇《かば》ってはいるが、かつて劉盈の廃嫡を高祖が諮問《しもん》したとき、彼は吃《ども》りながら強烈な反対をしてくれ、礼を言ったことがある。それは彼が劉邦と戚姫の交接を、白昼に目撃してしまったからと噂されている。礼節を重んじる彼には、野合と映ったのだろう。その結果生まれた如意は、周昌には太子として相応《ふさわ》しくないのである。

ともかく長安へ向かう周昌と入れ違いに、四度目の使者が趙へ急ぐ。その口上には、最近の戚姫のようすが伝えられていた。

永巷に繋がれた戚姫は、毎日豆を搗《つ》かされ『終日《ひねもす》臼を前にして、死囚と同じ衣装にて、われは虜囚の憂《う》き身《み》であるが、息子は趙王栄華の極み、互いに離れて三千里、早く助けにきておくれ！』と唄っていると聞かされる。

劉如意は素直に長安へ従ってきた。新皇帝・劉盈はまるで姉のように優しく、怨念深い母・呂太后の心根をよく知っていた。彼は劉如意を覇上《はじょう》に迎え、ともに宮廷に入る。彼はそれから起居飲食を共にし、異母弟を庇護《ひご》するつもりだったのだ。

同じ頃、燕を追われた盧綰《ろわん》が、匈奴《きょうど》に下《くだ》ったとの知らせが入った。このようなことは、特別珍しいことではない。近くは太原《たいげん》に封じられた、韓王信の例がある。

北方遊牧民族・匈奴は戦国時代から中国北辺に侵入して、燕や趙を悩ませた。そのため秦《しん》の始皇帝は、それらの国々が築いた長城を修復接合して万里の長城を造った。またこの頃、冒頓単于《ぼくとつぜんう》なる英雄が現れて、匈奴は最強を誇っていた。高祖も白登山付近で彼らに包囲され、ほうほうの体《てい》で逃げ帰った恥辱を晴らせぬまま他界したのである。

『塞外《さいがい》など、この世の果ても同然。高帝の元親友・盧綰殿、行かば行け！』

彼女は昔から、夫にべったりだった男が嫌いで、心中《しんちゅう》そう毒づいていた。

呂太后のもっぱらの関心は、劉如意だった。

「兄上、いいえ主上。今日はどちらへ？」

劉盈が女官どもに着衣させ、いつもとは違う武張った出で立ちで身を包んでいる。

「狩りじゃ。朕《ちん》は、生き物を狩るのは性《しょう》に合わぬ。じゃが、周囲がうるそうてのう」

月に三度ばかり、乗馬と弓の鍛錬のため出かけるという。

「主上、馬車の用意ができましたぞ」

そう言って部屋へ入ってきたのは、異母兄より五歳ばかり年嵩《としかさ》の鎧《よろい》姿も美々しい若者だった。どことなく、女の匂いがしている。

「おう、閎孺《こうじゅ》か。丁度良い、弟を紹介する。今日は連れゆくゆえ、宜《よろ》しく頼むぞ！」

劉盈が言うと閎孺は恭しく拱手するが、その目に嫉視《しっし》の炎が燃えたのを、劉如意は見逃さなかった。

＊

呂太后は、審食其《しんいき》に劉如意暗殺を命じていたが、皇帝の庇護《ひご》もあって隙がない。特に急ぐ必要もあるまいと、彼女は憎しみ募る戚姫《せきき》のようすを見に行った。

永巷は、後宮の北側の、そのまた地下に造られた牢である。春の息吹が感じられる季節とはいえ、朝夕の冷え込みは人の気力を萎《な》えさせる。見張り役の宦官は、屈強の者をあてている。よもや、ここから逃げられることはない。薄暗い回廊の突き当たりに格子が塡《はま》った独房がある。壁に掲げられた燭の光だけを頼りに、戚姫は臼を搗《つ》いていた。髪も刈られて、表情に怒気だけが見て取れる。

「戚姫よ！　趙へ逃げられなんで、気の毒じゃったな」

「…………」

「泣いて許しを乞わば、放免してやらぬでもないぞえ」

「…………」

「かわいい如意殿は、咸陽《かんよう》へ遊びにきておられる。良いお子にお育ちになられ、将来が楽しみじゃのう」

呂太后が呼びかけても、囚《とら》われの女はいかな口を利こうとしない。打ち下ろす杵《きね》の間隔がやや短くなり、それにのみ心の動揺が表われているようだ。呂后はそれからも何度か問いかけたが、戚姫の態度は同じだった。

「!……」

「強情な女じゃ!」

呂后は吐き捨てるように言うと、踵《きびす》を返した。そして宦官に、金子《きんす》を下賜して命じる。

「決して逃してはならぬ。妙な素振りを見せれば、報告しや。それから、食事を剝《へつ》れ!」

＊

劉如意は、初めての狩りで獲物を得た。いわば、初陣《ういじん》を飾ったのである。狙いを定めて射た矢が、飛び立った鶫《つぐみ》に当たったのだ。

「焼いて食べると、旨うございます」

閎孺がそつなく応えると、劉如意の目に涙が溢れる。

「趙王、いかがいたした?」

劉盈は閎孺を見やるが、寵臣は合点が行かぬ表情を返す。

「母は、永巷に繫《つな》がれて、食事も満足にできぬありさまと漏れうかがいます。せめて、この鳥の肉など差し入れられんものかと思い、つい涙してしまいました」

劉盈は、十歳の趙王が母を慕う情に打たれた。そして、狩りが終わるとすぐに後宮へ駆けつける。ここの扉から内側は、男は皇帝の位に就いた者しか入れない。劉盈は、竹の皮に包んだ鶉の肉を土産に、永巷へと向かう。

後宮の入り口の前で、劉如意は閎孺と一緒に皇帝を待った。如意は、初めから終わりまで皇帝に扈従《こじゅう》する青年に興味が涌いた。

「閎孺殿は狩りも上手く、学問もおありになる。主上が右腕と頼まれるのも、寡人《かじん》にはよく判ります」

「王様、恐れ入ります。みどもごときが、主上のお近くに仕えられるだけでも身に余る幸せでございます」

応えながら閎孺は、『おまえなど、何も知らぬ方が身のためだ』と心で嘯《うそぶ》いていた。

一方劉盈は、薄暗い戚姫の牢へ赴《おもむ》く。

「戚姫殿、朕が趙王よりの預かり物じゃ。初めての獲物を、ぜひ母御前《ははごぜ》にともうされてのう。これに置くゆえ、食されよ」

「…………」

牢の中は燭の灯りのみだが、杵を持った女が居るのだけは判る。頭皮から少し伸びた髪が、彼女にはそぐわない凄みを付けていた。饐《す》えた臭いの中で、痩せこけた姿は、まるで幽鬼を思わせる。これが、きらびやかな衣装に身を包んで、周囲を魅了していた美姫かと目を疑いたくなる姿である。瞳《ひとみ》を凝《こ》らすと、女の視線もこちらを向いているのが判った。

「太子殿。いや、もう主上とお呼びせねばなりますまいのう」

ようやく、押し絞るような声が聞こえる。

「おお、大丈夫でございましたか。気を確かに持たれよ！」

「狩り支度のままここへおいでたとは、御念の入った気の遣いようでございますな。されど、趙王はまだ弓も充分に射てませぬ。そのような子が、何を狩ったと仰せじゃ？」

「鶫《つぐみ》でございますぞ。焼いて参った。熱いうちに……」

「高帝は、よく仰せあったものじゃ。『盈の奴は、全く儂《わし》に似ておらぬ』と、こうして間近でお顔を拝見いたしまして、さももっともな事がよく判りましてございます」

「不肖の息子とは、よく言われたことです」

「似ておらぬのは、高帝の胤《たね》でないからに他なりませぬ」

「戚姫殿。狂うたか？　そのような話、高后に聞こえれば、只ではすまぬぞ！」

劉邦は、内に閉じこもって病気勝ちの劉盈が、自らに似ていないとよく漏らしていた。読書好きであることも、教養のない身には煙たかったのであろう。

「何事も脅せば良いとのお考え、母子ともよく似ておりまするな」

「そのようなつもりで、言うたのではございませぬ。せっかくの趙王の志が……」

「息子を出汁《だし》にお使いになるところも、ますますもって母子ともよく似ておられるワ」

劉盈は、やや辟易した。今日まで、みずからの心優しい言葉を、これほどまでに悪意に取られた経験がなかったからだ。

「のう、主上。高后はお幾つでお産みになられました？」

「だっ、誰をです？」

「決まってございましょう。主上や、御姉上をです」

応えようとして、劉盈は言葉を呑みこむ。呂后の初産は、三十代半ばである。彼は四十代に入ってからの子だ。十代の結婚が希ではなかった当時において、常識外れの高年齢出産と言わねばならない。劉盈は、次に用意された戚姫の言葉が怖かった。

「人と人には、相性がございましょう。好き嫌いは世の常。これを怨んでも詮《せん》ないこと。好きおうて肉体《からだ》を交えても、必ず赤子《やや》ができるとは限りませぬ。これも、相性でございましょう。わたくしは高帝の情けをお受けして直ぐに懐妊いたしました。しかし、常に戦場に付き従っておりましたため、流産を重ねました。ようよう順調に出産できたのは、秦が滅んだ翌年でございますよ」

「そっ、それは……」

劉盈は、痩せさらばえた戚姫の、どこからこれだけの言葉が出てくるのか不可解だった。また、彼女が決して好意から喋《しゃべ》っているのではないことも判る。

「主上は、どなたに似ていると思《おぼ》し召《め》します？」

「母者に、似ておる」

「高后にでございますか？　周囲の者は阿諛《あゆ》追従《ついしょう》でそう申しましょうが、余り似ておられませぬ。それよりも、もっと造作の似た御仁《ごじん》がおわしますぞえ」

「誰じゃ？　そのような者、朕は知らぬぞ」

「お捜しなさいませ。今も長楽宮で、高后と乳繰《ちちく》り合っておりましょうほどに……」

「嘘じゃ！」

「嘘になさるほうが、お幸せでございます。主上は、覚えておいでではないかも知れませぬなあ。睢水の戦いの後に、項王に追われた高帝が、馬車から姉上ともどもお二人を捨てられたことなど……」

「話には聞いておるし、高帝もかつて朕に謝られた」

「口さがない者どもは、わたくしが高帝を使嗾《しそう》して、如意を冊立せんがためと噂しておりますが、実は、部下の子を我が子としている恥辱から捨てられたのですぞ！」

劉盈は、竹の皮に包んだ鵪の肉を放りだして永巷を出た。扉を開けると、劉如意と閎孺が近づく。しかし二人は、主の表情に畏《おそ》れをなして跪《ひざまず》いた。

審食其は、焦《あせ》っていた。

今し方、呂太后と、肉の交わりを終えたところなのである。彼が身繕《みづくろ》いしている背後から、彼女は催促がましい言葉を浴びせる。

「早う、如意を始末せぬか！」

つい先程まで、あられもない善《よ》がり声を立てていた女と、同一人物とはとても思えない変わり身である。彼女の性反応は、もともと鈍かった。最初の関係を持ったのは、劉邦がまだ挙兵する前、沛《はい》郡の亭長として出張している最中である。いつも王媼《おうおん》の酒場で呑んだくれて色街で遊び惚《ほう》ける劉邦は、気の強さが表情に出る彼女を構わなかった。親が勝手に決めた相手だったから、彼女も本心から嫁《とつ》いだわけではない。しかし、こうまで放っておかれるのも悔《くや》しかった。自らが楚々とした美女でないことは判っていたが、疎《うと》んぜられるほどの醜女だとも思っていなかった。

審食其は豊県出身で、これという職に就いていなかった。劉邦が呂后を娶《めと》ったとき、親しかった彼の、人の良い従順な性格を買って、彼女の父・呂公の舎人《しゃじん》としたのである。だから、常に呂一族に侍《じ》していた。ある日、寂しがっている彼女を慰めようと、綺麗な夕顔の花を贈った。すると彼女はその晩、彼の寝床へ滑り込んできた。劉邦に、女として相手にされなかったことへの意趣返しだったようだ。人目を忍んで同衾する回数が増えるに従い、ゆっくりではあるが、ようやく彼女の業《ごう》が目を醒ます。

一人前の女の顔があらわれたのは、あろうことか睢水の戦いの後、呂公と共に項羽の楚軍に囚われているときだった。そんな逆境のおりにも、彼女は烈しく審食其を求めるようになっていた。そして今日があるわけだが、六十歳近くになっても、性の貪婪《どんらん》さに翳《かげ》りは見えない。最近では、彼が先に音をあげるようになっていた。しかし、事が終わってから日常に戻る早さは、並の女では決して真似のできない芸当である。今日もこのざまだ。

「主上の守りが、堅うございます。到底独りでは敵《かな》いませぬゆえ、策を練りとうございますな」

審食其はそう言《い》い繕《つくろ》って、ようやく衣冠を整えた。呂太后に拱手の一礼をして廊下に出たが、なぜか自嘲的な表情になる。かくも永く夫婦同然でありながら、身分に縛られる主従の合歓は、不自然と思わざるを得ない。

彼が長楽宮の門を出ようとしたとき、呼び止める者がいる。

「辟陽侯《へきようこう》。ちょっと、一緒に来てもらえまいかのう？」

突然呼ばれて振り返ると、劉盈の顔があって慄然とした。今までに見たこともない表情に、殺気が宿っていたからだ。

「これは主上……、していずこへ？」

「来れば判る」

審食其は、背筋に冷や汗が伝わるのを感じた。呂太后との関係も、彼にだけは気付かれないだろうと高を括《くく》っていた。皆が憚《はばか》って、そのようなことを言わないからだ。だが劉盈の顔には、秘密を知った者の怒りがある。

彼は、後宮の門前まで連れて行かれた。

「主上、これ以上みどもは行けませぬ」

「母者の寝所へは遠慮のう入れても、後宮へは出向かれぬか？」

「滅相《めっそう》な。どうか、お許しを……」

「皆の者、これへ参れ！」

皇帝の呼びかけに、宮女たちがぞろぞろやってきた。全員が二人を取り囲むような格好になる。

「朕と辟陽侯をよく見比べよ。どうじゃ、どこぞ、似ているところはあるかな」

そう問いかけられても、誰も応《こた》えられないでいる。呂太后との関係は、いわば公然の秘密なのである。

これ以上言い募っても仕方ないと思ったのか、劉盈は宮女たちを下がらせた。

「辟陽侯、安心すまいぞ。母者を誑《たぶら》かしおって、このまま済むと思うな！」

劉盈も、後宮の中へと消えていった。審食其は茫然とその後姿を見送ったが、視線を感じた宦官どもが扉を堅く閉めてしまった。

「呂太后、お助けを。二人の事が主上に露見《ろけん》いたしたようにございます。みどもは、誅殺されましょう」

「判っておる。今、永巷の宦官が知らせてきよったワ。戚姫の奴じゃ。わらわには一言も口を利かず、盈に詰まらぬことを吹き込みおって。今に目にもの見せてくれん。取り敢えず今回の一件、禍《わざわい》転じて福といたそう」

「なれど、どうやってでございます」

「うろたえめさるな。将を射んと欲すれば、まず馬じゃぞな」

呂太后は、審食其に耳打ちする。

閎孺が厩で馬車の用意をしていると、彼を呼ぶ男がいる。不断女よりも男から言い寄られることの多い彼は、うんざりしたようすで聞こえぬふりをする。相手は仕方なく閎孺に近づいてくる。

「我は、朱建《しゅけん》と申す者。おりいってお話がございます」

閎孺は、小馬鹿にしたような表情で相手を見返す。思ったとおり、女に持てそうな面相《めんそう》ではない。どうせ金の持ち合わせもないのだろう。だから男色に走ってきた男を、彼はことに軽蔑している。

「一緒に寝てくれって言われても、こちらは来年までもお座敷がかかっております」

「残念ながら、そんな陽気な話ではござらんでな。実は辟陽侯が、主上の勅勘《ちょくかん》を蒙《こうむ》りそうでございまして……」

「そのようなこと、みどもが知ったことでございましょうや？」

「ない、とは申せませんぞ。そなたは、主上の寵童《ちょうどう》でございますからな」

「だとしても、辟陽侯など、ほとんど面識のない方でございますれば、お引き取り願いましょう」

「まあまあ、気の早いお方じゃ。ようっく、他人《ひと》の話を聞きなされ。辟陽侯は、呂太后の情人じゃ。主上が侯を誅殺されれば、呂太后が黙っておられるはずはなかろう？」

「じゃとしても、みどもに係わりのないことでしょうが……」

「そうですかな？　呂太后が復讐なさろうとすれば、主上にも同じ思いをさせようとなさいますぞ。一番手っ取り早いのは、寵童を亡き者にする事でございます。そこもと、そこまで考え及びませぬか？」

閎孺の顔から血の気が失せた。

未央宮の朝議では、諸侯王の国と郡に高祖廟を建てさせることが決まった。議事は相国・蕭何《しょうか》と御史大夫・趙尭《ちょうぎょう》が取り仕切っていた。当たり障りの無い内容なので、呂太后は後ろで聞いているだけだ。劉盈はこのような場に臨んでも、趙王を側においている。周囲の者が気を遣って子守役を買って出ても、将来の高官に朝議の何たるか見せると言い、片時も離さない。

二人が居室に戻ると、閎孺が肌脱ぎになって這《は》い蹲《つくば》っていた。

「閎孺、どうしたと言うのじゃ？」

「主上、どうかみどもを、お助けくださいまし。このままでは、高后に誅殺されます」

彼が話したのは、朱建の脅迫である。確かに呂太后なら、そのぐらいのことはしかねない。劉盈は、審食其の糾弾《きゅうだん》を思い止まった。

越冬の前に動物たちはたらふく食べ、防寒と飢餓克服を兼ねて皮下脂肪を貯える。これらを獲物とするのが、狩りの醍醐味《だいごみ》である。

「主上、今回は早や駆けの訓練をも想定した狩りなれば、眠うございますが御辛抱くださりませ」

閎孺は劉盈を慰めながら、快い寝息を立てる劉如意を起こそうとする。

「十歳の少年が、戦の操練でもあるまい。寝かせておいてやれ。昨日は、いろんなところへ連れて歩いたゆえ、疲れておるであろう」

これが、劉盈の優しさだった。審食其の不品行を不問に付したことから、呂太后も少しは息子に遠慮するだろうとの安堵感もある。それに劉盈は最近、狩りが面白くなってきていた。閎孺が陪乗《ばいじょう》する馬車に乗ると、もう上林苑の鹿や猪に思いを馳せている。そしてそれらの駆けゆくさまが、脳裏に浮かんでは消えていた。

劉如意が起きると、女官が手水桶《ちょうずおけ》を運んできて寝具を片付ける。朝夕が冷え込むようになったので、彼はやや厚手の袍衣《ほうい》を着せられた。やがて、朝餉《あさげ》が運ばれてくる。

「主上は、いずこへ行かれました？」

劉如意は、箸をとりながら訊く。

「狩りでございます。かなり早くの御出立ゆえ、王様の安らかな寝姿を乱すに忍びず、置いて行かれたのでございます」

「場所は、上林苑かのう？」

「しかと聞きませなんだが、恐らくさようでございましょう。そう言えば、早速獲物の肉が届けられたとか」

不断見ぬ女官が、指を銜《くわ》えた三歳ばかりの公子の手を取りながら言う。

「その和子は？」

「公子長《ちょう》さまです」

劉長は高祖最晩年の子だ。劉如意が笑いかけると機嫌が良い。

彼女たちが退散すると、待っていたように屈強そうな宦官が、盆に据えた椀を持って現れる。羹《あつもの》が入っているようだ。

宦官は拱手して、別の包みを劉如意に差しだした。母が大切にし袱紗《ふくさ》から出てきたのは、ていた鼈甲《べっこう》製の櫛《くし》である。

『主上のお言い付けを、よくお守りになりますよう』

宦官はそのような伝言を残し、膳の品数を増やして去った。劉如意は、椀の蓋を外す。半透明の汁に沈んでいる物は、鶏肝に似ている。しかし、匂いは魚のように思えた。少年は、それを舌の上へ転がしてみた。快い味が伝わる。少し噛んでみると、旨《うま》みが拡がっていく。それはまるで、皇帝・劉盈の恩顧《おんこ》のようであった。

箸を進めていくうちに、劉如意は指先の異変に気付いた。感覚が失せているのである。彼は、箸を取り落とした。立とうとして膝を伸ばしたが、上手く起きあがれない。ようやく棒のように思える足を突っ張ったが、再び倒れて柱に頭を打つけた。しかし、全く痛くなかった。そのことの方が、本能的な恐怖を呼び起こす。嘔吐感もあったが、もう判らなくなっていた。

一大事に駆けつけた女官たちが大騒ぎしているが、自分のことか他人のことか、遠ざかる意識の彼方へ沈む。

＊

呂太后は、永巷の暗い回廊を歩いていた。屈強な宦官が、皺だらけの顔に卑屈《ひくつ》な笑みを浮かべて拱手する。格子の中には、もう燭すら灯《とも》っていない。

「戚姫殿、御機嫌はいかがかのう？」

「…………」

呂太后は宦官には目もくれず、暗い牢に向かって声をかけた。しかし、例によって返事はない。

「先日は主上、いや、わらわが息子に良い話を聞かせてたもうたとか。充分にお礼せねばならんとて、罷《まか》り越《こ》した次第じゃ」

呂太后はそう言うと、持ってきた糸状の束を格子の中へ投げ込んだ。

「それを何と思《おぼ》し召《め》す？」

「！……」

「遺髪じゃ。趙王のな。実に、お気の毒なことであった。鴆《ちん》という鳥を御存じか？　羽に猛毒を持っておるとか聞き付けるが、滅多《めった》に目にするものではない。宮女の話によれば、その鳥が突如飛びきたって趙王の朝餉の汁へ、羽を浸《ひた》していたとのことじゃ。無論、そのときはその鳥の正体など、判ろうはずがない。趙王が死んで初めて鴆だと知ったのじゃ。はてさて、『親の因果が子に報いとは』このことかのう」

呂太后はそう言うと、勝ち誇ったように哄笑する。彼女は宦官の方を振り向いて、趙王に供したのと同じ羹を持ってこさせようとした。そのとき、裳《もすそ》が翻《ひるがえ》って甃《いしだたみ》を被うように拡がった。そこへ、牢の格子の隙間から手が伸びて、裾布を握り締める。

呂太后が、妙な方向から引っ張られると気付いたときには、自分の身体が牢の方へ寄せられていた。格子の中には、憎悪を剝《む》き出《だ》しにした戚姫の顔があった。

呂太后が悲鳴をあげるのと、宦官たちが駆けつけるのと、戚姫の爪が掻《か》き毟《むし》るのとは、ほとんど同時だった。呂太后が顔の皮膚の一部を剝がされて怯《ひる》んだ隙に、今度は腕を取られて格子の中へ引き込まれた。戚姫はその腕を捩《ねじ》って嚙みつく。

「早う、この女を打ち据えよ！」

宦官たちは、周囲の格子から棍棒を突き出して戚姫に当てた。しかし怨念の炎に身悶えする女は、その程度の打撃など撥《は》ね除《の》けている。呂太后の腕には、戚姫の歯が深く食い込んで、肉を食いちぎらん勢いだった。

ようやく宦官の一人が、鍵を開けて牢内に入る。それでも戚姫は、呂太后に武者振り付いて離れない。

「殺すではない。腕をへし折って、わらわから引き離せ！」

宦官が、渾身《こんしん》の力を込めて戚姫の腕を鷲摑みにすると、鈍い音がして戚姫の尺骨《しゃくこつ》が折れた。彼女が少し呻《うめ》いた隙に、呂太后は腕を格子から引き抜く。袿裳《けいしょう》は破れて血が滲んでいる。そして自身の身は、紫色に腫《は》れ上がっていた。

「ようも、このようなことを……」

呂太后のこの一言を聞いても、戚姫はなおも唾を吐きかける。彼女の右手は骨折のために、あらぬ方向を向いている。

「そのような手は、もう使いものになるまいぞ。いっそのこと無き方が良かろう」

呂太后はそう言うと、宦官に命じて戚姫の両腕を叩《たた》き斬らせた。血が止めどもなく溢れ出し、甃の隙間へと流れ落ちる。それでも戚姫は、哀れみを乞う素振りを見せない。

「高帝は、家臣の子に御位を譲られ、今頃草葉の陰で後悔しておられましょう」

「なっ、何を言う」

挑発された呂太后が一歩近寄ると、戚姫の足が蹴り出されて、足の甲が下腹部を直撃する。呂太后はたまらず片膝を突いた。

「その不忠な足も、漢に敵対するものぞ。両方とも斬り捨てよ！」

呂太后の命令を絶対と考える宦官どもは、大刀を翳《かざ》して戚姫の両足をも切断した。もう戚姫には痛さの感覚などない。ただ、全身を包む不快感があるだけだ。

「高帝が廃嫡を諮問《しもん》なされたとき、留侯や叔《しゅく》博士まで反対なされた由《よし》。太后はこの方々とも懇《ねんご》ろにしておられたか！」

確かに劉如意を太子にしようとしたとき、前述の周昌だけでなく、張良や叔孫通《しゅくそんとう》が形式論や心情論を持ち出して劉盈の地位を守ってくれた。だがそれは、彼女への義理立てではなく、国体護持の方法論である。そう考えれば、審食其との間柄はいわゆる不倫ではあるが、彼女は高帝以外、彼しか男を知らないのである。

「その口利けぬよう、舌を斬りや！」

宦官が二人かかって、彼女の口を棒で抉《こ》じ開け、釘抜きで舌を挟む。そして血糊に滑りながら、鋭利な刃物で先を切り落とした。もう何も喋れない。それでも怨念深い戚姫は、呂太后を睨《にら》み据《す》えていた。

「ええい、目を潰《つぶ》せ！　鼓膜を破れ。この女を、闇の世界へ突き落としてくれる！」

宦官どもは、焼け火箸や長い針を持ち出して、忠実に命令を実行していく。

呂太后は、ただの生きた肉塊と化した戚姫を、後宮の汚穢溜《おわいだ》めへ捨てさせた。それでも執念の固まりになったか、戚姫は蠢《うごめ》き続けていた。

劉盈は、劉如意の突然の死に当然疑問を抱いていた。鴆《ちん》などという鳥は、話に聞くだけで実際に見たことはない。宮女たちは実《まこと》しやかに話すが、『では、誰が見た？』と質《ただ》すと、名《な》告《の》り出る者はない。

「やはり辛《つら》かろうとも、朝駆けに連れて行くべきであったのう」

「主上、みどもが悪うございました。お止めになっても、お起こしすべきでした。『それが王たる者の務めです』と諭《さと》さば、判らぬ方ではなかったのでございますから」

「もう良いワ。閎孺。死んだ子の歳を数えるとは、このようなことじゃな」

そう言いながら、劉盈は諦《あきら》めきれないでいる。これは事故ではなく、暗殺なのだ。下手人《げしゅにん》の名を、大声では言えない暗殺なのだ。

自らの不甲斐なさを嘆く劉盈の傍らで、閎孺は密《ひそ》かにほくそ笑んでいた。彼は、もう疾《と》うに審食其に買収されていたのである。

「高后が、夕餉を共に摂《と》りたいとの仰せでございます」

宦官が白い息を吐きながら、伝言を伝えてきた。

劉盈は、意を決して『諾』と応える。彼は食堂へ出かけた。本当のことを言って欲しいと思ったからだ。だがそれを問う前に、母の身体の異変に気を取られた。手を巾で吊り、顔には、幾筋かの蚯蚓《みみず》腫《ば》れが走っている。

「太后、その顔は？　そして手は、いかがなされました？」

「豚に、咬まれてのう」

「宮中に豚など飼っておりましたか？」

劉盈がそう質したとき、料理人が羹を運んできた。二人は黙ってそれを啜る。

「猪を、狩られたのでしょうか？」

劉盈は、なおも訊《き》きこんだ。それを続けながら、劉如意の本当の死因を探ろうとした。しかし呂太后は、なかなか喋りだそうとはしない。ただ、羹の汁を静かに啜っているだけである。劉盈も、椀の蓋をとってみた。白身の魚らしい肉片が沈んでいる。箸で摑んで口に運ぶと、思ったより脂身を感じた。

「河豚《ふぐ》と、申しますそうな」

「！……はっ？」

劉盈は、母の言葉が理解できなかった。

「主上が食されておる、魚の名でございますよ。この季節には殊《こと》に旨いとか……」

「聞き付けぬ名でございます」

「斉の東の海に住むとか。渭水《いすい》や黄河にはおりませぬ」

もう切り身になってしまっているので、その姿形を連想すべくもない。しかし彼には、なぜ彼女が突然海魚の話をするのか、判らなかった。

「鴆という鳥、この次見つけたら射止めて、趙王の仇《あだ》を取ろうと思いおります。太后は、姿を御覧になりましたか？」

「見た者はおらぬ」

「これは面妖《めんよう》な。誰も見ておらぬのに、なぜ鴆の毒で斃《たお》れたと判りますのじゃ？」

「主上、それは方便というもの。趙王は突然他界された。お気の毒だが、理由は判らぬ。しかしこのようなこと、世間にもままある話じゃ。鴆というは、遺族や世間を納得させるための話に過ぎぬ」

「やはり、鴆ではないのだな」

「人は、突然予期せぬ力で冥界へ誘われることもある。わらわが今日、豚に襲われたようにのう」

「太后を襲った豚めは、どこから参ったのでございましょう？　宮中では、飼っておりませぬからな」

「さあ、どこからかのう？　しかし、ようやく打ち据えて追い詰めたら、後宮の厠の汚穢溜めに落ちよりましたワ」

そこまで聞いて、劉盈は笑い出した。最近では、一番面白い話だと思った。

「一度、その目で御覧《ごろう》じますかえ？」

「食後の、良い腹ごなしになりますかな？」

劉盈は、母の誘いに応じる積もりだった。

一般に庶民が飼う豚は、厠の側に寝起きさせるのが普通だった。彼らの餌は残飯と、人の排泄物であったからだ。そんな飼料で成長した家畜を食べるのであるから、当時の優れた廃品再利用構造といえる。ともあれ厠は豚に似合いの場所で、劉盈は呂太后の話を特に奇異には思わなかったのである。

後宮の大きな汲み取り口付近に篝火《かがりび》が焚かれ、奇妙な見世物が始まった。尿素の臭気が漂う中で宦官が付き従っているが、このままでは中が見えない。そこで、便座のあたりから逆吊りの松明《たいまつ》が数本、鎖で結《ゆ》わえられて降ろされてくる。不断光りが当たらない所が照らされると、その世界の住人に恐慌をもたらすものだ。まず蜘蛛の巣が焼かれ、驚いた虫が逃げ出し固まった汚穢の表面を這《は》った。揺《ゆ》すり蚊《か》や大蚊《ががんぼ》が力無く飛ぶ。周囲を囲む石組と床束の基底部には、丸虫や雪隠黄金虫《せんちこがね》の成虫が群をなして冬眠している。しかしこのようなものは、季節柄まだ生易しい光景なのだ。真夏ならば蠅《はえ》や虻《あぶ》が無数に飛び交って、蛆虫が絡み合い蠢《うごめ》く音まで聞こえるのである。

劉盈が、この広い汚穢溜まりを見据えることなど、まずない。燃えさかる灯りに映し出された所は、悪鬼・蚩尤《しゆう》の住処《すみか》かと思えた。

「太后、豚は奥へ逃げ込んだのでしょうかなあ？　特に何も……」

「汚物にまみれて、休んでおりますのじゃ。今によく見えるよう、してしんぜましょう」

呂太后が合図すると、長い柄杓《ひしゃく》を持った宦官が、担桶《たご》で運んできた温《ぬる》ま湯を撒きはじめる。彼らは明らかに、ある一点に向けて湯を掛けていた。そこに何かが蠢いている。

「妙な豚でございますな」

劉盈は、異臭に閉口《へいこう》しながらも目を凝らした。呂太后の命令で、松明の灯りが近寄せられる。件《くだん》の豚が少し動く。胴体と思しいところが見えたが、洗われた皮膚は青白くて獣のものではなかった。劉盈たちの気配を敏感に感じ取るらしく、汲み取り口へ身体を寄せようと藻掻いている。顔らしきものが擡《もた》げられて、柄杓の湯が掛けられる。伸びかけた髪が、泥状の汚物を含んで瘡蓋《かさぶた》を思わせる。しかしもっと陰惨なのは、目を抉《えぐ》り取られた眼窩《がんか》が、大きな陰を作っていることである。芙蓉《ふよう》の顔《かんばせ》と謳《うた》われた戚姫は、もう見る影もない姿にされていた。自らそれを確認できず、他人の批判も聞こえない。ただ鼻だけが利《き》き、一層の地獄であるが、もう麻痺しているはずである。こうなっては、五感がない方がかえって幸せというものだろう。

ときおり、鬼哭《きこく》とも呪詛《じゅそ》とも付かぬ唸《うな》り声《ごえ》が聞こえる。

「たっ、太后。あれは……」

「豚です。人豚でございます」

呂太后は冷たく言い放つが、劉盈はその場に座り込んで泣きだした。涙が幾筋にも分かれて頬を伝い、夕餉を全て吐き出した。

「主上の地位を狙い、わらわを亡き者にせんと狙《ねろ》うた者の末路でございます」

呂太后は涼しい顔で言うが、劉盈は衝撃の余り嗚咽している。

「こっ、これは、人のなすべき業《わざ》ではございません。朕は、太后の子である限り……」

『天下を治めることは、できませぬ』

劉盈は、最後の言葉を呑み込んだ。彼の脳裏には、この数日間思い悩んだ劉如意への自責の念が、倍増して被《かぶ》さってきたのだ。そして母が、彼を暗殺したのだと確信した。また、戚姫が四肢を切断されて光も音も奪い取られ、たとえ数日間にせよこの厳冬の最中よく生き延びられたものだと感心した。それは恐らく、呂太后への岩をも通す怨念のなせる生命力であろう。そう思うと、劉盈は自分の将来に不安を感じた。彼女の遺恨と趙王の無念が、いつも自分を取り巻いているだろうと想像したからである。

＊

版築《はんちく》で、土を突き固める音が響いてくる。相国の蕭何が、生きている間にせめて着工でもと言っていた、城壁の建設が始まったのである。『長安城』と言う場合、普通この城壁に囲まれた都市全体を指し、日本の『大阪城』などと本質的に意味合いが違っている。これは、意識的に日本人が城壁を模倣しなかった、あるいはする必要がなかったからであろう。ついでに言えば、城壁上の凹凸が連続した銃眼も、日本の城・砦にはない。また我らの先人が取り入れなかったものとして、夫婦別姓、男を去勢する宮刑《きゅうけい》及び、そこから発生する宦官なる存在があり、纏足《てんそく》や弁髪《べんぱつ》も然《しか》りである。

劉盈の情緒はやや不安定ではあるが、ともあれ、漢帝国としては戦乱を押さえた安定期の兆《きざ》しが見えたといえる。

劉盈はあれから、酒を過ごして後宮に入り浸ることが多くなった。一時、戚姫を苛《さいな》むのに手を貸した宦官どもを処刑すると息巻いたが、呂太后が特赦令で全員を救った。こうなっては、皇帝といえども傀儡《くぐつ》に等しい。彼ができることは、美姫と交わって子孫を残すことぐらいである。閎孺との衆道は、行わなかった。自分の不徳が、彼との付き合いに端を発しているように思えたからでもある。

夫人の一人に子が宿った頃、匈奴に亡命していた盧綰が客死したと伝わってきた。にんまり笑った呂太后は、審食其《しんいき》の身体を求める。自分に敵対していた者がまた一人この世から消えた快感は、彼女を発情させるらしい。

審食其が腰をふらつかせながら長楽宮を出た頃、宦官が斉王・劉肥《りゅうひ》の来朝予定を告げにきた。劉盈が即位して落ち着いたであろうから、挨拶に罷《まか》り越したいと言う。しかしその実は、戚姫親子の憂《う》き目《め》を見ぬよう、ようすを探りに来る腹である。

城壁もいくらか延びたが、まだ長安全体を囲繞《いじょう》していると言うほどではない。劉肥はその中の、完成したばかりの西安門から鹵簿《ろぼ》を連ねてやってきた。斉は現在の山東省にあった国である。彼は長旅の疲れを癒《い》やすのもそこそこに、まず長楽宮へやってくる。

「高后には御機嫌麗しゅう。臣肥《ひ》、恐悦至極に存じます」

二人の関係は、義理の母と息子になる。彼女にとって劉肥は、亡夫の初期の愛妾・曹姫との間に儲《もう》けられた長男である。劉邦の初めての子であり、劉盈より十歳ばかり年長である。曹姫の器量はそれほどでもなく、また戚姫のような廃嫡の嘆願など夢にも思わない女だったため、呂太后は苛《いじ》めなかった。劉邦が姫妾《きしょう》に生ませた公子で、呂后が可愛がったのは劉長であるが、これなど例外といえる。

劉肥は翌日、皇帝への謁見を乞うた。允許《いんきょ》は簡単に出る。謁者・張子卿に案内されて食堂へ来ると、高貴な身分の弟は既に酒を呑んでいた。

「主上、御挨拶が遅れて申しわけございませぬ。いつも御機嫌麗しゅう……」

そこまで言うと、皇帝は手を左右に振る。もう止めよと言う意味だ。

「朕の機嫌など、即位したときから、傾きっぱなしぞ！」

「これはまた、いかがなさいました？」

「朕が皇帝などとは、名ばかりのこと。それが証拠に、王も最初に呂太后へ挨拶なさったであろう。いや、責めておるのではない」

劉盈は、反論しようとする庶兄を手で制しながら言う。彼の目の焦点は、定まっていない。かなり酩酊しているようだ。

「斉王、駆けつけ三杯と申すではないか。まずは、一献過ごしたまえ」

皇帝自らの酌に、斉王は断りもならず杯で受ける。このような庶民的な飲会風景で、二人は打ち解けた気分になった。

「のう斉王。朕は最近、河豚という魚を食した。斉の東の海に住むと聞くが、本当か？」

「はい、確かにおりまする。冬には、鍋料理にして食します。しかし、この魚の肝……」

話が丁度そこまできたとき、呂太后が通りかかって劉肥の態度を詰《なじ》る。

「臣下の礼も取らず主上に見《まみ》えるとは、何たる態度か？　察するところお国の相は、そのようなことも教えぬ愚か者と見ゆるのう」

斉の国相とは、劉邦が蕭何の次に相国職へ就けよと遺言した人物・曹参《そうしん》である。呂太后は、無論それを知っての上で弾劾しているのだ。

「高后、失礼いたしました。臣は、主上の気さくな御ようすに、つい甘えてしまったのです。どうか、国相にまで咎めが参りませんように、お願いいたします」

劉肥は泣き入らんばかりの表情で、国相の命乞いをする。彼は漢建国の功臣・曹参を、臣下という枠を越えて尊敬していたのだ。

「判っておられれば良い。今日のこと、他言は無用ぞ！」

そう言うと呂太后は女官に命じ、醸造したての酎《ちゅう》を持ってこさせた。彼女はそれを碧玉製の杯になみなみと注ぎ、三人で乾杯しようと言う。劉肥が杯を翳《かざ》そうとしたとき、劉盈は突然それを投げ出して、庶兄の分をも叩き落とす。

「主上、何となさった？」

驚いたのは、呂太后も斉王も同じだった。

「鴆毒じゃ。この杯には、怖ろしい毒が混ぜられておるぞ！」

「そのような鳥、ここにはおりませぬ」

斉王は、むしろ呂太后を庇う口調で言う。

「姿を見た者など、いまだかつてないのが鴆という鳥じゃ。一年前に趙王が亡くなったおりも、鴆毒と判っていながら誰もその鳥を見ておらぬ。今、その姿を見ておらずとも、酒に毒が入っておらぬと誰が判ろう？」

劉盈は、母を告発しているつもりだった。このまま彼女の独裁制が強くなれば、気に入らぬ者は皇帝の意向に逆らう者として毒殺される運命になる。ひょっとすれば、自らも例外ではないのかも知れない。そう思い至ったとき、汚穢溜めの戚姫の姿が脳裏に浮かぶ。彼女はもう、全く動かないらしい。間もなく肉は腐敗して、寄生虫の卵の温床に変わるのである。その恐怖は、鴆毒の比ではない。

劉肥は、そんな皇帝の思いとは裏腹《うらはら》に、彼の行為を酩酊を装った賄賂《わいろ》の要求と受け取った。天下人といえども、呂太后に押さえつけられて、小遣い銭にも不自由しているのだ。

その話を聞いた斉の内史・勲《くん》は頭《かぶり》を振る。

「主上は仁君でございます。最近鬱々《うつうつ》とした日々を送られて、酒色に溺れがちと承《うけたまわ》りますが、家臣に金品の要求などなさいませぬ。これは高后が、宣平侯《せんぺいこう》に嫁がれた長女（魯元公主）を気遣うよう、謎かけされたと拝察いたします」

宣平侯・張敖《ちょうごう》は、劉邦とともに戦った張耳《ちょうじ》の息子である。張耳は武勲を評価され、趙王に封じられた。彼の死後、張敖が王位を嗣《つ》ぐことになる。しかし家臣の貫高《かんこう》や趙午《ちょうご》らが、劉邦に対して謀反に走った。異姓王に不遜《ふそん》な劉邦に対する反発であるが、彼らは捕らえられていかな拷問にかけられても、王は一切謀議とは係わりないとしらを切り通した。

呂后も『我らが長女の女婿《むすめむこ》ゆえ、謀反など思いもよりますまい』と取りなした。しかし、これに対する劉邦の反論が振《ふる》っている。

『奴が天下を取って見ろ。おことの娘ぐらいの女に事欠くものか！』

劉邦は我らの娘とは言わず、妻の娘と言い放ったのである。これは彼女を傷つけた。長女は不器量であった。一般に呂氏の女は醜女揃いである。呂太后が、まだしも一番増しなほうだ。それは、彼女の精神の強靭さが容貌に顕《あらわ》れた、一種の知性美といえなくもない。

結局張敖は、謀反に連座しての処刑だけは免れたものの、王から諸侯に格下げされてしまった。ちなみに、張敖の姫妾の一人に劉邦が手をつけて生ませた末っ子が劉長である。また、趙王の後釜に座ったのが、劉如意だったのだ。このことも、呂太后が戚姫母子を憎む遠因となっていた。

斉は、七十余の城邑を有する大国である。だから内史はそのうちから一部を、宣平侯夫人へ献上しろと言う。そこで劉肥は呂太后に目録を渡し、城陽郡を彼女の長女の湯沐《とうもく》の邑とした。また同女へ、『斉の太后』なる尊称をも贈ることにした。

これは、ただの形式ではない。太后とは王の母の意であるから、彼女が生んだ男子は、斉の国土の一部を領有する王になる権利を認められたと言うことなのである。これで王后から諸侯夫人に降格した長女へ、面目が果たせたと呂太后は歓び、斉王はようやく鹵簿を整えて斉へ帰ることができた。

蘭陵《らんりょう》の井戸に、龍が現れたと噂が立った。瑞兆《ずいちょう》だと人々は騒いだが、その夏は干魃《かんばつ》に見舞われた。作物の生長が思わしくなく、それを心配したのか相国の蕭何が寝込むようになった。長安城の建設も、秋の収穫が落ち込むことを懸念して、一時中断されている。

秋口になって隴西で大きな地震があり、長安でも揺れを感じた。

「また、なんぞ禍事《まがごと》の前兆かのう？」

「なんの、悪龍が昇天したまでのことじゃ」

憂い顔の朝廷人に対し、呂太后は強がってみせていた。

「城壁は、崩れなんだであろうな？」

蕭何は、最期まで工事の中断を悔やみながら身罷《みまか》った。遺勅《いちょく》により、斉の国相・曹参が咸陽へ召喚された。斉王肥は、今頃になって咎めがきたのかと蒼くなったが、聞けば曹参は相国が倒れたと聞いたときから、長安へ帰る支度をしていたらしい。恐らく、生前の劉邦と位取りの序列が決められていたのであろう。王はほっとして、彼を旅立たせた。

＊

「盧綰じゃ。盧綰の奴めが！」

曹参が正式に相国の位に就いた頃、呂太后がいつになく、血相を変えて怒っていた。事の起こりは、冒頓単于から来た手紙であった。それは国家元首としての格式に欠けた、無知蒙昧《むちもうまい》な品性をさらけ出した内容である。

『儂は最近、閼氏《あつし》に他界されて独り寝の身になった。聞けば太后も、高祖と死に別れて寡婦《かふ》の身の上とか。できれば互いに慰め合い、両国の未来を語り合いたいものだ！』

閼氏とは、単于の妻の意だ。つまり、帝や王に対する后《きさき》である。

北狄《ほくてき》と蔑《さげす》まれる匈奴が、たとえ首長であれ文字など書けるわけがない。どうせ代筆だが、その草稿を生前の盧綰に練らせたようだ。亡夫と同郷で同年同月同日に生まれた男は、いつも劉邦にくっついていた。自分では何一つできない意気地なしが、とにかく兄貴分に仕《つか》えて出世したのだ。呂太后は、彼が嫌いだった。だから謀反の嫌疑がかけられても、取りなしてやらなかったのだ。漠北《ばくほく》に遁走してもなお、彼は望郷の念と彼女に対する怨みを消せなかったのだろう。この手紙で、盧綰は、単于と太后の双方を侮辱して意趣返しをしている。恐らく審食其との関係も知っていて、冥界で嗤《わら》っているのであろう。

「朝議を開け！　群臣に諮問してやろうほどに。早う触れを回せ！　開戦じゃ！」

呂太后は、目を吊り上げて叫んでいた。

竹簡《ちくかん》に認《したた》められた手紙は、公開されることはなく、ただ夜伽《よとぎ》を強要した無礼な内容であることだけが告げられ、大広間は響動《どよ》めいた。無論、失笑も混じってはいる。

「儂《わし》に、十万の兵をお授《さず》けください。必ずや、単于の息の根を止めて参りましょう！」

そう大見得を切ったのは、樊噲《はんかい》であった。呂太后の妹を娶《めと》り舞陽侯なる貴族へ昇った男は、時の権力者に阿《おもね》った発言をして、その場の雰囲気を匈奴戦争に持ち込もうとした。大広間に一瞬の沈黙が流れ、次には『そうでございますな』と追従《ついしょう》の同意があちこちで小さく起こる。ところが、嗄《しわが》れてはいるがよく通る声が宮廷を袈裟切りにした。

「樊噲、斬るべし！」

譴責《けんせき》発言の主に全員の視線が集まる。それは、中郎将の季布《きふ》である。

この男はもともと、遊侠の徒であった。楚の項羽《こうう》が挙兵して戦うなかで彼を将として使い、漢を大いに苦しめたものであった。垓下《がいか》の戦いで楚が滅んだ後、劉邦は憎しみに任せ、懸賞金付きで彼を捜した。しかし夏侯嬰《かこうえい》らに諭され、ようやく彼を漢建国の要人に加えたのである。いわば、死地を彷徨《さまよ》った筋金入りの人物なのだ。

季布に喧嘩を売られた格好の樊噲も、口より手の方が早い武闘派である。反論するより組み討ちを望む面構えで相手を睨んでいる。

「太后お忘れでしょうか？　今を去る六年前に、高帝が白登において匈奴に包囲されたことを。あのおりは閼氏に貢《みつ》ぎ物《もの》をして、ようやく殲滅《せんめつ》の憂き目から逃れられました。高帝の率いられた兵は、四十万でございました。どうして樊噲ごときが、たかだか十万ほどの兵で匈奴を撃ち破ることができましょう！」

「何を言う。あのおりの高帝は、韓王信を追っておられて、卑怯な罠《わな》に塡《は》められたのだ。それに、戦いは兵の多寡《たか》だけで決まるものかどうか……」

「もう、良い！」

季布の一言で、呂太后の目は醒めたようだった。この凶作が予想されるこの時期に戦いなど起こせば、自らの首を絞めるのも同じである。悔しいが、懐柔策をとるしかないのだ。

後日、劉氏の血を引く、妙齢の乙女が宮中に召された。彼女たちは因果を含められ、漢の公主として単于の後宮へ贈られるのである。その出立に当たって、絹織物や塩、穀物など数多《あまた》の献上品が積み込まれ、呂太后の手紙も朱塗りの筐《はこ》に入れて添えられていた。

『我が身は年老いたため、とても大王のお相手は適《かな》いませぬ』

汚辱にまみれた返事である。彼女はこれ以後、匈奴討伐は一切口にしなくなった。


曹参は、城壁の工事を再開させた。辛い作業に従事したのは、以前のような一般庶民ではなく、諸侯王や列侯から徴発させた罪人である。逃亡の恐れがあるので、その分、警戒は厳しくなる。相国から見張り役を仰せ付かった季布は、版築や槌を扱う男たちに混じって時折工具を一緒に使ったりもした。

ある日、樊噲が供回りを連れて現場を通りかかった。彼は朝議で恥を掻かされた怨みから、早速喧嘩を売る。

「中郎将というは、囚人たちに混じって城壁造りをする役柄か？」

季布は、黙ってやり過ごそうとした。しかし、一悶着起こさねば気が済まぬ樊噲は、なおも挑発にかかる。

「城壁の工事は、もう一年前から始めているてえのに、一向に捗《はかど》っちゃいないな。それはな あ、こんな連中を使っているからだ」

樊噲はそう言うなり、大きな石を動かす梃子棒《てこぼう》を取って囚人の一人を殴りつけた。二の腕に入《い》れ墨《ずみ》をした男は、力任せに側頭部を打たれて悶絶する。

「これで足りなきゃ、もう一人二人血祭りに上げてやる。どうだ！」

樊噲は、劉邦が項羽に許しを乞うため鴻門に出かけた際、項羽をして『壮士なり』と言わしめた豪傑である。齢五十を越しても、怪力の持ち主だった。しかし、呂太后の妹を妻にしてからは、権力を笠《かさ》に着た驕《おご》りや保身という精神的弱さが目立つようになってくる。

季布は、嗤う樊噲めがけて突然駆け寄る。そして樊噲が身構える隙を与えず、剣を引き抜き棍棒を斬り落とした。樊噲は不意を突かれて足場を失い、大きく尻餅をつく。

「何をしておる。立ち向かわんか！」

主人に命じられて、従者たちが打ちかかろうとするが、季布の鋭い眼光が眩《まぶ》しく、後ずさりしているありさまだ。

ようやく樊噲が起きあがって、棍棒を捨てて剣を引き抜く。これに釣られて、従者たちが得物《えもの》を手にする。このとき囚人たちが、一斉に砂や土くれを投げて季布に荷担した。樊噲たちは目潰しを喰らい、季布からは顔面を厭《いや》というほど打ち据えられ、ほうほうの体で逃げ去った。この一部始終は瞬《また》く間《たた》に宮中へも伝わり、樊噲は呂太后から蟄居《ちっきょ》を命ぜられる。それとともに、長城建設は八割方完成に近づきながら一時中断された。

＊

「なぜじゃ？　なぜ、そなたは息子を鞭打ったのじゃ？」

劉盈は、最近閎孺を遠ざけて、曹窋《そうちゅう》を側に置くようになった。新相国・曹参の息子で宮廷きっての忠義者である。そんな良くできた息子が、なぜ父から打擲《ちょうちゃく》を受けたか不思議であった。

「曹相国。おぬしは朕と同じで、一日中酒ばかり呑んでおるが、それはどうしてじゃ？」

劉盈から問われ、曹参はおもむろに応える。

「そつじながら主上と高帝をお比べして、天下人という点では、どちらが優れているとお考えでございましょうか？」

「朕はとうてい、高帝には及ばぬ」

「この曹参めと前相国の蕭何殿とでは、どちらが賢明だと思し召しますかな？」

「どうも、侯の方が及ばぬようじゃな」

「主上の、御明察どおりでございます。優れた高帝が天下を平定され、賢明な蕭相国が法令を制定いたさば、全ては明らかでございます。主上は玉衣を垂れて安座されれば充分でございます。臣参めらは職を守っておりますが、蕭何殿が定めた道に従い過失がなければそれでよいのです」

劉盈はようやく、曹参の態度に納得がいった。

曹参は、着任第一日目に皇帝のところへ挨拶に来た。やや人が悪くなっていた劉盈は、早速酒を勧める。新相国を困らせるためだ。ところが相手は、皇帝用の酎を全て飲み尽くすほどの酒豪だった。翌日も翌々日も、まるで未央宮を、酒亭と間違っているのではないかと疑いたくなるような飲みっぷりだった。

これには、最近政務を顧《かえり》みなかった劉盈までが心配し、曹窋に真意を探らせたのだ。

曹参はそんな息子に、出過ぎた真似だと折檻《せっかん》したのである。彼の考え方は、道家の無為自然の思想だった。これは、秦が法家を用いて人民を雁字搦めにした反発である。儒者の言う、衣冠を正した礼楽に則《のっと》った政《まつりごと》も、朝廷人はまだ億劫《おっくう》だった。だからこれは、ようやく戦乱の世から解放された者への、特別休暇でもあった。

実際これ以後は天下に大乱なく、おおむね平和が続くのである。しかし劉盈にとっては、酒の弊害が募り病人がさらに毒を盛られる結果となる。

人豚事件以降、彼は政務に関心を示さなくなっていたが、曹参の言葉はそれを正当化させることとなった。彼は毎日美姫に囲まれ、酒色に溺れて過ごした。特に曹参に負けまいと、酒量を増やすことに執念を燃やしていた節《ふし》がある。だから色に溺れる頃にはもう、潰れていたと言う方が正しかった。当然のことながら子はできず、今のところ男子が一人のみであった。

呂氏の安泰ばかり考える呂太后は、長女が宣平侯との間に儲けた孫娘を、劉盈の皇后にと考えていた。まだ十歳になったばかりの、息子の姪《めい》をである。そんな折、皇帝専用車が置いてある都厩《ときゆう》が火災にあった。普通なら太僕が処罰されるが、夏侯嬰《かこうえい》は無実であった。酩酊した劉盈が、馬を驚かせようと松明を持ち込んで藁《わら》に燃え移らせたのである。周囲の者は皆、それを見ていた。

呂太后は、早く縁組みを進めようと思っていた。劉盈の行動に危機を感じて、彼の世継ぎが必要だと思ったからだ。そしてその儀式は、翌年初めに行われた。皇帝の妃は、子を生す前から張皇后と呼ばれることになる。

この年（前一九一年）劉盈は二十歳である。しかし彼の酒量は落ちず、酩酊の度合いはますます尋常とは言い難くなってきている。

劉盈は、姉の生んだ姪と夫婦の契りを交わそうなどとは、露ほども思っていなかった。十歳の少女に性的興奮を覚えない。その点は正常な成長をしたものだ。それに皇后と呼ばれる姪は、不器量な姉に似ていた。それは取りも直さず、審食其にそっくりだということである。呂太后と彼のおぞましい関係は、長楽宮では今も続いているらしい。

ある日、劉盈はまたもや微醺《びくん》を帯びて、母の寝所に近づこうとした。一人で忍んでくる劉盈を不審がった門衛が、矛先《ほこさき》を向けて誰何《すいか》する。それが皇帝だと判ったとき、彼らは処刑を恐れて平伏した。

宮殿内に入ると、宦官どもを密かに従え、鴻台《こうだい》で季節外れの月見を始める。酒肴を整えさせて、彼は快い酔いに身を委ね静かに空を仰ぐ。鴻台は、いわゆる屋根のついた楼閣ではないが、高さは十四丈ある眺望台である。

このとき呂太后は、久しぶりに審食其と絡《から》み合っていた。長楽宮の奥の間へは、誰も訪ねてくることはない。彼女は誰にも憚らず、大きな善がり声を立てていた。

還暦を越えたが、男を迎え入れてからの感覚は、ますます研ぎ澄まされてくるようだった。一方の審食其は、もう往年の力強さは無くなりつつある。

「張子卿《ちょうしけい》と、交替するかえ?」

張子卿は、最近呂后の覚えめでたい謁者だ。

彼女にそう揶揄《からか》われると、臣下の情夫は再び奮い立った。

ようやく呂太后に解放された審食其が、絹帛を貼った窓を開けると、炎が見えた。次には宦官どもが火事を告げる叫び声が聞こえてくる。寝所を憚って、少し離れた小部屋から呂太后に注進がなされる。

「火事でございます。鴻台が炎上しました。今に消し止められましょう。延焼の心配はございません」

「失火か？　付け火か？」

「はっ！　実は、主上が月見に来られ、火の点いた松明を、台座に括《くく》り付《つ》けられまして」

「もう良い。大儀《たいぎ》じゃ」

呂太后はそのまま眠ってしまった。しかし審食其は、以前長楽宮を出たところで劉盈に凄まれたため、今日は帰る気がしなかった。

＊

「早う、太子を立てねばなりますまいのう」

劉盈の子を生んだ姫妾《きしょう》は、呂太后の言葉を喜んだ。二人で話し込むことなど、ついぞないことだった。

宦官が膳を運んでくる。姫妾は、これも公子を生んだ自分が特別待遇されている証左だと思った。義母と差し向いで夕餉を食せることを、彼女は素直に喜んでいた。

朱塗りの椀の蓋を取ると、羹《あつもの》の香りが鼻を擽《くすぐ》る。料理好きの姫妾には、魚肉だとすぐに判った。

「斉の東の海に住む、河豚《ふぐ》という魚じゃそうな。わらわは最近、これが楽しみじゃ」

太后の好物とあらば、残してはなるまい。そう思った姫妾は、具の肝を旨そうに口へ入れた。


劉盈の長男・恭《きょう》の生みの親は、秘密裏に埋葬された。幼児はしばらくの間、母恋しの余り泣きあかす。しかし、周囲の者が彼女の形跡を意識的に消し、皆こぞって劉恭を、張皇后の太子として扱った。

「さあ、お母《たあ》さまと一緒に、鞦韆《ぶらんこ》遊びいたしましょう。ゆらゆらと面白うございます」

そう言われる母・皇后は、まだ十歳である。呂太后は侍女たちをして、皇后は太子の生母であると言わしめた。これは、日常の習慣付けとしてである。しかし、これはいかな従順に仕える者でも、奇異に感じる光景である。それに肝心の皇帝が、酩酊する度に『恭の母御前《ははごぜ》はどこへ行かれた?』と幼児に問いかける始末である。正に寝た子を起こす結果となり、周囲のそれまでの努力は、徒労に帰すのであった。

劉盈は、母が愛姫を毒殺したことを知っていた。戚姫を人豚にしたことを思えば、只の殺人など生やさしく思えるのが怖かった。人道に悖《もと》る行為を、自ら止められぬのが歯痒《はがゆ》かった。それもあって、我が子に母を思い起こさせるよう、仕向けているのである。

「主上、宜陽《ぎよう》という所で、血の雨が降ったと皆騒いでおりまするが？」

周囲の者が話題を他に向けようとしても、劉盈はわざと幼子を肴に返事する。

「それは本当じゃ。のう、恭よ。母御前がそなたに会いたいと、冥府《めいふ》で悲しんでござる」

彼がこのように言う度に、劉恭は泣いた。

皇帝は皇后を愛さず、太子を苛めては酒浸りの毎日を送る。その夏は、特に暑かった。未央宮には、氷の貯蔵所がある。冬期、池に張った厚い氷を何枚も切り出し、重ね置くのである。宮殿北側の大きな庇《ひさし》の下に、半地下状態の所を木で二重に囲って断熱している。呂太后はそこから取り出した氷柱を居室に立て、侍女どもに扇がせて涼むのである。ある日氷柱の中心に、朱塗りの筒があるのが目に止まった。それは槐《えんじゅ》の幹を刳《く》り抜いて創ってあるらしく、表面に『呂太后殿』と文字を浮き出させてある。それを見ると彼女は気になり、氷柱が溶けるのが待ち遠しくもあり、また怖かった。

ようやく氷が小さくなって、朱塗りの筒が取り出せた。大きさの割りに軽いのは、中が空洞になっているかららしい。上下に振ってみると音がする。宦官が力任せに捩ると、蓋が外れる。案の定、絹帛の巻物が入っていた。

それを拡げた呂太后の顔が、見る間に蒼ざめる。そこには彼女と審食其の交合図が、名指しで描かれていたのだった。

「氷室を調べよ。不埒者《ふらちもの》が入っておるぞ!」

命令を受けた宦官が走るが、そのときにはもう、もうもうたる煙りが上がっていた。

「また火事か?」

呂太后は、眉間《みけん》に皺を寄せる。

氷室の焼け跡からは、男の焼死体が発見された。調査の結果、閹孺だと判明する。

ところが翌日、今度は織室から火が出た。ここは、宮女たちが絹織物を生産する仕事場である。不断、男気はない。しかし、数日前に閹孺が近くにいたと言う者もいた。


「高后、良き知らせがございます」

もの思いに耽《ふけ》る呂太后に声をかけたのは、劉盈だった。

「主上、何でございましょう?」

呂太后は、作り笑顔で皇帝を質す。

「赤子《やや》が、できておりました」

呂太后は、はっとした。一瞬、自分の孫が身籠もったのかと思ったからだ。だが、違ったようだ。問うと、彼は織女の名を告げる。呂太后は、再びはっとした。良き知らせと言う劉盈が、全く嬉しそうではない。それに彼は、体中から酒の臭いをさせていたからだ。彼女には、先日からの火事と閎孺の死とこの懐妊が、どこかで繋《つな》がっているように思えてならない。

織女は、十月で男子を産み落とした。その日は大きな落雷があり、桃や李が季節外れの花を咲かせた。この異変を劉盈は嗤って、嬰児に弘《こう》と名付ける。『広まり、広める』と言う意を、皇帝がどんな思いで付けたのかは謎である。そのときの彼の吐く息は、いつにも増して酒臭さかった。

長安より六百里以内の男女十四万五千人を徴発し、再び城壁造りに従事させることにした。しかし相国参が病に倒れ、日照りが続いたためにまたもや中断の憂《う》き目《め》にあいかけた。

「主上、長城造りを中断してはなりませぬ」

曹参は、酒呑み仲間の劉盈が屋敷まで見舞いにきてくれたおり、そう言って土木事業を継続させた。これは、曹参が蕭何から受け継いだ唯一の積極政策だった。不断、無為自然を標《ひょう》榜《ぼう》する彼には珍しく、何としても完成させねばならぬという気迫が感じられた。

曹参の容態は、日増しに悪化する。酒の飲み過ぎによる肝硬変だったのだろう。こういった例は枚挙にいとまがない。戦国四君の一人・信陵君も同様だった。そして、臣下の死を目前にした劉盈自身も、時折、右の脇腹が突っ張るような不快感にさいなまれている。

秋の声を聞く頃、長城普請の人足たちの掛け声を遠くに聞きながら曹参が薨去《こうきょ》した。彼の永遠の夢枕に長城完成を報告してやろうと、皇帝自ら工事現場を視察しはじめた。すると、畚《もっこ》や猫車《ねこぐるま》を扱っている者が、突然必死の形相《ぎょうそう》で働きだす。監督官が緊張して、携えた鞭を強く振るうからだ。急ぐ余り基礎を疎《おろそ》かにした所で、積み上げた版築が崩壊する事故が目立つようになる。石や土砂の下敷きになった犠牲者が突然急増したが、成果も上がって、長安城は一月後に完成した。祝い事とて民に爵位を、一戸につき一級下賜されることとなる。

相国の呼び名を丞相《じょうしょう》と変え、左右二名を置いた。右丞相（正）には王陵が就任し、陳平を左（補佐役）とした。軍事の総帥・太尉には周勃を充《あ》てる。これも遺勅であった。

皇帝・劉盈は、一向に政治を顧みない。曹参の無為自然思想の継承だとして、彼の日常は美姫に囲まれての酒浸りだった。早晩、前相国と同じ運命になろう。顔色も土気を帯びてきている。

呂太后の心配の種は、もはや我が子の健康などではない。次期皇帝の擁立と、呂氏一族の安泰が焦眉の急である。

彼女は皇帝を、五歳になった劉恭に決して近付けなかった。そして周囲の侍女や宦官をして、張皇后を母親と言わしめた。

「太子、お母《たあ》さまがお呼びでございます。ごいっしょに、朝餉をめしあがれ」

そう言っては始終張皇后と同席させ、皆、産みの親などなきがごとく振る舞った。その甲妻あって、劉恭はかつての生母の面影をようやく忘れかけてきた。

この年、呂太后の長女に『太后』の称号を贈った斉王肥と、舞陽侯・樊噲、留侯・張良が次々と薨去した。呂太后にとってこの三人は、いわば忠誠を誓った信のおける臣下であった。自らの老いを考え合わせると、嬉しい事件ではない。

そんな折、城郭落成に付随して建設されていた市ができあがり、呂太后の気分は明るくなった。

旗亭楼《きていろう》と呼ばれる、太鼓を備えた数層の建物が聳えていた。長安における商品売買は、この地域だけで許可された。それだけに活気があり、彼女は陰気《いんき》な厄《やく》を、ここで払ったような気分になれたのである。

しかし、そんなことで劉盈の深酒は直りもせず、また今更酒断ちしてももう取り返しのつかぬところまで、肝臓は疲弊《ひへい》しきっていたのである。その不健康な顔を一時打ち消すように、日食が起こった。

「盈《えい》はもう、永うない。恭を帝として即位させねばならぬ。だが、右丞相の王陵は、わらわに含むところがあるようじゃ」

「奴は、高帝の信奉者ですから……」

呂太后と審食其は、長楽宮で交わりながらこんな話をしていた。突然、彼の陽物が萎えだした。射精したからではない。晴天だった屋外が、にわかに闇夜となったからである。

『天帝が、我らを呪《のろ》っておられるのか？』

審食其は心でそう叫んだが、その心根を見透かした呂太后に笑われる。

「三十年以上わらわと関係を続けておきながら、いまさら天を引き合いに出しても始まるまいに。罰なら死して後、受ければよい」

人倫を犯《おか》すことについては、彼女の方がよほど肝《きも》が据《すわ》っている。いや、これまでの暴虐を思えば、そうならざるを得まい。その背徳が高年齢の彼女を旺盛にし、性的に高ぶらせているのだ。

彼女には仁義礼智の道よりも、現実への対処が一番の関心事である。

「辟陽侯。陳平を右丞相にするゆえ、そなたは左に位《くらい》してくりゃれ」

審食其は乱れた白髪を掻き上げもせず、両膝をついて絹帛を貼った丸窓を細目に開けている。欠けた太陽を見上げながら、彼は『とうとう位人臣を極めるか』と呟いた。

＊

「この世は、血に染まっておる」

劉盈はそう叫び、未央宮で斃《たお》れた。恐らく眼底出血を見た衝撃と、肝臓の患いが重なったものだ。

彼は、恵帝と謚《おくりな》された。

予期していたことのためか、呂太后は哭礼はしたものの涙を流さなかった。

父・張良から、留侯を嗣いだ張不疑《ちょうふぎ》は、この模様を陳平へ報告に行った。彼はまだ、十五歳である。

「太后は、悲しんでおられません。悲しみに増す不安があるからと、拝察いたします。それは、自ら壮年の男児がおわさぬからです。それは取りも直さず、高帝を信奉する陳閣下らに、権力を奪われまいかとの御懸念でしょう。これを取り除くには、太后の甥・呂台、呂産のお二人を将軍に任じ、南軍と北軍を委《ゆだ》ねることです。また、呂一族を政務の要職に就任させれば、太后の気持ちも晴れて曲逆侯も禍を避けられることでしょう」

陳平は、さすが張良の長男だと思った。この歳では、普通ここまでの読みはできない。しかし陳平の読みはもう一段上を見ている。呂太后の本当の希望を容《い》れるには、ことによれば高帝との誓いを破らねばならない。それが厭なら反乱を起こすことになるが、この時点では、呂后に楯突《たてつ》くことは高帝への謀反との空気がある。陳平は、もう少し機が熟すのを待つべきだと思った。

劉恭が皇帝に即位して、呂太皇太后の摂政が始まった。彼女は、自分の権力の強さの試金石に、左右丞相や太尉、太僕ら主要官を集めて朝見に臨み、次の要求を出した。

「呂台を呂王に、そして呂産を梁王に封じたい。諸氏の御意見を、伺おうほどに」

陳平はやはりと思う。

閣議は騒然となった。漢帝国の原則に背《そむ》くからである。

「なりませぬ！」

真っ先に反対意見を口にしたのは、王陵である。これも、陳平の読みどおりであった。

「かつて高帝は、白馬を屠って吾らとその血を啜り合い『劉氏に非ずして王たる者は、天下ともにこれを撃たん』と、誓いあいました。呂氏を王とするは、この約に抵触《ていしょく》いたします」

呂太皇太后の顔が歪《ゆが》んだ。彼女も王陵の賛同を得られぬことは予期していたが、のっけから切り出されると不快だった。

陳平がそこへ助け船を出す。

「高帝は天下を平定し、子弟を王となさいました。今太后は主上に代わって政令を発せられております」

「そのとおりです。従って、御兄弟である呂氏一族を王となさっても、盟約を反故《ほご》にしたことにはなりますまい」

陳平の後を受けて呂太后に阿《おもね》ったのは、太尉・周勃である。このとき他に審食其は無論のこと、張子卿、曹窋、夏侯嬰らもいたが、皆呂太皇太后派であった。

この一件で、王陵は陳平らを非難する。

「おぬしら、何の面目あって地下で高帝に見《まみ》えられるのか？」

当然と言える王陵の激昂に対し、陳平は冷静な反論をする。

「朝廷の諫争では、儂は君に及ばぬ。しかし社稷《しやしよく》を全うし、劉氏の後を定めることでは、君も儂に及ばないのだ」

深謀遠慮ができない直情径行の性《さが》、と批判されたことになる。王陵は、右丞相を辞任して封邑の安国県に帰った。現在の河北省安国で、かつて中山国に属していた所だ。咸陽からはかなりの距離があり、彼は二度と都の土を踏まなかった。

血の粛清《しゆくせい》ではなかったものの、呂太皇太后はこうして反対勢力をまた一人排除した。

恵帝の忘れ形見・劉弘は、三歳になっていた。しかし、その母たる織女の姿はかなり前から見えなかった。永巷につながれていたからである。

「決して、秘密は漏らしませぬ！」

このようなことを何度言っても、呂太皇太后が許すはずなどない。劉弘は、閎孺との間に儲けた子なのである。それは呂太皇太后も薄々感づいていた。恵帝つまり劉盈から彼が遠ざけられていたのも知っている。だからこれは、彼の危険な意趣返しだったのだ。そして皇帝が自らの胤《たね》としたのは、劉盈が酔いから醒めたとき『お情けをいただき、幸せでございます』と挨拶されたからである。これも、閎孺の差し金であるのは判る。だが解けないのは、審食其との交合図と、閎孺の氷室での焼死だ。

酩酊すると付け火の常習者になる劉盈を疑ってみたが、彼は人どころか犬一匹も殺せない。酒色に耽ったと言っても、本来の優しさを最期まで全うした仁慈の人だったのだ。

この織女を生かしておいたのは、その謎を探るためだった。だが、何も知らぬようである。呂太皇太后は宦官に、食事を止めさせた。

審食其は左丞相に抜擢《ばってき》されて、天にも昇った気分だった。これで太皇太后との身分の差が、かなり縮まったと思った。彼は、下半身に充実した張りを感じた。だから、用、つまり公式の決裁を仰ぐべき事項がないのに長楽宮に出向く。

「どうした左丞相？　わらわ、そなたを呼んではおらぬぞ」

「呼ばれねば、来てはならぬか！」

呂太皇太后は、はっとした。いままで、いかに組み敷かれていようとも、審食其は臣下の礼を忘れなかった。このような態度は、初めてである。彼女は違和感から、本能的に危機を感じた。『下がれ』と言いたかったが、いつもの馴れ合いから言葉にならない。だから踵《きびす》を返して、逃げるつもりで急ぎ足で奥へと向かった。そこは、彼と交合を重ねた場所である。

呂太皇太后は彼を拒絶するつもりで、誘ってしまったのである。

誰もいないところに来て、彼女は抗《あらが》った。

『離せ！　わらわを誰と心得おる？』

気持ちで強がってみたが、いつもと違う審食其は有無を言わせぬ猛々《たけだけ》しさがある。彼女は、知らぬ間に裸にされていた。そして、許しも得ず審食其が押し入ってくる。

『無礼者!』

その思いも言葉にならない。彼を叩こうとしたが、かつてない堅さで雌蕊《めしべ》の奥を刺激され、怒りの罵りが、あられもない浪声に変わってしまった。

審食其は、閎孺に一杯喰わせた一件を反芻《はんすう》しながら、彼女に抽送運動を繰り返した。

『張子卿と交替するかえ?』

周囲に気を配りながら行為に及んだとき、一物の怒張が永く続かぬときがままあった。すると、呂太皇太后はこう言って彼を奮い立たせたものだ。中謁者に出世した張子卿を傷つけるわけにはいかない。だから審食其は代償行為で閎孺を攻撃した。閎孺は、男も女も相手構わぬ色事師であった。恵帝の遊び相手になったが、戚姫の事件以来、衆道を遠ざけた主を怨んでいた。織女を誑《たぶら》かした経緯は、呂太皇太后が想像したとおりである。しかしそれを嗾《けしか》けたのは、審食其なのだ。劉如意を暗殺するころから、彼は閎孺を買収しはじめていた。呂太皇太后は、恵帝の世継ぎを心配していた。劉恭一人だけでは、不慮の事態が発生すればお家騒動で王朝が揺れる。そこで、彼に得意の色事をさせたのである。いずれは何かに託《かこつ》けて、誅殺するつもりだった。

一方恵帝は、呂太皇太后と審食其の仲を疎《うと》ましく思っていた。告発しようにも出来ない歯痒さを、酒で紛《まぎ》らわせていた。そんなとき思いついた憂さ晴らしが、絵師に交合図を描かせて母太后に送りつけることだった。技術の上下は二の次である。要は、二人を揶揄できれば良かったのだ。槐の筒も職人に作らせた。氷柱に凍りつかせる準備も、氷室に入って自分でしたのだ。

しかし審食其は、ほとんどの宦官を買収して恵帝の行動を探っていた。絵師に頼んだ物件も、どの氷柱を使ったかも。

丁度その頃、織り姫が懐妊した。閎孺の役目は終わったのだった。

彼は審食其に織室へ呼び出され、宦官が『氷室でお待ちです』と伝言して移動させられた。氷室では、彼を撲殺すべく死刑執行人が待ちかまえていたわけだ。その後、火が点けられ、恵帝に嫌疑がかかるので下手人の捜査はされなかった。

審食其の陽物は、萎縮することを忘れたかのごとく働いた。呂太皇太后の浪声は、ゆったりとあるいは渦巻く渭水の流れのごとく続く。それは到底、還暦を越した者同士の交わりとは思えない激しさだった。

「……あっ、あなた……」

呂太皇太后が切なそうにそう叫んだとき、審食其は奔流になって果てた。ようやく彼女は、自分を目下と思わなくなったようだ。

劉弘は、恒山王《こうざんおう》に封じられた。

これも、呂太皇太后のわがままである。血の繫《つな》がっていない孫に王位を授けてはいるが、劉恭が皇位を嗣ぎ、やがて呂氏の誰かを立てることができれば、お払い箱である。いや、誅殺だろう。何も知らぬ幼児は健やかだ。

斉王の弟が、呂太皇太后に挨拶したいと罷り越した。王位は、劉肥の嫡男・劉襄《りゅうじょう》が嗣いでいる。その弟は劉章《りゅうしょう》と名告った。十四歳とはいいながら、その聡明さが顔形に凜々《りり》しく顕《あらわ》れている。長安にて宿衛《しゅくえい》をし、漢の社稷《しゃしょく》の保全と治安に貢献したい。思春期の少年は天晴れそんな抱負を述べた。

『この男は、中郎将・呂禄の麾下に配属させよう。その娘は呂氏には希《まれ》な美形だから、きっと似合いの夫婦になるだろう』

呂太皇太后がそこまで思いやるのは珍しい。彼女はついでに、劉章に列侯の爵位を授けてやった。呂禄の娘の相手と決めたからだ。

「望みの封邑はないかのう?」

「斉に朱虚《しゅきょ》という地がございます。辰砂《しんしゃ》を産しますゆえ、是非封邑に賜りたく存じます」

辰砂は水銀や赤絵の具の材料である。鉱物資源としての価値の高さに目を付けるなど、なかなかの才覚だ。彼はこれ以後、『朱虚侯《しゅきょこう》』と呼ばれることとなる。

江水と漢水が氾濫《はんらん》した。民家の流失が四千軒あったと聞いたが、呂太皇太后は上の空だ。

「陳平が右丞相でおわすのは、わらわ我慢がなりませぬ。亡夫を後ろ手に縛って檻車で長安へ連行してきた男ですぞ。今に、呂一族に禍《わざわい》するのは必定です！」

妹の呂須《りょしゅ》が、往年の怨みをぶつけに来ているのである。

「陳右丞相は、そんなに危険人物か？」

「策士で、かの男の右に出る者はございますまい。亡夫も恐れておりました」

陳平についての最近の噂は、やたら美姫と戯《たわむ》れているということだ。密偵に何度か調べさせたが、彼は暇があると、お気に入りの姫と博奕《すごろく》遊びをしているらしい。

「それが本当なら、丞相として使いものになりますまい。早速罷免《ひめん》なさいませ！」

妹の告発は執拗である。しかしせっかく世が安定してきているのに、下手に突発の人事異動をすれば、諸侯に不信感を抱かせて謀反の種を蒔《ま》くようなものだ。妹にはそのあたりの機微が、全く判っていない。

姉妹が角突き合わせていると、審食其が洪水被災民の救護策を打ち合わせに来た。

「これは、とんだお邪魔を……」

呂須は気を利かせ、そそくさと長楽宮を後にした。

妹殿の好意を無にすまいと、審食其は早速呂太皇太后を奥の寝室へ追い込んだ。左丞相になってからの彼は、まるで主人気取りである。彼女は、そんな彼もたまには良いと、わざと謙《へりくだ》って気分を変えている。その方が、審食其の男性が雄々しくなるからでもある。

この日審食其は、長楽宮から屋敷へ帰らなかった。

「朕の母者は、今いずこにおわします？」

十二歳になった皇帝・劉恭が、突然呂太皇太后に訊ねてきた。

不断は聡明で従順な少年である。それがどうしたことか、やや目が吊り上がり、挑みかかる眼差《まなざ》しで呂太皇太后を見据えている。

「朕の母者は、今いずこにおわす？」

彼女が返事に窮して言葉を失っていると、少年は喰ってかかってきた。腕を伸ばして摑みかからん勢いだ。侍女たちが間に入って、呂太皇太后は事なきを得たが、少年の舌鋒は収まらない。

「母者を出せ！」

「おお怖い。そのような主上とは、とてもお話できませぬなあ」

呂太皇太后は、少年の気分を紛らわせようと宥《なだ》めにかかる。だが、少年の昂揚《こうよう》は高まるばかりだった。

「母者を出せ！」

「主上、何を血迷っておられる？　そなたの母者は、この未央宮でいつも優しゅうおわしますぞな。のう、皆の者！」

侍女たちは、声を乱して生返事をする。

「張皇后は、母ではない。これを見よ！」

少年は毅然《きぜん》とした声で言い放ち、竹簡を投げつける。呂太皇太后がそれを拾って読み進むと、顔から赤味が引いた。そこには劉恭の出生の秘密が詳しく記載されていたからだ。

「誰がこのような物を……？」

「天じゃ。天帝がお教えくださった！」

「悪戯者《いたずらもの》がいるのでございます。お見捨てくださいまし。……これっ、焼き捨てよ！」

呂太皇太后は些《さ》末事《まつじ》を装い、竹簡を捩曲《ねじま》げて宦官に渡した。

「処分なされても、それは写しにございますぞ。天帝が原本をお持ちなれば、やがて噂は天下に拡まりまする。書いてあったことは、今にして思えば全て合点がいきまする。父・恵帝はよく朕に『母御前はどこへ行かれた？』と問いかけられました。『黄泉の国で泣いておられよう』とも。それは、あなたが母を殺したということです！」

「病じゃ。他人《ひと》に言えぬ、宿痾《しゅくあ》がござったのじゃ！」

「それっ、御覧なされ！　御自《おんみずか》ら、張皇后は朕が母でないとの仰せでございますぞ！」

呂太皇太后は、年端もいかぬ少年に翻弄《ほんろう》されて血が昇った。彼女の形相の変化にも怖《お》じ気《け》づかず、少年帝はなおも言い募る。

「朕が壮年にならば、必ず母者の仇をとりまする。太皇太后、覚えておきなされ！」

『それほど長生きも叶《かな》うまいが、呂氏の禍根《かこん》だけは断たねばならぬのう』

少年帝にいつも慈愛に満ちた祖母の顔が、このときは悪鬼・蚩尤《しゆう》のように険悪だった。

「主上は御乱心じゃ。早う保護して永巷へお連れ申せ！」

屈強な宦官が駆けつけ、劉恭を捕らえた。

「下賤の者が、朕に触るでない！」

少年は叱責を続けたが、宦官は肯《き》かない。彼は、自分が『皇帝』という人の上に立つ身分にあることは知っていた。しかし、その権威の基《もと》が呂太皇太后だと悟っていなかった。

呂太皇太后は、引っ立てられる劉恭の後姿を眺めながら、告発の主に思いを馳せる。生母の、あるいは閨孺の家族。いや、一部始終を見た宦官の一人か？　それとも、噂を聞いた百官の誰かかもしれない。疑いをかければ切りのない拡がりに、彼女は想像を止めた。


皇帝の姿を見かけぬと朝廷人がざわめきだしたのは、それから一月ばかり後である。

「皇帝は病久しく癒《い》えず、惑い迷いて昏乱《こんらん》したまい、皇嗣《こうし》として宗廟を奉じ、祭祀《さいし》を守ることあたわず」

呂太皇太后は、朝議においてこう宣言した。つまり、朝廷人に先手を打って皇帝を政《まつりごと》から外《はず》したのである。しかし、どのような処置を取ろうと、誰しも、そこには尋常ならざる家庭事情があると想像していた。

「太皇太后が天下のためにお計りになることは、宗廟・社稷を安んじる所以《ゆえん》のはなはだ深いものでございます」

群臣は頓首して、彼女の詔《みことのり》を押《お》し戴《いただ》いた。こうして彼女の実質的な親政は、継続されることとなる。気の早い連中の中には、恒山王即位の下準備を目論《もくろ》む者もあった。また、それは決して無駄にならなかった。

審食其は、永巷で朽ち果てた劉恭の亡骸《なきがら》を見ていた。宦官が柩《ひつぎ》に収めてい、明日、劉弘の盛大な即位式があり、その最中に密葬されるのだ。盛大な国葬が催される。劉如意を毒殺したのが、丁度十年前である。こうしてみると、この地下牢の甃《いしだたみ》の継ぎ目に、数多の血が吸い込まれているのが判る。

彼は表舞台の式次第を打ち合わせるため、長楽宮へ伺候した。呂太皇太后が、にこやかに迎えてくれる。

審食其は待ちきれず、廊下で彼女に抱きついた。言葉を交わす必要もなく、二人は奥の間に向かう。そして、白い項《うなじ》に舌を這わせようとする。彼女はそれを受けて、首筋を伸ばした。自然と顔は天井を向く。幾何学的な、梁《はり》の重なりが見えた。そこを蠢くものを認めて、彼女は目を凝らす。それは、高帝が崩御したときに見た赤立羽蝶だった。同じ個体であるわけはない。越冬していたのなら、この一頭だけと言うこともあるまいに。そう思いながら姿を追うと、突然蝶に小さな衝撃があった。蜘蛛の巣に引っかかったのを、自力で脱出したらしい。しかし、後ろ翅が綻《ほころ》びたようで、跛行《はこう》するような飛び方だ。それは明るさに惹《ひ》かれたのか、廊下まで降りてきた。蝶は、彼女が今来た道を辿《たど》って、外へ出ようとしているようだ。

審食其は尚《なお》も烈しく迫ろうとするが、彼女の色情は急速に冷えつつあった。いつの間にか審食其を振《ふ》り解《ほど》き、蝶の後を追っている。

その赤は、彼女の幸運そのものに準《なぞら》えたことがあったからだ。蝶は頼りなく、玄関へと向かう。傷ついた翅では、もういくらも飛べまい。せめて林に舞い戻り、子孫を残して絶命せよ。彼女は心でそう励ました。

一陣の風が、廊下を吹き抜ける。幸運にもそれに乗って、蝶は長楽宮から躍り出た。彼女は、その無事を見届けようと門へと向かう。

「大叔母様！」

彼女を呼び止めたのは、甥・呂禄の箱入り娘である。側に凜々しい武官姿の青年がいる。

「婚儀、あい整いまして、御挨拶にあがりました」

斉王の弟・劉章が威儀をただして言う。呂太皇太后が追ってきた蝶は、彼の沓《くつ》に踏まれていた。叱《しか》りもできず、彼女は青年の瞳を見る。底光りする、澄んだ水晶体があった。

朱《あか》を虚《むな》しゅうする意にも取れる『朱虚侯』なる彼の尊称が、このときばかりは不吉な響きを含んでいた。

朱虚侯

しゅきょこう

絡《から》みあいながら舞い上がる二頭の蝶《ちょう》を夢見るようになったのは、一体いつ頃からだろう？それは恐らく劉章《りゅうしょう》が幼年期を脱し、女を愛《いと》おしい存在と意識するようになってからのことだ。彼は遠くからその蝶を眺《なが》めたり、蝶自身になったりしていたが、白いという以外、その形状を全く覚えていない。しかし車軸の轂《こしき》に施《ほどこ》された対《つい》の彫刻のように、あるいは紐《ひも》で結《ゆ》わえられた双璧のように、戯《たわむ》れ踊る番《つがい》になった夢は快かった。それは彼が、まだ見ぬ将来の伴《はん》侶《りょ》を思い憧《あこが》れていたからである。ところが、そこへ必ず割ってはいる恋敵《こいがたき》の蝶がいた。それは見たこともない大きな楠《くすのき》の陰から現れて執拗に双方に接近し、通い路を閉ざさんとばかり襷掛《たすきが》けの軌跡を描いて飛び回った。その焦茶地《こげちゃじ》の翅《はね》には、青く太い縦縞《たてじま》がある。屋敷の庭でよく見かける大型種だ。楠に卵を産み付けることも知っている。幼いときその根本で昼寝していた彼は、幼虫が葉を食べる烈《はげ》しい音に目を醒ましたことがあった。

『貪食《どんしょく》な奴め！』

　そう毒づいて嫌悪したりもした。

　長じるに及び、それは『斉《せい》から外に出よ』と、天からの啓示《けいじ》のようにも思えた。

　父が薨去《こうきょ》し、兄が斉王に即位した翌年、都・長安では皇帝（劉盈《りゅうえい》）が崩御した。そのような政変にあたっても諸国は平穏で、反旗を翻《ひるがえ》す諸侯など一人だになかった。もう項羽と劉邦が相争った、動乱の時代は終わったのだ。

『このまま王の弟として斉の臨淄《りんし》にいても、成人式の冠礼を受けた頃に封邑《ほうゆう》を与えられ、飼い殺しの運命が待っているだけだ』

　そう考えた夜、またしても蝶の夢を見た。

『都へ早う、いらせられませ』

　白い優美な翅を拡げた相手が甘く囁くと、それで彼の心は決まった。彼は夢のお告げで斉を後にすることになるが、それは、彼の不断の志を反映したに過ぎなかったのである。

　劉章が長安へ来たのは、呂太皇太后《りょたいこうたいごう》が幼帝の摂政《せっしょう》として立った翌年（前一八六）だった。八年前、恵帝・劉盈と対等の礼で飲酒し、彼女の勅勘《ちょくかん》を蒙《こうむ》った斉王・劉肥《りゅうひ》が彼の父である。呂太后の機嫌を取り結ぼうと領地を進呈したため、国土は少し剝《へつ》られている。

　劉章が初めて長楽宮《ちょうらくきゅう》へ赴《おもむ》いたとき、その女傑振りを聞き及んでいて、実は内心緊張していたのだった。

「悼恵王《とうけいおう》が次男章《しょう》、呂太皇太后へ御挨拶にあがりました。お取り次ぎくだされ！」

彼を案内したのは、中謁者《ちゅうえつしゃ》の張子卿《ちょうしけい》だ。呂太皇太后の寵愛深い取り次ぎ役は、やや屈《かが》み込《こ》みながら王子を睨《にら》んだ。しかし、凜々《りり》しい少年の眼光は、それをまともに跳《は》ね返していた。


「斉王の次男坊とは、そなたか？」

「はい。長安にて漢帝室の社稷《しゃしょく》を安んじるため、宿衛《しゅくえい》を仰《おお》せ付かりたいと存じます」

義理の祖母から問われた劉章は、はきはきと応える。

呂太皇太后は、他界した息子になかった潑剌《はつらつ》さを愛した。彼を劉盈に準《なぞら》えてみようと思ったのだ。

「漢帝室のため、近衛《このえ》兵になりたいとな。斉の臨淄から長安まで大儀じゃ。郎中令《ろうちゅうれい》・呂禄《りょろく》の麾下《きか》に入るよう申しつけよう」

思春期の劉章から見ても、呂太皇太后は老婆という印象はない。年長の女の残り香が、まだ充分に感じられた。その側にいつの間にか現れた男は、左丞相《さじょうしょう》の審食其《しんいき》らしい。中謁者の張子卿と、あまり仲が良くないと聞いている。

宿衛とは、軍の宿舎で寝起きして宮殿や都の警護をすることである。劉章は斉を離れ、長安に骨を埋めるつもりでやってきていた。

　彼は郎中令府へ出頭する前、未央宮《びおうきゅう》西側の小高い丘から町並みを眺めようと思った。彼がそちらへ足を向けると、宮廷で飼われているらしい犬が、鼻を鳴らして付いてくる。渭水《いすい》から引き入れた小川が、滄池《そうち》と呼ばれる水遊び場を作っている。そこで、犬が水を飲む。対岸に建てられた楼閣の赤い柱が水面に映《は》え、丘の頂《いただき》には楠の巨樹が聳《そび》えていた。夢に出てきた樹と形が似ている。そこには彼よりやや幼いが、大柄な少年がいて枝から葉を捥《も》いでいる。上質な絹の衣服を着ているところから、王族であるのが判る。ただ、縁飾《へりかざ》りは青色を使っていた。

「何をしておられる？」

　声をかけると、犬が尾を垂れて今来た道を戻っていく。

「！……」

　衣冠を整えた劉章に問われた少年は、一瞬はっとしながら無言でいる。相手の身分も王族だと判ったからだろう。一歩近づこうとすると、相手は樹の裏へ廻って姿を消した。

　劉章は、夢の蝶を思い出した。

　郎中令府の本営は、操練場の前にある。要するに近衛師団本部である。常備兵の宿舎もそこに隣接されている。

劉章が門衛の詰め所へ出向いて名告《なの》ると、劉氏の傍流らしい係官が、無愛想に彼の部屋を割り振ってくれた。

「足下《そっか》の荷が届いておった。奴僕《ぬぼく》に命じて運ばせておいたゆえ、検《あらた》められたい」

「かたじけのうございます。お手数をかけました」

「待てっ、足下は斉の臨淄から来たのであろう。それにしては……」

係りの劉氏は、劉章の身成《みな》りが整っていると言いたいのだ。それでいて、森を歩いてきたので汚れている。

「宿衛を希望しての都詰めなら、なぜ一番にここへ来ぬ？」

このような咎《とが》めだてが、この男の趣味らしい。だがそこへ、美々しい将官姿の武人が二人現れて、係官は直立不動となる。

「斉王肥《ひ》殿の次男とは、そこもとか？」

「はっ、章でございます。到着が遅れて申しわけございませぬ」

彼らは、譴責《けんせき》に来たのではないようだ。にこやかに劉章を取り巻いて、部屋まで付いてきた。

「寡人《われ》は郎中令の呂禄、これなるは衛尉《えいい》代行の酈奇《れきき》殿じゃ」

近衛兵の最高司令官と皇宮警察の署長が、一緒に訪ねてきたようなものである。呂禄は呂太后の甥で酈奇は衛尉・酈商《れきしょう》の息子だ。この二人は仲が良いらしい。さすがに劉章もどう応対すべきか、なす術《すべ》がない。

「寡人は斉王に痛く世話になったことがあってのう。いや、これは失礼。一昨年薨去《こうきょ》されて、諡《おくりな》を確か……」

「悼恵王《とうけいおう》と申します」

「そう、それじゃ。今は冥府《めいふ》にて安らかにお眠りであろう」

「寡人も父から国相であった曹参《そうしん》殿の噂と、先代斉王の噂をよく聞きましてのう」

二人はしばらく、そのような四方山《よもやま》話をして帰っていった。劉章は彼らがなぜ直々《じきじき》にやってきたのか判らない。地方王族に対する敬意でもなさそうだ。詰まるところは呂太后の長女に領地を分け与えたことで、自分たちにも将来、斉の一部を寄進せよという謎かけと受け取るしかなかった。


審食其《しんいき》は、長楽宮の門を潜《くぐ》った。

「高后《こうごう》は奥座敷におわすか？」

「先ほど、中謁者殿が訪ねてこられました。何やらお話し合いの御ようすでございます」

少年皇帝・劉　恭《りゅうきょう》と遊んでいる師傅《しふ》は、応えてから後悔の表情をする。審食其の顔が強張ったからだ。中謁者の張子卿と彼は、反《そ》りが合わないと評判だった。

審食其は廊下を独り進んで、奥座敷に向かった。ここまで来ると、侍女たちも遠慮して立ち入らない。そのような場所で張子卿が何をしているか、おおよその察しはつく。

「臣食其《いき》、御注進に罷《まか》り越しました」

彼はそう呼ばわって、ずかずかと座敷へ入っていく。自らを『臣《しん》』と言い、その後ろに名を付けて一人称に用いるのは、文字どおり主従関係を意味している。が、左丞相に出世してからの審食其は、主《あるじ》たる呂太皇太后への謙譲の念が薄れていた。またそれを、彼女も敢えて許している節があるのは確かだ。

「これは誰かと思えば、左丞相殿。火急の御用か？」

誰かと思えばとは笑止である。このような所へ、案内もなしに立ち入れるのは彼しかいない。寵愛を受けている中謁者といえども、ここまでは侍女が先導してきているはずだ。

呂太皇太后は、皮革で柔らかく拵《こしら》えた座に、居住まいを正した。そして、今までそこで身体を近づけていたであろう張子卿は、慌《あわ》てて下座で畏《かしこ》まっている。

「お人払いを……」

「中謁者殿、御苦労であった。お陰で肩の凝《こ》りが解《ほぐ》れましたぞ」

呂太皇太后に労《ねぎら》われて、張子卿は静かに下がっていく。

「按摩《あんま》ならば、寡人も得意。今まで何度も、してさしあげましたがなア」

「そなたも今では左丞相。そこまで、してもらわずともよい」

「若い方が力がございますからな」

「ほう、年甲斐もなく妬《や》いておられるか？」

審食其は口の端を歪《ゆが》めて、彼女の背後に廻った。そして肩胛骨《けんこうこつ》の周囲を、優しく指で摑みだす。

「ほんに、中謁者殿よりも壺を心得ておられまするのう」

彼女の表情に喜悦が走る。それと見た審食其の手が、素早く懐《ふところ》に入った。

「まだ、陽《ひ》が高こうございますぞ！」

「張子卿は、ここまでしてくれますまい」

審食其は、呂太后の張りを喪《うしな》っていない乳房をまさぐって、意地悪く囁いた。彼女の表情は、快楽の池に蕩《たゆた》う藻と化す。

「これより先は、……そなたのみの特権じゃ……」

さもあろう、と審食其は声を殺して笑う。そして呂太后の袿《うちかけ》を剝《は》ぎ取り、裳衣《しょうい》を荒々しく開いた。息づかいの烈しい彼女が目を瞑《つむ》ったとき、左丞相は深衣《しんい》をはだけて押し入る。

『張子卿と交替するかえ？』

かつて審食其の身体が勢いを喪いかけると、彼女はこう言って挑発したものである。その度に彼の血潮が滾《たぎ》り、男としての怒りが堅く盛り返して精が漲《みなぎ》った。左丞相に出世してからの彼は、もうそのような手管《てくだ》を使われずとも、常に下半身に虎狼《ころう》を飼っているごとくである。もう卑屈《ひくつ》な家臣ではないとの思いが、彼をそう振る舞わせているのだ。

『あやつがどう逆立ちしても、このように呂太后を差し貫くことなど叶うものか！』

審食其は、さきほどまでここにいた中謁者を心の中でそう罵《ののし》る。

張子卿は宦官《かんがん》である。つまり、宮刑の果てに男性器を除去され、奴僕《ぬぼく》として宮廷の雑用を仰せつかっている存在だ。未央宮にも長楽宮にも、その数何千人と言われる宦官がいる。彼らの唯一の特権は、後宮《こうきゅう》への出入り御免である。男としての機能を喪っているがゆえだが、舌技で奉仕した者もあると伝えられている。だから審食其が張子卿に対し優越感に浸《ひた》れるのは、呂太皇太后と交合しているときである。しかし、中謁者・張子卿が彼女に寵愛されているのは、宦官特有の気配りもさることながら、情報収集能力の確かさからでもあった。

「後宮の女どもを、地方王に下げ渡してやろうかと思いおりますが、左丞相殿はいかがお考えかのう？」

審食其が果てると、呂太皇太后はさっそく政策方針の一部を語りだす。

「ほう、あの美女連を、……もったいないの一語につきますな」

萎えた陽物を引き抜きながら彼が応える。

「全《まった》く……、男どもはすぐこれじゃ！」

彼女は裳衣《しょうい》の前を合わせながら、情夫の腿を抓《つね》った。

「しかし、今また何ゆえでございます？」

彼女の色男は、顔を蹙《しか》めて問いかける。

「判らぬか。主上はまだ十に満たぬ歳じゃ。後宮を整えるには、もう五年かかろう。今、あそこにおる恵帝の姫妾《きしょう》どもも、もうすぐ服喪期間を終える。里へ帰らせれば、何を言い出すか判らぬ」

「地方王に下げ渡せば、なおのこと危なくはございませんかな？　主上の母御前《ははごぜ》を始末した秘密など……」

「見せしめに、噂好きの姫妾を三人ばかり処刑した。あらぬ話を流さば、このような憂き目《うめ》だとの見せしめじゃ」

「なるほど、地方王の下にも間者の目が光っていると脅《おど》しておけば、充分でございますな」

要は、地方王に恵帝の恩徳を施すとありがたがらせ、彼らに秘密保持と彼女らの食い扶持を保証させる一挙両得を計る腹である。そしてまた上手《うま》く行けば、間者として地方王の内情を探らせることもできる。

これを提案したのも張子卿である。彼は宦官を率いる立場にあり、早く新帝が後宮を活用するための下準備をしたかったのだ。

「ところで、悼恵王の次男坊は使えますかのう？」

「おう、その報告にあがったのでございました。中謁者殿にばかり良い目を見させてはと、つい心が逸《はや》りました」

「面白いお方《かた》じゃ。……それで？」

「操練場での態度は謹厳実直、校尉《こうい》の風格があるともっぱらの評判です」

「そうか、頼もしい。やはり、わらわの目矩《めがね》に狂いはなかったのう！　して、斉国の内情についてはいかがなものか？」

「国相として派遣している召平《しょうへい》からの報告では、悼恵王の妃筋《きさき》に野心を抱く御仁《ごじん》がおります由《よし》」

「駟鈞《しきん》であろう。何やかやと、嘴《くちばし》を挟みたがる斉王の舅父《しゅうと》じゃ」

「他にも祝午《しゅくご》、魏勃《ぎぼつ》など、一癖ある連中が、王宮を闊歩《かっぽ》しておるとのことでございます」

「ならばなおのこと、劉章を長安へ留め置こう。呂氏の一角に身を置くことを、本人も望もうほどに」

呂太后は張子卿を使いにたて、劉章を長楽宮へ呼ぶことにした。

まだ要領が飲み込めない審食其は、周囲を眺めながら鼻腔を拡げる。

「乾いた香がいたしますな」

「楠《くす》の葉を乾燥させ、粉末にし、固めたものじゃ。虫避《よ》けになると申すでな」

呂太皇太后はそう言って哄笑《こうしょう》した。

この二人のようすを知る者は、宮廷内にはいない。だが一人、審食其が奥の間に入ってからの一部始終を覗《のぞ》いている者があった。

劉章は突然、列侯に昇進することとなった。驚くには当たらないのかもしれない。斉王の家督を兄が嗣《つ》ぎ、次男の自分にもそれ相応の領地割譲があってしかるべきである。だがその仲介を、呂太后がしてくれたことが気になった。斉国領の好きな封邑を選べと言われたので、彼は『朱虚《しゅきょ》』と応えた。

以後彼は『朱虚侯』と呼ばれることになるが、近衛兵としても校尉の位を得た。若き連隊長の誕生だ。これには本人がやや驚く。入隊して、まだ一年余りしか経っていないからである。

『王族が宿衛にきているのだ。出世も当然のことだろう』

『いや違う。高后は、劉氏に恩を売りたいのだ』

『読みが浅うございますぞ。恐らく懺悔《ざんげ》を兼ねた、劉氏の切り崩しです。自らの罪を、劉氏の王子贔屓《びいき》で誤魔化《ごまか》し、他の劉氏との結束を弱めていると見ました』

周囲ではさまざまな受け取り方があった。しかし、呂太皇太后の意図は縁談だったのだ。呂禄の娘を劉章に引き合わす段取りが始められる。劉章はそう聞かされて、着任早々呂禄と酈奇が訪ねてきた一件や、今回の出世が一連の意図をもってなされたことだと悟った。また以前見かけた舞陽侯・樊噲《はんかい》の未亡人・呂須《りよしゅ》の顔が脳裏《のうり》に現れ、背筋に寒さを感じた。あの血筋の、醜女を妻とするのかと……。

それからしばらく、何事もなく過ぎた。縁談が壊れてくれたのなら、その方が良いと願った。だが、違った。少年皇帝・劉恭《りゅうきょう》が急病と発表されたのだ。皆がそのことにかまけていて、話が進まないに過ぎなかったわけだ。またその日以来、劉恭の姿を見ることもなくなった。

恒山王・劉弘《りゅうこう》が、皇帝として立てられると盛んに噂されるようになった。

劉恭が他界したのであろうか？　しかし、どこでどのような死に方をしたのか、詳しく知っている者はない。永巷《えいこう》で餓死したとの風評も立ったが、確認する術《すべ》もない。彼は張皇后の子でないと陰口を叩かれ、即位するであろう幼年皇帝は、恵帝の胤《たね》ではないと囁かれている。

劉章はそのようなことに、大して興味はなかった。要は、呂太皇太后が生きている限り、彼女が権力の全てを掌握しているのだから、それを崇《あが》める以外に道はないのである。

劉章が郎中令府の用で未央宮へ出向いたとき、かつて森で遭《あ》った犬が擦《す》り寄ってきた。宮城内を徘徊しているのであるから、周辺に飼い主がいると思《おぼ》しい。しかし、呼び声がかからず付いてくる。こいつに彼は、かなり気に入られているらしい。

前殿の階段付近で、人の言い争う声が聞こえた。驚いて周囲を見渡すと、青い縁取りの薄汚れた絹の衣を着た大柄な少年が、年輩者二人に制せられている。その姿を見た途端、犬が逃げ出す。彼らの背後には、清楚《せいそ》な裳衣に包まれた、芍薬《しゃくやく》を思わせる娘がいた。

「長《ちょう》殿、そのような形《なり》で宮殿においでたら、お咎《とが》めを蒙《こうむ》りますぞ！」

「俺のもとへ来い！　返事を聞くまでどこへも行かせんぞ！」

少年は執事たちに押さえられているが、彼らの声など耳に届いていない。娘にだけ、ぎらついた視線を送り続けている。

「御無《む》体《たい》な。長殿、お止《や》めくださいまし。お嬢様が困っておられます」

『長』というのが、この大柄な少年の名らしい。かつて劉章が、未央宮西側の森で見た少年である。横車を押す彼に対して、執事らしい二人がやや遠慮ぎみなのは、少年が王族だからであろう。それにしても、俺という一人称をつかうのは相当な心の荒《すさ》みである。

少年は、力ずくで大人二人を投げ飛ばした。屈強な兵士並の膂力《りょりょく》があるのだろう。

「俺のもとへ来い！」

「厭《いや》でございます！」

「ならぬ、来い！　后《きさき》の位を授《さず》ける」

少年は恋心を包み隠さず、強引である。衆人環視の中でこのように振る舞えるのは、尋常な神経の持ち主ではない。

「わたくしには既《すで》に、決まった相手がございます」

「何だと、誰だ！」

「しゅきょ……」

彼女が言いかけたとき、衛兵が駆けつけてきた。倒された執事の一人が呼んだのだ。

「長殿、これ以上暴れると、高后へ有《あ》り体《てい》に申し上げ、それなりの処置をしていただきますぞ!」

衛兵の校尉は、そう言いながら娘と少年の間に立った。彼の不埒《ふらち》さは、どうも今に始まったことではなさそうだ。少年はなおも突っかかろうとしたが、衛兵どもに盾《たて》で囲まれてなす術を失った。この隙に娘は、西安門の方へ逃れていく。

「いくら高祖陛下の末っ子で、形の上では王位を拝命しているとはいえ、あれでは漢帝室の面汚しだぞ」

「なんでも犬がお嫌いで、宮廷で飼われている犬は、皆あの公子に棒で叩かれて、今では決して近寄らぬらしいな」

「郎中令殿も、御息女が、とんだ男に横恋慕されて弱っておられよう」

「さよう。あのように、いつも泥や土が付いたような形《なり》では、惚れている女でも逃げましょうて」

傍《はた》で見ていた文官たちの囁きが聞こえる。

郎中令とは呂禄である。だとすると、意に染まぬ求婚を気丈に拒絶していた娘こそ、劉章の縁談の相手なのだ。彼は改めて彼女を見送りながら夢の蝶を思った。

＊

「きっと、きっとでございますぞ。必ずや、わたくしの名を趙国へ行く随員の中へ入れてくだされや」

「判り申した。趙王は如意《によい》、いや違った。このお方は十年以前に薨去《こうきょ》されました。現在は、友《ゆう》様ですな」

「趙同《ちょうどう》殿は頼りない。ほれ、もう一枚金子《きんす》を渡すゆえ、決して間違ってくださるな！」

「御心配めさるな。竇姫《とうき》殿。あなたさまは、良い星のもとにお生まれじゃ」

美しい宮女に懇願された宦官《かんがん》は、竹簡《ちくかん》の書き込みと二十八宿の星座表を点検し直している。彼独特の占いらしい。

彼女たちを諸国の王に下賜《かし》する作業が、始められているのである。先ほどの宮女がなにゆえ趙国を希望しているのか判らない。郷里だからかもしれない。だが、今一つの噂が、趙国の希望者を多くしていることは確かだ。

趙王の劉友のもとへは、正后として呂氏の娘を娶《めあわ》していた。が、これも二目と見られぬ醜女で気位ばかり高く、趙王は嫌気がさしてほとんど肌を合わせていない。

先般この后が長安へ戻ってきて、自らの身の上を涙ながらに訴えていた。この噂は後宮《こうきゅう》を駆け巡る。容色に自信のある女たちは、勢い趙国へ行きたがった。あわよくば王子を生んで、后に昇格できる可能性があるからだ。

「趙同殿、いいかげんにしておかぬと、収拾が付かなくなりますぞ！」

「中 行説殿《ちゅうぎょうえつ》、お堅《かた》いのう。一応の便宜を計るのも我らが役目でございましょう」

「それにしても、我の故郷・燕《えん》へ行きたい者はおらんのか？　今の美姫など、丁度、間の代《だい》あたりでもいいではないか！」

宦者二人が女官の配所を決めているのを、張子卿は黙って聞いていた。金子を受け取った宦官に苦言を呈するでもない。処罰しないのは、これが彼ら唯一の小遣銭稼ぎだからだ。竹簡を点検しながら、宦官は卑屈な嗤《わら》いを漏らして上官に拱手《きょうしゅ》する。

張子卿はそれに構わず、奥の居室へ向かった。そこには、青い縁取りの薄汚れた絹の衣を着た、大柄な少年がいる。だが、一見したむさ苦しさに似合わぬ清々《すがすが》しい香りがする。

「また随分派手に、立ち回られましたな」

「……大したことではなかろう。俺はしたいようにする」

「また！　王族ならば寡人《かじん》と仰《おっしゃ》いませ！　他人《ひと》の目というものは、怖うございます。いくら高后でも、庇《かば》いきれぬようになりますぞ！」

少年は劉長という。高祖劉邦《りゅうほう》、最晩年の末子である。母は父の前年に他界していたため、遺勅により呂太皇太后が彼を引き取って育てたのだ。しかし、必要以上の愛情は注いでいない。

「どうせよと申す？　あの娘は、俺のものにしたい」

「お諦《あきら》めなさいませ！　相手が決まってございます」

劉長を陰になり日向になり可愛がってくれたのは、中謁者の張子卿のみである。だから寂しくなるといつも、後宮裏の中謁者の部屋へ忍んでくる。この問題児が心を開けるのは、彼だけなのだ。従ってその諫言《かんげん》には渋々肯《うなず》くのである。

「何だと。それは誰じゃ？」

思春期の少年は、他人との折り合いが下手《へた》である。だから、自分の思慕の情を上手《うま》く伝えられずにいる。呂禄の娘との間を取り持つ使いもなく、ただ焦燥感だけが募っていく。

「朱虚侯《しゅきょこう》です」

「聞き付けぬ名じゃ。どのような素性で、何をいたしておる？」

「斉の悼恵王の御次男で、今は、郎中令付きの校尉をしておられます」

こうなれかしと話を進めているのは、呂太皇太后である。従って後見人役の張子卿としても、劉長の提灯《ちょうちん》持ちはできぬ相談なのだ。

「なんだ。高帝の孫ではないか」

「着実に実力をお付けになっておられます。長殿、もう劉氏というだけでは世は渡れませんぞ。営陵侯《えいりょうこう》を御覧なされ」

「あいつがどうした？」

「高祖の遠縁でございます。陳豨《ちんき》の反乱を鎮めて、武将の王黄《おうこう》を虜《とりこ》にした功績もございます。なれど、列侯の身分に甘んじ、最近では斉の学者に師事しておられるとか」

「くだらぬ。やつは劉沢《りゅうたく》などと名告《なの》っておるが、本当に劉氏の血を引いた者かどうか判らぬ。だから、俺のように地方王には成《な》れんのだ。高后への御機嫌取りに、臨光侯《りんこうこう》（呂須）の娘を娶っておるが、父親（樊噲）似の、あんな醜女をよくも迎えたと思うぞ！　これも、王に成りたい一心からだ。哀れよのう」

「朱虚侯は将来、地方王に成られるやもしれません」

「女を賭けて、勝負してやろうぞ！」

「武道にも励んでおられる由。執事どもを投げ飛ばすように、まいりますかな？」

「ふん、そのうち吠《ほ》え面掻《づらか》かしてくれる」

「お止めなさいませ。何の得にもなりませぬワ。それよりも、もっと大事なことがございます」

「何だ。それは？」

「母上の仇討《かたきう》ちでございます」

「！……母は、産後の肥立《ひだ》ちが悪うなって他界したとか聞いたぞ」

「いいえ、実際は自害でございます」

「……自害？　しかし、それにしても仇などおらぬが道理……」

「いいえ、実際にそうなるよう、追い込んだ者がおります」

「……ならば、討ち取ろうぞ。誰だ？」

「左丞相でございます」

「辟陽侯《へきようこう》のことだな。暇さえあれば、いつも高后と交接《まぐわ》っておる男ではないか？」

「長様、そのような噂を、軽々しく仰せになってはなりませぬ！」

「何が噂なものか。俺はこの目で、何度も二人が重なり合うのを見ておる」

「……長楽宮の奥の居室に、隠れておられたのですか？」

「そうだ。良い見物席があってな。俺は物心付く頃、高后と辟陽侯が裸になって抱き合うのを見て、男と女というものを知った」

「信じられませぬ。あの部屋へはみどもも幾度となく出入りしておりますが、そのような隠れ場所があろうはずは……」

「そうかな？　先日、おぬしが高后の肩を揉みながら、宮女を地方王に下げ渡そうと提案していたことがあったであろう。あのおり、辟陽侯が突然入ってきて『お人払いを』と言わなんだか？」

張子卿の顔色が変わる。劉長はそこを畳みかけた。

「親父が出ていって一呼吸もせぬうちに、あの男は高后の裳衣を脱がせて一物《いちもつ》を突き立ておったぞ」

張子卿の肌が蒼白になる。

「こ、高后に知られれば、ただの処刑では済みませぬぞ！　しかし、どこに隠れるような場所がありますのじゃ？」

「ほう、興味があるか？　今度、辟陽侯が長楽宮へ行くときがあらば、教えよう。その前に、なぜ奴《やつ》が母者の仇なのか教えてくれ！」

＊

「それでは、みどもの叔父と言うことでございますか？」

「さよう。年下のな。悼恵王は、高祖陛下の御長男として斉に封じられた。劉長殿は末子ゆえに、形式上は淮南王《わいなんおう》となっておる。お二人の歳の差は三十近《ちこ》うあろうからのう。朱虚侯は叔父に当たるあの公子よりも、三年ほど年長だな」

劉章のもとへ、ようやく正式な縁談がもたらされた。喜んで饒舌《じょうぜつ》になっているのは、岳父《がくふ》になる呂禄《りよろく》である。

劉長が小町娘に横恋慕しているのは、長安中の話題になっていた。だから婚儀を整えるに当たっては、当然、呂太皇太后から劉長に『これ以上言い寄って、わらわに恥を掻かせるな！』と釘を刺すことになる。

呂禄は劉章に、問題児を封じた経緯を、名状《めいじょう》しがたい矜持《きょうじ》の念をもって語った。いわば、芍薬《しゃくやく》のように美しい娘の父としての誇りだ。

「それにしても、趙という国はつくづく因果《いんが》な土地柄だ」

呂禄は、最近出戻った一族の娘の噂話をしたいのではない。劉長の母の出自を言っているのである。劉邦が晩年、ここへ功臣・張耳《ちょうじ》を封じた。彼の諡《おくりな》は景王という。

「景王の御子息が張敖《ちょうごう》、つまり宣平侯《せんぺいこう》だ。当初家督を嗣《つ》がれ、高后の長女を娶って王の位におられたのは存じておろう。ところがここへ高祖が遊びにゆかれて、見初《みそ》められた後宮の美人が、公子長殿の母者でな。一夜の伽《とぎ》を命ぜられて懐妊したと言うことだ。ところが、高祖の態度が何かにつけて不遜だと憤《いきどお》った趙国の家臣どもが謀反を企《くわだ》てて、それが発覚し、高官が全員捕らえられた。その中に例の美人もおって、丁度、臨月だったらしい。高帝は趙王の嫌疑の是非を査問するのにかまけて、彼女のことは放擲《ほうてき》しておられた。美人は高后に助けを求められたが、何しろあの御気性。嫉妬の炎を燃やしてさっぱり取り合わず、彼女は長殿を産み落として自害なされたのだ」

「それではなぜ、青い縁飾りを付けているのでしょう？　両親ともに喪った者は、白を用いるはずですが……」

当時、衣服の縁飾りで家族の状況を知らせていた。劉長が用いた青は、両親が揃っていて祖父母を喪った者の色である。

「高后が『わらわを母と思え。張子卿を父と思え!』そう言い聞かせているからだ。高帝は、趙王が謀反に荷担していないと知って、美人を助けてやらなかったことを、いたく後悔なされてのう」

「だから引き取って、高后に養育を命ぜられたのですか?」

「そのとおりじゃ。しかし趙王の嫌疑は晴れたものの、家臣の監督不行届の罪は免《まぬが》れぬ。よって、諸侯に格下げとあいなったわけだ」

「その側杖《そばづえ》が、当家に参ったのでございますな。父・悼恵王は恵帝と対等の礼で飲酒したとて咎《とが》められ、領地を剝《へつ》って、宣平侯の奥方に太后の称号の熨斗《のし》まで付けて贈る羽目《はめ》になりましたそうな」

「要は斉の領地内に新たな国を作って、御長女を王后にすれば、自ずと男孫は国王となりますからな」

「その国は、既にできてございますぞ」

「はて、どこであろう?」

「父が薨じたとき、管理していた薛郡《せつぐん》の一部を、孔子の故郷・魯《ろ》国として復活させております。都の曲阜《きょくふ》には王がおらず、国相だけ派遣された状態で……」

「ほう、これは手回しの良い!」

呂禄は感心している。だが、知らぬはずはなかろうと劉章は思った。また一方で、権謀術数とは縁のなさそうな岳父を信ずる気にもなる。

『いや、本当に知らんのかもしれぬ。曲阜は儒学の聖地だが、高帝は始皇帝と同じく儒家を冷遇した。今この朝廷で持《も》て囃《はや》されているのは無為自然を唱える道家だ。君臣幼長の礼節や仁義を重んじる儒学とは、正反対の思想である。従って、魯国を打ち立てたとて誰も注目しない。諸侯の反感を買わぬため、そのような土地柄を確保したのが、高后の老獪《ろうかい》さなのだ』

劉章は改めて考え直した。

呂禄の趙国への感慨は続く。

「趙国の主は、張敖から劉如意に変わったが、あの御仁がどうなったかは聞いていよう」

「はい」

劉章はさすがに小声で応える。

「その後釜《あとがま》に座った劉友は、とんだ娘を娶らされて気の毒をした。気立ての悪い宿瘤《しゅくりゅう》のごとき后では、後宮に入り浸《いびた》るのも無理はないて……」

呂家から迎えた后を帰したとあれば、劉友もただでは済むまい。呂禄は哄笑しながら、婉曲《えんきょく》に娘を自慢しているのである。

「皆、苦労するのう。宣平侯も最近身体の具合が優れぬらしい」

張敖が他界したらそれを機に、呂太皇太后は娘を魯の太后として孫を魯王にするだろう。

しかし魯国以外にも、呂国が斉の領土から造られている。ここの王は呂台《りょだい》であるが、即位した年に物故して今は息子の呂嘉《りょか》が封じられている。しかし素行が悪く、評判が良くない。碭《とう》郡《ぐん》の一部からは梁《りょう》国が造られ、呂産《りょさん》も王とされていた。これからも、似たような国が増える可能性はある。

『劉氏以外は王たるべからず』

呂太皇太后は、済《な》し崩《くず》しにこの原則を葬り去ろうとしている。劉氏や功臣諸侯たちがどの程度これに不満なのか、劉章は調べてみようと思った。

劉章が初めて呂禄の娘に会ったのは、五日後の昼である。翌日は新帝弘《こう》の即位式があり、めでたいこと尽くしだ。

呂家で会食し、二人は初めて語り合った。

「わが叔父に、だいぶ梃子《てこ》摺《ず》っておられましたな。先日、前殿の階段の一件、おこととはつゆ知らず、遠目にいたしました」

「お恥ずかしいしだいでございます。次ぎにあのようなことがあれば、お助けくださいますか？」

「この身を挺《てい》して、お守りいたそう」

二人の会話は、初対面と思えぬほど弾《はず》んだ。小町娘は、かなり前から劉章の嫁になる心構えができていたようだ。恐らく父親に操練場の本営へ連れて行かれ、その窓から、鎧《よろい》姿も凜々《りり》しい彼の武官振りを垣間《かいま》見《み》たことがあったのだろう。

一頻《ひとしき》りの歓談を終え、二人は呂太皇太后に慶賀を伝えようと、長楽宮へ挨拶に罷《まか》り出ることとなった。即位式前日の吉報ならば、彼女も喜ぶだろうとの配慮である。

軺車《しょうしゃ》と容車が一輛ずつ整えられ、それぞれに陪乗者が付き添って都大路を進んだ。容車には帳《とばり》があって主人公の姿は見えないが、軺車は蓋《かさ》を立ててあるだけだから、劉章の姿は判る。都人士はそこから容車の主を推し量り、察しの良い者は呂禄に祝いを述べに走りはじめた。

長楽宮の門前に着くと先触《さきぶ》れでもあったのか、呂太皇太后が玄関から出てくるところだった。彼女の視線はあらぬ方向にあった。雲か鳥を眺めているのであろう。

「大叔母様！」

小町娘が呼びかけて、ようやく呂太皇太后の目が二人を捕らえた。不意を突かれて、一瞬表情が凍ったようにも見えた。それは玄関の奥から姿を現した、審食《しんい》其《き》のせいなのかもしれない。

『二人の仲は公然の秘密だ。何をいまさら、小娘でもあるまいに！』

劉章は、案外可愛い呂太皇太后を見つけた気がした。

き言う。

「婚儀あい整いまして、御挨拶にあがりました」

青年武官は慌てて姿を隠す審食其を見ながら、綺麗に磨かれた沓《くつ》を一歩踏み出してはきは
「!……」

呂太皇太后は言い淀んでいる。青二才の劉章に、気圧《けお》されているようだ。

このときどこからか、例の犬が鼻を鳴らして近寄ってきた。

「まあ、かわいい!」

小町娘が犬の眉間《みけん》を撫でて、早速手懐《てなず》けようとする。

「猟犬が、王宮を行ったり来たりしておるとは何事ぞ。早う犬舎へ繋《つな》ぎや!」

呂太皇太后は良い照れ隠しができたとばかり、周囲に叱責を飛ばす。

衛兵数人が縄をかけて犬を引《ひ》っ括《くく》ろうとしたが、厭《いや》がる獣《けもの》に咬《か》まれて取り逃がしてしまった。犬はそのまま都大路を走っていく。

このとき、劉章の心で何かが弾《はじ》けた。それは呂太皇太后に抱いていた、女傑の呪縛《じゅばく》だったのかもしれない。

＊

張子卿《ちょうしけい》は劉長の導きで、蜘蛛の巣を払いながら狭い隠し廊下を進んでいた。これは漢帝室が謀反を懸念した、いざというときの逃走用の抜け道である。

蕭何《しょうか》は王宮建設に当たって、ここまで考えていたのである。長楽宮にあるのならば、恐らく未央宮にもあるはずだ。なのに知っている者がないのは、劉邦と蕭何の死が続いて、伝える暇がなかったからだ。あるいは、恵帝が知っていたのかもしれない。だが戚《せき》夫人の姿を見た衝撃で、忘れてしまったのだろう。

ともかく、劉長がこれを再発見したのだ。孤独だった彼は、宮殿を隅《すみ》から隅まで研究し尽くしたに違いない。壁の厚さや廊下の不自然な迂回《うかい》など、彼は物置の壁を叩き床下まで這って調べたはずだ。だから、いつも汚れた形《なり》だったのだ。そして、どこへでもやってきて吠えつく犬を嫌ったのである。また虫避けに、除虫菊や楠の葉の乾燥粉末を巧みに用いた。これは宦官たちから仕入れた知識である。犬どもが楠の臭いに弱いので、常に葉の粉末を持ち歩くようになっていた。犬は条件反射で、彼の姿を見ただけで逃げるようになる。

張子卿は長楽宮の奥へ奥へ進むうちに、興奮を覚えた。そこで呂太皇太后と辟陽侯が絡み合うのかと思えば、疾《と》っくに喪ったはずの性の悦楽が回復してくる思いだった。

劉長の歩調がゆっくりになる。張子卿も、できるだけ忍び足で歩いた。やや広い空間に出る。そこは、呂太皇太后の居室の物置だ。柳行李《やなぎごうり》が幾梱《いくこり》かあるだけの、不断開けられることもない密閉された空間である。隠し廊下との区切りは板戸一枚であるが、それは音もなく動く仕掛けになっている。

物置の隙間から、居室のようすが手に取るように判る。

『今日は気分が優れぬゆえ、お引き取りなされよ』

呂太皇太后の声が、くぐもって聞こえる。審食其に帰れと言っているのだ。

『それはなかろう。明日の式次第のことも話さねばならぬ』

二人だけのとき、審食其はぞんざいな言葉遣いなのが判る。

『そのようなことは、陳右丞相と曹御史大夫に任せておけばよろしかろう』

『おことの意向を、伝えておかねばならぬ。懸案事項を確認いたそう』

何と言うことだ。審食其は呂太皇太后に対し、臣下が決して口にできない二人称を使っている。これは張子卿が、どう逆立ちしても喋《しゃべ》れない台詞《せりふ》である。

横を見やると劉長が、当て外れだという顔付きをしている。不断はこの部屋へ入った途端、二人の濃厚な濡れ場になるのであろう。

『明日でも間に合いましょう』

『ええい、聞き分けのない。それでは間に合わぬワ!』

突然、人が倒れる音がした。目を凝《こ》らすと審食其が、厭がる呂太皇太后から裳衣を脱がせている。勝ち気な彼女が、必要以上には抗《あらが》っていない。本当に意に染まぬなら、黙って身を任せはしないだろう。これはいわば、馴れ合いの前戯である。

『朱虚侯は……』

呂太皇太后は劉章のことを切りだそうとしたが、こみ上げてくる喜悦に舌が縺《もつ》れたようだった。張子卿は固唾《かたず》を呑んで、それを観察し続けた。あとは彼女の、善《よ》がり声だけが響きわたる。

『明日は、誰が迎えに来てくれるのじゃ？』

『臣があがります』

情交が終わると、二人には主従関係が蘇る。

劉長も張子卿も、それがおかしかった。主客は、射精をもって交替するらしい。だとすれば審食其の肉体の充足は、彼女に対する指揮権の回復に他ならない。

張子卿はその夜、下半身に勃然《ぼつぜん》と屹立《きつりつ》するものを感じた。男根も睾丸《こうがん》も切除した身が、そんなはずはない。しかし脳細胞への刺激著《いちじる》しく、頭が冴《さ》えてほとんど眠れなかった。他人の、否、女主人の情事とは、これほどまでに悩ましいものなのであろうか？　だとすれば、あのような情景を思春期以前から見続けてきた劉長の心と身体は、どのように成長してきたのであろう？　恐らくは隠し回廊を利用して、主を喪った後宮に入り込み、服喪に飽き飽きしていた姫妾たちと性の処理をしていたはずだ。その女たちも近々諸国へ下げ渡されるとならば、彼も正式な嫁が欲しくなるのも当然と言えた。

幼帝の即位の儀は、滞《とどこお》りなくすんだ。

張子卿が未央宮から屋敷へ戻ると、書簡を携えた少年が待っていた。渡された竹簡は斉の説客・田生《でんせい》からの依頼状と判る。営陵侯・劉沢《りゅうたく》が師事する男である。

読み進むと、使いの少年が彼の息子で、しばらく舎人として鍛えて欲しいとある。

斉国出身で田姓を名告るのは、たとえ傍流ではあっても、靖郭君《せいかくくん》・田嬰《でんえい》や孟嘗君《もうしょうくん》・田文《でんぶん》、安平君《あんぺいくん》・田単《でんたん》を輩出した戦国王族の末裔《まつえい》ということだろう。

張子卿は、田生の真意を計ってみた。

狙いは、呂太皇太后への接近であろう。背後に劉沢の、地方王へ出世の思惑《おもわく》も動いていると感じ取れる。野心が動くとき、世の動きが変動することもある。

張子卿は誘いに、乗ってみることにした。

＊

劉章と呂禄の娘との婚儀は、翌春に挙行された。似合いの夫婦と長安中が羨《うらや》む中で、軺車に揺られた二人は新居に入った。

新婦に子が宿った頃、長楽宮で二人に尾を振っていた犬がやってきた。衛兵に捕らわれようとしたのを逃れ、どこかで生き延びてきたようだ。

「犬は安産の徴《しるし》と申します。ここへ来たのも何かの縁。飼ってやりましょう」

劉章に反対の理由はなかった。こいつは、長安へ来たときから自分に懐《なつ》いていたと、それなりの情を抱いていたのだ。犬は家族の一員になり、不断は大人しくほとんど吠えることもなかった。


その年、河東と上党三郡の騎兵を徴発して北地に駐屯させることになった。匈奴《きょうど》が、不穏《ふおん》な動きを始めたのである。

生暖かい風が吹く日があった。

珍しく、朝から寄ると触ると犬が唸り声を立てていた。劉章が近づくと、尾を振って鼻を鳴らす。離れると決まって唸りだした。

夕刻、斉から客人が来た。劉章の弟・劉興居《りゅうこうきょ》である。長安での宿衛を志願したという。

「兄者は見目麗しい嫁を貰われたともっぱらの評判でしたが、これは本ものじゃ。寡人《われ》も肖《あやか》りたい。義姉上には、妹御はおられんのか？」

「これの妹は、行き先が決まっておる」

「それも羨ましい限りよのう！　どちらへ嫁がれる？」

「幼帝の后にお成りじゃ」

「また御冗談を。幼帝はまだ十歳にも手が届かぬではありませぬか！」

「それが冗談にならぬところが、高后の恐ろしさだ！」

そばで微笑みながら二人の遣り取りを聞いていた新妻が、空《から》になった瓶子《へいし》を持って厨《くりや》へ立った。その途端、弟の話が変わる。

「高后と辟陽侯が政務をとって以来、呂氏が列侯に昇格することが、余りにも多うございませぬか？」

劉興居が言うのももっともな事だ。呂太皇太后の兄の子・呂台を呂王に据えたことで味を占め、外孫・張偃《ちょうえん》を魯の曲阜で即位させた。それを皮切りに呂種《りょしゅ》を沛侯《はいこう》、呂平《りょへい》を扶柳侯《ふりゅうこう》、呂須を臨光侯、呂他《りょた》を兪侯《ゆこう》、呂更始《りょこうし》を贅其侯《ぜいきこう》、呂忿《りょふん》を呂城侯《りょせいこう》、呂通《りょとう》を東平侯《とうへいこう》にした。

「しかし、寡人が列侯に昇格したのも、いわばその余禄に与《あずか》ったようなものだからな。あまり文句も言えん」

「劉氏を蔑《ないがし》ろにしているわけではないとの、逆の意味での生贄《いけにえ》ですな。同族から、白い目で見られますまいか？」

「呂氏一族に取り込まれたと、見る向きもあろうのう。試練はここなのだ。次ぎに白羽の矢が立つのは、多分おまえだ」

「覚悟いたしましょう。しかし兄者、恵帝が後宮でお造りになったとされる主上や彊《きょう》、不《ふ》疑《ぎ》、山《さん》のお三方は、本当に劉氏のお血筋でしょうか？」

劉章が口の端を歪めて応えようとしたとき、新妻が瓶子に酒を満たして戻ってきた。

「ところであの犬、庭先でやたら唸ってばかりおりますが、餌はやられたのか？」

弟は兄の顔色を敏感に読みとって、話題を変える。確かに、いつになく犬の機嫌が悪い。だが決して、客人が気に入らぬからでもなさそうだ。それは犬の鼻先が、屋敷の敷地とは逆の、前栽《せんざい》に向いていることで判る。野良猫でも迷い込んできて、植木の陰から離れないのであろう。兄弟はそれ以上気にせず、酒を飲み明かすことにした。

＊

「そのようなこと、決してお口になさいませぬよう！」

張子卿は、劉長を厳しく窘《たしな》めていた。劉長は例によって、王族らしくない土埃に汚れた形《なり》のままである。

「しかしそう注意されても、皆が皆そう申しておる。主上も彊も不疑も山も、恵帝の子ではないとのう」

劉長はこれらの話を、隠し廊下伝いに、さまざまな小部屋の会話に聞き耳を立てて拾い集めてきているのだ。これらは今や、公然の秘密である。

恵帝が後宮の美人に生ませたのは、太子恭《きょう》だけである。それは表向き張皇后の子であり、姫妾に生ませたとしているのは、閎孺《こうじゅ》が織女に生ませた今上帝の弘ら四人である。三人の父は審食其ではない。彼は、呂太皇太后専門だ。だから恐らく、呂氏の男たちだろう。遊興に身を持ち崩した恵帝は、女色に溺れる以前に酒で潰れていた。従って、後宮での種付け作業は不可能だったのだ。だから呂太皇太后は列侯昇格を餌に、呂氏の若者を秘密裏に後宮へ招いていたのである。特に熱心だったのは呂王台の長男・呂嘉《りょか》であった。恐らく二人は彼の子である。それを知ってか、最近亡父を嗣いで呂王になったが、驕《おご》り高ぶった態度で世間の評判は頗《すこぶ》る芳しくない。呂太皇太后の悩みの種がまた一つ増えたが、自業自得と言うべきだろう。彼女の気苦労など、劉長にとっては関心の埒外《らちがい》である。

「今となっては、もうどうでもよいことでございます。高后の御心に適《かな》うよう、長様もお慎みくださいませ」

「そうだな。親父の言うとおりにいたそう。しかし、あいつだけは必ず……」

劉長はそう呟きながらも、襲撃が不首尾に終わったと歯噛みしていた。

彼は、劉章の屋敷に忍び込もうとしていたのである。そして隙があれば彼を傷つけ、新妻を手込めにしようと思っていたのだ。しかし今日は、彼の侵入をいち早く嗅ぎつけた犬に唸られ、手出しができなかったのである。

これでは、何度やっても同じことである。だから彼はある思いつきを実行に移すべく、その下準備を宦官に命じていた。彼の意図も知らず、宦官たちは長安中の野犬を狩ろうとしている。
田生の息子が、張子卿に招待状を持参した。
『明後日、私が師と仰ぐ方《かた》をお招きし、拙宅にて饗応の宴を催します。中謁者殿には是非と
も御光臨賜りたく、愚息を遣いにやりました。この願いお聞き入れくださるよう、伏してお
願い申しあげます』
張子卿は、田生ほどの説客が、誰を主賓に据えるのか興味があった。だから『諾！』と返
書しておいた。
当日、軺車が差し向けられた。
腕組みしたまま馭者に行き先を任すと、やって来た田生の屋敷は、思っていた以上に豪勢
な佇《たたず》まいを見せていた。たとえ先祖が王族であろうとも、一介の論客の住まいとは思えな
い。思惑があって、精一杯の背伸びをしているのが判る。使われている幔幕《まんまく》・帳帷《ちょうい》の類は、
どうやら列侯からの借り物らしい。
「よくおいでくださいました」
田生は張子卿を自ら出迎え、恭《うやうや》しく拱手の礼をする。それは、主賓に対するものだ。
張子卿が宴の会場に入ると田生の友人が多数いて、皆一斉に敬礼してくれた。どうやら彼

の身分が一番高いらしい。『師と仰ぐ方』とは自分のことだと気づき、彼は面映《おもは》ゆい優越感に浸った。

田生の友人たちは張子卿との交誼《こうぎ》を求め、盛んに酌をしてお愛想を言う。

「今の太平の御世を実現されたのは高祖陛下ですが、それを維持される高后のお力も並大抵《なみたいてい》ではございませぬ。それは、補佐される張中謁者殿の手腕が、冴えているからでございましょう」

このような世辞が繰り返されて、張子卿の気持ちの解《ほぐ》れかかったころ、田生がにじり寄ってきて耳元で囁く。

「臣は諸侯の甲第《こうだい》を百以上拝見しておりますが、それはどれもこれも、劉一族か高帝功臣のものばかりでございます。呂一族は天下統一の武勲大で、高后の親戚という重みもございます。しかるに最近、呂王（呂嘉）の振る舞いが都人士の顰蹙《ひんしゅく》を買っております。市場にて日用品を買い占めたり、軺車を横隊に連ねて大路を走らせるなど苦情の山ですが、これなどまだましな方。封国においては人妻を拐《かど》わかし、嫌いな者を気ままに処刑するなど、傍若無人な行いは到底筆舌に尽くしがたいものがあります」

「それで、みどもにどうせよと？」

「高后は呂王を廃し、汶侯《もんこう》（呂産）の昇格を御希望のようですが、それを大臣に諮問《しもん》するのを憚《はばか》っておられます。是非、中謁者殿のお口からそうするようにと……」

「なぜみどもに進言なさいます？　左右の丞相殿にでもお勧めなされるのが筋かと存じますが？」

「御冗談を。曲逆侯（陳平）は政務を顧《かえり》みず女《おなご》と遊技三昧。また辟陽侯（審食其）は誰知らぬ者はない高后の情人でございますれば、このようなお話はかえっていたしかねるというもの。また、両丞相からの発言では、他の大臣が裏を勘繰って賛同を渋るやもしれませぬぞ。ここは大臣各位にも一目置かれる方の根回しが特効薬でございます」

そう言われては、張子卿も納得せざるをえない。また、呂太皇太后の希望を上手《うま》く叶えれば、一層の昇進が約束される。

「御厚情かたじけない」

礼を言った刹那《せつな》、脳裏で田生の真意を探ってみた。彼に師事している、営陵侯（劉沢）の顔が浮かび上がってくる。劉沢だけは建国の功があり呂須の娘を娶っていながら、劉氏傍系の傍系という理由で王に封じられていない。代わりに、大将軍の印綬だけは授けられている。

今日の招待の最大の目的はここにある。劉沢の王位確保だ。田生の巧妙さはそのようなことを噫《おくび》にも出さず、まず張子卿の利を計ることから始める細心さである。

「大臣どもは、この更迭《こうてつ》人事を飲んでくれおるかのう？」

「お恐れながら、現呂王殿に人望はございませぬ。汶侯との交替であれば、皆納得なさいます。みどもはこれから、皆様にこの旨をお願いに廻ってまいります」

張子卿は呂后に、呂嘉の呂王廃位を提案してみた。すると田生の読みどおり、彼女はわが意を得たりと飛び付いてきた。

張子卿の下準備が効いて、朝議では反対意見もなく、呂嘉を廃して呂産を呂王にする異動が決定された。

喜色を露わにして長楽宮へ戻ってきた呂太皇太后に、中謁者は言い募る。

「汶侯を呂王になさったとて、諸大臣は心から蟠《わだかま》りを捨てておりませんぞ。武功を立てた劉氏で、お一人だけ王位に就《つ》いておられぬ方がございます。それ相応の均衡をお考えなさるに越したことはございません」

「劉沢のことか？」

「大将軍として軍事力を握ってござれば、いざというとき反旗を翻さぬよう、鼻薬《はなぐすり》を嗅がせて長安の兵を取りあげてしまうのも術《て》でございます」

「また、斉の地を剝《へつ》って王国とせねばなるまいのう。そうじゃ、最近宿衛を願い出た朱虚侯の弟を列侯に昇格させれば、斉王に義理も立ち、釣り合いも取れよう」

こうして劉沢は瑯邪王《ろうやおう》に、劉興居《りゅうこうきょ》を東牟侯《とうぼうこう》に封じる沙汰がなされた。

劉沢が封国へ赴任する日、田生の息子が暇乞《いとまご》いに現れた。瑯邪王の鹵簿《ろぼ》に同道して、斉へ帰るらしい。要するに彼らの長安における目標は達成され、張子卿との付き合いもこれまでだということである。

それと擦れ違うようにやって来て、都の土を踏んだのは趙王・劉友だった。彼は劉如意の後釜に座って呂氏の娘を后にしていた。しかし、彼女が、一族の功を鼻にかけた気位の高さを示すため、意地になって愛情を注がなかったのである。后は数年前、長安へ里帰りして夫の不実を訴えていたが、とうとう呂太皇太后が間に立っての復縁ということになるらしい。

＊

「東牟侯《とうぼうこう》、おめでとうございます」

「止めてくださいよ。義姉上《あね》、全身がこそばゆくなります」

列侯に昇進した弟を、劉章が招待して祝いの宴が張られていた。彼の妻は長男・劉喜《りゅうき》をあやしていて、以前のようにかいがいしく酌をできないでいる。劉興居には身分に相応《ふさわ》しい屋敷が建てられている最中で、宿衛の身を解放されて泊まる所がない。そこでしばらく、朱虚侯宅で厄介《やっかい》になることとなった。

「寡人も初めはそうだった。今に馴染むようになる」

「しかし、国表では良い顔はしておりますまい。瑯邪《ろうや》国と東牟県を一緒に喪ったのですからなあ」

「寡人たちのものは良い。どうせ将来分割すべくあった領地ぞ。だが、瑯邪国は余計だった。劉沢など、本当に劉氏かどうか判らぬ人物だ。あんな輩《やから》に隣へ来られ、兄者（斉王・劉《りゅう》襄《じょう》）も良い迷惑だろうな！」

劉章は、吐き捨てるように言った。彼は、劉沢が田生と結託して打った術を、知っていたのである。

「お陰で長安から、目障りな劉氏が消えたとも言えますぞ。ところで兄者、以前来たときも気になったのだが、飼っている犬はいつもあんなに唸っているのですか？」

劉興居はそう言うが、普段はほとんど吠えないやつだ。今日は、野良猫でも迷い込んできたのかもしれない。

劉章が何気なく前栽の方を見遣ると、植え込みの陰で何かが動いた。

「賊が侵入したのやも知れぬ。これ、誰かおるか！」

呼ばれて執事が飛んでくる。

「木陰に不心得者がおるようじゃ。犬の縄を解いて、戒《いまし》めよ！」

劉章の命により、繋がれていた獣が放たれた。牙を剝《む》いた犬は、前栽へ向かって脇目も振らず疾走する。その姿が木立に隠れたと同時に、荒々しい吠え声と同じ犬科の悲鳴が聞こえた。その余りの激しさに、執事たちが盾と棍棒を持ってようすを窺《うかが》っている。だが彼らに見《み》咎《とが》められぬ所から、その騒ぎを置き去るようにして、素早い影が土塀を乗り越えて逃げていった。

飼い犬は、庭に侵入していた野良犬を追い立ててきた。それを執事たちが、棍棒を使って敷地外へと叩き出す。

「最近、長安から野良犬が少なくなったと聞いておりましたがな。はて、珍しい。どこから迷い込んだのか？」

「東牟侯。そのような話、どこで聞いた？」

「宿衛の兵舎です。兵どもの噂で……」

北辺で匈奴の侵入が相次ぎ、防衛部隊が苦戦していることは確かだ。そのための兵糧が必要だから、犬の乾し肉が作られていても不思議ではない。劉章は飼い犬の幸運を思ったが、同時に野良犬がどこから屋敷内に逃げ込んできたのかと怪訝《けげん》な表情をした。土塀には、毀《こぼ》れた穴などなかったはずだから。

数ヵ月後の夜、人目を憚るようにして訪《おとな》ってきた人物があった。

曲逆侯《くげきこう》・陳平だ。

漢建国の功臣であるが、呂太皇太后が実権を握ってからは、樊噲を危《あや》めようとしたとて呂須から目の仇にされ、逼塞《ひっそく》しがちである。最近は姫妾を多く侍《はべ》らせ、遊興に明け暮らす毎日だと言われている。

「お初にお目もじいたす」

淀みなく切り出す口上は、頭脳の衰えを感じさせない。劉章は、皺深い白髪の大柄な老人の貌《かお》に、往年の美男の面影を見た。

「お噂は、亡父よりかねがね承《うけたまわ》っており、初対面とは思えませぬ」

「御尊父は幼少のみぎり、よく寡人と遊ばれました。懐かしく思い起こします」

「垓下《がいか》の決戦のおり、曲逆侯が楚の投降兵に楚歌を唄わされた由。まことに、敵の戦意を喪わせる奇策と感心いたしおります」

「御尊父は恵帝と御酒を過ごされたおり、対等の礼が不遜だと、高后の怒りを買われました。寡人ら高帝譜代の家臣は、大いに心配いたしたものです」

陳平の思い出話はなおも続く。劉章は、このままではとりとめのない内容を云々《うんぬん》し、夜明かしになると懸念した。そのとき、陳平が少し話題を変える。

「ところで、朱虚侯。趙王が入朝しておられるのを御存じか？」

入朝とは、地方の封国や封邑に赴任していた王や諸侯が、皇帝の御機嫌伺いのため長安へやってくることだ。

「無論、知っておりますが……」

「どちらに滞在なされておるかもか？」

「さあ、それは……」

劉章は、陳平の持って回った言い方が嫌いだ。希代の策士の罠《わな》に塡《は》められていくようだからである。

「高后の屋敷におられるとか聞き及ぶが、この数ヵ月、お姿を見た者がないのです」

こう言われると、最近身罷《みまか》った少帝恭を思い出す。謀反を口にしたため、永巷に幽閉されて餓死したらしい。

「まさか！　趙王友殿は、后と縒《よ》りを戻すため高后に取りなしを頼まれたはずですが」

「寡人も、そうなれかしと願っております。しかし、復縁なされたとは聞きつかず、心配いたしておりますのじゃ」

「ならば、御自分《いじ》で確かめられたが宜《よろ》しかろうに！」

「年寄りを苛めなさるな。それができるくらいなら……」

『ここへは来ぬ』と陳平は言いたいのだ。

要はその安否を、劉章の妻に頼みたいのである。劉氏が来ると呂太皇太后は警戒する。だが、呂禄の娘なら気を許すと踏んだらしい。

劉章は黙って相手の目を見た。曇りのない忠臣の瞳なのか、謀略に濁った血眼なのか判断が付きかねる。

そのとき、庭の犬が唸りだす。劉章は、獣の直感を信じようと思った。執事を呼んで、犬舎に灯りを差し入れさせた。犬が睨《にら》んでいるのは陳平の方向ではない。かつて野良犬が迷い込んできた前栽の方だ。

「放て！　野犬どもを追い出してくれん」

綱を解かれた犬は、光の届かぬ植え込みへ走り込んでいった。けたたましい吠え声と、烈しく咬み合いながら組《く》みつ解《ほぐ》れつして、草木を薙ぎ倒す修羅場が演じられるものと思っていた。ところが遠くから、鼻を鳴らす親しみあうようすが伝わってくるだけだ。

『そうか、迷い込んできたのは牝か！』

劉章は笑いながら、陳平に向き直る。

「明日、妻を長楽宮へ遣りましょう」

飼い犬はその夜、前栽の植え込みから戻ってこなかった。

劉喜の顔を見せると、呂太皇太后の表情が崩れる。劉章の妻は長楽宮に出かけて、趙王友のことを探ってみた。すると元の后と仲直りするどころか、衛士に囲まれての軟禁状態にされていると判った。

『趙王に謀反の兆《きざ》しがある。呂氏が王たること承服しかねるとて、将来一族誅滅《ちゆうめつ》してやると息巻いておる。たわごとじゃ。呂氏の娘を蔑《ないがし》ろにしおって！』

呂太皇太后はそう言って、劉友を閉じこめているのである。劉章は、これを陳平に報告するものかどうか迷った。

「犬が、どうかいたしましたか？」

突然妻が外に向かってそんなことを言っている。劉章も彼女の側へ来て、一緒に庭を見渡した。執事が棍棒で犬を打ち据えている。毛色から飼い犬ではないのが判った。

「こやつ、前栽に寝込んでおりましたので、追い立てようといたしましたところ、突然朋輩に咬みつきまして……」

「うちの犬はどうしたのだ？」

「それが、朝から姿を見かけません。こやつに、まんまと追ん出されたのかもしれませぬゆえ、後ほど捜してまいります」

劉章は、執事に叩かれた犬を見た。打たれ所が悪かったのか、口から泡を吹いてもう幾ばくの命もないようだ。

「死んだら河原へ埋めてこい。食するではないぞ！」

彼は牝犬に不吉事を見たのである。

だから趙王軟禁の事実を、陳平に知らせることにした。

それからものの ひと月もせぬうちに、劉友が餓死した。表向きは病死であるが、劉章の妻が真相を探ってきたのである。その葬儀は哀れだった。王族としての礼に則《のっと》らず、一般の民として葬られたのだ。呂氏軽視の発言が呂太皇太后の怒りを買った結果である。

空《から》になった趙王の席に、梁王・劉恢《りゅうかい》を移して位を宛《あて》がった。そして梁には呂王産が移り、呂へは公子の劉太《りゅうたい》を立てた。なおも複雑なことに、梁を呂に、呂を済川と改名させた。

つまり、呂産は以前も今も呂王なので、一見何ら代わり映えがしないと錯覚するのだ。ただ聞いただけでは、他愛のない言葉遊びである。しかし地図を見れば、呂氏一族が中華の要《よう》衝《しょう》を済《な》し崩《くず》しに押さえていこうとしているのが判る。（呂氏滅亡をもって国名は元に戻る）

劉章は眉間に皺を寄せた。元の呂は、斉の国土を剝って造ったものだ。そこへ公子を封じるのは、劉氏同士の領地争いになり、梁は体よく呂氏に乗っ取られたも同じである。

王といっても、劉氏の彼らはまだ十代である。封国へ赴任しても政《まつりごと》は叶《かな》わない。相を派遣しておけば充分である。だから皆、長安にいた。否、不都合を生じさせないため、呂太皇太后が膝元に置いたのだ。従って、必然的にその性行は彼女へつぶさに伝わる。

今度の趙王も、呂氏の娘を后とされた。が、決して彼女を愛そうとはしなかった。

『今日は、呂王のお屋敷にて宴がございます。一緒に参りますゆえ、下僕どもに馬車を磨かせてくださいませ』

生活全般の主導権は、后がとった。

『わたくしを后となされて、王は幸運でございます。呂氏は今、漢で一番尊い家でございますからな』

彼女の物言いは可愛げがなく、常に押しつけがましかった。そんな妻を本気で愛する夫はいない。趙王は先代同様姫妾を囲い、日がな一日愛妾と過ごした。これでは先代の轍を踏むことになる。誰もがそう思った頃、呂太皇太后の使いが趙王の屋敷の奴婢や下僕に金品と一日の暇を与えた。日頃、呂氏の妃の言いつけに忠実に従っている報奨だという。

屋敷から人気《ひとけ》が無くなった所へ、容車に乗った呂太皇太后が赴いた。

「王様と、二人だけでお話がしとうてのう」

劉恢が下座に控え、彼女は上座から反抗的な少年を睨み付ける。

「わざわざのお越しは、何用でございましょうや？　お呼びいただければ、参上いたしましように」

「わらわの一族の女を、そして呂氏を蔑《ないがし》ろにする男の顔をとくと見とうてのう」

こう言われては、劉恢には返す言葉がなかった。権力を振るう女の顔には、母性的な慈悲の表情は微塵《みじん》もない。趙王の舌は痙攣《けいれん》し、声帯は硬直してしまった。大蛇・呂氏が蛙の劉氏を呑み込もうとする時間が、緩慢《かんまん》に過ぎていく。

彼女はただ黙って屋敷に一時余りいた。

＊

張子卿がまた、蒼い顔をして帰ってきた。

呂太皇太后と審食其の交合を、覗いてきたのである。

その日は皆既《かいき》日食があった。昼間でも暗くなり、未央宮に飼われていた猟犬が遠吠えし始める。

『これは、わらわのせいじゃ！　主上や趙王をいたぶり続けて、天帝が怒られたわ！』

怯《おび》える審食其を抱き寄せて、呂太皇太后は気丈に呟いていた。

『天道に背《そむ》く行為は、なにも今日が初めてではない。毒を喰らわば皿までと申す。のう、左丞相。早う、わらわという毒を喰らいたまえ。毒をもって毒を制することができますぞえ』

そう誘われて、審食其は夢中で情婦に食らいついていく。

性の悦楽を捨てた宦官の脳に火がついてから、張子卿はときおり隠し廊下を行き来するようになっていた。しかし、今日動揺しているのは、女主人の善がり声を聞いたからではない。彼女の悪意の凄《すさ》まじさを、改めて知ったからである。

『首尾良ういったかえ？』

日食が終わって、審食其はようやく落ち着きを取り戻したようだった。

『魏敬《ぎけい》は初仕事を、良くやりましたぞ』

『ほう、してどのように……？』

『高后が趙王と睨《にら》めっこしておわす間に、あやつは、一人部屋にいる愛妾を押さえつけて、無理やり河豚《ふぐ》の肝《きも》を食べさせたとか』

『証拠は、残しておらぬであろうのう？』

『頓死《とんし》にしか見えませぬ』

二人は肉を交えながら、こんな話をするのである。暗殺はいやが上にも、彼らの情欲を掻き立てているようだ。

張子卿は、呂太皇太后からの寵愛の度合いにおいて、審食其にはとても歯が立たぬと思った。

謁者の執務室に戻ってくると、中行説が竹簡に法令を纏《まと》めて書き上げている。趙同は、星占いに余念がない。

外で犬の鳴き声がする。扉を開けると劉長が、殺した犬を抱えて立っている。

「親父、隠し廊下に入ったろう。高后はまた小半時、辟陽侯を腹の上に乗っけていたのか？」

張子卿は、思わず声を呑み込んだ。皆が知っていることではあるが、大声で話すことでもない。劉長の後ろでは、魏敬が尾を下げた犬を数匹結《ゆ》わえて控えている。この従者は、呂太皇太后が宛《あて》がった宦官である。型破りな劉長に付けるため、先日は趙王の離れで荒療治をさせられている。彼は不断ほとんど喋らない。

「あんなに犬を集めて、何となさる？」

「飢饉《ききん》に備えておるのよォ。猟に連れて行けぬ役立たずをだいぶ乾し肉にして、皮は戎衣《じゅうい》の足しになったぞ。それに糞も消えて、都は美しゅうなったろう」

劉長は、抱えていた犬を放りだした。魏敬が合図すると、厨《くりや》のほうから炊事係りの宦官が走ってくる。

「もう、お止めくださいまし。犬同士が咬みおうて、檻《おり》が修羅場となっております。そんな事よりも、そろそろ呂氏の娘を娶って、お家の安泰を計らねばなりませぬ」

「笑わせるな。呂氏の女で見ていられるのは、朱虚侯の妃だけだ。まあ、待っておれ！」

張子卿は、何気なく言った言葉が逆効果になったと後悔した。だがその日以来、劉長の犬集めは熱が冷めたように治《おさ》まる。

あれから劉家の執事たちは飼い犬を探し回ったが、その最中、野良の牝犬に咬まれた男が死んだ。その葬儀にかまけていて、結局いまだに見つけられないでいる。だが、劉章はもう諦めかけている。いや、そのような悠長な家庭内の些末事《さまつじ》には、構っていられなくなったのだ。

「また、趙王が死んだのか？」

「餓死だそうでございます」

劉章の質問に、妻は申し訳なさそうな表情で応える。

数ヵ月前、趙王の愛妾が食中《しょくあ》たりで死んだと聞いた。それは表向きのことだ。長安雀どもは、呂太皇太后が宦官を忍ばせて毒を盛ったと噂している。だが、それを見た者などあろうものか！　呂太皇太后が趙王の屋敷を訪ったことは、微行だから一般には知られていない。しかし、それと推測できる日、屋敷の奴婢や下僕たちが金と時間を貰って遊興していた。従って屋敷内は、呂太皇太后の独擅場《どくせんじょう》と化していたのだ。趙王恢は断食して、抗議の意志を明らかにしたのである。それほど姫妾を愛し、呂氏の后を嫌っていたわけだ。

「趙王恢殿は、愛妾のために宗廟の礼を捨てやったか。羞恥の限り、不甲斐ないにも程があろう。血縁者の跡継ぎは廃絶じゃ！」

呂太皇太后は、眉一つ動かさずにそう叫んだ。

劉章は、軍の操練の帰りに陳平の屋敷を訪った。前もって使いを立てておいたら、その日を指定されたのである。陳平は、左右に美姫を侍らせている。しかしその女どもが、陳平を煽動する劉氏支持者警戒の、呂氏の間者だとも限らない。

「先頃、宣平侯（張敖）がお亡くなりになりましたな」

世間話をしながら、彼は心を落ち着ける。

「高后の娘婿殿は、ついに国王に返り咲くことは叶いませんでした。さぞや無念だったことでしょう。ところで朱虚侯、今日は何用でおいでた？」

陳平の方が本題を促《うなが》した。

「右丞相に、戦術を授けていただきたく。匈奴が、長城を越えたに聞き及びます」

劉章は探りを入れるため、呂氏を匈奴に置き換えて喋った。

「塞外《さいがい》民族は勇猛果敢《ゆうもうかかん》で剽悍狡猾《ひょうかんこうかつ》。なまなかのことでは手に負えませんぞ。それで、どこが侵されました?」

陳平は、少し眉を動かした。

「趙の長城が三ヵ所、兵糧攻めにおうたとか。かつて名将と謳われた右丞相なら、きっと良策がおありと思いまして……」

陳平は真意を理解したのか美姫を下がらせ、酒肴を整えるよう命じた。

「周太尉は、兵の人望がおありかな?」

「周閣下の命には絶対服従しましょう。問題は呂氏が符節を管理して、南北両軍の指揮権を握っておることです」

「そうか、だがそれは何とでもなろう。とにかく、時期を待たねばならぬな」

「右丞相、このままでは劉氏はじり貧状態で亡ぼされますぞ」

「先日高后は、代王に趙へ国替えせぬかと意向を打診なさいましてな……」

代王とは高祖・劉邦の庶子・劉恒《りゅうこう》である。代は趙より北東にあり、匈奴の侵攻を受けやすい位置である。普通に考えれば、願ってもない誘いであるが、今劉氏が趙王になることは、呂太皇太后にいびり殺されに行くようなものだ。受けるはずはない。彼女はそれを百も承知で言ったのである。それは、劉氏が辞退した領地なら、呂氏が手に入れても良かろうとの理屈を引き出させるためとの意図が見え隠れする。陳平は、無論それを読んでいた。

「寡人は一昨日、呂禄、つまり貴公の岳父を趙王とするよう、高后に具申してまいった。それが採択されて、今頃は呂氏が内祝いの宴を張っているはずだ」

劉章は、陳平が時間を指定した意味が判った。そう言えば劉喜を抱いたまま、妻も出かけると言っていた。行き先は実家なのだ。詳しく言わなかったのは、劉氏を亡ぼして呂氏が王位に就くのに喜色を表せなかったからだろう。

「ともかく、冒頓単于《ぼくとつぜんう》もそう永くはありますまい。倒れたときこそ、操練の成果を見せてやりなされ！」

陳平のもの言いが変わると、美姫が酒肴を配した膳を運んできた。右丞相はやはり用心深いと、劉章は感心していた。


妻の帰りが遅かった。

宴が終わらないのであろう。劉章には、国王を三人も出して繁栄する呂氏一族の怪気焔《かいきえん》が聞こえてきそうである。

屋敷の外へ、容車が停まる音がした。

従僕どもが慌ただしく立ち働き、開門を告げている。妻が侍女たちと、小走りに屋敷内へ入ってくる。

「どうしたのだ？」

劉章は怪訝な顔つきで、女どもに問う。

「！……」

妻は、言葉を喪ったかのようだった。

「物の怪《もののけ》にございます」

「いいえ、鬼神でございました」

ようやく気を取り直した侍女どもが、口々に言い出す。

帰りの夜道で、見覚えのある犬が容車を横切ったらしい。妻が呼ぶと一旦振り返った獣は、近寄った下僕の臑《すね》を咬んで逃げた。

怒った下僕が石を投げつけると、突然横合《かたが》いから黒い影が走り来て男の顔を引っ掻いた。同じ事が二、三回続いたため、容車は方違えして屋敷に戻ったという。

「陽を喰らう幽鬼が夜な夜な都を闊歩して、夫に秘密を持つ妻を懲《こ》らしめておるのだ。今後、呂氏の会合に出向く時でも遠慮せず寡人に告げよ！」

劉章は、侍女たちのいる前ではっきり言い放って居室へ戻った。その夜、妻は泣いて詫びた。

＊

「もう少し従者が少なければ、朱虚侯の妃を攫《さら》えたのにな」

「はい……」

劉長は、忌々《いまいま》しげに言葉を吐く。

魏敬《ぎけい》は、犬を閉じこめた檻に布を被せて側にいる。半時前、彼らは夜陰《やいん》に乗じた拐《かど》わかしに失敗したのである。長楽宮の裏手に戻った二人は、今日の不首尾に苦り切って、酒を飲んでいたのだ。

「もう、そいつは用なしだ。檻から出して叩き殺せ。放っときゃどうせ病で死ぬが、せめてもの慈悲だ」

魏敬は棍棒を握って檻を開く。犬に殺意を悟られぬよう、布は被せたままだ。檻を揺らすと、低く唸りながら犬が出てくる。

魏敬が打ち据えようとしたとき、裏木戸が開いた。

「ああ、今日はよう飲んだ。左丞相殿も、久しぶりの美酒だったのではないか？」

呂禄の宴から帰ってきた呂太皇太后と審食其が、酔い醒ましに裏手へやってきたのだ。

気を取られた魏敬は、犬を打ち損なう。本能的に危機を察した獣は、さっと逃げた。

『早う捕らえよ！』

劉長はそう命じようとしたが、先に呂太皇太后に見つかった。

「公子長殿、このような所で今頃、何となされた？」

「ほっ、星が綺麗ゆえ、二十八宿を観察しておりました」

彼はぬけぬけ言う。

「趙同に占いをさせましたな。良い、嫁御が見つかるとよろしゅうございますな」

「俺、いや、寡人もそう願っております」

「呂氏にも、良い娘がおりますぞ。さあ、左丞相、夜風は年輩者に毒じゃ。宮殿へ戻りましょう。三日後には、趙王の即位を祝う宴を劉氏も交えて、未央宮でいたしましょう」


呂禄が、趙王に即位する儀式が執り行われた。夕刻からは朱虚侯の司会で、その祝賀の宴会が催される予定だ。

「高后！」

張子卿が声を潜めて、浮き浮きしている呂太皇太后を呼ぶ。

「何用じゃ？」

「このようなときにお耳に入れることではないかと存じますが、燕王（劉建《りゅうけん》）が他界なされました」

　燕は代よりもさらに遠い渤海《ぼっかい》に面した国である。かつて高祖・劉邦と同郷で同年同月同日生まれの盧綰《ろわん》が封じられていた。彼が謀反の嫌疑をかけられて匈奴側へ逃げた翌年（前一九四年）から、劉建が国王の地位にあった。

　彼女の顔から笑みが消える。それは、慶事を不祝儀で邪魔立てされた怨みからでは決してない。いや、その反対だった。

「このようなときであるから、聞きたかった知らせじゃ」

　彼女の口端は、少し綻《ほころ》んでいる。張子卿もほっとして引き下がろうとするが、呼び止められる。

「劉長と一緒に、弔問《ちょうもん》に行っておくれでないかえ？　魏敬も供に加えるが良い。燕王には、美人に生ませた子がおありじゃ」

　大役を命ぜられて、張子卿は背中に寒いものを感じた。ただ口上を伝えるだけの使者ではない。劉氏の胤《たね》を抹殺する役目なのだ。

　宴は劉章の司会で盛大に始まった。

「本日、呂閣下におかせられては趙王の御位に就かれ、誠にめでたい限りに存じます。今宵は大いに飲み語り合い、これからの帝国の社稷《しゃしょく》を全《まっと》うする基《もとい》としようではありませぬか！」

彼にこの役を仰せ付けたのは、呂太皇太后である。破竹の勢いを示す呂氏と、斜陽の劉氏を和合させるためには、美形の呂氏を娶った凜々しい劉氏の若者が打ってつけと思ったのであろう。

その思惑は周囲にも伝わっている。

「本日の進行役を承《うけたまわ》った不肖劉章、高后陛下においってお願いがございます」

主賓・呂禄の横で一際《ひときわ》高く設《しつら》えた席に、呂太皇太后は座っていた。劉章はやや離れた所から、大音で話している。

「何なりと言うてみや」

彼女は機嫌が良い。

「臣章、高帝譜代の武門の家柄に生を受けたと自負しております。従って本日の司会、軍法に則《のっと》って取り仕切りたく存じますが？」

「ほう、軍法にてとな。すると、宴は戦場で朱虚侯が将軍というわけか。面白い、存分に指揮刀を振るいなされ！」

こう言われて劉章は、『ありがたき幸せ』と敬礼した。呂太皇太后は、彼の真意が読めていない。しかし、可愛い甥の娘婿を毛ほども疑う気になれなかった。

「高后陛下から允許《いんきょ》を得た。今より劉章がこの場の指揮官となる！」

若い将の歯切れ良い命令口調に、祝賀に浮かれた宮廷人はやんやの喝采《かっさい》を送る。

「まずは杯に酎をなみなみと注ぎ、高く翳《かざ》して待機せよ！」

これまでの、儀礼を司る奉常府《ほうじようふ》あたりの文官と違い、劉章の進行は無駄な儀礼を省いて滑らかだ。

「呂王産《さん》殿、乾杯の音頭をお願いいたす！」

目下の若者から、あろう事か殿付けで諱《いみな》を口にされ、呂産は憮然と司会を睨《にら》みつけた。

「乾杯の音頭を！」

劉章は呂王の視線を跳《は》ね返して、指揮刀を向ける。呂産は杯を持ち上げたままの宮廷人の注目を浴びて、仕方なく命に従い発声した。

全員が酎を飲み干して束の間、劉章は息も継がせず式次第を消化していく。

「全員飲食を許可する。但し、将軍が指名した者が弁じている間の私語は禁ずる。では東平侯、祝辞を述べられよ！」

東平侯とは、振る舞いが驕恣《きようし》だとして呂王を廃された呂嘉の弟・呂通《りよとう》である。いわば、呂氏の直系を順次呼び捨てにしているのである。呂通も不快の念を目つきに現し、父の従弟の趙王就任を寿《ことほ》いだ。

沛侯・呂種《りよしゆ》が次ぎに名指され、女として初の列侯となった臨光侯・呂須も白羽の矢を立てられる。まさか自分にお鉢が廻ってこようとは思わなかった彼女は、しどろもどろでまともに話ができなかった。

『おめでとう』を繰り返す内容の貧しさに耐えきれず、私語を始める者がいた。

「面白うのうても、話は黙って聞くよう！」

劉章の命令は爆笑を誘い、呂須は良い恥を掻いた。彼女の目は劉章に据えられ、終始怒りに燃えている。

「呂一族には、特異な芸をお持ちの方々が多いと聞き付ける。次ぎに名を告げられた者、とくとその技を披露されたい！」

兪侯《ゆこう》・呂他《りょた》と贅其侯《ぜいきこう》・呂更始《りょこうし》に缶打《ほとぎう》ちや剣舞の余興を強《し》いるに及んで、宴会は劉章の独擅場となった。

さすがにこの頃になると宮廷人の多くは、呂氏の不興を買った劉章の将来を心配し始める。呂太皇太后の目つきまで変わってきたからだ。

張子卿は、劉長と魏敬を呼んで燕王弔問に発つ準備を始めていた。もともと宴会などに興味のない劉長は、大喜びで呂太皇太后の使いになりたいと言う。魏敬は、燕の王子暗殺を示《し》唆《さ》されて顔が脂《あぶら》ぎりはじめた。

彼らは未央宮の宴会などどこ吹く風。長楽宮の離れで荷造りし、早朝の出立に備えて早めに床へ入っていた。

張子卿は、本来なら自分が奉常府の文官の介添《かいぞ》え役になっていたことを気遣い、宴会のようすを覗いてみた。

『朱虚侯は司会役にて皆を芸に駆り立てておられるが、戦場においても将が自ら敵と干戈《かんか》を交え、士気を奮い立たせねばならぬ時もあろう。どうじゃ、ここらでそなたの舞いでも披露なされては？』

大広間の端に立つと、呂太皇太后が劉章にそう言っているのが聞こえる。

『ならば臣章、高后陛下のために耕田の唄にて踊りましょう』

『耕田唄とな。はて？　そなたの父上ならば、わらわの夫・高帝とともに田を耕したであろうが、おんみは生まれながら王子。耕田の唄など知っておられようはずがなかろう』

『いいえ。存じております』

張子卿は微《かす》かに響いてくる声を、もっとよく聞きたかった。どのような経緯でこのような話になったのか知りたかった。

宴席には、三公九卿をはじめとした宮廷人が詰めかけている。全員が劉章の言動に耳を欹《そばだ》てていた。

張子卿は、目立たぬように近寄っていく。

「さらば朱虚侯、歌うてみや！」

呂太皇太后が、強情な青二才を促す。

深く耕し　繁《しげ》く撒《ま》き
苗はまばらに　葉を伸ばし
異草ことごと　鋤《すき》取りて
抜き去り　稲を実らせん

劉章は衆人環視のもと、農作業の身振り手振りで歌い踊った。張子卿も居合わせた宮廷人も、一瞬息を呑む。これは耕田唄に託《かこつ》けた、呂氏の王位就任を皮肉ったものだ。

『劉氏以外は、王たるべからず』

この原則は済《な》し崩《くず》しにされ、呂一族が天下を恣《ほしいまま》に操っているのが現状だ。劉章は蟷螂《とうろう》の斧《おの》よろしく、彼らに刃向かう姿勢を見せたのである。

『このような近衛校尉の若造に、何ほどの事ができるのだ！』

呂氏の誰もがそう思って、司会役の彼を横目で睨んでいる。そんな中で、尿意を催した呂氏の男が席を立った。

「離席する者は、速《すみ》やかに将たる自分に許可を得られたい！」

劉章の警告を無視して、呂氏の男は廊下に出ようとする。劉章は眦《まなじり》を決して彼を追う。ちょうど、張子卿がいるあたりで二人の距離が縮まる。

「待て！」

劉章に命じられても、相手は振り向かなかった。失墜《しっつい》させられた呂氏の面目を取り戻そうとしているかのようだ。だが次の瞬間、劉章の手首が翻《ひるがえ》って剣が煌《きら》めいた。呂氏の男の首筋が抉《えぐ》られ、切断された頸動脈から鮮血が噴き出している。

並みいる者は声も出ない。

斬られた男はその場に頽《たお》れ、下半身には尿が溢れ出していた。

「将軍である自分は軍法に鑑《かんが》み、報告義務を怠《おこた》った不心得者を斬り捨てました！」

劉章は、呂太皇太后に敬礼しながらそう報告し、宴会を続行した。軍法による司会を許した彼女としては、劉章の行為を咎《とが》められない。呂一族は祝儀の宴を潰され、切歯扼腕《せっしやくわん》するしかないのである。

その後は全員が静まり返り、もうだれも劉章の司会を侮《あなど》らなくなった。

＊

『全く、何ということをしてくれる。恩を仇で返すとはあのことじゃ！』

呂太皇太后が、長楽宮へ戻ってきたらしい。眠っていた劉長の耳に、高い声が響いてくる。どうやら、至って御機嫌斜めのようだ。原因など知ったことではない。今は癇癪《かんしゃく》を起こしているが、どうせ審食其に抱かれれば全てを忘れるのだ。

『呂禄の娘を、くれてやるのではなかった』

まだ声が聞こえてくる。劉長は起きあがって、少し雨戸を開けてみた。三日前の夜と同じ長楽宮の裏門付近で、彼女は酔いを醒ましているらしい。審食其が龕灯《がんどう》を持って、足下を照らしていた。

『あの母者の仇、今に叩き殺してやる』

劉長は寝ぼけ眼でそう思った。彼が何気なくその投光を追うと、青白い蛍光に似た反射が一対ある。それは犬の目だった。

『魏敬が、殺し損《そこ》ねたやつではあるまいな』

彼が懸念したとき、悲鳴に似た犬の烈しい吠え声がした。

呂太皇太后がその犬に気付いたのは、光に照らし出されたときである。それまでは近づいても吠えず、ただじっと寝転がっていただけだった。だから彼女は、うっかり尾を踏んでしまったのだ。

それまで虫の息で泡を吹いていた犬は、本能的に身を傷つけた相手へ反撃した。残っていた力を振り絞って咬みついたのである。それと同時に、呂太皇太后が苦悶《くもん》の表情を浮かべる。彼女の脇腹あたりから血が滲み出て、犬も息絶え絶えにその足下に頽《くずお》れている。

審食其は彼女の介抱をしながら、駆けつけてきた宦官どもに犬を打ち殺させた。

「憎っくき奴じゃ。八つ裂きにして、後宮の汚穢溜めへ捨てよ！」

遠くからではあったが、劉長には何が起こったか判った。

翌朝彼は燕へ出立する前に、星占いが好きな宦官・趙同を呼び寄せた。

「昨夜ちょっとした間違いがあって、高后が犬に脇腹を咬まれたらしい。このことは、側近しか知らん。『趙王の亡霊が、幽鬼となって犬に取り憑いておるようです』と、噂を流せ！　おまえの占いが、一層評判になるぞ」

趙同の関心は、自らの占いが周囲に持《も》て囃《はや》され、祝儀を貰《もら》うことだけだった。だから劉長の勧めは、願ってもないことなのだ。しかし、この世知辛《せちがら》い公子が、只でこんなことを教示するはずもないと判っている。彼は上目遣いで劉長を仰いだ。

「俺はこれから燕へ使いにまいる。戻るのは二、三ヵ月後になろう。その間のこと、記録しておいてくれ！」

お安い御用だとばかり趙同は皺を歪めて笑い、深々と拱手して去った。

劉長や張子卿がいない間のことなど、中行説に尋ねたほうが、よほどしっかりした報告がもたらされよう。だから劉長の狙いはそこにはない。趙同がこの噂を振りまけば、長楽宮へお祓《はら》いの祈禱師《きとうし》が呼ばれる。悪くすれば呂太皇太后の不興を買って、彼は誅殺されるかもしれない。いずれにしても、劉長が犬を集めていたことは咎められないはずだ。

呂太皇太后が犬に咬まれた話は、瞬《また》く間に宮廷人の知るところとなった。傷口は旬日を経て青紫色に腫れあがった。そのため趙同が流した趙王の悪霊幽鬼の話は、彼女自身までが信じるようになっていた。患部は熱を持ち、痛みはますます烈しくなっていくようだ。

審食其はその症状を、『犬禍《けんか》』と表現していた。彼は犬を殺させたが、同じ毛並みの一匹をかつて見たように思うのだ。

「あのときわらわの身体に、蒼い犬が取り憑いたように見えた」

蒼色は犬の瞳《ひとみ》の反射なのだが、幽鬼の冷たさを伝えている。

彼女はそう言って戦《おのの》いていた。もう劉章の司会での反逆など、思慮の外である。

「趙王・劉如意と戚夫人の祟《たた》りだ！」

そう言われれば、信じるしかなかった。

事件から一月《ひとつき》半経ち、腫瘍の熱はやや治まった観があった。ところが今度は、間歇的《かんけってき》な頭痛に襲われだした。彼女の脳裏には、眼窩《がんか》の翳《かげ》る戚夫人の姿が見え隠れしはじめる。審食其の介護がなければ、そして並の精神の持ち主ならば、発狂していたろう。

当時、斉国で太倉公なる名医が評判を取っていたが、斉王襄は、瑯邪国や魯国、呂国に領土を横取りされた怨みに燃え、彼を召《め》し出そうとは考えなかった。

張子卿から役目を終えた旨の密書が早馬で届いた。竹簡には『弔問滞りなく、あい済ませ候』とある。数日遅れて燕の国相から、故燕王の一子病死との知らせがあった。魏敬を使って、毒殺に成功したのだ。

『負けてはなるまいぞ！』

彼女は気を取り直し、審食其に政務を代行させる。

燕王には後嗣《あとつ》ぎが途絶えたため、東平侯・呂通を燕王に封ずることにした。呂禄が趙王に即位した祝いの席で、劉章に『祝辞を述べよ』と、最初に名指された男である。

これを機に彼女は、呂氏と一族を次々と列侯へ昇進させはじめる。呂栄を祝茲侯《しゅくじこう》とする他、長女が生んだ孫の魯王偃の異母兄・張侈《ちょうし》と張寿《ちょうじゅ》を新都《しんと》侯《こう》、楽昌侯《がくしょうこう》に封じて王を補佐させた。

張子卿が戻ってくると彼を建陵侯《けんりょうこう》とし、宦官の令や丞を全て関内侯《かんだいこう》に昇格させた。このような身内保護や寵臣の贔屓《ひいき》過剰は、恵帝が崩御して以来だ。それらは、全て弱気の裏返しである。

異常な人事を行なって、呂太皇太后は周囲に足りぬものを感じた。劉長がいないのである。張子卿は、疾くに燕から帰国している。ならば、彼の姿があっても良い。

「燕で一仕事終えた後、魏敬を伴《ともな》って南の斉を見物したいとの仰せでした。臨淄《りんし》の都に、興味がおありなのでしょう」

まあ良いと、彼女は思った。どうせ、女でも買いに行ったのだ。劉長も劉氏の端くれである。呂氏の出世ばかり見せられては、面白くあるまい。あのような男はこれからも適当に飴をしゃぶらせて、毒を制する毒として使わねばならない。

呂太皇太后は体中に熱を感じた。それは審食其との情事が途絶えたからでも、夏という季節のせいでもない。犬禍の症状が悪化したのだ。眠ると奈落へ墜ちる夢で魘《うな》された。頭痛から頭痛の間隔もだんだん縮まっていく。また、物が飲み込みにくく手足の痺れも起きるようになった。

不安に駆られた彼女は張子卿に命じて、趙王禄と呂王産を呼び寄せた。

「高帝は、天下を平定されましたな」

「！　もう、二十五年も前のことですが……」

「そのとき、高帝は……劉氏以外も王になれると仰せあったのう……」

呂太皇太后の言葉に、呂禄も呂産も呆気《あっけ》にとられた。

『劉氏以外は、王たるべからず』

その言葉は、皆が知っているのである。

「いいか、おまえたち。わらわが死なば、帝は年少のことゆえ大臣が大切に……大臣どもが……起こす。……ことは必定、必……必ず……せよ！　……葬斂《そうれん》にかまけて、劉氏を大切に……制せられぬよう、日頃から武術に……無為の道こそ……」

呂太皇太后は床に身体を横たえたまま言うが、支離滅裂な言葉に二人とも閉口《へいこう》している。審食其ならば彼女の真意が判ろうと顔を見るが、彼は用意してあった物を取り出すだけだった。そして上将軍の印綬《いんじゅ》を呂禄に渡し、呂産には軍を動かせる虎符《こふ》を授けた。

「これで長安城内の、南北両軍が……。構えて軍を……劉氏に返上し……女どもを……離すでないぞ！」

「そっ、それは、軍を劉氏に……？」

彼女が言いたいのは、無論軍事力の掌握である。しかし二人とも永く呂太皇太后の庇護《ひご》のもとにあったため、一族存亡の切迫感に欠けている。

呂禄が質問しようとしたとき、呂太皇太后の口が痙攣しはじめる。彼女の息遣いは荒く烈しく、唇が乾いていた。

「高后、喉を潤しなされ」

呂産が器に入れた水を取り、叔母に飲ませようとした。ところが彼女は揺れる液体から遠ざかる。呂禄が代わって水を勧めるが、彼女は手で器を払《はら》い除《の》けてしまう。

「これはこれは。やはり、左丞相殿でなければ駄目なようですな」

二人は皮肉を残して長楽宮から出ていく。この一部始終を張子卿が隠し廊下の隙間から探っていた。彼はそれを密《ひそ》かに書き留め、陳平に送ったのである。

呂太皇太后は発熱と痙攣がますます烈しくなり、食事も儘《まま》ならぬ日々が続いた。その身体は目に見えて痩《や》せ細っていく。苦しがる彼女を見かね、審食其が背をかいがいしく摩《さす》ってやったが、発作は簡単に収まらない。肉は弛《たる》み、豊満だった胸はもう見る影もなくなっていく。髪も乱れ、惚《ほう》けた表情には往年の気位の高さが消えていた。その姿に位人臣を極めた男も涙を溢《あふ》れさせ、二人の運命を達観したように瞑目《めいもく》した。

＊

「何、あやつが死んだと？」

劉章は、妻から小者の異変を知らされた。数ヵ月前、彼女の行列の前を通った飼い犬と思しき一匹に咬まれた下男は、あれ以来床に就いていたのであった。

「はい。傷口が紫色に腫れ、熱が続いて痙攣するようになり、水を怖がりました末に」

「恐水病《きょうすいびょう》だな！」

「実は……」

「どうした。あやつは家族持ちか？」

「いいえ、独身者《ひとりもの》でございます。実は、大叔母様、いえ、高后も同じ病であると聞きつけます」

「何だと！　宮廷人は趙王の祟りだと噂しておったが、左丞相は『犬禍』と称していた。これで合点がいく」

劉章は、姿を消した飼い犬の末路を考えた。そして、いつか迷い込んできた牝犬に思い当たる。泡を吹いて死んだあいつが、恐水病だったのだ。それを移された飼い犬は、少なくとも飼い主に迷惑をかけまいと、いや、病に冒された身を見られまいと屋敷を後にしたのかもしれないのだ。あるいはもう、帰巣本能《きそうほんのう》すら狂ったのだろうか？

呂太皇太后を咬んだのも、同じ飼い犬だろうか？　判らないが、長安で恐水病が流行していると考えたほうが自然だ。しかし、他ではそのような報告はない。だとすると、局所的に発生していることになる。そう言えば一時、長安から野良犬が消えたではないか！　辺境の兵への輜重《しちょう》用と言うことだったが、狭い場所に大量の獣を閉じこめると、一匹が患った疾病も伝染し易いはずだ。家畜の飼育をする者から、同じことを聞いたことがある。多く生ませて、分散して飼育するのだと。

劉章は、考察を纏《まと》めかけて息を呑む。自らが司会した宴で歌った、『耕田の唄』そのものだったからだ。

深く耕し　繁く撒き
苗はまばらに　葉を伸ばし

呂太皇太后や呂一族の前でこれを披露したのは、呂氏の王位就任を皮肉るとともに、劉氏の再興を宣言したかったからだ。彼女が犬禍に見舞われたのなら、それは天帝の声としか思えなかった。


屋敷の門のあたりが騒がしくなる。

執事が慌てて耳打ちにきた。

「高后が、崩御《ほうぎょ》なさいましたぞ！」

ついに、来るべき時が来た。劉章は身震いを感じる。

妻は呂一族の不祝儀を手伝うと、容車を仕立てて屋敷を後にした。

それと入れ違いに、訪ねてくる者があった。陳平である。束ねた白髪、整えられた髭は決して喪に服しているからでもなさそうだ。

「高后の遺詔《いしょう》がありましてのう。諸侯王には千金が。将相、列侯、郎吏にも俸禄に応じた金が下賜されるそうな。それに、天下に大赦《たいしゃ》が行われるとも聞きます」

「！　はっ……？」

劉章は、陳平の真意を計りかねた。大赦の前に謀反を企てれば、たとえ発覚しても不問に付されると言いたいのだろうか？

「呂王産が丞相を兼ね、おんみの義理の姪が皇后に昇進し、左丞相の審食其も帝の大傅に任命されるそうな」

「確かでしょうか？」

「間違いないことです」

「呂氏が、政権を牛耳るのですか！」

「このままでは、まだそこまでいきません。諸侯からの支持が、全く得られておらぬからです。帝を戴いての合議ならば、対抗手段はいくらでもございます。高后の権威とただの呂氏では、一兵卒に至るまで受けとめようが違いますからな」

つまり呂産や呂禄の号令より、周勃《しゅうぼつ》や灌嬰《かんえい》ら、高祖功臣の命令の方が良く通るということである。だから呂氏は位を貴くして、権威付けしているのだ。合法的に軍の指揮権を掌握しようとしている意図が読み取れる。

彼らが勝手なことをせぬよう、諸侯は今、都・長安を睨みはじめている。陳平は、呂氏一族が呂太皇太后の葬斂《そうれん》の儀式に右往左往している間に、反呂勢力の結束を取り付けようとしているらしい。

「寡人ら王族諸侯の拠《よ》り所《どころ》は、何でございましょうや？」

劉章は、一歩踏み込んでみた。

「社稷を全《まっと》うする皇帝の存在です」

「皇帝が捏造《ねつぞう》された傀儡《かいらい》ならば、いかがいたします？」

「正統に戻すまでです」

劉章は、陳平の真意が判った気がした。問題は、その時期と方法なのだ。


劉長が長安へ戻ってきたのは、呂太皇太后の国葬の最中だった。柩が長陵に向かって、都大路に壮大な行列を伴って運ばれていた。高祖・劉邦と同じ所へ、合葬されるのである。

劉長は大して驚いていない。彼女を咬んだ犬が、恐水病だと知っていたからだ。斉の臨淄では名医・太倉公の噂も聞いたが、連れ帰る気など全くなかった。

もともとは劉章を葬るため、辺境部隊の輜重集めを口実に野犬を狩ったのである。その中から狂犬を選び、朱虚侯の屋敷内へ放り込んだのだ。何度か試みたが失敗し、結局は呂太皇太后を牙に掛けることとなってしまった。

だが劉長は、後悔などしていない。これで、審食其を殺しやすくなったと思っていた。無論、劉章を危めて妃を手込めにすることを諦めたわけではない。それどころか今回燕からの帰還が遅れたのも、彼に言わせれば劉章暗殺の布石なのである。

彼は葬列を追わず、長楽宮へ戻った。身の置き所を確保するためである。

＊

「おりいって、お話がございます」

劉喜を寝かしつけた妻が、折り目正しく申し出る。劉章は一瞬、彼女から離縁を切り出されるのかと思った。しかしそれならば、舅の趙王即位祝いの司会直後にしていたろう。

「高后の葬斂の後、呂一族が服喪いたしている館へ出向きました」

「お歴々が、集まっておられたろう」

「呂王、燕王、済川王。わたくしは父（趙王）に言い付けられて、王様たちの食事係を仰《おお》せつかりました」

『皆が寄って集《たか》って、呂家へ出戻れと言うのか！』

劉章は、妻が話を遠回しに言っているように思い、心中そう叫んだ。

「何度か出入りしている内に、悪いとは思いましたが、皆様方の話が耳に飛び込んでまいりました」

「ほう、何と？」

「少帝を戴き、劉氏一族は言うに及ばず、左丞相、太尉他、いわゆる高祖功臣なる列侯を、亡き者にしたいとの仰せでありました。もうこの身は震えて……」

「莫迦な。そなたの夫が寡人だと、呂氏に公然と反旗を翻した劉氏だと、誰もが知っておる。その妃の前で、呂氏が謀反を本気で語ろうか？」

「正面切って話しておられれば、冗談でございましょう。私は恥ずかしながら、隣室にて立ち聞きしたのでございます。それによると、秘密裏にここ二ヵ月ばかりかけて、万全の準備をしてからとか」

劉章は疑った。

『この、呂氏の小町娘と一族からちやほやされた女が、下卑た婢《はしため》のような真似をするだろうか？……いや、する』

彼は自問自答した。

呂氏の内祝いに出向いたとき、行き先を正直に言わなかったことで、彼女は夫に窘《たしな》められている。それに対し彼女は、劉家に嫁いだ心構えができていなかったと詫び、もう呂家を憚らないと誓ったのだ。

「判った。ここ二ヵ月だな。でかした。それでこそ寡人の妃だ！」

劉章はその旨を陳平に報告するとともに、斉王である兄・劉襄《りゅうじょう》にも知らせた。これは陳平が、帝位を正統に戻すと言ったことに由来する。漢の血筋は、高祖・劉邦を源《みなもと》とせねばならない。いま、高祖実子の家系は、長男・斉王肥の嫡子・劉襄と代王恒《こう》、それに問題児の末っ子・劉長だけである。最後の男が論外なのは、周知の事実だ。

「公子、心なさいませ。斉王が兵を挙げられた由にございますぞ！」

張子卿が劉長に報告した。

「それがどうした？　俺には、関係のないことじゃ」

「寡人と仰《おつしや》いませ！　それに、もう政《まつりごと》に無関心ではおられませぬぞ。劉氏と呂氏の力関係で公子のお立場は微妙に変わってまいりますからな。高后亡き後は、なおのことでございます。どうか……！」

「判った。判った。それで、……斉軍は強いのか？」

「何でも、高后が派遣されていた国相の召平《しようへい》が、軍事力を掌握して斉王を動けぬようにしたらしいのです。ところが、王の取り巻きは岳父の駟鈞、郎中令の祝午、中尉の魏勃と食わせ物揃《ぞろ》い。とうとう言葉巧みに兵を奪い、召平を自害させたとのことです。当然周辺の劉氏にも呼びかけましょう」

「劉沢はどうした？　あの瑯邪王は？」

「それが噴飯物《ふんぱんもの》で……」

張子卿は、さもおかしそうに笑いながら言い続ける。

「斉王に騙《だま》されて、兵を奪われたとか。高后に取り入り、斉の領内に無理やり国を造らせたので怨まれていたのでしょう」

「その器でない者が、国王などになるからだ。して、どのように？」

「祝午が瑯邪国へ出向き、『都にて呂氏が反乱を起こしました。斉王は西進してこれを誅滅しようと望んでおりますが、いかんせん戦いには習熟しておりません。そこで、高祖の将軍をなさった歴戦の勇者である大王におすがりしたいのです。斉王は兵を発して身動き取れぬ状態なれば、ぜひ臨淄《りんし》へお迎えして事をお計り願わしゅう。臣は御案内に罷り越しました』と言うたそうな」

「それを真に受けて、劉沢の嬉しがり奴《め》が、のこのこ出かけていったのか？」

「御意《ぎょい》、そして抑留されて兵を斉に併呑《へいどん》された由。古《いにしえ》の、楚の懐王《かいおう》の轍《てつ》を踏まれました」

「それで斉は、軍兵を長安へ向けているのだな！」

張子卿に念を押した劉長の目が、そのとき異様に光っていた。

彼は未央宮へ向かった。ここにも長楽宮同様、幅三尺半ばかりの隠し廊下がある。掃除などなされていないため、塵《ちり》や埃《ほこり》が積もっている。そこを伝って広間や小部屋で屯《たむろ》している宮廷人の話を盗み聞くだけで、そこそこのようすは判った。

「呂丞相は、潁陰侯《えいいんこう》（灌嬰）に兵を率いて斉軍を討たせようとなさったとか」

「さよう。しかし侯は滎陽《けいよう》に押し留まって、積極的に討って出られないと聞き付けます」

「それは、斉王が諸国の王に檄を飛ばしておいでだかららしい」

「それはどのような？」

「『高帝は天下を統一して、劉氏を諸国王とした。ところが、恵帝身罷《みまか》り高后が政治に与《あずか》ると、呂氏の言を聴許し、恣《ほしいまま》に帝を廃しては改立した。また次々と三人の趙王を謀殺して呂氏を王に封じた。呂、燕もしかり。斉に至っては四分割された。忠臣が諫言《かんげん》しても高后は惑乱して聞き入れず、崩じて帝は幼少にて天下を治めること能《あた》わず。恃《たの》みは大臣・諸侯であるが、呂氏は勝手に官位を尊くし、兵を集めて威厳を張り、周囲を脅かし、制、詔《しょう》を偽って天下に号令している。これぞ帝室、宗廟《そうびょう》・社稷《しゃしょく》の危機と言わずして何であろう？　寡人は兵を率いて関中に入り、不当に王となっている者に天誅を加えんとするものなり！』と、こうです」

「ほう、潁陰侯がその斉王と戦えば、徒《いたずら》に呂氏へ荷担するだけで、高帝の末裔に弓引く形となりますな」

「だから、戦うべきかどうか迷われ、滎陽に留まっておられるのでしょう」

「呂氏は、どうしておるのかのう？」

「呂王（呂産）、趙王（呂禄）を中心に一族集まり、これからの出方を話し合っておるところだとか。どちらにしても、斉王と潁陰侯がどう戦うか、その帰趨《きすう》を見てから動くということですかな。こちらの強みは、都の南北両軍の指揮権を握っていることです」

「しかし長安においても、朱虚侯を筆頭に、反呂氏勢力が隙を窺《うかが》っておりますからな。呂氏はそれも視野に据《す》えねばなりません」

「朱虚侯の屋敷周りは、呂氏の手の者に囲まれておりましょうか？」

「兵を派遣しての露骨な監視はなされていますまいが、我らは近づかぬが無難でしょう」

劉長はこの話から、しばらくは劉章の屋敷に忍び込むのを断念した。彼は妃を抱きすくめたいのである。そのため、魏敬に見張らせているのだ。

「ここでは、娘を嫁がせた趙王のお立場が微妙ですぞ」

「その趙王ですが、今日は未央宮にて左丞相（審食其）や御史大夫（曹窋《そうちゅつ》）と何やらお打ち合わせです」

「左丞相は高后がお隠れになれば、呂氏にとっても何ら意味のないお方……」

誰かがこういった途端、全員が弾けたように笑った。審食其が左丞相の地位を外されるのも、もう時間の問題らしい。

『審食其か。今は、生かしておいてやる』

劉長は心で呟き、立ち聞きの場所を移す。

「瑯邪国王が、長安へ来られたらしいぞ」

「はて、斉王と一緒に兵を挙げられたのではなかったか？」

「斉王を説得し、とにかく関中進軍を控えさせておると、宣《のたも》うておられるとか」

「それで、都へは何用で参られた？」

「それがよく判らぬ。控えさせておる！　控えさせておる！　と言わっしゃるだけでな」

劉長は、劉沢の意図など興味がなかったので、尚も場所を移す。

「趙王、お待ちを！」

呂禄を呼ぶ声がする。声の主が回廊を小走りに駆け寄り、趙王の袖を引く。劉長は羽目板の隙間から見渡した。呂禄と日頃仲の良い酈奇《れきき》であった。大広間から少し離れた小部屋へ二人が入ってくる。

「なあ、趙王。高帝は高后とともに天下を平定され、劉氏の王は九人、呂氏は三人いる。これらは大臣が協議して決め、諸侯に布告され、天下が認めているではないか」

酈奇が、呂禄を説得しにかかっているらしいことは、劉長にも判った。

「おぬし、何が言いたいのだ？　それに、趙王などと呼びかけないでくれ！」

「それは悪かった。つまり、高后が崩ぜられて帝は幼少だ。しかるにおぬしは趙王の印綬を帯びながら上将として兵を率いている。これが問題なのだ」

「何が、どうだと言うのだ？」

「漢帝室を趙国王が、あるいは呂国王が、乗っ取るつもりではないかと疑われておる」

「そんな、莫迦な。我らは帝室の社稷の臣を自任しておる！」

「判る。儂《わし》には判るのだ。しかし都人士はそう思わん。おそれ多いが、高后の趙王三人や戚姫への仕打ちなど、世間には知られている。そしてそれが、呂氏の評価に繋《つな》がっているのも事実だ。だから、おぬしらが軍事権を握っていることは、かえって有利ではない！」

「では、印綬を返還せよと……？」

「そのとおり。さすれば、斉王も兵を引くだろう」

「もし、返さねば？」

「潁陰侯（灌嬰）も斉王に合流して長安に向かって来よう」

「何だと！　あいつが滎陽から動かぬのは、斉王と取引でもしているからか？」

「斉王の檄文の内容にも、一理あると判断したのだ。これは儂だからおぬしに言えることだが、かつての高后の不徳の償《つぐな》いを、呂王はじめ呂氏は、態度をもって示さねばならんのだ。でなければ、帝国中を敵にまわそう」

「それは、呂王や寡人が印綬を帝に返還して任地へ赴くということか？」

「それに越したことはない。斉王は兵を収め、諸侯は安心する。正に万世の利だ！」

劉長は面白くなかった。混乱すれば、どさくさに紛《まぎ》れて思いを遂げられるものをと、酈奇を怨みたくなった。彼はそのまま埃にまみれ、隠し廊下で眠ってしまった。

斉軍が臨淄《りんし》を発ったと聞いた劉章は、その日以来何度も陳平の屋敷を訪れていた。呂氏の監視もあるにはあったが、咎めだてはされなかった。さもあろう。近衛武官の校尉を拝命する列侯が、白昼堂々右丞相を訪ねて悪いわけがない。

今日も劉章は、密偵と思しい男を睨み据えながら軺車に揺られてきた。

「それでは、岳父は印綬を返還し、南軍の指揮権を放棄したのですね！」

「いや、まだ正式にそうなったわけではないが、意外とあっさり酈奇殿の説得を受け入れそうな気配だとか」

劉章は陳平から、対呂氏工作のようすを聴いていた。それによると、周勃が酈奇に頼んで、呂禄に印綬返還を迫らせているらしい。

「油断はなりませんぞ！」

突然そう言って横合いからしゃしゃり出てきたのは、瑯邪王・劉沢だった。

「これは朱虚侯。お久しぶりでございます」

劉章はこの男とは、宮中の宴で二言三言喋った記憶があるだけだった。

彼が、兄の斉王・劉襄に拉致《らち》され、兵を全員併呑されたことは聞いていた。それがどうして曲逆侯・陳平の屋敷にいるのだろう？　それに、この狎《な》れ狎《な》れしさは……？

「朱虚侯、ようお考えなされよ。そこもとの兄・斉王は高帝直系の嫡孫でございますぞ」

『そんなことは、似非《えせ》劉氏のおまえなどに言われなくとも判っている！』

劉章は不快だった。もともと瑯邪国は斉の領土内に建てられた国だ。斉王・劉襄が、機会あれば併呑しようとしても当然だ。

「つまり、恵帝亡き後の少帝が、高后の捏造した劉氏なら即刻退位させ、斉王が御位に就かれるべきなのです」

『そうか、兄上を持ち上げることで、抑留の憂き目から解放されたのだ。その義理を果たすため、彼は劉氏最年長者の貫禄と、故・舞陽侯《ぶようこう》（樊噲《はんかい》）と臨光侯（呂須）の間に生まれた娘を娶《めと》っている伝《つて》の強さを推薦の売り言葉に、斉王の皇帝即位を説いているのだ』

劉章はやや呆《あき》れながらも、斉のためになることならばと、苦笑しながら劉沢を受け入れることにした。

呂禄が酈奇の説得を受けているのならば、必ず応じるだろうと思える。元来舅は楽天的で即物的で、思慮深い方ではない。その分敵も少ないが、精神的には隙だらけである。だから周勃から、呂氏切り崩しの目標にされるのだ。今日は酈奇と、狩りに出かけている。

＊

「お聞きになったか？　臨光侯（呂須）が趙王（呂禄）を面罵《めんば》されたらしいのう」

「何でも王が狩りの途中、侯の屋敷に立ち寄られ、上将の印綬を返還して領国に帰ると挨拶されると、侯は珠玉や宝器を王に投げつけられたとか」

「それはまた、なぜ？」

「今に他人の物になってしまうのだから、守っていても仕方がないとか……」

「要するに軍事力を喪うと、呂氏もお仕舞いだと怒ったのです。甥よりも叔母の方が良く権力構造を理解していると言うことです」

劉長は、宮廷人が喋るこのような会話で目を醒ました。あれからほとんど毎日この隠し廊下へ来ているが、大した話の変化はない。斉軍は動かず、灌嬰は滎陽に駐屯したままである。退屈の余りついここで眠りこけてしまったが、この話はちょっと違った色合いだ。

要するに、呂氏が弱気になりだしている。

「左丞相が、罷免《ひめん》されましたぞ！」

そう言った声も聞こえてくる。

審食其が、周囲の大臣から蹴落とされたわけだ。つまり呂太皇太后の、権威の残像が消えたということになる。となると、いよいよ劉氏が動き出すはずだ。

劉長は丞相・呂産が、御史大夫・曹窋《そうちゅう》と政務を話し合っている執務室を覗いてみた。

「趙王は将の印綬を帝に返還され、領国へ赴任すると仰せですが、呂王（呂産）はいかがなされます？」

「そんな事ができるものか！　虎が爪と牙を外して、檻に入りますと言うようなものだ」

そこへ、斉の使者が息急《いきせ》き切《き》ってやってくる。それは、呂太皇太后が斉へ送り込んでいた賈寿《こじゅ》という男だった。

「呂王は、封領へお戻りになりませなんだな。しかし、今となってはもうそれも叶いませぬぞ！　潁陰侯（灌嬰）は斉王、楚王と結託して西進し、呂氏一族を誅滅しようとしています」

報告を聴いて呂産はうろたえた。一族を召集するか、南軍の出撃かを考えた。そこへ呂禄が何事もないような顔でやってくる。

「これは呂王、お顔の色が優れませんなァ」

その暢気《のんき》な一言に、呂産は我に返った。

「潁陰侯が斉王らと長安へ迫ってこようというのじゃぞ！」

「その儀なれば、我らともども、領国へ戻ればすむことではないか」

「いや、呂氏を集めて宮中に籠もり、奴らを迎え撃たねばならん！」

「そんなだから劉氏が尖《とが》るのだ。印綬を帝に戻そうではないか」

「……そんなことで……！」

呂産は絶句している。

板壁一枚隔てた裏側で聴いていた劉長も、嗤っていた。政《まつりごと》に全く関心のない彼でさえ、今の呂氏の立場がどのようなものかぐらい理解している。呂禄は、底抜けな極楽蜻蛉《ごくらくとんぼ》である。逆に言えば、それほど酈奇を信用していたということだ。

従兄弟同士の王二人は、しばらく黙って睨み合っていた。しかし、埒《らち》があかない。呂産は未央宮を出て呂氏に決起を促そうとする。

その間に曹窋は、姿を消していた。

「呂王は呂氏の結束を固め、その後、宮中にて南軍を指揮するつもりでおられますぞ。早う北軍掌握の印綬をお受けなさいませ」

曹窋は軺車を駆《か》けさせ、潁陰侯が斉王らと合従《がっしょう》したと陳平に告げにきた。すぐに周勃や劉章、劉興居のもとに使いが走り、主だった反呂氏勢力が右丞相邸に集って対策が練られる。

「太尉（周勃）は北軍を掌握できますか？」

「軍の割符は襄平侯《じょうへいこう》・紀通《きとう》が司《つかさど》っておる。やつが納得せねば、北軍の指揮台へは登れぬのう」

劉章の問いに、周勃は歯噛みする。

「お任せください。みどもが帝の詔を造りましょう」

こう言って解決策を提示するのは、張子卿である。彼も呂太皇太后亡き後、ほとんど失脚しかけている。特に彼女の寵が篤《あつ》かったことは、呂氏一族から怨みを買っていた。本来なら呂氏へ下される物を、彼が横取りしたと見なされていたからである。

呂太皇太后の余命が幾ばくもなく、彼女が呂産、呂禄に軍事権掌握を厳命したとき、張子卿はその一部始終を陳平に知らせていた。呂氏には政権維持能力がないと、側で見ていて判ったからだ。自らも、手塩に掛けた劉長も、生き抜くためには呂氏を頼ってはならなかったのである。

「では、割符の件は中謁者殿にお任せする。寡人と朱虚侯は一族引き連れて北軍の掌握に参る。曲逆侯は宮廷人にこちらの正義を説いてくだされ！」

周勃がこう言うと、時を打ち合わせて全員が呂氏誅滅の準備に散った。

「親父、面白くなりそうだな」

「公子、また煤《すす》けたお召し物にて、いずこへおいでた？　もうしばらく、未央宮へはお出ましになりませぬよう！」

「なぜじゃ？」

「兵乱が起こります」

「いよいよ呂氏が討たれるのか。俺も、劉氏の末裔じゃ。助太刀いたそう」

「寡人と仰《おつしや》いませ！　公子は武術の鍛錬をしておられませぬゆえ、この場は長楽宮にてお控えくださいませ。さあ、深衣にお着替えになって……」

張子卿に逆らっても無駄だと知っている劉長は、そっぽを向いて座り込んだ。

張子卿は腰を据えて、木簡に何やら認《したた》めている。その木片の大きさは特殊だった。劉長は、はっとした。それは皇帝の命令『詔』を表している。

「親父、おぬし……！」

「公子、落ち着き召されよ！　これからのこと、我らの将来に係わります。心して長楽宮をお出ましになりませぬよう！」

張子卿は木簡を袱紗《ふくさ》に包むと、再度外出禁止を言い付けて出ていった。親父と慕った張子卿の、あれほど真剣な表情を見るのは、これまでにないことだった。天下の一大事が起ころうとしているのである。

そうと判れば、じっとしている劉長ではなかった。魏敬に命じて張子卿の行き先を探らせ、自分は未央宮の隠し廊下へ向かった。落ち合い場所は決めてある。


周勃は呂禄に会っていた。

つい先ほど酈奇が最後の説得をして、趙国赴任と将軍の印綬返還を迫ったのである。

「斉と穎陰侯の軍は、函谷関《かんこくかん》まで進攻してきたとのこと。早くなされ。さもないと、禍《わざわい》が降りかかるぞ」

それは大変と、呂禄は印綬を典客・劉掲《りゆうけい》経由で周勃に渡した。

周勃が北軍の指揮台へ向かおうとすると、張子卿が小走りに側へ寄り添ってくる。

「襄平侯！　太尉勃、勅命にて北軍の指揮に参った。速やかに軍門をお開けくだされ！」

周勃が呼ばわると、張子卿が袱紗を解いて詔を取り出す。紀通は木簡を恭しく押し戴くと、周勃を北軍の指揮台へ案内した。

兵の召集が鉦《かね》で告げられ、武装した兵一万人が整列する。

「勅命である。高后亡き後、公金を乱費して恣《し》意的に官位を貴くするなど、公職を私して憚らぬ呂氏一族を誅滅する！」

周勃がここまで言うと、一瞬の沈黙をおいて、将兵の間から賛同の響動《どよ》めきが波のように起こった。呂氏一族は、ここまで憎まれていたのである。

「ならば諸君に問う。呂氏に付く者は、右肩肌を晒《さら》せ。劉氏に付く者は、左肩肌を晒せ！」

当然ながら、全員が左肩を出した。周勃は、第一の目標を達成した。

この頃呂産は、潁陰侯と斉王の軍に対抗するため武官の呂氏一族に召集をかけていた。しかし、遊興に慣れた男たちは流血を恐れ、思うように人が集まらなかった。

劉興居の密偵がこのようすを伝えてくる。

「丞相産は、南軍に頼って乱を起こすしかなくなった。平陽侯（曹窋）、未央宮に走って奴を殿門から入れぬよう衛尉に連絡していただけまいか？」

殿門は、南軍の指揮台へ至る門である。丞相として割符を示されれば、衛尉は通さざるをえない。

周勃に乞われて、曹窋は再び軺車を駆けさせる。衛尉に殿門を堅く閉じさせた頃、呂産が、騎馬の従者百人余りを連れて未央宮へやってきた。砂煙に驚いた曹窋は再度、周勃のもとへ取って返す。

「丞相産が、衛門の外へ騎馬兵を引き連れて参りましたぞ」

彼の報告は、人員や携帯している武器の種類など、兵力がはっきりしない。だから周勃は勝算を立てられず、自ら陣頭に立って突撃することを躊躇《ちゅうちょ》しゅん逡巡《じゅん》した。

「一戦交えて参りましょう！」

そのとき、先鋒を買って出た男がいた。劉章である。この向こう見ずさは、若さの特権といえた。彼は千名の手勢を借り受けると、未央宮へ走る。

彼が王宮へ進撃すると、それを待っていたように追風《おいかぜ》が起こった。

「天帝は寡人《われ》の味方ぞ。恐れるな！」

劉章は、鎧を躍らせて疾走する。

隠し廊下で魏敬の知らせを待っていた劉長は、少々退屈していた。大きな欠伸《あくび》をしたとき、背後の空気が動く。

「中謁者殿は、太尉（周勃）に木簡をお渡しになりました」

「それだけか？　太尉はそれを誰に示したのだ？」

「襄平侯にでした」

「それは、紀通のことだな。奴は割符を検める役目だ。すると親父は、太尉が北軍を掌握するために一役買ったわけだ。つまり、呂氏を見限ったのよォ」

劉長がそう呟いたとき、未央宮の殿門あたりで鬨《とき》の声《こえ》が起こった。呂産の百騎ばかりの従者に、劉章の先鋒隊が矢を射かけたのだ。追風を受けた矢は鋭さを増し、たちまち半数以上の騎兵が馬もろとも傷ついた。流血に不慣れな兵は赤い飛沫《しぶき》に茫然となり、急速に戦意を喪失している。

「怯《ひる》むな！　応戦せよ！」

呂産は指揮刀を振っているが、劉章の部隊は徒兵ながら十倍の人数だ。従者で戦闘態勢をとった者も、矢が突き刺さって暴れ出した馬に蹴られて斃れる。本気で戦おうとする兵はなく、劉章に降伏していく。

「南軍の兵を呼び集めよ！　寡人は丞相なるぞ！　命に従え！」

呂産が絶叫していたが、それがいけなかった。やってきた劉章が、一騎打ちを挑むようすでその姿に近づいていく。

呂産はもう味方が一人もいなくなったことを悟り、未央宮の中へ逃げ出した。劉章は鎧姿のままその後を追う。

「魏敬、短剣を貸せ。劉章が、呂産を追ってきた。奴らが組み討ちになったら、どさくさに紛れて羽目板越しに刺してやる。手助けしろ！」

呂産が回廊を駆け抜けると、劉章がすぐ後を追ってくる。彼の手勢も援護のため付き従おうとするが、押しとどめられる。

「あんな呂氏の頭目など、寡人一人だけで充分だ。それより太尉閣下に、呂氏の兵は総崩れだと伝えよ！」

劉章はそう言って、ゆっくり呂産の後を追う。もう、袋の鼠なのだ。

劉長も、隠し廊下を伝った。

呂産が、慌てふためいて回廊を駆けている。壁にぶつかり、花瓶や掛け軸をひっくり返し引き落とす音がする。大広間から吹き寄せる突風がそれを巻き上げ、呂産の足にまとわりつく。転んだ呂王めがけて、劉章は剣を振り下ろす。二度ばかり床を叩いた剣は、引くと同時に横殴りに旋回する。

劉長は隠し廊下の羽目板の隙間から二人を見据え、蟹のように走った。握った剣は、さしずめ螯《はさみ》といったところだ。彼が狙っているのは、劉章一人である。呂産など、放っておいても劉氏に摑まり処刑されるのだ。

劉章の切っ先は鋭く、呂産の鎧の札《さね》が数片飛び散った。驚いた呂産は、剣を辺り構わず振り回しながら起きあがる。劉章が落ち着いて間合いを計る隙に、呂産は躓《つまず》きながら逃げる。回廊を滑ってなおも走り、郎中令府の厠《かわや》の更衣室に隠れようとする。まさに雪隠詰《せっちんづ》めだ。

劉章は扉を蹴破った。敷居から外れた板戸が、隠れたつもりの呂産の所へ飛んでいく。

「呂氏の頭目、往生際が悪いぞ！」

板が割れる音に負けず、劉章は、逃げ隠れする呂産を罵った。

「おぬし、呂氏一番の器量好しを娶り、あまつさえ高后の世話で出世しておきながら、恩を仇で返すか！」

呂産も負けず、日頃の呂氏の劉章評を投げかけ、一太刀浴びせる。

「劉氏にあらざる者は、王たるべからず。呂氏が亡ぶは、自らの奢《おご》りだ！」

劉章は、突き出された剣を撥ね上げた。火花の散る金属音と共に、呂産の剣が弾き飛ばされる。それは隣室の、桟に絹帛を貼った窓へ、小気味よい音を立てて刺さった。

劉章は、呂産に剣を突きつける。

劉長は板壁一枚隔てて、二人に接近していた。絶体絶命を悟った呂産が壁に背を向けている。これでは、劉章を刺せない。

『糞！』

劉長が思わず呟いた声が、劉章に聞こえたようだ。一瞬気を取られた隙に、水平に構えていた剣の力が萎えた。呂産はそこを見逃さず、劉章に組み付いてきた。得物《えもの》を喪った両手で、劉章の鎧の襟《えり》を締め上げにかかる。劉章は剣を持っているため、懐《ふところ》へ飛び込んできた相手には、かえって力を出せない。たちまち体勢を入れ替えられ、壁際に押しつけられてしまった。

劉長は、しめたと思う。このまま背後から、劉章を突き刺せば良いのだ。彼は剣を羽目板の隙間に宛《あてが》おうとする。しかし、板子一枚の向こうでは組み討ちが続いて板が震え、具合の良い位置が定まらない。ようやく胸の位置に手頃な隙間を見つけて、彼は切っ先を突き立てようとした。

劉章は喉頸《のどくび》を絞められ息苦しかったが、相手を摑んでいた左手を外し、呂産の右側頭部の髪を毟《むし》りながら、右手の柄頭《つかがしら》で左横面を力任せに打った。顳顬《こめかみ》が外れるほどの打撃を与えられ、呂産の握力が弱まった。その刹那《せつな》、劉章は再度体勢を入れ替える。呂産の襟首を捩《ねじ》あげると、自ずと位置関係が反転した。このとき呂産は最後の力を振り絞って、帯に手挟《たばさ》んでいた護身用の匕首《ひしゅ》を引き抜いていた。劉章はその気配を察したが、飛び退くのに一呼吸遅れたと思った。

劉長は、思いきり剣を突きだして抉《えぐ》った。これで劉章の命は貰ったと確信した。しかし、呻《うめ》き声は呂産の声帯からだった。はっとしたのと、刺した相手に新たな打撃を感じたのは同時だった。彼は思わず剣を戻す。

劉章は、腹部に一撃喰らったかと後ずさったが、呂産は匕首を構えたまま瞳孔を開けていた。原因など判らなかったが、相手の攻撃の遅れを武運とし、彼は剣を二度三度と振り下ろした。呂産の額《ひたい》が大きく割れて脳漿《のうしょう》が飛び散り、その手から匕首が落ちる。相国と尊称された男の身体が頽《くずお》れ、花が咲いたような頭は、黒い底なしの口を穿《うが》たれた便座に吸い込まれる。

劉長が剣を当てた隙間からは、汚穢《おわい》溜めを覗き込む劉章が見える。逆手に握った剣を杖に、片膝突いている。もう、力尽きているのだ。劉長は板を蹴破って、劉章を襲おうとした。だが、魏敬が無言で必死に止める。理由はすぐに判った。

「兄上、御無事でございますか？」

呂産の一隊総崩れの報を受けて、劉興居《りゅうこうきょ》が北軍を引き連れて駆けつけたのである。

周勃の姿が見えないのは、呂須をはじめとした呂氏狩りが始まるからであろう。

隠し廊下にいて状況が判った劉長は、魏敬とともに未央宮を後にした。

＊

「お喜びください。朱虚侯は、斉王のもとへ発たれました。和平の使節です。おっつけ潁陰侯ともども都へ戻ってこられましょう」

陳平の代理人という張子卿が、屋敷の執事に大声で口上を伝えているのが聞こえる。

『何が和平なものか』と、妃は思う。

父・呂禄、又従兄・呂通、呂更始ら呂氏一族はことごとく処刑され、呂太皇太后の外孫・魯王偃まで廃位の憂き目にあっている。また、恵帝の子とされていた少帝、淮陽王、常山王は偽りの皇統とされ、劉興居が処刑役を買って出たともいう。

夫も彼も、恐れているのだ。童子らが成長して後帝位に就けば、自分たちが復讐を受け誅滅させられると。そして今一つの野心は、皇位の後継者として斉王の家系を選ばせることである。斉王・劉襄は高祖劉邦の長男の長男。いわば直系の孫だ。新皇帝に相応しい系図を有していると言える。その実弟が朱虚侯・劉章である。ならば、彼の妃であるがゆえ処罰されず、のうのうと身を全うしている自分は何者なのだ？

彼女はこの旬日、屋敷内に閉じこもっている。執事たちは主人の晴れがましい姿に浮かれ、寄ると触ると外へ出たがった。いきおい彼女の所へは、必要以上に顔を出さないでいる。今は、その方がありがたかった。

奥の居室に床を展《の》べようとしたとき、隅の暗がりに人の気配を感じた。声を立てようとしたが、大柄な影は敏捷に回り込んで短剣を喉元に当てる。

「俺のもとへ来い！」

劉長だった。

執事たちの監視が手薄になったのを見計《みはか》らって、忍んできたのだ。

「俺のもとへ来い！」

「無粋な刃《やいば》など持ち出して、『もとへ来い』もないものじゃ」

「ほう、丸腰なれば言うことを肯《き》くか？」

「なにゆえ、子持ちの年増に執着する？　それともそなた、皇帝になれぬ腹癒《はらいせ》か？」

「皇位を嗣げぬのは、そちらの本家とて同じことよオ。五代を拝命するのは代王の劉恒《りゅうこう》だ」

「なんとな。でも、なぜ斉王は外《はず》された？」

「それを話せば、思いを遂げさせるか？　俺にとっておことに執着するは、帝位よりも尊いのだ」

「そこもとは、淮南王でございましょう。寡人と仰《おお》せられませ！」

「ちぇっ、親父みたいなことを言うな！」

「中謁者殿が正しゅうございます。寡人と仰せられよ」

「肯《き》けば、思いを遂げさせるか？」

「なにかと言えば、すぐそれじゃ。代王の件、話してくれれば考えぬでもない」

「時間を稼いで、誰か来るのを待つ腹ではあるまいの？」

「今、呂氏の女に手を出す物好きは、そこもとぐらいじゃ。誰がわらわを訪れよう！」

劉長は、彼女に刃を突きつけてからここまでの、違和感が理解できた。彼女は、呂氏という出自の後盾《うしろだて》を喪い、精神に空洞ができたのである。その彼女を庇《かば》ってくれる存在が現れ、頼りたい気持ちになっているらしい。

「ならば言おう。呂氏の禍《わざわい》は、外戚《がいせき》の政《まつりごと》への容喙《ようかい》だ。だから今回、后筋《きさきすじ》の良否が問題になったわけだ」

「わらわが呂氏ゆえ、斉王に迷惑が及びましたかな？」

「朱虚侯が帝位を嗣ぐわけではなかろう。おことの問題ではない。斉王の岳父・駟鈞《しきん》が槍玉にあげられたのよオ」

「おう、聞いたことがある。斉王后の父で、何かと政《まつりごと》に口出ししたがる方だとか」

「ところが、それを言い出したのが瑯邪王《ろうやおう》・劉沢だというから笑止だ」

「瑯邪王は、斉王こそ正しき皇統と諸侯に宣伝なさっておったとか」

「斉王挙兵の際、拉致《らち》されたからそれを条件に長安へ来たのだ。そうしながらも、軍兵を吸収された怨みを晴らす機会を窺《うかが》っていたのだろう。血統は正しくとも、正しい外戚が付いておらぬと、ぬけぬけ演説したらしい。あの似非《えせ》劉氏が、劉氏嫡流に一泡吹かせよったな。他人事《ひとごと》ながら痛快だったぞ。それに劉沢の奴、燕への国替えを所望しおった。そりゃそうだろう。斉国内の瑯邪にいれば、いつ何時刺客にかかるかもしれんからな。新帝が立てば、願いは聞き届けられよう」

「それは、御同慶の至りでございます」

彼女は裳衣《しょうい》を脱いで床に入った。劉長は余りにも素直な態度に、かえって一物が萎える思いだった。

＊

前一八〇年、劉恒《りゅうこう》が新皇帝として即位した。

それと前後して、斉王襄が失意のまま病没した。諡はその無念を思って哀王とされた。

劉章は斉国内の城陽を、劉興居は済北を、それぞれ国として譲り受け王に収まった。

翌年済北王興居は、皇帝の詔勅を一切肯《き》こうとしなかった。全て拒否し続けた。そして謀反の廉《かど》で新皇帝から譴責《けんせき》を受けている。

彼の真意は、誰にも語られることはない。呂氏粛清の際、年端もいかぬ偽皇子を処刑したのは、斉王の皇位継承を思えばこそである。今にして思っても、決して後味の良い役目ではなかったはずだ。それがここに来て、鬱積したものが噴出したのだろう。失意の理由を他人に語るのも潔《いさぎよ》しとしないのだと思える。

劉章は、弟の気持ちが判らないでもなかった。劉氏の世を取り戻したい一心で、命知らずなことばかりした。だが彼とても、呂氏追討の変乱で、鎧すら着用しなかった代王恒などに帝位を渡すつもりで暴れたのではなかった。だがそんな本音は、たとえ肉親にも語れるはずはなかった。

劉章はまだ二十三歳だったが、毎日毎日を晩年のように感じた。

「たまには、遠乗りでもいたしましょう」

都から離れて生き生きしているのは妃、いや、王后だけだった。劉喜の成長も健やかである。彼女は、本来の妻の幸せを得たのかもしれなかった。

供廻りを連れて軺車を走らせると、王宮からは見えぬ大きな楠が聳《そび》えていた。未央宮西の滄池の丘にあった樹形に似ている。それは昔、夢に出てきた楠だった。焦茶の翅《はね》に青い縦縞がある大型の蝶も舞っている。

劉章は懐旧の情に惹《ひ》かれて、車から降りた。供を待たせてその根本に近づくと、何かが蹲《うずくま》っている。

「あら、犬がいるわ。ねえ、昔を思い出して飼ってやりましょう」

そう言えば、毛並みも似ている。劉章は何気なく、無防備にその犬を抱き上げようとした。その一瞬、突然犬が牙を剝《む》いた。劉章は手足を咬まれた。

従者が慌てて走り寄って打ち殺したが、犬の口には泡が溢れていた。

『犬禍』と呟いて、王后は淮南《わいなん》に続く空を見つめている。劉長の面影を追っていたのである。

三年前、呂氏の密議を夫に漏らしたため、一族全員が誅殺された。彼女は無論、そのようなことを望んではいなかった。王位は全て劉氏に譲らせ、政権の中枢から退かせてくれればと考えていた。しかし、権力闘争する男たちは、命の遣り取りしか念頭になかったのだ。その結果、呂氏で命長らえたのは彼女だけとなった。

茫然自失の体《てい》で過ごす彼女の前に、劉長が忍んできた。呂氏というだけで執事たちでさえ彼女から遠ざかろうとしていただけに、粗野《そや》な男でも頼りがいがあると思ったものだった。そして身を任すと、急速に二人は燃え上がった。彼女は、劉章を暗殺したいと打ち明けた。劉長が受けないわけがない。そして練りに練った作戦が、狂犬を仕掛けることだったのだ。時と場所を選ぶのに、ここまで時間をかけたのは、斉王が帝位継承から外された失意をゆっくり眺めておきたかったからだ。そしてそれも充分堪能した今日、劉長に狂犬の手配を依頼しておいた。こんなに上手くいくとは思わなかった。もし失敗したら、同様な方法で何度も狙うつもりだった。

彼女は、淮南へ逃げようかと企てた。だが止めた。劉喜に呂氏の隠れた血を嗣《つ》がすべく、太后の地位を利用して育てねばならぬからだ。彼女は、もう一度淮南の空を眺めた。楠から飛び立った、焦茶地に青い縦縞がある蝶が二頭舞っていた。

淮南王

わいなんおう

長雨でたっぷり水を含んだ高原に、突如地響《じひび》きが走る。

天を突く断崖絶壁《だんがいぜっぺき》が崩れ、舞い踊る土砂の隙間を縫《ぬ》って、黄蝶《きちょう》が翅《はね》を狂おしく羽ばたかせながら健気《けなげ》に逃げる姿がよく脳裏《のうり》に現れるようになった。だが遠目に眺《なが》めるそれは、決して自ら自身ではない。荘子《そうし》は夢で胡蝶になったと言われるが、ならば現在、女が高貴な身分でいるのも、黄老思想を信奉する余りの妄想か？　竇《とう》皇后は忘我の彷徨《さまよ》いから醒《さ》めて、上気した顔で真上から臨む夫・劉恒《りゅうこう》の表情を見つめた。

「どうした？　まだ信じられぬか？」

「はい、昇りに昇るこの身が……」

彼の胸の中にあって性の喜悦に溺れる真夜中でも、快楽の虫と化した蝶は飛びまわる。

最近では白昼未央宮《びおうきゅう》で典礼の最中であっても、突如として黄蝶が現れてくる。

『昇りつめたあとは、ただ墜ちるのみぞ！』

忌《い》まわしい啓示《けいじ》の使者が来たのではあるまいかと、その度に彼女は首を左右に巡《めぐ》らし、傅《かしず》く侍女たちを見て安堵《あんど》の胸を撫でおろすのだった。

この話を初めて劉恒にしたのは、彼が代《だい》国から長安へ上り、皇帝に即位した翌日である。そのとき彼女はまだ、皇后とは呼ばれていなかった。

「そうか。実は朕《ちん》も……」

劉恒は王侯の一人称・寡人《かじん》を、皇帝専用の朕に切り替えるのが照れくさそうだった。

「……朕も、黄蝶の夢を見た。天へ昇ろうとして墜ちそうになったのを、下から支えてくれおった」

「ずいぶん、力強き蝶にございますな」

「そうじゃな。確かに頭が黄色かった。それに、翅に綻《ほころ》びがあった」

劉恒のこの一言に、皇后は掌《てのひら》を口に当てる。

「何が、おかしい？」

「そうではございませんか。そのような頼りない蝶が、主上を天に導けましょうや？」

「道理じゃ。ならば、蝶ではなかったか？」

劉恒も一緒に笑いながら、ここまで来られた希有《けう》な幸運を反芻《はんすう》する。彼は漢の五代皇帝の地位を、自らの努力で勝ち取ったのではなかった。

呂太皇太后《りょたいこうたいごう》の崩御と同時に、陳平《ちんぺい》や周勃《しゅうぼつ》、灌嬰《かんえい》など劉氏を信奉する漢建国功臣が政変を起こし、呂氏一族の粛清《しゅくせい》に成功した。このとき活躍した劉氏は劉章《りゅうしょう》、劉興居《りゅうこうきょ》ら、斉《せい》国出身の王子たちである。

時の斉王・劉襄《りゅうじょう》は高祖・劉邦《りゅうほう》直系の孫で、当然皇帝になって然《しか》るべき血筋と自他ともに認めていた。しかし外戚の専横を恐れた三公九卿たちは、斉王后方の駟鈞《しきん》を敬遠して代王母方の薄《はく》氏を歓迎した。つまり今回の皇帝選びは、即位する人物の人柄や能力よりも、その外戚の兄弟がいかに毒にも薬にもならぬ凡人かが問われた結果なのである。

幸運は、竇姫《とうき》と呼ばれていた彼女にも強くあった。代王・劉恒は呂太皇太后から下賜《かし》された宮女の内、竇姫をことのほか寵愛した。王后はすでにいた。しかし労咳《ろうがい》を病み、王宮から隔離された一隅に王子王女と住まっていた。そこで子供たちにも同じ病を移してしまう。息子や娘らに逝《い》かれてからはもう半狂乱状態となっていた。そんなおり劉恒の皇帝就任が決まったのだ。放っておくわけにもいかず、長安へ随行ということになった。しかし身体への無理が祟《たた》り、間もなく吐血して身罷《みまか》った。

三公を中心に太子冊立《さくりつ》が建議され、竇姫の長男・啓《けい》が指名される。それによって、太子の母たる彼女は皇后に昇格したのである。

「太中大夫に抜擢《ばってき》してやった賈誼《かぎ》という男、なかなか面白い奴じゃ」

劉恒はそう言いながら、上機嫌で後宮へ入ってきた。

「どう面白うございます？」

「あやつ、暦《こよみ》を改め服色を変え、官名を一定し、礼楽を起こすべきであると言いおる。道理じゃ。戦乱の世は遠退《とおの》き、呂氏の専制も終わったからのう。礼儀や法度《はっと》を明らかにする第一歩は、国王列侯の領土への赴任だと、遠慮のう主張しおったワ」

「はい。まことにそのとおりかと……」

「そこで、やつがなおも言うにはのう。数字は五を基準とし、色は黄を尊べとはどうじゃ！」

「黄をでございますか？」

「そうじゃ！　朕の心を見透《みす》かしておるのかのう」

劉恒は愉快そうである。

「でも高祖には、赤帝の子との言い伝えがおありとか」

「そうだ。だから、高后もその色を尊んだ。賈誼の奴、そんなことは百も承知で『赤は南方夏の色。黄は中央に位して四季を統括いたします。四季は指揮に通じ、まことに中華を統括する皇帝に相応《ふさわ》しい色と存じます』と捲《ま》くしたておった。呂氏色を一掃するためにも、朕は黄を社稷《しゃしょく》の色にしようかと思うのじゃ」

喜色溢れる劉恒のようすを見て、竇皇后に異存はなかった。

賈誼は、廷尉《ていい》・呉公《ごこう》の推挙を受けた者である。呉公が河南郡太守として抜群の治績を示したので、劉恒は彼を廷尉に昇進させた。都・長安への栄転に際し、随行してきたのが賈誼である。呉公はかつて、秦《しん》の宰相だった李斯《りし》に学んだ文人で、洛陽に詩書を誦読し文辞に巧みな若き俊才・賈誼ありと聞きつけ、子飼いにしていたのである。彼の才を朝廷に生かしたく皇帝に謁見させたが、図《はか》らずも目矩《めがね》に叶《かな》ったわけだ。

しかし古手の功臣たちは、当然ながら面白くなかった。左丞相・陳平《ちんぺい》、右丞相・周勃《しゅうぼつ》、太尉・灌嬰《かんえい》、御史大夫・張蒼《ちょうそう》、太僕・夏侯嬰《かこうえい》、将軍・申屠嘉《しんとか》らは、高祖劉邦とともに戦場を駆けずりまわって項羽を追い落とし、黥布《げいふ》や陳豨《ちんき》の反乱を鎮圧した武人である。ここまで生き長らえてきたのであるから、論理より剣と言うほど単純な頭脳ではない。それにしても、もう古稀に近い者が多い。一番若い申屠嘉でさえ還暦である。而立《じりつ》そこそこの劉恒と正面きっての話など合うわけはない。また功臣諸侯には、劉恒を帝位に迎立してやったという優越感が、心の底に巣くっていたことも否めない。

「青二才の賈誼めもさることながら、爰盎《えんおう》とかいう若造は何なのだ！」

こう言いながら未央宮前殿で歯嚙みしているのは、絳侯《こうこう》・周勃《しゅうぼつ》である。彼は爰盎に、社稷の臣ではないと言われて腹をたてている。

その若者は、もともと趙王・呂禄《りょろく》の舎人《しゃじん》であった。呂氏誅滅の政変で、呂禄は酈奇《れきき》の説得にいち早く応じてほとんど抵抗をしていない。そこで彼の首と引き替えに、血縁のない郎党舎人は放免されたのである。爰盎はそこで命拾いをし、兄・爰噲《えんかい》の保証で郎中になれた。この官は宮中で宿直し、警護に当たる役目である。いきおい皇帝と直々《じきじき》に接する機会が多い。

ある日、周勃が得意げに小走りで未央宮から退出するのを、皇帝が目送していた。

「おぬしら、右丞相をいかなる人物と思いおる？」

自らが遜《へりくだ》る大臣を頌《たた》えさせようとした問いに、すかさず応えたのが爰盎だった。

「絳侯（周勃）のごときは、功臣には違いありませぬ。が、いわゆる社稷の臣とは申しがたき者と心得ます」

若者の意外な発言に、劉恒は流し目を送った。奇《き》を衒《てら》っただけの言葉ならば、処刑も已《や》むをえまいと決意している眼光だ。

「ほう、ならば問う。社稷の臣とはいかなる者か？」

「それは、主上が在《いま》せばともに在《あ》り。滅びればともに滅びるか、遺勅《いちょく》を全《まっと》うする者であります」

「うん、……それで……？」

「高后が摂政の位に就き、呂氏が専横甚《はなは》だしいみぎり、劉氏は衰微して細い帯のごとく絶えんばかりでございました。当時、絳侯は太尉として兵権を握りながら、これを糾《ただ》すことがおできになりませなんだ。高后が崩御するに当たり、大臣らがあいともに謀《はか》って呂氏一族を誅しました。絳侯は太尉の職にあり、兵を掌握していてたまたま成功に出遭《でお》うたもの。従って、功臣ではあっても社稷の臣たりえませぬ。それにつけても、右丞相には主上に対し奉《たてまつ》り驕《きょう》色《しょく》がございますれば、ここに君臣の礼が失われまいかと、臣は主上の謙遜なる御ようすには賛同いたしかねます」

爰盎の忌憚《きたん》のない発言に、周囲の郎官は固唾《かたず》を呑んだ。しかし、劉恒は、口の端を歪《ゆが》めただけで黙っていた。これは爰盎の具申が通ったことを意味する。若い皇帝には、功臣たちへの引け目がある。普段は言いたいことも半ばにして彼らを立て、心に秘め置くことが多かったのである。それを爰盎が『家臣への遠慮は、上下の礼に反する』と、一刀両断に弁じてくれた。それは劉恒の溜飲《りゅういん》を下げ、実に快かった。

このことは、ものの半時もせぬ内に未央宮中へ知れ渡る。皇帝が譴責《けんせき》しなかったことは、三公九卿や功臣諸侯たちにとって、してやられたおもいだった。それに、痛いところを突かれてもいたのだ。

かつて、劉氏以外を王に据えようとした呂太皇太后に、正面きって諫争《かんそう》をしたのは王陵《おうりょう》だけだった。道理が通らず僚友の援護を喪った彼は、封邑《ほうゆう》・安国県へ隠棲したが、都に残った大臣らは皆、時の権力者に媚《こ》びて長い物に巻かれたのである。

『主上の遺勅《いちょく》を全うし』と言われると、内心忸怩《じくじ》たるものを感じる。彼らは皆同様な心の痼《しこ》りを、五臓六腑の底で飼っていたのだ。

「聞けば爰盎の父親は、楚で群盗の一味だったというではないか。そんな奴の小倅《こせがれ》が、何ほどの者だ！」

　蟠《わだかま》りを払拭《ふっしょく》すべく、気炎をあげているのは申屠嘉《しんとか》である。彼は材官蹶張《ざいかんけっちょう》と呼ばれる、大弓を扱う勇士の隊長から伸《の》しあがって将軍に昇進した男だった。裏取引を嫌い、公私混同に厳しい性格でもある。しかし彼の一言も、仲間を元気づけない。彼らの出自や過去を問えば、盗賊紛《まが》いの行為は枚挙に暇《いとま》がなく、爰盎を批判できた柄ではないからだ。

　重苦しい空気をさらに助長するごとく、周勃が独り呟《つぶや》く。

「儂《わし》は、やつの兄とも親しい。郎官になるときも、それ相応の口利きをしてやったというのに、何たる忘恩の徒か！」

　彼の憤懣やるかたない思いは、苦楽をともにした功臣たちによく判る。呂太皇太后の専横を看過《かんか》したのも、劉氏の再興を願って臥薪嘗胆《がしんしょうたん》の故事に倣《なら》ったまでだと、大声で宮殿の回廊に喚《おめ》きたかった。

『もう我らの時代ではないのだ』

　滄池《そうち》の北に聳《そび》える楼閣が、夕映えの影絵になっている。彼らは白いものが多く混じった顎《あご》鬚《ひげ》を撫でながら、感慨に浸《ひた》っていた。

　陳平が、体の不調を訴えて降殿すると言い出す。周勃もそれに倣おうとして、前殿の階段へ差しかかった。すると下から来た、若い郎官に囲まれた皇帝と鉢合わせになった。供回りの中には賈誼も爰盎もいる。

大臣たちは慌てて階段を降り、左右に分かれて拱手した。劉恒の一行は露払い役が先頭を行き、その後ろに皇帝を据えて、左右を賈誼、爰盎らの護衛が固めて昇って行く。彼らが階《きざはし》の上に立つのを確かめて、大臣たちが下がっていった。郎官二人・衛綰《えいわん》と直不疑《ちょくふぎ》が残って、彼らを目送《もくそう》している。

*

「陳左丞相の具合が、悪いそうだな。薨去《こうきょ》した暁には、国葬級の儀式をせねばなるまい。主上も、また物要りなことよ」

「はい、もうお歳でございますから……」

遠慮のない物言いで宦官《かんがん》に問いかけているのは、呉国の太子である。きらびやかな束帯が、驕慢《きょうまん》な性格に似合っている。親の身分を笠に着た傍若無人な態度から、郎中たちにも女官にも人気がなかった。相手にされている宦官も早くその場を立ち去りたかったが、取り巻きの師傅《しふ》三人もそれと知って退路を塞《ふさ》いでいる。彼らの衣装も、金糸銀糸が使われた贅沢品である。

「呪詛《じゅそ》されているという噂だが、お主どう思う？」

「それは、どなたにでございます？」

「決まっておろう。城陽王・劉章《りゅうしょう》と済北王・劉興居《りゅうこうきょ》にだ」

「なぜ、あのお二方が？」

「お主、中行説《ちゅうぎょうえつ》という宦官であろう。宮中の記録は全て暗誦しておる才人と聞いておる。ならば知っておるはずだ。あの二人は、呂氏誅滅の政変で殊勲著《しゅくんいちじる》しき立役者。だからもともとその顕彰に、趙と梁の王に据えられるはずだった。しかし後々の謀反を懸念した左丞相が、極東の小国に封じ込めたのだ」

「存じませぬ」

「代国のような片田舎で匈奴《きょうど》に怯《おび》えておられた主上が、そのようなことにまで気がまわるものか！　秘密朝議で左丞相の言動を記録したものがあらば、ぜひ見せてくれ！」

「そのようなもの、みどもは存じませぬ」

宦官の言葉が終わらぬうちに、呉の太子の鉄拳が宦官の顔面を捕らえた。続いて師傅が、背後からよろめく宦官を投げ倒し、踏んだり蹴ったりの乱暴に及んだ。許しを乞うて泣き叫ぶ声に宮廷人が駆けつけたが、相手が悪いと誰も止めだてできずにいる。そこへ割って入り、師傅三人の衣を背中から鷲摑《ぶ》みにした大柄な男がいた。安手の絹を羽織った彼は、師傅どもの頭三つを何度か打ち当てて失神させ、呉の太子を足蹴《あしげ》にした。それも一度や二度ではなかった。

「公子長《ちょう》様、お久しゅう！」

宦官は、涙ながらに助けの主を見上げる。

呉は長江河口にあり、製塩製鉄業の盛んな富める国である。春秋時代、越王・勾践《こうせん》と対抗した夫差《ふさ》の領土とほぼ同じ位置づけといえる。当然ながら血縁関係はない。現在の呉王・劉《りゅう》濞《ひ》は高祖劉邦の兄・劉仲《りゅうちゅう》の子だ。従って、皇帝・劉恒の従兄《いとこ》に当たる。彼も高祖に従って項羽と戦い、この地に封ぜられたのである。宦官・中行説を打擲《ちょうちゃく》していたのが、その跡取り王子である。そこへ果敢に飛び込んだのは、かつての問題児・劉長《りゅうちょう》だった。周囲の宮廷人は口にこそ出さなかったが、良い見物と思ったに違いなかった。

「呉の太子に狼藉を働いて、ただでは済むまいぞ。名告《なの》れ！」

中行説の呼びかけが小さく、太子の耳には届かなかったらしい。彼は衣装から相手を王族の一人と判断したが、劉長の薄汚れた姿を侮《あなど》って挑発した。どうせ劉氏の庶子の庶子ぐらいと思い、自分の地位の高さを確信していた。そして、上下関係がはっきりすれば形勢も逆転すると踏んでいたのだ。

「俺は、淮南王《わいなんおう》の長じゃ！『皇帝の弟に殴られた』と親父に言いつけろ。どうだ、大沢《だいたく》郷《きょう》あたりで水軍戦を交えるも一興ぞ」

そう言われて、呉の太子の顔から血の気が失せた。彼も、この型破り公子、否、国王の噂は聞いていたのだ。淮南王の地位に就いても、俺という一人称で通す神経は半端ではない。到底自分が抗《あらが》える相手ではないと悟った太子は、さっさと踵《きびす》を返す。師傅たちもすばしこく後に続こうとするが、劉長はそのうちの二人を捕らえて放さなかった。

「説を負ぶって、薬師《くすし》の茅舎《ぼうしゃ》まで運べ」

「公子様、御心配には……」

「いや、説。こいつらには、衣装だけで相手を見るなと、教えておかねばならん」

言うが早いか劉長は二人の派手な衣を引き裂いて、縄状に細長くした一端を握った。そうして中行説を背負わせて歩く。まるで捕縛の図である。周囲から、失笑が洩れる。と同時に、小さな響動《どよ》めきもあがった。東国へ追いやられた鼻つまみ者が、あっぱれ人助けをしたことに対する賞賛だ。

薬師の茅舎へ着くと、呉の師傅たちは拱手した。もう充分に償《つぐな》いの役目を終えたので、解放して欲しいとの意だ。劉長はにやっと笑いながら、一人の腕を取った。そして手首と肩を押さえた刹那《せつな》、思い切り押さえつけながら膝で蹴りあげた。鈍い音がして、男の関節が砕けたようだ。残りの一人は蒼白の顔で立っている。

「いいか、帰って太子に伝えておけ！　宮中の宦官に手出ししやがったら、今度はおまえの足腰立たぬようにしてやるとな」

呻《うめ》く朋輩に肩を貸して、師傅同士ほうほうの体で上屋敷へと戻っていく。中行説は目に涙を溜めて、劉長の前へ這《は》いつくばっていた。

「説、とんだ目にあったな」

「公子、いや、淮南王様、いつ長安へ?」

「昨日入朝した。淮南の巡察も終えて、王宮の修築にかかりだした。親父に監督させておけば大丈夫だ。無論、抜け廊下も造る」

「それは、よろしゅうございますな。張謁者《ちょうえつしゃ》殿も息災で何よりかと……」

「趙同《ちょうどう》はどうしておる?」

「あ奴は相変わらず、星占いに余念がございませぬ。ところで、魏敬《ぎけい》殿は……?」

「一緒に来た。所用を申し付けてあるゆえ、今は町中におろう。戻ればおぬしたちのところへも顔を出させる」

「そうしてくださりませ。皆、懐かしがりましょう」

「絳侯《こうこう》(周勃)が、右丞相を辞任したそうだな。どういうことだ?」

「はい。最近主上は、罪人の家族を官の奴婢《ぬひ》にする法を廃止なされました。まことに慈悲深き御沙汰にて、民草は喜んでおります」

「それが気に入らぬのか。絳侯は?」

「……というよりも、若い文官の建白《けんぱく》ばかりが採用され、丞相職に自信をお失くしになったとか……」

「陳左丞相は病に伏せっておるとか。もう、年寄りの出る幕ではないということだな」

中行説は、劉長が変わったと思った。粗野《そや》で礼儀知らずと非難された頃と比べて、より教養が具《そな》わったとも見えないが、人の心を汲《く》める徳に被われているようだ。

「先ほど呉の太子が申していた、劉章と劉興居を趙、梁に封じることになっていたとは、まことか？」

「王様には、包み隠さず真実を告げねばなりますまいな。あれは、本当でございます」

「陳左丞相が、彼らを極東の小国に追いやったのか？」

「必ずしも、左丞相がということではありませぬ。あの頃は、どなたさまも謀反に過敏でございました。ですから、諸侯王に大きな力が芽生えることを、ことに嫌われたのでございます。当時の朱虚侯《しゅきょこう》や東牟侯《とうぼうこう》個人が問題というのではなく、そのお子さまの代でも力を持たぬようにと、三公九卿が苦慮されました」

「俺としてはどうでも良いが、ならば、先ほどの呉など三郡五十三城邑もあり、地方権力の最右翼だ。見たろ、奴らの衣装。これ見よがしに着ているのは、決して見栄《みえ》ではない。呉は富んでおる」

「御意《ぎょい》。趙同殿ではありませぬが、高帝が呉王を封ぜられるときその貌《かお》を観《み》て、謀反の相があると宣《のたも》うたとか」

劉長はそれからも、この一年余りの都の出来事を中行説から聞き出した。

ようやく暮れなずむ頃、戻ってきた魏敬を供回りとし、彼は未央宮を後にした。要するに微行である。空には蜻蜓《やんま》が群れをなして、蚊柱を襲っている。

すっかり陽が落ちた頃、彼らが立ったのは、かつての朱虚侯の屋敷だった。今も城陽国王の長安・上屋敷風に使われている。

劉長は、屈《かが》んだ魏敬の肩に足を掛けるや、供が起き上がろうとする勢いを利用して跳び上がった。両手が欅《けやき》の太い枝を摑み、そのまますると攀《よ》じ登って土塀の向こうへ消えた。

向かう先は、劉章の呂王后のもとである。警戒の手薄な庭先は、難なく横切れた。窓辺に隙間が窺《うかが》える。劉長は大柄であるが、素早くそこへ潜《もぐ》り込んだ。

「遅うございましたな」

「何を言う。陽が落ちねば、いくら俺でも忍んで来られるものか！」

「まだそのような。寡人と仰せられませ」

「口に虫が涌くワ」

「公子、変わりませぬな。お言葉遣いと言い、お姿と言い」

「いつ都に着いた？」

「三日前の夕刻。この二夜は特に、寂しゅうございました」

彼女は、一族追悼のため一周忌にあたるこの月、長安へきたのである。逆賊の供養を表だってできず、これまた微行で供も少ない。今この屋敷にいるのは、せいぜい五名である。それも、一人になって亡き父を偲《しの》びたいと言ってあり、奥の間へは誰も来る気遣いはない。

劉長が前に立つと、彼女はそっと眸《め》を閉じた。女の香しい息が劉長の鼻腔を刺激すると、彼は堪《た》まらず口を強く吸う。やがて袿裳《けいしょう》と絹衣が身体から滑り落ちる音がして、二人は床で烈しく絡み合いはじめた。


「朱虚侯、いや、城陽王の機嫌は斜めか？」

「趙王に成り損《そこ》なった失意で、庭を眺めてばかりの毎日。もう、わたくしを抱く気力もございませぬ」

「他の妾に、手は出さんのか？」

「一向に。もう、腑《ふ》抜けでございます」

「ならば、仇《かたき》を取るまでもなかろう」

「いいえ、それはそれ。わたくしの気が晴れませぬし、公子とは、その約束でこうなりましたゆえ……」

心は劉長にあるが、彼女なりの不倫の正当化が一族の復讐なのである。

同じ復讐劇が、劉長にも控えていた。その準備も、魏敬の下調べでほぼ整いかけた。まずは彼女の願いを聞き届けてからと、粗野な淮南王は城陽王后を深く刺し貫いた。

＊

今上帝の治世二年目が始まろうとした十月（前一七八年）に日食があった。

「天は、何を飲み込んだのであろうか？」

都人士の噂華やかな最中に、左丞相・陳平が薨去した。

「これこそ、天寿よ！」

劉恒は宮廷人に命じて、盛大な国葬を執《と》り行なった。翌月、周勃《しゅうぼつ》が丞相に復帰した。やはり睨《にら》みを利かす貫禄となると、建国の功臣の右に出る者はない。

同月、賢良方正の士の推挙が全国に触れられた。漢領の各地から秀才が都を目指してくる。古手の大臣はますます身の置き所がなくなるのである。

劉恒には太子の他、公子が三人いた。武、参、勝であるが、三男四男は竇《とう》皇后の子ではない。正月を期してそれぞれを代、太原、梁に封じた。このときの祝いに、滄池《そうち》で御座船を浮かべて遊ぶことになった。

新春の微風はまだ肌寒かったが、劉恒は池の中央に築かれた漸台《ぜんだい》と呼ばれる台《うてな》に身を置き、船頭の美事な棹捌《さおさば》きを眺めていた。彼らは黄色の帽を被っていた。

「社稷の色を頭に戴くとは、心憎きことをしよるのう」

「彼らは昔から水に抗《あらが》うため、土の色を尊び黄の帽を被りおります。黄頭郎《こうとうろう》と呼ばれるゆえんでございます」

劉恒の問いに、賈誼《かぎ》が応える。

彼らが棹を撥ねあげると、水飛沫《みずしぶき》まで規則正しい花弁のように飛び散り、劉恒はじめ見ている者の目を楽しませた。

劉恒はその内の一人の姿に見覚えがあった。しかし、どこで遭《あ》ったのか思い出せない。彼が棹を頭に翳《かざ》して大きく回転させた。また左右に棹を捻《ひね》って、自らも身体を斜めにして踊る。

劉恒はその衣装の背に綻《ほころ》びを見つけ、膝を打った。

「あの黄頭郎をこれへ呼べ！」

突然皇帝の前へ連れてこられた黄頭郎は、ただただ恐れ入って平伏するばかりである。

「おぬし、名は何と申す？」

劉恒の慈愛溢れる表情も目に入らぬ黄頭郎は、返事しようにも吃音《きつおん》ばかりが先立つ。

「と、鄧通《とうつう》と申します」

これだけ応えるのが精一杯だった。

「おぬしが、朕を帝位に就《つ》けてくれたのじゃ」

こう言われても鄧通と名告る青年は、狐に抓《つま》まれたような顔をして、目を白黒させているだけだった。

これ以後劉恒の周囲には、若い郎官に混じって鄧通の姿が散見できるようになった。

『誹謗《ひぼう》、妖言の罪』を廃す。

劉恒がこんな制を出したのは、賢良方正の士の集まりが悪かったからだ。元の法の真意は、みだりに他人を悪く言ったり、根も葉もない虚言で大衆を惑わせたりするな、と戒《いまし》めたものである。しかし都へ上る弁舌の士を妬《ねた》んで、その者こそ誹謗妖言の士だと中傷されることが多く、せっかくの人材が推挙を断り、あたら野に埋もれるままになってしまっている。その良い例が季布《きふ》であった。

十五年ほど昔、匈奴の冒頓単于《ぼくとつぜんう》が呂后《りょこう》に対し『寝所をともにしようではないか』と、無礼極まりない便りを寄越したとき、樊噲《はんかい》が阿《おもね》って『討伐軍を組織する』と喚《わめ》いたことがある。季布はその無謀を、朝廷人の前で恐れず諫言した壮士だった。そのため呂后は彼を煙たがり、河東《かとう》郡の太守に左遷したのである。従って三公九卿に連なって然るべき人物が、地方に燻《くすぶ》る結果となっていた。

季布の賢明さ有能さを知っていた人物が、劉恒に彼を推薦した。そこで河東から呼び出したところ、季布を酒乱だと非難する者が現れた。劉恒は迷った挙げ句、結局季布を河東へ帰す沙汰《さた》を下した。すると季布が特に面会を求めて言上する。

「臣は常日頃、主上恩顧を賜《たまわ》って河東にて職に任じております」

嗄《か》れてはいるが、よく通る声である。

劉恒はこのような社交辞令のあとで、季布がどのような恨《うら》み言《ごと》を投げかけるのか、楽しみだった。

「この度、主上は、これという理由もないのに臣をお召しになりました。これはきっと誰かが、臣のことを主上に申し上げて欺《あざむ》いたのでございましょう。また今、何の御下命もないまま帰されることとなりました。これも誰かが、臣を誹謗したからに相違ございません。しかし、褒めれば召され、讒言《ざんげん》すれば帰される。これでは天下の有識者が、主上の御見識に疑念を差し挟むのは必定でございます。臣は、それを憂うしだいです」

季布はそれだけ言うと、そそくさと未央宮から退散した。

『無礼者！』

そう詰《なじ》る輩《やから》がなかったわけではない。しかし劉恒には、彼の言葉が突き刺さっていた。

「自ら、真贋《しんがん》を見極める眼を持て！」

季布はそう言ったのだ。皇帝はただ、慚《は》じいるだけだった。

『河東は朕が股肱《ここう》と恃《たの》む郡である。それ故、そなたを召したのだ。許せ！』

言い訳がましい台詞《せりふ》を竹簡に認《したた》め、使いを走らせて謝るのが精一杯だった。劉恒は己の非を悟り、悔《く》い改めるのが実に素早かった。それが彼の、乞われて皇帝に即位した者の、弱さでもあり徳でもあった。彼の治世が仁政であったと後日評価されるのも、この性格が幸いしていたと言ってよい。

また、広範な螟虫《めいちゅう》害や大洪水による凶作が予測されると、商よりも農を奨励するため、年貢を半減させる政策を即断した。

これら政《まつりごと》の提案は、特に賈誼の進言によるものである。

劉恒の仁政がようやく産声《うぶごえ》をあげかけた頃、鄧通が血相を変えて注進に及んだ。

「大変でございます。皇后陛下の、弟と名告《なの》る男が王宮の前へ現れてございます」

劉恒は早速、竇《とう》皇后を呼んだ。

「おことの兄弟は兄の長君だけと聞いておったが、弟もいたのか？　姉と桑の実を取っていて、木から落ちたことがあるなどと、上書しておるそうだ」

皇帝にそう言われて、彼女の顔色が変わった。確かに、そんな記憶があるにはある。遠い思い出とともに、彼女の脳裏には、またしても黄蝶が飛び交っていた。

門衛たちは皇后の名を出され、必要以上に邪険《じゃけん》な取り扱いもできず困っていた。無論、虚言と判れば、たちどころに首が胴から離れよう。だから、不用意に言えることではない。

青年は竇広国《とうこうこく》と名告り、痩《や》せている。また汚れた布衣《ほい》を着、見窄《みすぼ》らしい形《なり》をしていた。そう言われれば目鼻立ちにそれらしいようすはあるが、どう贔屓目《ひいきめ》に見ても、良家の令嬢だったと触れ込まれている皇后の一員には見えない。

　廷尉の呉公が、西安門前へ出張って尋問を始める。周囲は噂を聞き付けた都人士で溢れかえっていた。いわば、衆人環視の裁判である。竇皇后自身も、実は人垣の中に身を窶《やつ》して潜《ひそ》んでいた。

「おんみ、生まれ故郷を述べてみよ」

「吾《あっし》は、趙国は清河《せいか》郡観津《かんしん》県の出でございやす」

　青年の答弁に失笑が洩れた。下賤《げせん》の輩が使う言葉だったからだ。彼が今応えたことは、当然桑の実の一件とともに上書されている。それを重ねて尋ねるのは、間違えれば、たちどころに虚言との裁を下し、処刑場へ曳《ひ》いていくためである。要するに皇帝を含めた周囲は、この青年を皇后の弟と見なしたくないのである。にもかかわらず門前払いしないのは、呂太皇太后の専制とは違う、仁政を強調したいがためだ。

「姉君と別れ、ここに至ったまでのことを、つぶさに述べよ」

「吾《あっし》の生家は、貧しかったんでやす。器量好しの姉は吾が五歳の頃、王宮の下働きに出されたんで……」

　青年がこう言ったとき、周囲の誰もがもう駄目だと思った。生家が貧しく下働きに出されたなどと、皇后本人が認めるはずはない。

　青年は続ける。

「その後で、吾は売られやした。いくらになったかは、存じやせん。あっちの殿様こっちの地主、それはもう十家以上も転々としたんでごぜえやす。最後は宜陽《ぎよう》でげした。炭《すみ》を焼く親方の下で、山に入っておりやしたんで。へえ、黽池《べんち》の製鉄業者に卸《おろ》す炭でさア」

青年には、気取りも虚栄も臆した態度もない。彼の主張が認められなければ、良くても鼻か足首を落とされる、肉刑が待っているにもかかわらずである。

「それから、いかがいたした？」

周囲の者は、さらに耳を欹《そばだ》てる。

「ある日、仕事に手間取って、飯場へ帰《けえ》れなかったんでやす。雨は降るわ腹は減るわで、結局仕方なく崖下で野宿したんで……」

「先を続けよ！」

「……そんなことで、ようやく飯さありついて、さあ、寝ようって横になった途端、突然大《おっ》きな音が響いて、崖が崩れたんでやす。無我夢中で土砂掻き分けて外へ出たのがやっとで、お仲間はみんな、下敷きで生き埋めでさア。吾独《ひと》りようやく飯場に辿《たど》りついて親方に事情話したら、すぐ何人かが現場に駆けつけたんでやすが、やっぱり誰も助からなかったんで……」

陰で聞いていた竇皇后は、はっとした。正にあの黄蝶の夢だ。舞い踊る土砂の隙間を縫って、健気《けなげ》に逃げてくる蝶は弟だったのか。彼女は走り出して、その青年を抱きしめたい衝動に駆られた。しかし、待てと思う。出自が下賤と知れれば、皇后の地位を追われまいか？

そんな不安が、彼女を逡巡《しゅんじゅん》させた。

「幸運であったのう」

「そうでげしょう。親方もそう言いなすって、占い師に観《み》てもらいやしたら『侯に成る』って卦《け》がでやして……」

「それで、都に上ったと言うか？」

「へえ、親方も一緒に来てもらいやしたら、皇后様が新たにお立ちになって、竇《とう》と言う名で故郷は観津と聞いたんで、もしやと思いやした」

「それだけか？」

「へっ？」

「慮外者《りょがいもの》！　皇后陛下に御弟君がおわしたとしても、それがおんみだとする確かな証拠がどこにある？」

「でも、これだけ話したんでげすよ」

「真の御弟君から、聞き齧《かじ》ったとも考えられるではないか」

「ならば、その真の御弟君とやらは、どこにおいでなんで？」

「いずこかは知らぬ。例《たと》え話じゃ。要するに、もっと確かな話はないかということじゃ」

「そんな。もう、ねえでげすよ」

「では、刑吏《けいり》に下げ渡す。誹謗妖言の法が廃されようと、皇族詐称は重罪じゃ」

呉公がこう判じようとした一瞬前、竇広国《とうこうこく》は手を打って話しだす。

「そうだ、一つ思いだしやした！　姉が奉公にあがるとき、駅舎で別れを惜しみやしてね。そのおり、米の炊汁《とぎじる》で吾を洗ってくれたんでやす。桑の木から落ちたとき付いた、腕の傷痕を押さえてね、『もう、無茶《まく》するんじゃないよ』って。ほれ、これがその傷痕でさァ」

彼は、二の腕を捲った。

「傷痕も、後で付けられる」

「疑り深い廷尉様でげすなあ。ほれ、よく御覧なせえ。傷の塞《ふさ》がったところ、皮が白く引《ひ》き攣《つ》ったようになってやす。子供のときからずっとこうでげすよ。これが、わざとできるもんでやしょうか？」

「名医の誉れ高い、太倉公《たいそうこう》（淳于意《じゅんうい》）でも匙《さじ》を投げましょう」

こう言いながら人垣を掻き分けて出てきたのは、当の皇后である。都人士の間に紛《まぎ》れるため、簪《かんざし》などの髪飾りは外しているが、匂い立つ美貌ですぐそれと判った。

「どれ、もう一度傷痕を見せてみやれ」

青年は、平伏するのを忘れて彼女を見ている。それは、きらびやかな衣装に隠れた、かつての姉の面影を捜そうとしているようだ。

彼は、二の腕を捲ったまま突っ立っている。傷痕を食い入るように見つめていた皇后の眸から、涙が止めどもなく湧き出ている。

「間違いありませぬ。この傷痕だけではないぞえ。肩の近くにある黒子《ほくろ》も、おまえには身体の後ろで見えまいが、わらわはよく覚えておる。廷尉殿、これはわが弟・竇甫《とうほ》です」

「畏れながら、皇后。この者、名を広国《こうこく》と申しております」

「そなた。広国とは、親に付けて貰うた名か？」

「さあ、いろんな家々へ転々としてる間に、そう呼ばれるようになっておりました。本名かどうかは……」

「そうであろう。廷尉殿、いかがじゃ？」

「皇后の保証がございますれば、臣の断ずるまでもなきことと存じまする」

呉公の裁に安心して、竇皇后はさめざめと泣きだした。周囲の都人士も思わず貰い泣きして、この評判は都中を駆け巡った。それは出自微賤と言うことでの、皇后の軽視には決して繋《つな》がらなかった。否、むしろ逆に、仁政の具現として評判は上がったのである。

竇甫は、正式に皇后の弟と認められた。

旬日後、後宮の廊下を竇皇后が独りで歩いていた。

「わらわを覚えていやるか？」

星占いに余念のない趙同の前に、彼女はそう言って立った。

「お戯《たわむ》れを、竇皇后」

宦官は卑屈《ひくつ》に微笑み、拱手する。

供回りの侍女どもが一人もいないのが妙だった。

「今を去る十年ばかり前、高后が宮女を地方王に下賜《かし》されたことがあったのう。わらわもそのおり、代国へ送られた一人であった」

「はっ？」

趙同はゆっくり竇皇后の貌《かお》を仰ぎ見、その後がたがた震えだす。

「わらわはそのおり、趙国へ送ってもらいたく、そこもとに金子《きんす》を賄《まいの》うた。清河郡観津県に故郷があり、父母のようすが知りとうてのことじゃ。しかしわらわは、代国行きの容車に乗せられてしもうた」

「お許しくださりませ。決して……」

「判っておる、趙同。おんみは名簿を整理するに当たって、わらわをようっく占ってくれたのであろう」

趙同は、藁《わら》にも縋《すが》りたい気持ちだった。ようやく、十年前の約束を思い出したのだ。あの頃、趙国行きを希望する宮女が多かった。趙王・劉友は呂氏の后を愛さず子がなかったから、彼に見初《みそ》められて子をなそうとした美姫が、われこそはと殺到したのである。

竇皇后が趙へいけなかったのは、単に金額が小さかったに過ぎない。しかし、それをここで言っては頸を刎《は》ねられる。せっかく皇后が誤解してくれているのであるから、ここはそれを利用するに限る。

彼は良くまわる頭脳で、そう答えを出した。

「はっ、そのとおりでございます」

竇皇后は、慈愛に満ちた貌《かお》で近づいてくる。

「やはりのう。そこもとには、今日のこの日が、見通せていたのであろう。そうとは知らず、わらわは浅はかでした」

「お、恐れ入ります」

かつて後宮の薄暗い廊下で、趙同は竇姫と呼ばれていた頃の彼女と、卑屈な笑いを浮かべて話した。丁度今日のように。そのときは、まさか皇后に出世して、再び自分の前へ立たれようなどとは夢にも思っていなかった。代国の後宮で、その他の姫妾として、朽《く》ち果《は》ててしまうだろうと考えていたのだ。だから、皇后の姓が竇と聞いても全く気にとめていなかった。

「代国へ行ったのは、黄老の教えに背《そむ》いたからでした。無為自然を旨《むね》とすべきなのに、そこもとへ賄うたは間違いでした。だから代では何も望まず、倹《つま》しく暮らしておりました。するとどうでしょう。主上は、つまり当時の代王は、わらわのみ寵愛して王女一人と王子二人を授けてくださいました」

「その王女とは、堂邑侯《どうゆうこう》（陳嬰）の長男に降嫁《こうか》された嫖《ひょう》さまでしょう」

趙同の指摘に竇皇后の貌が綻《ほころ》ぶ。

二人の息子のうち、兄は言わずと知れた太子・劉啓《りゅうけい》で、次男は最近新しく代国王に封じられた劉武《りゅうぶ》である。

「全ては無為自然。運命に身を任せておれば、幸福は飛び込んでくる。のう趙同、そこもとの占いは全てを見通しておるのであろうが、決して言うではない。じゃが、主上が危険にお遭《あ》いになりそうにあるときは、そっと教えてさしあげよ」

こうして趙同も、劉恒の側近く侍るようになったのである。

＊

領国や封邑への赴任は国王、列侯の義務とされていた。特に大臣職にない列侯は、定期の入朝以外は一年を地方で過ごし、その土地土地の収穫を計り治安を保てば、漢の政《まつりごと》は全《まっと》うされることになる。しかし王はともかく、列侯のほとんどは長安に居を構えて動こうとはしない。

そのいい例が堂邑侯（陳午）である。功臣・陳嬰が他界して長男が身分を嗣《つ》いだが、降嫁した竇皇后の愛娘・劉嫖《りゅうひょう》の尻に敷かれ、彼女の言いなりになっている。妃にしてみれば、あたら地方へなど行けば社交ができなくなって面白くないのである。彼女のところがそうならばと、いきおい他の列侯も妃に強請《ねだ》られて赴任しないのが現状だった。

それは若い賢良方正たちの、格好の槍玉に挙げられる。

「帝国の法を爵位最高の列侯が破っていては示しが付きませぬ！」

こう言われては丞相も形なしで、周勃は辞職したうえで自ら率先してその模範を示さんと、河東郡絳《こう》県へ領主として引っ込んだ。

若い文官たちの策略は、こうして一つ成功した。彼らは口喧《やかま》しい老いた功臣たちが煙たかったのである。

後釜に座ったのは太尉・灌嬰である。この武人は口下手の分、大臣職を喪わずに済んだのだ。

劉恒は、ますます若い郎官と政を語るようになった。またそれとは別に、彼の側近くには黄の単衣を着た鄧通と、黒い絹衣の趙同が扈従《こじゅう》していた。

城陽王・劉章が狂犬に咬まれて他界したとの知らせがきたが、もう誰もあまり関心を払わなかった。呂氏誅滅《ちゅうめつ》で時の人になった王子も、極東の小国の主になって都人士の前から姿を消した途端、もう高祖劉邦と同次元で語られる遠い過去の人物となっていたのである。

淮南王・劉長が一年半振りの入朝をしていた。淮南の王宮は張子卿《ちょうしけい》の指揮のもと、すっかり改築されて住み心地が良いと自慢げだ。

劉恒は、異母弟を狩りに誘った。劉長は機嫌良く受ける。二人は、上林苑で鹿を捕らえることにした。

馬車や武器の世話で劉恒に付き従っていた黒衣の趙同が、嬉しそうに劉長に擦り寄ってくる。

「王様、この前は中行説めが大変お世話になり、もう呉の太子に我ら宦官がいたぶられることはなくなりました」

「それは良かった。ところで趙同、皆が黄を喜ぶ御時世に、おまえは黒が好みか？」

「張御史大夫は、漢は水徳の王朝であるから、黒を用いるべしと仰せです」

「主上は黄をお好みらしいぞ！」

「もともとは、賈誼殿の御提案です。それを鄧通の奴、黄頭郎が被り物の色だとて自慢しております」

どうやら、皇帝の寵を争う小道具としているらしい。劉恒に問われれば恐らく『水は土の僕《しもべ》ゆえ、黄に負ける黒を用いております』とでも応えるのであろう。

上林苑でも趙同は、こまめに働いた。狩り用具の弓、矢を整え勢子たちの配置などもてきぱき指示していた。それに比べて、鄧通は木偶《でく》の坊《ぼう》だった。ただ劉恒の側で、唯々諾々《いいだくだく》と相槌《あいづち》を打っている。

「どうじゃ鄧通、一度矢を射てみよ！」

劉恒にそう言われても、彼は目を白黒させているだけだった。劉長は、自分の弓矢を鄧通に与えてみた。

「遠慮のう使え！」

そう言われても鄧通は、矢摺《やず》りのあたりを握って震えているだけだった。

彼らの近くへ、美事な角の牡鹿《おじか》が追われてきた。劉恒は鄧通を励まし、早う射よと命ずるが、寵童は弓を張ることすらできない。

劉長はそれを鼻で笑い、袖から鉄椎《てっつい》を取りだして思い切り鹿に投げつける。金属の打面が偶蹄目の眉間《みけん》を捕らえ、牡鹿は頽《くずお》れた。

狩りの収穫は無論、劉長が一番だった。


「絳侯に謀反の動きあると聞き付けますが、主上は御存じでしょうか？」

獲物を調理しての晩餐で、上機嫌の劉長は皇帝にこう問い質す。普通であれば礼を失った態度であるが、劉恒は笑っている。

「それはまた、どのような理由で？」

「河東郡の太守や尉が、所轄の県を巡察して絳に至ると、侯は甲冑に身を固め、家人を武装させて対応しておられるとか……」

無論劉恒にも、そのような報告が入っている。劉長がそれを知っているのは、中行説や趙同ら宦官から情報を仕入れているからに過ぎない。

絳侯（周勃）が戦支度《いくさ》で太守に会うのは、対抗意識からであろう。河東郡太守は季布《きふ》だ。樊噲《はんかい》ほどの豪傑を凹《へこ》ました季布だ。両名とも、漢建国当初からの譜代である。しかも周勃は、高祖劉邦が沛公《はいこう》と呼ばれていた項羽戦の頃から付き従い、丞相も務めたという自負がある。お役御免となって封領に逼塞《ひっそく》しても、元遊侠で項羽配下の将だった季布などに、庭先を荒らされてなるものかとの意地があるのだ。

だが、かつての経緯を知らぬ皇帝の側近たちは、周勃が三公から外された腹癒《はらいせ》に謀反を企《たくら》んでいると騒いでいる。

劉恒は宮廷人を納得させるため、この件を廷尉・呉公に処置するよう命じた。早速獄吏が絳県に馳せて、周勃を捕らえてくる。謀反など思いもよらない彼は、廷尉の尋問に怯《おび》えるばかりであった。

周勃の長男・周 勝之《しゅうしょうし》は六歳にして、劉恒の娘を娶っていた。だから薄太后までが、孫の舅《しゅうと》を気遣っている。

彼の無実を信じて一肌脱いだのは、意外にも爰盎である。自己の信念で、かつて周勃を社稷の臣ではないと言ってのけた若者は、郎中任官に際して間接的にではあるが、周勃の世話になっている。その恩義に報いるべく、彼は薄太后に上書したのである。

『絳侯は、呂氏一族を誅滅してから主上が即位されるまでの間、天子の御璽《ぎょじ》を手にし、しかも北軍の将だったのです。その勢い盛んなおりにも謀反を起こさなかった方が、なぜ今一小県に拠《よ》って兵を起こしましょうや！』

薄太后は涙を浮かべながら、この言葉をそのままわが子・劉恒に投げつけた。

「判りました。廷尉が取り調べ、やがて放免いたしましょう」

かくて劉恒は勅使の徽《しるし》・節旄《せつぼう》を獄吏に持たせて周勃を釈放する。封邑へ帰るにつけても、先払いを付けて送り届けた。

淮南王・劉長は、皮肉な視線で事件の一部始終を眺めていた。

周勃が長安城の彼方に消えた頃、彼は濃い髭を撫でながら呟《つぶや》く。

「主上の御慈悲、臣長、感じ入りました。これからも家臣に、深き情けをおかけくださいまし。寡人も、倣《なら》わせていただきましょう」

劉恒が流し目で捕らえた異母弟の口端は、少し歪《ゆが》んで見えた。

＊

「ありがとうございました。お陰さまにて、両親はじめ一族の仇《かたき》が取れました」

「おことに喜んでもらえたのは初めてだな。もっとも床技は別だが……」

城陽王・呂未亡人の改まった礼に、劉長は猥褻《わいせつ》な戯《ふざ》け方ではぐらかす。彼女は拳を上げて拗《す》ねるが、そのまま淮南王に抱きすくめられる。そして見る間に袿《うちかけ》も裳衣も剝ぎ取られ、素っ裸にされてしまう。

呂未亡人は皇帝に弔問の使者を立てられた礼を述べるかたわら、実際には呂一族の霊に復讐成就の報告をするため長安へ来たのだ。

上屋敷の奥の間は、例によって誰も近寄って来ない。

彼らが初めて身体を交えたのは、三年前の呂氏誅滅の最中だった。そのときから協力して、劉章暗殺の機会を狙ったのである。それがようやく成就された。考えようによれば、二人の仲もこれを限りということになる。しかし呂未亡人の気持ちは、すっかり劉長に傾いている。

「城陽と淮南はすぐ近く、四季折々の節句には遊びに来てくだされ。そなたもわが子も同じ劉氏ゆえ、誰も不審には思いますまい」

劉長に抱かれながら、彼女は貪欲《どんよく》にも次の逢瀬の算段をしているのである。

「それも良かろう。おことが答礼に淮南へ来ることもできる。もう、邪魔者はおらぬのだからのう。しかし、それも俺の事が成ってからだ！」

彼の言葉に、女の身の悶えが止まる。

「なにか、企《たくら》んでおられるか！」

呂未亡人は腰を左右へ捩《よじ》りながら引いて、劉長の屹立《きつりつ》した陽物を外《はず》した。そして素早く起きあがると、両膝《りょうひざ》を突いたまま男の目を覗《のぞ》き込む。

「なにを、企んでおられまする？」

「明日になれば判る。下手すると、王位を剝奪《はくだつ》されるやもしれぬ。そのときは、おことの王宮で厄介にもなろう」


翌朝、劉長は、魏敬を伴って長安の大路を北に歩いた。さほど大きな屋敷ではないが、列侯らしい造りの甲第《こうだい》で案内を乞う。

「淮南王、長。所用あって辟陽侯《へきようこう》（審食其《しんいき》）にお目もじいたしたく。取り次ぎ願いたし」

こう正面から名告られては、居留守も使いにくい。門衛は、王の訪問にしては供回りがいやに少ないと思った。しかし、噂に聞く淮南王の型破りとはこれかと、一人合点して主に取り次ぐ。

審食其は伏《ふ》せっていた。

呂太皇太后の他界以来、彼は全ての公の場所に姿を見せなかった。確かに、何をする気もなくなっていた。自分は、彼女がいたから存在の価値があったのだ。大臣としても男としても、女帝然とした存在があったから精神も肉体も機能していた。しかし今は、ただ食って寝るだけの老人になりさがっている。

そんな自分に、淮南王がどのような用があるのか不思議に思った。彼は臣下の礼を尽くそうと、衣冠を整えて玄関へ赴《おもむ》く。そこには、舎人一人に傅《かしず》かれた劉長が立っていた。

「これは淮南王、このようなむさい所へようこそ。まずはお上がりくださりませ」

審食其が奥へ案内するより早く、劉長は、袖の中に隠し持っていた鉄椎《てっつい》を取り出し、一振りで老列侯の頭を叩き割った。驚いて声をあげようとする門番を、魏敬が打ち据えて失神させる。次ぎにこの大柄な供は、審食其の首を刀を使って切断した。

劉長は、鮮血滴《したた》る首を引っ提げて都大路を堂々と大股で歩き、廷尉府闕門《けつもん》の下に至る。彼はそこで大声をあげ、呉公を呼ばわった。

「淮南王、長。呉廷尉殿に、お願いがございます。疾《と》く、お取り次ぎくだされ!」

廷尉が駆けつけると、大柄な王族は肌脱ぎになって平伏した。

「主上に、お取り次ぎを……。臣は、臣は、母の仇を取りましたと……!」

呉公は劉長の言いたいことが判らず、次ぎの言葉を待つ。

「臣の母は、当然趙の事件に連座する必要はなかったのです」

劉長がこう言っても、呉公は合点のいかぬ表情をしている。そこへ、知らせで駆けつけてきた中行説が、かつて(前一九八年)の貫高《かんこう》・趙午《ちょうご》らの謀反事件を掻《か》い摘《つま》んで廷尉に説明する。

趙王・張敖《ちょうごう》の宮女だった淮南王の母・趙姫は、高祖劉邦の寵愛を受けて懐妊したまま、国相ら謀反人と十把《じっぱ》一絡《ひとから》げに連行されて河内《かだい》の不潔な土牢に繋留《けいりゅう》された。

彼女の兄・趙兼《ちょうけん》は、謀反と関係があろうはずのない趙姫の解放を辟陽侯・審食其を通じて言上したが、ついに聞き入れられなかった。彼女は劣悪な産褥《さんじょく》にあって劉長に生を与えたが、自身は自害したのである。

廷尉・呉公は皇帝・劉恒に、淮南王・劉長の事件と申し開きを伝える。未央宮からは、両名の出頭が命ぜられる。

「辟陽侯は、高后の寵愛を受けていた身でしたから、臨月の女への慈悲を乞うてしかるべきだったのです。だが見捨てたのは彼《か》の者の罪でございます」

劉長は皇帝の前で、臆せず訴える。しかし、本当の事情通は、このとき審食其が呂后に趙姫の放免を取りなしたことを知っていた。しかし呂后は、長女・魯元公主《ろげんこうしゅ》の嫁いだ張敖が、謀反の罪に落とされるかどうかでやきもきしていた最中だった。

『趙王（張敖）は、公主の夫。つまりわれらが子も同然。それが謀反など思いつきましょうか？』

『奴が天下を取ってみろ、おことの娘ごときに事欠くものか！』

呂后が娘の訴えを口添えしても、劉邦はまるで自分の娘でないことを見抜いたように応えたのだ。確かに、魯元公主の器量は良くなかった。呂后自身も後宮の美姫と比べれば、見劣りは否めない。

彼女が女の誇りを引き裂かれ、精神状態最悪のときに、審食其はたまたま寵姫の釈放を願い出たのである。これは、美姫への嫉妬の火に油を注ぐ結果になった。だから、趙姫は助からなかったのだ。審食其はむしろ好意的だったが、知っている者はもういない。それをあたかも彼の悪意であるように劉長に吹聴したのが、張子卿である。宦官の彼は、何かというと呂后を組み伏せて、陽物を彼女に突き立てる審食其が嫌いだった。憎んでいた。だから劉長の仇に仕立て上げて、打ちのめしたかったのである。

「辟陽侯の罪は、これ一つだけではございませぬ」

「お話しください」

呉公が廷尉の権限で、劉長を促《うなが》す。皇帝は黙って聴いている。

「宣平侯《せんぺいい》（張敖）の後、趙王に封じられた劉如意《りゅうにょい》及び戚姫《せきき》に対し、高后がどのような残虐な仕打ちをなさったか、申すまでもありますまい」

毒殺と人豚事件は、知らぬ者がない。

「辟陽侯は高后に諫争し、何ら罪のないこの方々の処刑を、思い止まらせるべきでした。しかし、その立場にありながら臣下の本分を全うしなかったことも、侯の罪でございます」

呂太皇太后を牽制しなければならなかったのは、当時の功臣諸侯も同じであった。しかしこうなれば、審食其にその罪を被ってもらうのが手っ取り早い。従って、三公九卿も劉長の荒事《あらごと》を支持しはじめる。

「高后は呂氏一族を立てて王とし、劉氏を脅かしました。辟陽侯は高后に一番近い地位にいながら、これを看過《かんか》いたしました。これらの事柄全てを鑑《かんが》みるに、辟陽侯がいかに賊臣であったかは明白でございます。臣長、正にこれを討ち、母の仇に報いたしだいです。慎んで闕《けつ》下《か》に伏し、制裁に服しましょう」

呂氏の王位就任については、劉恒も大声で異議を唱えなかった引け目がある。彼にしても、辟陽侯に全ての罪を押しつける方が都合が良かった。

劉恒がどのように異母弟を助けようかと思案しているところへ、母の薄太后から使者がきた。彼女は、趙姫が河内の土牢へ入れられていた当時を覚えていた。そして劉邦の子をなした姫妾が、呂后から加えられた迫害を言い立て、良くその仇を報じたと頌《たた》えて劉長の御赦免を願いでてきた。竇皇后も、実弟と再会できた幸運を大切にしたいと説き、家族の絆《きずな》を思う淮南王を罪に落とすなと、重ねて弁護した。だから彼の犯罪行為は、不問に付されることとなったのである。

これに異議を唱えたのは、爰盎である。

「臣盎見ておりますに、淮南王には驕色がございます。諸侯に慢心があらば、必ず禍患《かかん》を生み世を乱しましょう。ここは淮南王を御叱責になり、封地を削減《さくげん》なさるべきです」

劉恒がこの進言を考えようとしたとき、竇皇后が病を訴えてきた。

「主上、わらわは眼が痛《いと》うてなりませぬ。三日前から涙が止まらず、眠ると目脂《めやに》が固まり瞼《まぶた》を塞ぎまする」

それは彼女のときおり夢見る黄蝶が、脳裏から抜け出て固まったような色をしている。

「薬師を呼び、治療してもらうが良かろう」

「それが、皆頼りのうて……。太倉公《たいそうこう》をお呼びいただけますまいか？」

皇后が指名する医師は、斉の穀物倉庫管理の長官である。姓を淳于《じゅんう》、名を意《い》と言う。医術を好んで良く病人を治すと評判を取っているが、諸侯から引っ張り凧《だこ》で、至って居所が摑《つか》みにくい人物である。彼女は代国にいる時代から、その名声を知っていた。

劉恒は皇帝権力で名医を都に召し出すべく、諸国に触れを回す。しかし、間《ま》の悪いことに雲中《うんちゅう》で匈奴が侵攻してきたとの知らせが重なった。もうこうなると、爰盎の淮南王譴責《けんせき》の進言は、立ち消えになってしまっている。

雲中郡は、黄河が最も北側を流れる辺境である。かつて有徳者《ゆうとくしゃ》の誉れ高い孟舒《もうじょ》が太守であった頃は、士卒が彼のため捨て身で砦を守り、匈奴はこの土地を避けたものだった。ところが今年は彼の他界を聞きつけて、矛先《ほこさき》を向けたものと思われる。劉恒は、最北端とはいえ匈奴が黄河を渡ったと聞いて、危機感を募《つの》らせた。そして、武人でもある丞相・灌嬰を将軍に任じて出陣させた。彼は早速、長城内にいた匈奴を塞外《さいがい》へ追い立てる。この時、将として活躍した魏尚《ぎしょう》が太守に抜擢され、この地に留まることとなった。劉恒は自らも戦陣を組んで、甘泉宮へ行幸した。

　これを狙っていたかのように、済北王・劉興居が謀反の兵を起こした。

「王は、梁を封国とされなかったことに、不満をお持ちでした」

　爰盎が言うと、劉恒は不思議そうな顔をする。淮南王の乱暴を譴責させようとした彼が、済北王を擁護したように聞こえたからだ。

　それにしても、なぜこんなときに兵を起こすのかと疑問が湧く。

「朕は、物見遊山に出かけたのではないぞ。軍を率いておるのじゃ。今、事を構えては不利だと判りそうなものだが……？」

「それは、賈誼殿が計略を用いられたからでございましょう」

「それは、どのような？」

　劉恒は周囲を見渡した。そう言えば、長安を出発したときから賈誼の姿が消えている。

「済北王は、主上が親征されるものと誤解され、お留守の都を攻略し、その勢いで背後を突こうと兵を挙げられたのです」

　いや、賈誼がそう仕向けて、漢の禍根を断とうとしたのだろう。たしかに劉興居は、極東小国の王になったことを喜ばず、一度たりとも入朝していない。そして、壮士を引き連れて、狩り暮らす生活をしているとのことだった。周囲の誰もが、謀反の焦臭《きなくさ》さを感じていた。それを爆発させたのが、賈誼の策略だったのだ。主上は自ら撃って出られる覚悟を決められた。甘泉に陣を敷いて、太原へお廻りだとか……』

賈誼は済北国相に竹簡を認《したた》め、輜重《しちょう》の供出を求めたのだ。それを真に受けた劉興居は、まんまと罠に塡《はま》った。しかし、済北王にはもう一つの思惑があった。名医・淳于意の居所を斉の臨淄《りんし》と知っていて、わざと彼を長安へ行きにくくしたのである。

済北軍が、留守番大臣だけになった長安へ向かいつつあると聞いて、劉恒は、匈奴討伐をそこそこで切り上げた。

匈奴討伐軍は急遽、反乱軍の鎮圧部隊に変わった。指揮する大将軍は、灌嬰の右腕と言われる棘蒲侯《きょくほこう》・柴武《さいぶ》である。彼は兵を纏《まと》めて雲中から取って返し、雁門関《がんもんかん》を越え、邯鄲《かんたん》と鉅鹿《きょろく》を拠点に押さえた。さらに祁侯《きこう》・繒賀《そうが》を将軍に抜擢して滎陽《けいよう》に布陣させた。そこで兵を補充して、西に向かおうとする済北軍に睨みを利かせたのだ。

都へ攻め上ろうとした劉興居は、繒賀の軍がはや行く手を阻《はば》んでいるのを見て、進路を北にとろうとした。皇帝の周辺が手薄だと読んだのである。邯鄲を一気に通過しようと黄河を渡った済北軍を、岸辺で急襲したのは大将軍・柴武の本隊である。匈奴と互角に渡り合う漢の正規軍と、狩りしか知らぬ地方王の俄兵《にわかへい》では、武器の握り方を見ただけで勝負は付いていた。兵法を知らぬ荒くれを中心にした済北の混成部隊は、矢を射かけられただけで散りぢりになり、劉興居が企てた皇帝打倒の野望は呆気《あっけ》なく頓挫《とんざ》した。

劉恒は、それで劉興居が降伏するものと高を括《くく》っていた。しかし一向に矛を収める気配がないので、詔を発した。

『たとえ一度は反乱に加わった者でも、今から改悛すれば、その罪を咎《とが》めず』

無論、済北王が屈服しても、領地の削減程度で許すつもりでいた。これを聞いて、投降する者が続出した。劉興居はほとんど孤立無援になり、軍を放棄する状態だった。それでも彼は白旗を掲げず、迫り来る漢軍に弓を引いた。しかし矢は精鋭の盾《たて》に弾かれる。

結局彼は、柴武の軍に腕ずくで武装解除されて生け捕られた。だが、何も弁明せぬまま舌を嚙み切って果てる。首実検した劉恒は、その真っ赤に汚れた口を見ておぞましさを感じた。それは劉一族の一員を、血祭りに上げてしまった後悔でもあった。仁政を標榜する皇帝には似つかわしくないとも思った。そして、たとえ帝室安泰のためとはいえ、劉興居を陥《おとしい》れた賈誼を疎《うと》ましく思いはじめるようになっていた。

そのおりもおり、大量の目脂と激痛を訴えていた竇皇后の眼疾が高じ、とうとう失明の憂き目に至った。

彼女の夢には、今でも黄蝶が舞っている。時には大群になり、天を被うほどに見えている。だがそれはもう、吉報の使者とは言えない。一方、劉恒の脳裏では、その原因が賈誼の工作にあることになっていた。つまりこの戦いが、名医・淳于意の都行きを阻《はば》んだのだ。そのため運を天に任せる結果になり、血脈の劉氏を危《あや》めた罰が皇后に下ったという理屈なのだ。それは理不尽である。しかし劉《りゅう》恒が自責の念から逃れるためには、その罪を家臣に押しつける必要があった。それは策を弄した、賈誼でなければならない。また、武力で済北王を自殺に追い込んだ、柴武も同罪だった。ゆえに大将軍は何ら恩賞に与《あずか》らなかった。ここに火種が一つ燻《くすぶ》ることになる。

賈誼が長沙国王の太傅《たいふ》に左遷されたのは、それから半年後である。それに賛同したのは丞相で将軍の灌嬰であった。ところが、それとほぼ時を同じくして、彼は胸の苦しみを訴えて薨去する。

賈誼の復讐だと言った者もいたが、要は過労の心筋梗塞《こうそく》の発作に襲われての死であった。文武の激務を全うし、気に染まぬ若い文官を追い落とした途端、精神が弛緩《しかん》して疲れが一気に吹き出したと思われる。

「『已《や》んぬるかな、国に人亡く、我を知るなし』だと。あの若造、屈原《くつげん》を気取っておるらしい。思い上がりも甚だしいぞ!」

こう言ったのは、御史大夫に就任した申屠嘉《しんとか》である。前任者の張蒼が丞相に抜擢され、横滑り式で三公になったのである。

賈誼が長沙へ赴任する途中、湘水《しょうすい》を渡りながら、屈原作の賦『離騒《りそう》』の一節を誦詠《しょうえい》したらしい。その博識振りが従者から伝わり、宮廷人たちの反発を買っている。若い文官と建国功臣たちの間には、まだ深い溝があったが、爰盎だけは元丞相・周勃の謀反を真っ向から冤罪《えんざい》と見抜いたため、それなりに一目《いちもく》置かれはじめていたようだ。

その頃、奉常府《ほうじょうふ》から尚書を勉学する学生を募集していた。要するに古《いにしえ》の儀式全般に通暁した、専門家を養成したいのである。漢帝国は無為自然を標榜するかたわら、そろそろ形式にての権威付けも本格的に考えはじめていた。これも三公九卿ら、功臣たちの苦手とするところだ。かと言って爰盎ら若い文官も、腰を引いて食指を動かさない勉学だった。

後宮における劉恒の寵愛は、失明した竇皇后から慎《しん》夫人に移りかけているという噂だった。それは周囲の者がとやかく言ってどうなるものでもないが、とかく側近たちの勢力分布に少なからぬ影響をもたらすものである。

＊

黄色の天蓋を張った遊魚舟が、淮南《わいなん》と城陽の兵に遠巻きにされながら浮かんでいた。

「大沢郷の眺めも、そう捨てたものではなかろう？」

でございます」

「仰せのとおり、満々たる水に葦をはじめとした草々の緑が夕陽に染められて、実に鮮やか

劉長の問いかけに、城陽王未亡人は頽《くずお》れるようなようすで応えている。

淮南国の都・寿春《じゅしゅん》は、淮水《わいすい》中流域南岸にある。そこから下流の洪沢《こうたく》湖や駱馬《らくば》湖、高郵《こうゆう》湖を中心とした湿地帯が、いわゆる大沢郷である。河川が複雑な網の目のように入り組んだ水郷の意だ。高祖劉邦の故郷・沛《はい》や、項羽が四面に楚歌を聞いた垓下《がいか》もその中にあると言える。

城陽国は斉の南部・莒《きょ》、東安《とうあん》、慮《りょ》及び陽都《ようと》の四県にて建てられ、淮南とは比較的近くに位置している。特に水運を利用すれば交通の便は良く、呂未亡人の微行には好都合だ。しかし、今日は正式な船団の鹵簿《ろぼ》を整えての隣国訪問なのである。とは言ってもいつもの習慣で、呂未亡人は劉長に会うと、つい二人きりの時と場所を求めてしまう。

「こうして眺めていると、この地から出た劉氏は、やはり水徳に守られた一族だと、俺はつくづく思うのだ」

「寡人と仰せられませ。と申しても、淮南王は決して肯《き》かれますまいなあ。同じように、漢は水徳の国ゆえ、海嘯《かいしょう》を見に来ぬかとお誘いくださった御仁がございます」

「大潮の満潮時に銭塘江《せんとうこう》を遡《そ》行《こう》する、大きな壁状の波のことだな。なかなか壮観だと聞く。

するに、呉国領内のことと、誘ったのは王の劉濞《りゅうひ》か？」

「太子でございます。『おことと並んで、逆巻く潮《うしお》を眺めてみたい』などと、それはもう歯

が浮くような、熱心なお言葉を竹簡に認《したた》められまして……」

「受けてやらなかったのか」

「まさか。何が悲しゅうて、あんな下らぬ青二才と一緒せねばなりませぬ。自分勝手な殿御は、嫌いでございます」

「返事せなんだのか？」

「城陽、淮南両王の月見会へ出席すると言ってやりました」

劉長は笑った。呉の太子は、宦官・中行説を苛《いじ》めていた所へ通りあわせ、一度厭と言うほど殴りつけてある。淮南と聞けば、恐れをなすのが判るからだ。

「自分勝手な男は嫌いか？」

「はい」

「ならば、俺はその最右翼だぞ！」

劉長は、真顔になって呂未亡人を抱き寄せる。当然ながら、彼女は抗《あらが》うようすがない。

「勝手なようすが、雄々しゅう見える方もござりますれば……」

葦の茂みに囲まれた沼に浮かんだ小舟が揺れだし、満月の光が細波《さざなみ》に乱れだす。

黄蓋の周囲は蚊帳《かや》が降ろされ、微風が二人の火照った身体を撫でていく。十丈（約二十三メートル）ばかり離れた舟の篝《かがり》に、蛾が誘われて飛んでいるのが見える。やがて虫は、火に近づきすぎて焼け死ぬのだ。二人には、翅の焦げる臭いが幽《かす》かに伝わってきた。それと一緒に、女官の嬌声と哄笑も聞こえてくる。

「お賑やかでございますこと……」

「おことの喘《あえ》ぎ声も、それに掻《か》き消されて好都合ではないか」

「！　し、知りませぬ……」

彼女の嬌羞《きょうしゅう》に、劉長が奮い立ってさらに深く押し入る。

「俺の息子・安が、城陽王（劉喜）に遊んでもらっておるらしい」

「それにしても女官まで……。何に打ち興じておるのでございましょう？」

呂未亡人は、息を整えながら訊ねる。

「博奕《すごろく》をしておるのだ。おもしろうて、一度覚えると病みつきになるらしい。ちょうど、今のわれらのようにな……」

呂未亡人は、劉長の含み笑いした顔を睨み付けたが、彼が腰を捩《よじ》ると眉根を寄せた泣き顔になった。


一時ばかり後、黄色の帳《とばり》が引き揚げられると、意を察した宦官が灯りを掲げる。淮南王と城陽王母を乗せた舟は、幔幕《まんまく》を張られた中州に向かう。

篝が煌々と焚かれた淮南の軍船が舫《もや》って、周囲を固めている。王の舟がそこへ近づくと、魏敬ら将兵が最敬礼で二人を迎えた。劉長は、一際大きな篝の前へ立つと、声を張り上げる。

「城陽と淮南両国の友好を寿《ことほ》ぎ、宴をはじめようではないか！」

彼の一言で幔幕が開けられ、板と筵《むしろ》を組み合わせた俄《にわか》拵《ごしら》えの宴席が現れた。両国とも、数十人の王族や王宮人が座に着きはじめる。音曲が奏でられ、きらびやかに着飾った歌舞の女が踊ると、その場は一段と艶《つや》やかになる。

香木の煙りが人の心を解《ほぐ》す頃、劉長が乾杯の発声をする。続いて側近が高らかに口上を述べ、遊技事の表彰に移る。

「本日の博奕の優勝者を発表いたします。栄誉を勝ち得られたのは、棘蒲侯《きょくほこう》の御曹司《おんぞうし》、柴奇《さいき》殿！」

名を呼ばれた若者は隅《すみ》から現れ、小走りに劉長の前へ罷《まか》り出る。そして賞品の、鞘《さや》に螺鈿《らでん》を施した剣を受け取っていた。

呂未亡人は、その名に思い当たるものがある。謀反の旗揚げをした、亡夫・劉章の実弟・劉興居を、追い詰めた将軍の長男ではないか。仄聞《そくぶん》するに、大将軍・柴武は反乱を鎮めたのに恩賞や加増に与《あずか》らず、かえって皇帝に疎まれているらしい。その総領息子をこの場に呼んだのは、どのような意図からだろう？

「呉の太子が、長安へ向かった由にございます。恐らく腕を磨くためかと存じます。みども、早う後を追って一泡吹かせとうございます」

柴奇は酒精でやや上気した顔で、剣を押し戴きながらそう述べる。聞きようによっては、拝領品で斬り捨てようとしているようにも取れる。だが柴奇が言っているのは、博奕の勝負らしい。

もともとは下々の、特に遊侠が好んだ賭事遊技である。それが最近、貴族以上の支配階級にまで流行しているのだ。呉の太子はおろか、未央宮では皇太子啓までが熱中しているらしい。

劉長は、今の話に顔を崩した。呉の太子の心が、手に取るように判ったからだ。呂未亡人に振られ、怨み重なる淮南王に恋敵《こいがたき》の勝者となられ、大沢郷周辺に居たたまれなくなったのだ。

「ところで、匈奴がまたしても北方で暴れておるらしいとか……」

城陽の国相が、斉の本家から聞き囓《かじ》った噂を披露する。

「最近雲中付近で漢の精鋭に叩かれたから、腹癒《はらいせ》に月氏《げっし》を攻撃したのでございましょう」

今度は張子卿が、辺境守備隊長崩れから仕入れた情報で斬り返す。

「なぜ判ります？」

「冒頓単于は、領土に執着する男だ。漢が駄目なら東胡、あるいは西の月氏を攻撃するのはものの道理」

張子卿は長安にいるころ、中行説らから匈奴について詳しく聴いていたのだ。

「それにしても、高帝を白登《はくとう》に追い詰め、高后に褥《しとね》をともにせよと恥を掻かせた単于が、気の弱いことですな」

「齢《よわい》、古稀《こき》に達すると聞きつけます。身も心も往年のようには参りますまい」

淮南の身内が事情に通じていたのが気に入ったらしく、劉長がその後を続ける。

「それならば、匈奴に戦いをしかける好機ではないか。冒頓単于が病に伏す頃合いが判れば、長城から撃って出られるのう。どうじゃ、棘蒲侯の御曹司？」

「はっ、みどもも先年父に従い、匈奴と干戈《かんか》を交えましたゆえ、再度出撃いたしたく思いおります。それに当方は、切り札を握ってございますれば……」

柴奇の応えに満足したのか、劉長はにんまり笑った。

宴はその夜、遅くまで続いた。

月が西に傾きだした頃、劉長は黄蓋をあしらった舟に戻り、呂未亡人を再度組み敷いた。

＊

「騒がしいのう！」

夢の黄蝶が突然四散して、竇《とう》皇后は目覚めた。彼女は明《あか》りを失ってから、聴覚や嗅覚がかなり敏感になっている。ことに、神経を逆撫でするような甲高い声や音へは、露骨に顔を蹙《しか》めて見せた。

「博奕に、打ち興じておるのでございます」

応えた女官は、申しわけなさそうな表情をしている。

「それほど面白きものか？」

「はい、太子も熱中しておられます」

「なに、啓がのう……」

長男の名を出された途端、竇皇后の顔から不満の色が消える。

「太倉公の居所は、いまだ摑めぬのか？」

「申しわけございませぬ。手分けして捜させているのではございますが……」

「斉の臨淄に、いたとのことじゃったが」

「それが、済北王の謀反に邪魔立てされているうちに、また行方不明にございます」

竇皇后は、劉恒の寵が慎夫人に移ったと聞いて、気が気ではない。一刻も早く光を取り戻し、皇后の位を盤石にしたいのだ。

『早う、梟《きょう》をお使いなさいまし！』

長楽宮の広間から、呉の太子の師傅《しふ》たちが博奕競技の応援をしている声が、絶え間なく響いていた。

未央宮では最近、呉の太子の言動が何かと話題に上っている。

「淮南王は大沢郷にて、軍事演習を盛んに行っておられます。それに、都で悪事を働いた者が大勢淮南兵に採用されている由。謀反の準備でなければよろしゅうございますがな」

呉の太子は、物見《ものみ》からの報告として、寄ると触るとこんな話をした。しかし、彼がかつて宦官を苛めていて、淮南王劉長に叩きのめされたことは周知である。だから誰も話半分として、本気で取り合わなかった。

「おまえたちどう思う？」

呉の太子が、淮南は不穏《ふおん》だと言い立てるので、劉恒は張蒼や申屠嘉ら三公九卿らに意見を聞いた。

「淮南王は、そもそも膂力の有り余ったお方です。先の辟陽侯鎚殺《ついさつ》事件で主上の慈悲を充分恩に着ておられますから、謀反など露ほどもお考えにはありますまい。武を尊ぶお心から、武芸者の訪問が多く、私的な交際もあることは確かです。それが世間をして乱暴者の謀反と思わしめるのでございましょう」

彼らは、落ち着きなく自己顕示の強い呉の太子を不快な存在と見ている。だから、ここは必然的に劉長の肩を持つ結果となった。

次ぎに劉恒は、爰盎や衛綰らの若手郎中に意見を求めた。

「匈奴に、異変が感じられます」

爰盎が言うと、劉恒は不快な表情をする。匈奴は灌嬰に撃退されて以来、一時ほど漢領内へ侵攻しなくなっていた。これを討って彼らの領土を併合したところで、塩分の多い沼沢が多く使いものにならない。結局は、和親懐柔《わしんかいじゅう》するに越したことはないのだ。そのために貢ぎ物が贈られている。刺繍を施された絹や錦《にしき》の袷《あわせ》や、同じ素材の衣の上下、金細工の金具が付いた帯などを数台の輜重車に満載し、中大夫と謁者令に届けさせている。思い起こせば、屈辱以外の何ものでもない。

「朕は、北狄《ほくてき》を論じておるのではない！」

劉恒の目が、氷のように冷たく光る。

「爰中郎将は、淮南に関する話をしようとしております。今しばし御寛容を……」

取りなしたのは、直不疑《ちょくふぎ》なる郎官である。美男子の誉れが高く、女官からも人気があった。爰盎は、彼に助けられて言葉を継ぐ。

「月氏を攻略して以来、冒頓単于が動かなくなりました。年齢の高さから無理が利かなくなってきたのでしょう」

「だから、それが淮南とどうかかわる？」

「淮南の物見と思《おぼ》しき連中が、最近数人ずつ組みになって、雲中や代、上谷あたりで単于のようすを探っているらしいのです」

「何のためにじゃ？」

「そこまでは判りかねますが、武力の鍛錬をしておられるのも確かです」

「それと、長沙へいかれた賈誼殿から便りが届いております。最近、南海の廬江《ろこう》郡で豪族の反乱がございまして、淮南王は亡命者からなる連隊にこれを撃滅させたとか。指揮官は棘蒲侯の将だった開章《かいしょう》で、かなり強力な一隊のようです」

爰盎の話を、衛綰が側面から支える。

「それに、実は淮南王が時々、閩越《びんえつ》王へ使者を送っておられるらしいのです」

「なぜ、そうと判る？」

「閩越と長沙の間には、交易がございます。従って、閩越への働きかけがあれば、自ずと話が伝わってまいります」

「そうか。長沙は交易が盛んなのか」

そこまでの話の流れから、劉恒はある決心をした。年貢をはじめとした租税の軽減から、宮廷の財政が逼迫《ひっぱく》していることを思い出したのである。経済の立て直しは、戦乱に明け暮れた年配の大臣たちの一番不得手な課題である。

「賈誼を長安へ呼び戻そう」

劉恒がそう言ったとき、奉常《ほうじょう》の昌閭《しょうろ》が若い文官を連れて挨拶に罷《まか》り越《こ》した。奉常は、皇室宗廟、諸陵の儀礼を管掌している府である。従ってその規準は尚書に記載されている。

「主上、懸案でありました尚書を伏生《ふくせい》先生のもとで勉学させる研修生を決めましたので、連れてまいりました。この者、名を晁錯《ちょうそ》と申しまして、張恢《ちょうかい》先生のもとで刑名の学を修めております。有能な男ゆえ当府内で掌故《しょうこ》をさせておりましたが、この度、尚書に精通した人材を求められた募集に応じました」

掌故とは奉常の属官で、各儀式の具体的な進行役である。凡庸な人物では、決して務まらない。

紹介された晁錯は、劉恒に面《おもて》を見せながらしっかりと立っていた。硬い表情は、いかにも文治主義者らしい聡明さが漂っている。

「尚書を学んで、どう使いたい？」

「はい、その場限りの議論でない、漢帝国の根幹を固める政《まつりごと》の拠《よ》り所《どころ》にしたいと思います」

「それは頼もしい。その場限りの議論は朕も嫌いだ。待っておる。しっかり勉学してまいれ！」

劉恒にこう言われて晁錯は鼻高々のようすで、衣をわざと爰盎らに埃が飛び散るように翻《ひるがえ》した。無論黙礼一つなく、郎中の若者を『能なしめ』と、全く歯牙《しが》にも掛けぬ態度だった。

爰盎らは、そのいけ好かぬ男を苦々しく見送った。年齢も、自分たちより下だろう。しかし秀才の自負を鼻に掛けた振る舞いは、呉の太子並の傍若無人さを感じさせる。

劉恒と話し合っていた郎中たちは、晁錯に対し全員が反発を持った。

賈誼が長沙から戻ってきた。

劉恒は、早速経済改革を相談する。

「長沙は、交易が盛んと聞く。銭が動けば蓄えもできよう。しかし、都には金銭そのものがない。そこでじゃ。今の四銖《しゅ》銭を改鋳《かいちゅう》して、半両銭を造ろうと思う。また、庶民が素早く豊かになるよう、民間の私鋳も許可しようと思う。どうじゃ名案であろう！」

銖も両も重さの単位である。一両は二十四銖に相当するから、半両は十二銖である。詰まるところ劉恒の案は、金銭価値を下げる通貨膨張経済政策に過ぎない。

「主上、臣誼《ぎ》、昧死《まいし》再拝《さいはい》して申し上げます。銭とは民が必要な物を購《あがな》うためにあるものでございます」

賈誼がこう言って諫《いさ》めようとするのは、劉恒の幼稚さに恐ろしさを感じたからである。皇帝に限らず、この時代の人々は商行為及び経済活動を下賤と考える節があった。従ってその改革も、おざなりな対症療法的な付け焼き刃が多かったのである。

「それが、苦労せず増えるのであるから、良いであろう！」

「銭は増えましょうが、物は、穀物や野菜は同じ早さで増えましょうや？」

「増やすようにすれば良かろう！」

「米は実るのに、一年かかります。野菜なども然《しか》り。銭を握っても、それにて欲しい物を手に入れることができねば、只の石ころも同じこと」

「してみると、民は何も買えぬ銭を手にするだけになると申すか！」

「御意！」

劉恒はもう意地になって、四銖銭の改鋳令を発布した。宦官の趙同らが地方への早馬を仕立て、都の辻々に高札を立てて廻った。

趙同と同様、劉恒の寵愛篤《あつ》い黄頭郎の鄧通《とうつう》は、やや手持ちぶさただった。彼には、舟棹を操る以外の実務能力はなかった。未央宮の一室で休んでいると、彼を訪う夫人がある。

「わらわの船遊びに付きおうてくれぬか？」

きらびやかな簪《かんざし》を鏤《ちりば》めた頭の女は、皇帝の長女で皇太子の姉・館陶《かんとう》長公主・劉嫖《りゅうひょう》だ。

「はっ……」

応えながらも、鄧通は戸惑《とまど》った。

「心配いたすな。主上への許可はわらわが取ろうほどに」

夫の堂邑侯・陳午を尻に敷き、わがままいっぱいの振るまいは、呉の太子と甲乙付けがたい。決して一筋縄でいく女人でないと、彼も聞いていた。一瞬身構えたが、結局要望に応えるしかないと、鄧通は後に従った。

それから数ヵ月経っても、当然のごとく経済効果は現れなかった。癇癪《かんしゃく》を起こした劉恒が、徹底的な倹約を命ずるに至ったのは、貨幣改鋳から半年もせぬ間だった。

「冒頓単于の容態が、篤いとのことです！」

爰盎が、北方の急変を告げる。

「太倉公でも見まわせたいが、こちらも必死に捜している最中ゆえそれもなるまい。薬師でも派遣するか？」

劉恒は血の気の多い功臣たちが暴走せぬよう、匈奴との外交を思っているのである。文より武と考えている者は、このときこそ討伐の好機と捕らえて軍馬を整えたがるのだ。

「彼らには祈《き》禱師《とうし》が付いておりますゆえ、当方が善意の薬師も受け付けますまい！」

「ならば、どうせよと言うのじゃ？」

「情勢を静観いたしましょう。いや……」

爰盎が何か言おうとしたとき、直不疑が血相を変えて注進に及んだ。

「匈奴に向けて、無許可で進軍している将がございます」

「誰じゃ？　丞相、御史大夫は何をいたしておる！」

突然呼ばれた三公も、寝耳に水だった。それは灌嬰の逝去以降、太尉が置かれていなかったからでもある。

「今調べさせておりますほどに……」

車将軍・薄昭《はくしょう》が呼ばれたが、彼もそのような軍の動きを察知していない。

未央宮では、何人もの宮廷人が右往左往して口々に憶測を述べあい、蜂の巣をつついたようになった。

＊

「どうじゃ、一度は海嘯《かいしょう》を見てみたいか？」

「呉へなど、参りとうございませぬ」

「俺と一緒でもか？」

「呉王と、会食でもなさいますか？」

「あんな糞従兄《くそいとこ》と、誰が一緒に飯など喰うものか！」

「では、呉国へ微行いたしますのか？」

大沢郷の大きな沼に、黄蓋《しつら》を設えた遊魚舟が浮かんでいた。舟の周囲にのみ、細波が立っている。衣冠を脱ぎ捨てて胡座《あぐら》を掻いた淮南王に、一糸纏《まと》わぬ背中を預《あず》けるようにして跨《また》がっているのは、呂未亡人である。二人は一ヵ月に一度の満月の逢瀬を、淡い光に晒《さら》されながら楽しんでいるのだ。

劉長は、太い筋肉質の腕で彼女を後ろから抱きすくめ、乳房を鷲摑みにしながら含みのある話をする。

「微行しますのかと、伺っておりますに！」

眉根に皺を作って彼女は必死の問いをするが、劉長は薄ら笑いでそれをはぐらかす。

「いまのまま二人の関係を続けておっても、必ず飽きる」

「わらわは、このままでも決して不満ではございませぬぞ」

「俺は、俺はもっと大きな仕事がしたい」

「されれば、良いではございませぬか！」

「ふふっ、もう、始まっておるのだ！」

その一言に、呂末亡人は腰を浮かせて劉長から外《はず》れ出た。

「何を企《たくら》んでおられます？」

彼女は淮南王に向き直り、両膝を突いて前屈みに情夫の顔を覗き込む。

「以前もこのように申されて、その後すぐに辟陽侯を鎚殺なされた。あのときはお仕置きになられぬかと、真底心配いたしましたぞ！」

「そうか、それは悪かった」

「今度は何をなさるつもりじゃ？　まさか、呉へ攻め入るおつもりでは……」

「俺の志《こころざし》はもっと大きい。この企《くわだ》てが成れば、呉など放っておいても我がものじゃ！」

呂末亡人は息を呑んだ。

少年時代乱暴者で鳴らした劉長は、成長してからの総決算を目論《もくろ》んでいるようだ。その相手は、恐らく匈奴なのだろう。将軍には柴奇を抜擢し、副将は開章のはずだ。

そう思い至ると、彼女の目に涙が溢れる。ここで平々凡々と時を過ごしていれば、皇族として一応の身分保証は計れる。しかし気怠《けだる》く退屈な時間に精神を絡《から》め取られ、而立《じりつ》を待たずして耄《ほう》けた若年寄になる。それが判りきっているからこそ、劉長は、彼女のためにもその身を塞外へ向けようとしているのだ。

呂未亡人は泣き濡れた貌を拭いもせず、再び愛《いと》おしい劉長にむしゃぶり付いていった。

黄蓋の遊魚舟は蚊帳を降ろしたまま、月が沈むまで揺れ続けた。

＊

「棘蒲侯の軍だと！　誰が指揮しておる？　侯は病に伏せって床から起きあがれぬと聞くぞ。いったい……」

丞相の張蒼《ちようそう》は、断片的にもたらされる報告に苛《いら》ついていた。漢軍がひとりでに進んでいるなど、前代未聞の不祥事だ。しかも、どうやら長城を目指しているらしい。匈奴討伐の抜け駆けをしたいらしいが、和親懐柔を標榜している宮廷の方針と対立する。軍の指揮官は、そんな政策を全く知らない輩らしい。

「これでは匈奴との約定を、当方から一方的に破棄することになる。奴らを怒らせれば、漢の北方領土は安心して農耕できなくなってしまう。それでなくとも物資不足の御時世に、好んで敵を刺激することはないのだ！」

張蒼はほとんど泣かんばかりになり、御史大夫の申屠嘉と善後策を協議した。

「とにかく将軍・薄昭を派遣して、棘蒲侯の軍を引かせることが先決だ」

意見が纏まったところで、長安から雲中の長城に向けて、進軍中止の早馬が立てられた。

その伝令が戻ってきたのは、旬日後であった。馬から降りた男は表情を引き攣《つ》らせ、青息吐息で報告する。

「棘蒲侯の軍など、どこにも見あたりませんでした」

ところが数日して、雲中太守・魏尚から、近くに匈奴討伐隊が現れたとの報告が舞い込んでくる。丞相と御史大夫は、狐に抓《つま》まれた思いだった。

「このままでは、匈奴に矢を射かける恐れもある。捨ておけぬ！」

丞相は、中央の正規軍を雲中に向けた。もし忠告を肯《き》かず、飽《あ》くまでも匈奴との交戦を断行するようすならば、同士討ちも辞さぬ覚悟だった。

長安からの精鋭が雲中に着き、周囲を探ってみたが、棘蒲侯の軍の影らしいものはどこにもなかった。また、既に匈奴と争った形跡もないのだ。念のため、代や右北平などの長城の望楼とも狼煙で連絡を取ってみたが、討伐軍の通過はなかったとの返事だった。

丞相も御史大夫も、正規軍を取り敢えず雲中に待機させることとした。

「大変でございます。汾水《ふんすい》から水軍が現れ、黄河を下った後、渭水を遡上しているとのことです」

雲の動きがいつもと違う、どんより曇った日であった。張蒼は衛綰からの報告が信じられなかった。

「何だと！　そんな行軍の予定など、聞いておらぬ。しょ、将は誰じゃ？」

「棘蒲侯の御曹司・柴奇殿と、やはり棘蒲侯麾下《きか》の将だった開章だとか……」

「匈奴を討たんとするものが、なにゆえ武装して長安へ近づく？　そうか、そう言うことか！」

丞相は、やっと思い当たった。

済北王・劉興居討伐のおり、一番活躍した棘蒲侯・柴武は、謀反を鎮圧したにもかかわらず、劉恒から冷遇された。そして今、本懐を全うできぬまま、病床に倒れている。それを不憫に思った長男の奇が、皇帝に対し弓を引いたのだ。自らの私兵を無許可の匈奴討伐軍と見せかけて、正規軍の精鋭を都から遠くに離したのである。さすが博奕が得意だけあって、駒たる兵を動かすのはお手の物である。常備兵は、まんまと翻弄されてしまった。

「正規軍を、早う呼び戻せ！　そして畿内の兵をできるだけ集めよ！」

丞相の命で、薄昭を将とする混成部隊が整列した。向かうは渭水の岸辺である。

「儂も、出陣いたそう」

いても立ってもおれず、名告りをあげたのは御史大夫・申屠嘉である。昔取った杵柄を披露したいのだ。

彼と薄昭を将とする官軍は、渭水の南岸を下り、北流する覇水《はすい》が渭水に合流するあたりに陣取って哨戒する。すると果たして、柴奇の軍船団が見えてきた。

指揮官用の大型船・楼船《ろうせん》を中心に、露撓《ろとう》と呼ばれる駆逐艦型が周囲を固めて魚麗《ぎょり》の陣を敷いている。推進力は追い風と、百足《むかで》の肢《あし》を思わせる櫂《かい》であった。帆も一杯に張って東風を孕《はら》み、遠目を利かすと武装兵で満ちているようだ。

意表を突かれた丞相や将軍は慌てた。しかし、申屠嘉は落ち着いている。

「博奕が、これほど用兵に応用できるものとは思わなんだ。奴は塞外遠征を装って、道を戻ったのだな。美事謀《はか》られたワ。陸路しか念頭になかったわれわれに、水軍の攻撃をしかけよる！」

「当方も、早速水軍の艨衝《もうしょう》、赤馬《せきば》を十艘ばかり漕ぎ出し、反撃いたしましょう！」

艨衝は太い柱を突き立てる体当たり船、赤馬は軽く機動力に富んだ小型快速艇である。

「いや待て！」

申屠嘉はそう言うと強弓を取り出す。材官蹶張《ざいかんけっちょう》という弩兵の隊長だった彼は、弓術に自信があるのだ。部下に長い矢を持ってこさせると、鏃《やじり》を固定する根太巻の部分をさらに紐《ひも》で結わえて油を染み込ませる。種火を点けると大きな火矢ができあがり、彼はそれを大弩に装塡《そうてん》して狙いを付けて射かけた。飛距離は通常弩の倍はある。向かい風を物ともせず、大きな放物線を描いた長兵《ちょうへい》は、楼船の舷側に刺さるとゆっくり燃え上がる。続いて周囲の者もこれに倣《なら》って火矢を使おうとするが、まだ彼らの矢頃ではない。彼らは少しでも船に近づこうと、支流を徒渡《かちわた》ろうとする。

「お待ちください！」

申屠嘉に進言するのは、竇嬰《とうえい》なる青年校尉である。皇后の従兄の長男だという。

「楼船に当たった火矢、消そうとする兵がおらぬは奇異でございます」

確かにそうだ。それに敵は風上、申屠嘉ほどの膂力はなくとも弩弓を射かければ、場合によってはここに届く矢もあるはずだ。

「楼船に、兵がおらぬと言いたいのか？」

「はい。船の人影がほとんど動きませぬゆえ……」

楼船の舷側に炎と煙りが立っているのに右往左往せぬのは、案山子《かかし》だと言っているも同じだ。

竇嬰は支流の対岸を睨むや、申屠嘉と薄昭に弩弓を使った火矢攻撃を願い出る。

「向かい風であるが、何か策があるか？」

「はい、風も呼吸をすると見えます」

「試して見よ！」

竇嬰は、弩弓に火箭《かせん》と呼ばれるやや短めの矢を射手百人に装塡させた。そして支流の岸辺を降り、燃え上がる楼船に鏃をむけながら火を点けさせる。そこで風が一瞬止んだ瞬間、突然狙いを対岸の遠くに定めて一斉に引き金を引かせた。小型の弩でも、手弓の三倍は飛ぶのである。

矢衾《やぶすま》は蜂の群のような怒りの唸り声を立てて、枯れた葦原を襲った。そして伏せ勢の真ん中に落ちて火を吹く。乾いた枯れ草は、炎の友である。ぱちぱち音を立てて真っ赤になった氾濫原で、反乱軍は恐慌に陥った。背後に火勢を受けた柴奇の軍は、彼らが頼みとしていた追い風が祟《たた》る。皮肉にも今度はそれを敵に廻して、迫られることになるのである。

「やつら、疾くに船を捨てていたんだ。そして葦原で待機して、官軍が覇水を徒渡ったのを見計らって火をかけるつもりだったのだ」

反乱軍の目的は、長安城への乱入だった。そして皇帝に刃を突きつけて、身分の確立を誓わせるつもりだったのである。そのことを成功させるためには、大胆な作戦で官軍を分断して長安近くで迅速な奇襲作戦を展開するしかなかった。

だから、楼船を中心とした水軍は大いなる捨て駒だったと言える。大沢郷で軍船を操ったのも、いかに手放して湿地帯を行軍するかの練習だったわけだ。

だが竇嬰の機転で、水戦に疎《うと》い官軍も反乱軍の術中に塡《はま》らなくて済んだ。葦原の炎に追い立てられ、後衛の開章の一隊は遁走した。だが引くに引けない棘蒲侯の私兵は、焼き殺されまいと覇水の浅瀬に走り込んだ。そこを、待ってましたとばかり、弩弓を構えた官軍に厭と言うほど矢弾を撃ち込まれた。これでは、実戦経験のない官軍の良い訓練である。

柴奇も退路を断たれ、観念した態度で捕らえられた。

反乱は一日で鎮圧され、柴奇は廷尉に下げ渡された。列侯子弟として育った御曹司も賊軍の将に下落し、獄卒の情け容赦のない拷問にかけられた。

「水軍には、火攻めが似合おう。さあ、全て腹にあるものを吐き出せ！」

獄卒はそう言って、柴奇の臑《すね》に焼けた鉄鍼を突き刺した。

責め苦を散々味わって痛さに耐えられず、柴奇はついに淮南王との親密な関係を洗《あら》い浚《ざら》い喋ってしまう。

劉恒は、信じられなかった。

劉長には辟陽侯の一件で、中郎将の諫言を退けて慈悲を示してやった。皇帝の節度の規準からすれば、恩義を感じたはずの劉長が謀反に荷担するはずはないのだ。

しかし調べてみると、劉長は淮南兵を引き連れ、輦台《れんだい》に身を移して都に向かおうとしていた。そんな矢先、柴奇の反乱が失敗に終わったのだ。劉長にもその知らせは逃げ戻ってきた開章から知らされた。開章は一大事を知らせに、王子たちが待つ寿春へ馳せ戻った。しかし劉長は戻らなかった。呂未亡人にも、心の中で決別していたかのようだ。

『賭けに負けた者は、負債を払わねばならぬ』

彼はそう言いたげに都へ向かった。

長安の廷尉が差し向けた使い一箇連隊が、鴻溝の流れに沿って淮南に向かう途中、劉長の鹵簿《ろぼ》と遭遇した。黄屋車を伴ったそのきらびやかさは皇帝の行列と全く同じで、派遣部隊は一瞬、道を違えて都へ舞い戻ったのかと錯覚したほどだった。

『淮南王は、皇帝に取って代わるつもりだったのだ！』

劉長は後日そう批判されるが、そう誤解されても仕方のない、派手な法度破りは枚挙に暇がなかった。

廷尉の使者は開章をも捕らえようと寿春に至ったが、彼は自刎《じふん》して果てていた。恐らく王子の側近が斬り捨てたのであろう。

廷尉の使いが調べると、埋められたとされる肥陵《ひりよう》の邑《ゆう》にある塚の盛り土だけが、朔風を受けて乾いていたと言う。

「寡人《かじん》の申したとおりでございましたろう」

我が意を得たりと、自分の読みの正しさを吹聴して廻るのは、呉の太子である。彼は、謀反には厳罰をもって臨むべきだと声を嗄らす。劉恒は業腹だったが、それも一方の理屈とて仕方ないと思っている。三公九卿は彼の驕慢を忌み嫌らっていた。しかし、劉長を許せば再度謀反の火種になると恐れ、盧江《ろこう》郡の豪族反乱鎮圧を宮廷に知らせなかったことや、独断の賞罰決定や、王と将の無届け勝手の主従関係締結を指摘し弾劾した。そのうえで今回の謀反の計画性を重罪と見なし、極刑が妥当との上書を奉《たてまつ》った。

劉恒はさすがに、王族に法を適用するに忍びないと、罪一等の恩赦を示唆した。すると大臣たちは協議し、蜀郡の邛《こう》県に送られる事になった。流罪ではあるが、家屋が新築され姫妾や張子卿、魏敬といった側近も伴え、糧食も燃料も全て官給される。但し武力は取りあげられてしまうから、体の良い飼い殺しになるのである。

一方爰盎らは逆に、再度慈悲を賜りたいと請願している。それは、弟に対する掌《てのひら》を返すような処遇が、仁政を謳う皇帝に相応《ふさわ》しくないという理由からだった。

「かつて王が辟陽侯を鎚殺なされたおり、われらは淮南国の領土を削減し、厳格な傅相《ふしょう》をお付けするよう進言いたしましたが、お取りあげいただけませんでした。その結果、王の驕慢にはなおも拍車がかかったのです。臣らは再度、その性格を矯正なされますようお願いいたします。でないと、つまり性急に運命を挫《くじ》くようなことになれば、淮南王の剛直なひととなりでは落胆が大きく、悪鬼に触れて病死なされまいかと憂慮いたすのです」

「判っておる。爰中大夫の申すとおりにいたそう。じゃがな、朕は最近少々人が悪うなった。蜀の邛までは反省を強いて苦しめるが、その後に淮南へ帰そうと思うておる」

劉恒の言葉ではあったが、爰盎の憂鬱は晴れなかった。

やがて檻車に封じ込められた劉長が、長安を発った。木製の、車輪付きの牢に閉じこめられ、晒し者になって田舎へ曳かれていくのである。食事も排泄も、いわば衆人環視の中で行わねばならない。これに淮南王の矜持の念は、ずたずたに引き裂かれた。

劉長は翌日から一切食事をしなくなった。ゆっくり進む檻車で、全行程の三分あたりの雍《よう》県まで至った頃、劉長は餓死した。随行した張子卿、魏敬の側近も殉死する。自分らを最大限に認めてくれた主人に、義理だてしたのである。

劉恒は後悔の余り激昂し、淮南王伝送の食事に係わった者全員を処刑した。また懺悔の気持ちを示すためか、十歳にも満たぬ彼の王子四人・安《あん》、勃《ぼっ》、賜《し》、良《りょう》を列侯として優遇することに決めた。それらは皆、爰盎の進言を入れたものである。

＊

「太倉公が見つかったとは、まことか？　そう言えば今朝、黄蝶が舞う夢を見た。してみるとあの虫は、やはり瑞兆《ずいちょう》の使者と見ゆる」

竇皇后の浮き浮きした声が聞こえる。彼女に吉報をもたらしたのは、従兄の長男・竇嬰である。

「賊軍を敗走させた後、棘蒲侯の屋敷を捜索いたしましたところ、蔵の中に監禁されておりました。淮南王は謀反が成った暁に、名医の生殺与奪権を握って、皇后や主上を操ろうとしておったのやもしれませんな」

竇嬰は謀反の計画性が、意外な人物を切り札にしているのがおかしかった。

「見付からなんだのも道理じゃ。やはり嫖が言ってくれよった、水徳の神・玄武さまを祭ったのが良かったのであろう」

「ほう、そのような祈願をなさっておられましたのか？」

「さようじゃ。黄頭郎の鄧通殿が、木船に乗って棹捌きも鮮やかに、水神を呼ぶ踊りを披露なされてのう」

館陶長公主・劉嫖は、鄧通を否応なく連れ出し、祈禱師の代わりをさせていたのだ。

「とにかく早う、ここへ連れて参り診察させましょう」

竇皇后が期待に胸を膨らませている頃、未央宮では朝議が開かれていた。匈奴の英雄・冒頓単于が病没し、その子の稽粥《けいいく》が立って老上単于《ろうじょうぜんう》と号したと言う。

「公主を一人降嫁させねばなりませぬが、誰に白羽の矢を立てるべきか……？」

北狄の王のもとへ、進んで嫁に行こうなどという殊勝な王女などいるわけがない。詰まるところ、姫妾の生んだ十代の誰かが泣く泣く犠牲になるのだ。無論、金塊や絹織物、穀物、家具などの引き出物も供される。そしてお付きの宦官も数十人連れて行かれるのだ。

「中行説あたりが、宜《よろ》しいのでは？」

「そうじゃな。奴なら気が利くし、宮廷の諸般に通じておる。公主も不自由すまい」

このような決定がなされて、ほっと胸を撫で下ろしたのは、宦官仲間の趙同であった。

『これで良かったのだ。中行説は、呉の太子に睨まれていた。淮南王亡き後、王の後ろ盾がなければ、また同じ憂き目を見る。ならばいっそのこと、漠北の彼方に活路を見いだす方が幸せというものだ』

趙同は、同情と優越感相半《あいなか》ばする心境で、勝手な理屈をこねていた。竇皇后と皇帝双方から寵愛されている身なれば、絶対に手放されるはずはないとの自信がある。しかし、気になる噂を聞いた。太倉公という名医が、長楽宮に呼ばれたらしい。もし皇后が光を取り戻せば、お覚えはそいつに移るやもしれぬ。

趙同は、そのような心配の種を思い煩いながら、後宮の門を潜ろうとした。だが、意外な場所から女の香りが漂っているのに気付いた。彼ら宦官は性的には機能を喪失しているが、その分男女の情欲に惑わされず淫奔《いんぽん》な香りを識別できる。強いて比較すれば、利き酒の達人の多くが下戸《げこ》であることに似ている。

その香油は、後宮の姫妾が使う物ではない。公主が薬師に頼んで作らせる特別製だ。趙同は、それが漂ってくる元を嗅ぎ廻った。右を向き左に回り鼻孔を拡げた。そして、後宮二階の公主専用部屋だと突き止めた。彼は耳を欹《そばだ》てる。

「主上は今や、慎夫人にぞっこんじゃ。しばらくは放っておかれよう。ならばどうじゃ、わらわとしばらく付きおうてくりゃれ？」

「そっ、それは……」

「良いではないか。わが夫は、ほんに男の皮を被った木偶《でく》人形も同然でのう。酒を呑んでただ鼾《いびき》を掻くだけで日々を送っておる」

「でも、主上に知れれば……？」

「心配いたすな！」

館陶長公主が、最近劉恒に遠ざけられている鄧通を口説いているのだ。これと思う男に迫る情熱は、呂后並の女傑である。趙同はその部屋の裏に回り、聞き耳を立てだした。


太倉公が長安城に入った日、中行説は老上単于に嫁ぐ公主の供をして都を去る準備に余念がなかった。

「みどもを匈奴の地に追いやると、漢に禍《わざわい》が起こるぞ！」

彼は宦官仲間の送別会の席上、このような挨拶をしていた。他の宦官たちは、僻地へ追放される者の無念の嘆きだと受け取り、ある者は涙でそしてある者は嗤《わら》いでそれに応えていた。皆で手分けして、中行説の荷物を一つ一つ馬車の荷台に積み込んでやる。これが彼らなりの餞《はなむけ》であった。

公主を乗せた馬車が長安を出発する。中行説もそれに随行する。

「漢に禍が……」

彼は長安城を出るとき、再びそう呟いた。しかし名医の誉れ高い男が長楽宮を訪問すると、彼の捨《す》て台詞《ぜりふ》は仲間からすっかり忘れ去られていた。

宦官たちの関心は、早くも長楽宮に向いていたのである。

ところで、大倉公が竇皇后の診察を始めた頃、趙同は後宮の一室にいた。

「良いことを、お教えくださった」

彼と二人切りで、嬉しそうに話しているのは慎夫人である。

「館陶長公主が、鄧通殿とのう……」

彼女は再度そう念を押して、宦官に金銭を賜うた。他人の秘密を押さえておくと、後日武器に代わることがある。館陶長公主など決して好きな女ではないが、彼女と事を構えるのは得策ではない。鄧通にしても同様だが、公主よりは扱いやすい。

「ところで趙同殿、このままでもよろしゅうございますのか？」

「と、言いますと……。鄧通を……？」

「違います。判らぬお方じゃ！」

彼女は、皇后が住む長楽宮の方を睨んだ。そこでは診察が行われているのである。もし皇后が明りを取り戻せば、後宮の勢力地図にも微妙な変化をきたす。その結果を推量するに慎夫人も趙同も、今より良い立場になることはない。同性として皇帝の寵を争う者は言わずもがなだが、趙同も、竇皇后が失明した頃から占いの力に疑いを持たれているのだ。

彼は思い悩みながら、未央宮の回廊へ戻ってきた。季節柄、足もとが冷え込む。暖が欲しいと思う。

広間からは、いつもと同じ大声が聞こえてくる。呉の太子とその取り巻き連中である。博奕をしているのだ。同じことをするにも巷の遊侠は命を賭け、血走った眼が交錯する鉄火場を形成するが、宮殿は違う。呉の太子など泰平な男だと、趙同はつくづく思った。そして、燃やす物が欲しいとも……。

「どうじゃ。敵《かな》うまい！」

また勝ったらしく、呉の道楽者は大声ではしゃいでいる。ことに淮南王が他界したと聞いてからは、歓喜のあまり周囲の師傅をも巻き込んでその態度が著しい。その羽目の外し方は一通りでなく、廊下を通る女官に抱きついたり、宦官を殴ったりして宮廷人に顰蹙《ひんしゅく》を買っている。何とか彼らに一泡ふかせてやろうと戦いを挑む者もあるが、こと博奕に関する限り、宮廷は呉の独擅場の観があった。それを同年輩の、啓皇太子も不快に思っているのである。

ところで同じ頃、未央宮の奥では劉恒が、一向に経済効果の上がらぬ現状にやきもきしていた。

「貨幣の偽造が、後を絶《た》たんそうだのう」

「せっかく主上が民間の鋳造を許可されたのに。そこに付け込んで、技術を覚えた者が自分で判型を彫っているようです」

「倹約の効果はどうじゃ？」

「未央宮の銭差しは、増えております。燃料も食物も、最低限に抑えておりますれば」

丞相と御史大夫が得意そうに応えるが、賈誼は臆せず批判する。

「宮廷人の多くが倹約を実行しております。しかしこのようなことを続けては、職務に集中できませぬ。明日を担う若者が食を切りつめ灯《とも》りを点さねば、将来働くための身も力も知識も付きますまい。倹約の本質を、お誤りになりませぬよう」

賈誼はこう言って頓首する。劉恒は面白くなかった。

「盗鋳する輩は、徹底的に摘発せよ！　それだけでも、かなりの効果が上がるはずじゃ」

「御意！」

宮廷人は唯々諾々《いいだくだく》と拝礼する。

『奴らは何も判っておらぬ。銭と物が、必要量出回っておらねばならんことを……』

賈誼は無能な大臣を心で罵り、茫然としながら回廊を歩いた。入り口のほうから、革の軽い甲冑で鎧《よろ》った伝令が早足で駆け込んでくる。汗と鞣《なめ》し皮の混じった臭いを残して、彼と擦れ違った。だが賈誼はそれに頓着せず、経済の不振を憂慮する。

「皇帝は銭など使ったことがない雲上人だ。だから倹約して溜まれば、それが効果だと思っている。まるで子供騙《だま》しではないか！　それに迎合する、武骨な戦いしか知らぬ輩が追従を述べおる。已《や》んぬるかな」

彼は、恨み言をつい呟いた。間の悪いことに、これを趙同子飼いの宦官が聞き付けた。早速、それが増幅されて皇帝に注進されることとなる。回廊の遠くからは、先ほどの早馬の者のものと思われる口上が響いていた。

劉恒のもとへ戻ってきた匈奴の使者の言葉は、彼の神経を逆撫でした。

「もう一度申してみよ！　持っていった絹をいかがいたしたと？」

「はっ……」

皇帝の怒りに使者は恐縮し、逡巡《しゅんじゅん》のあまり言葉を飲み込んでいる。

「許す。申してみよ！」

少し落ち着きを取り戻した劉恒は、ようやく言葉に柔らかみを与えた。

「老上単于は、絹や真綿で作った上着を着て、茨の原を走り回りました」

「何と……！」

使者の言葉に、宮廷人は耳を疑った。そんなことをすれば、上質の衣はぼろぼろになるのは聞かなくとも判る。

「単于とは、物の値打ちを知らぬ人物でございますな！」

丞相の張蒼はそう言って笑おうとしたが、同調したのは年配の功臣たちだけで、爰盎ら若手の郎官たちは黙っていた。その意図が、推し量れるからだ。

老上単于は、願っても得られない上質の衣を、わざと破るためにそんなことをしたと思われる。その真意は、漢の文化や物資を無闇にありがたがるなと言うことのようだ。その雅《みやび》を嫌う精神主義は理解できないでもなかった。だがそれでは、匈奴との経済交流も低調になり、経済活動も鈍化する。郎官たちは舌打ちする。またしかし、報告はそれだけではなかった。

老上単于はあろう事か、漢が贈った農作物まで焼き捨てたと言うのである。これには若手郎官も理解に苦しんだ。

『匈奴が長城を越えてくるのは、穀物の略奪が目的のほとんどなのだ。それを捨てるとは、気が触れたか、はたまた痩《や》せ我慢なのか？』

いや違う、と爰盎は考える。

これも絹を破り捨てたのと同じ次元で考える必要があるのだ。つまり、匈奴が日々生産する酪農品の方が値打ちがあり、やたらと漢の文化をありがたがるなとの精神主義だ。

確かに、遊牧民がことさら農耕民を羨む必要はない。定住し官僚国家を樹立すると、何ら生産手段のない者に支配される階級社会がより激化する。宦官などという、世の歪みを象徴する輩が跋扈《ばっこ》することにもなるのだ。

彼がそう思ったのは、回廊遠く趙同が見えたからだ。彼に何事か、耳打ちしている宦官も見えた。そして趙同は、含み嗤いを湛えたまま広間に入ってきた。


その夜、突然半鐘が鳴った。未央宮の東闕から火の手が上がったからだ。消火訓練を受けた宦官たちが必死に活動した結果、門上に造られた楼閣の一部を焼いただけで済んだ。

これについて、妙な噂が流れた。

『太倉公は皇后を診察されるに、人形を使わず直接お体に触れられた』

高貴な女性を診る場合、人形を代用して問診を行うのが常とされていた。これは、腫瘍の膿や痔疾を吸ったり嘗《な》めたりして治した、医師の社会的地位が低かったことに由来している。従って普通は触診、打診、聴診、視診はできなかった。相手が高貴であればなおのことだ。しかし医術に精通した太倉公は、問診だけでは不充分だとわかっていたので、皇后の脈を診たり眼を覗いたりしたのである。

これが不敬も極まったとされたのだ。その結果、天帝、否、高祖の怒りで、闕宮が焼かれたことになるのである。

この話はまことしやかに宮廷を駆け巡り、太倉公は未央宮にいられなくなった。彼は暗殺を恐れ、診察もそこそこに長安を後にしなければならなかった。竇皇后は道家の無為自然に背き、明りを取り戻したい一心で大倉公を呼んだことを後悔していた。

この火災の側杖《そばづえ》は意外な方面へと飛び火する。まず賈誼が、劉恒の貨幣政策を批判した廉《かど》で左遷された。行き先は梁の睢陽《すいよう》である。

ここには劉恒の四男・劉勝が封じられている。勉学好きだが、虚弱な王子であった。要するに、彼の師傅になるようにとの異動であった。

彼の出立に当たっては、若手の郎官全員が長安城外まで見送った。

爰盎は賈誼の姿を瞼に焼き付けた後、闕宮の火災跡に立ち寄ってみた。

「叔父上！」

若い声が呼ぶので見ると、甥の爰種《えんしゅ》である。彼は、常侍騎《じょうじき》と呼ばれる侍従武官に取り立てられている。

「御覧になりましたか？」

「何を？」

「またお惚《とぼ》けめされて！」

「何のことか判らん！」

「闕宮の焼け方です。天帝の、いや高帝の怒りなどと言っておりますが、階段から上へ火が上がっております。天からの炎ならば、闕宮の屋根から下へ走るのが道理でございましょう」

「付け火だと言いたいのか？」

「さようです。大倉公に竇皇后を治されては困る輩《やから》の仕業《しわざ》です」

「思い当たるか？」

「ふふっ、後宮が焦臭《きなくさ》いと思われませんか？」

「心せねばならんな！」

「叔父上、明日主上は覇陵《はりよう》の視察に赴かれます。そのおり、趙同めを……」

覇陵とは、長安東方の丘陵である。劉恒はゆくゆくここに自分の陵墓を建設するつもりらしい。明日はその視察なのだ。

験担《げんかつ》ぎ好きの帝に付け込めばよろしゅうございますと、甥は妙な知恵を授けてくれた。実行するかどうか、爰盎次第である。彼は甥に礼を言って心を決めた。

翌日、甥が教えてくれたとおり、劉恒は皇帝専用車・黄屋車に乗って覇陵に出かけようとした。

陪乗者は趙同である。

爰盎は馭者を制し、その前に進み出て平伏《ひれふ》す。

「臣盎、昧死《まいし》再拝《さいはい》して主上に申しあげます。『天子が御車に陪乗させるは、天下の豪傑、俊英の士だ』と聞いております」

趙同は、黄屋車の前へ突然現れて自分を中傷しかけた郎官を睨み付けている。もし『慮外《りょがい》者《もの》！』と劉恒が勅勘を下せば馭者を促し、蹄《ひづめ》にかけて撥《は》ねさせるつもりだった。だがさすがに劉恒は、爰盎の言葉の先に興味を示して促した。

「漢は人材に乏しいとは申せ、なにゆえ刑余の罪人を陪乗者となさいます！」

趙同は、面罵されて震えていた。馭者から鞭を引ったくろうとしたが、相手も気骨ある男と見え渡さなかった。そこで佩《は》いた剣の柄に手をかけ、許しさえあれば振り下ろすつもりでいる。しかし、劉恒の一言は意外に冷たかった。

「爰中郎将、代わって陪乗を命ずる。趙同、降りよ！」

宦官は、眼に涙を一杯に浮かべて黄屋車から降りる。爰盎は、馭者に目礼して乗り込んだ。

皇帝の鹵簿《ろぼ》は、行列を整えて覇陵に向かった。そこで劉恒は、意外に鋭く爰盎に言う。

「闕宮の火災は、天の采配じゃ。もうこれ以上の、調査は不要ぞ！」

劉恒は今回の事件の概要を、知っているのである。皇帝の寵を失うまいと、趙同を手懐《てなず》けて慎夫人が太倉公追放の口実造りにしたことを……。

「のう、爰盎。朕は、竇皇后を位から落とそうとは思わぬ。同様に、慎夫人も愛《いと》おしく思っておる。罪には落としとうない。判るな」

「はっ……」

劉恒は、普段口にしない本音を吐露《とろ》した。これは血を流さず帝位に就いた者の、弱さなのかも知れない。天運を信じながら、天意を捏造する、偽り者を寵愛する自分への歯痒さなのだ。それから覇陵まで、二人は黙っていた。馭者はゆっくりと馬車を駆けさせる。

天気は、その二人のようすを象徴するように曇っていた。

丘に立つと、函谷関に続く道が緩やかに延びている。馭者が劉恒の指示に従って、黄屋車を西に巡らせる。長安の城壁が不落の要塞を思わせ、都の堅固さが窺《うかが》える。劉恒がふと前を見ると、険しい坂道があった。

「どうじゃ爰盎、ここを馳せ下ってみようではないか」

馭者の顔に、一瞬緊張が走るのが判る。

爰盎は、皇帝の心理を読んでみた。

異母弟・淮南王を喪い、経済政策も積極策を打てず、匈奴には翻弄され、後宮の策謀に苦い思いをしている。呉の太子の喧噪も癪の種のはずだ。つまり、彼は八方塞がりなのである。だからここで、天の声を聞こうとしているのかもしれない。つまり、賭けなのだ。無事走り降りられれば、天意は劉恒を皇帝として必要だとするのである。

「みどもは幼少のおり、危険を冒すは戦場でのみと、父から教えられました。また世間では『千金の大資産家の子弟は、堂の外辺に座らず、百金の資産家の子は欄干に寄りかからず。聖明の天子は危機を好んで僥倖を求めず』と聞きます。今この道を馳せ下って、もし馬が驚き暴れて車を破損させれば、主上御自身が軽《かろ》んぜられるのはともかく、高廟や太后（劉恒の母・薄氏）をいかがなされるおつもりでございましょう？」

耳の痛い言葉だった。確かに、やたらと危険を好むは、児戯に類すると言われても仕方がない。中華の皇帝としては、反省しなければならなかった。


皇帝を未央宮に送った後、爰盎は黄屋車の管理をする、太僕府の倉庫を訪った。趙同が引ったくろうとした鞭を渡さず、気概を示した馭者に会うためである。

男は馬の毛並みの手入れをしており、爰盎が近づくと拱手した。

「そこもとに感謝する」

「！……何のことで？」

爰盎の言葉に、馭者は怪訝な顔で応じる。

「宦官が引ったくろうとした鞭を、渡さなかったではないか！」

「鞭は馭者の道具でございます。刑余の罪人にゆえなく渡すは、騎郎の恥でございましょう」

爰盎は、この男が気に入った。皇帝の寵臣に逆らえば、下手をすると首が飛ぶ。それを敢えてしたのは、肝っ魂《たま》があるからだ。

「そこもと名は、何といわれる？　いやっ、御無礼を。儂は……」

「仰《おつしや》いますな。いやしくも、郎中の末席を汚しておる者が、爰中郎将を知らぬはずはございませぬ。みどもは張釈之《ちょうせきし》と申します」

爰盎は、彼が馬を小屋に入れるのを待って酒楼に誘った。そして、その晩は痛飲した。

劉恒の心は、雨期の空のように湿りがちだった。張蒼や申屠嘉が、上林苑への行幸を勧めた。狩りの観戦である。

無論劉恒も、弓矢を取って射るぐらいのことはする。しかし今回は、獣が走り勢子が追い、射手が矢を放ち獲物を仕留める勇壮な絵巻見物に終始することとなった。

早速上林苑には、座席《ざせき》が設《しつら》えられた。

苑の衛署長は、竇皇后と慎夫人の席を同列に置いたが、爰盎は咎めて慎夫人の席を少し下位に落とさせた。

これを見て怒った慎夫人は席に着かず、劉恒も上林苑からすぐに引き返した。だが、爰盎は臆せず宮中へ向かう。全ては彼の読みのとおりだったからだ。

「なぜ、慎夫人に恥を掻かせた？」

「『尊卑の秩序が確立していれば、上下あい和親する』と聞きつけます。主上はすでに皇后を立てておられます。ならば慎夫人は妾にて、主婦と妾が同列では尊卑の秩序は失われます。それに主上が夫人を寵愛なさるのであれば、金品を手厚く下賜なさいませ」

「しかし爰中郎将、宮中では皇后と慎夫人は同列にて座っておるぞ」

「それは後宮においてのお話でございましょう。いわば私の場、お畏れながら皇后は光を失っておられますれば、席の上下もお判りになりませぬ。しかし上林苑の席は、周囲が見ております。尊卑のけじめがなければ、人々は慎夫人を非難いたしましょう。主上が良かれとお思いのことは、呂后の人豚事件に繋《つな》がるやもしれませぬぞ！」

劉恒はこの説得を受け入れ、慎夫人に話した。すると彼女も喜んで爰盎に金五十斤を与えた。

このことに難色を示したのは、丞相・張蒼であった。皇帝の席次にまで容喙《ようかい》するは越権行為と、爰盎の左遷を願いでた。これも受け入れられ、爰盎は隴西都尉として渭水上流へ赴任することとなった。

これを残念がったのは張釈之で、趙同の復讐だと警戒しはじめた。

＊

『天地が生み、月日が置いた大単于は、敬んで漢の皇帝に問う……』

木簡の大きさを奇異に感じた典客府の役人は、その書き出しに仰天した。明らかに、対等の礼ではない。漢の皇帝より、単于を上位に置いた口上であるからだ。

そもそも木簡の大きさが一尺二寸もあり、漢から匈奴へ送る物より一寸長いのだ。

典客府が大騒ぎになり、匈奴の尊大な態度に非難が高まったとき、宦官の趙同が声を張り上げて言上した。

「中行説です。奴は匈奴の地へ遣られることを怨んでおりました。淮南王にも重宝され、その死を悼んで主上に弓引くつもりだったのです。きっと奴が、漢の顔に泥《どろ》を塗《ぬ》っておるに違いございません。奴は、宮廷の諸般に通じておりました。これから、何をされるか判ったものではございませぬぞ」

趙同の告発で、中行説が匈奴の対漢政策の指導に当たっているらしいことは判った。しかし、だからと言ってどうなるわけでもない。

「もともとは、趙同が中行説を推薦したのではないか。宮廷の、諸般に通じておるから良いとしてのう。ならば、趙同を匈奴へ使いに遣らせ、中行説と代わらせろ！」

そんな声が宮廷に広まった。

劉恒は、それも一興と笑った。趙同は真に受けて、その日の内に長安から姿を消した。

「宦官など、その程度の下劣な輩よ！」

呉の太子はそう言って、宮廷人をあざ笑っていた。

匈奴が外交の形式論から漢を翻弄するのは、他所で侵攻する計画があるのではと、丞相の張蒼ら功臣は懸念しはじめる。

そこで隴西都尉の爰盎に使者が立てられ、匈奴の動向が問われた。彼は隴西で仁愛をもって部下に接していたため、士卒は身を挺して周辺を探ってきた。おりもおり、成紀県で黄土の竜巻《たつまき》が起こり、遊牧民に打撃を与えていた。人々はそれを黄龍《こうりゅう》と呼んで瑞兆《ずいちょう》だと祝う。匈奴の不穏な侵攻の芽が摘《つ》まれたのだ。

ここでの働きが認められ、爰盎は一年で長安へ戻ってきた。しかし、やはり丞相は爰盎を中央に置きたがらなかった。

「かつて淮南王が謀反を働いたおり、匈奴や東越の援軍を要請するつもりであったと言われております。今回の匈奴の態度は、東国との同盟を隠蔽《いんぺい》するための囮《おとり》とするため、わざと物議を醸す事由を作っているようにも思えます」

東国の不安の種は呉である。しかし、太子が質子同然で都にいる。もっとも本人は、そんな自覚など全くない極楽蜻蛉《ごくらくとんぼ》である。が、とにかく呉と匈奴の関連は薄い。ならば疑惑は第二の大国・斉に行く。

爰盎が斉の宰相とされたのは、そんな経緯からである。辞令を聞きつけて、張釈之が駆けつけてきた。

「みどもは主上に十年ばかり仕えてまいりましたが、もう郷里に帰ろうと存じます」

「どうした。騎郎では面白くないか?」

「いいえ、中郎将殿を博奕の駒のごとく扱う主上に嫌気がさしたのです」

「まあ待て、お主ほどの逸材を地方に燻《くすぶ》らせるのは、実に惜しい。それに儂は今回同様一年ばかりで戻ってくることになろう」

「そうですか。ならば……」

爰盎は何とか張釈之を思い止まらせて、謁者《えつしゃ》に転任させるよう奏請した。これは、爰盎の斉転任と交換に、肯《き》き容れられた。

匈奴の執拗な、漢を刺激するような外交上の揚げ足取りはそれからも続いた。だが、大掛かりな侵攻はなかった。

それは大局的に見れば、中行説の、漢への愛国心だったのかも知れない。だが当時において、結局彼はその場の主人に忠実なだけの番犬としか思われていなかった。

その頃、劉恒の四男・梁王勝《しょう》が落馬して亡《な》くなった。

もともと文弱とも言うべき、至って武道に疎《うと》い人物であった。いきおい四書五経の精読に時間を潰していた。が、『国王たる者、率先して軍事の長たるべし』の一語に触れて馬に跨《また》がる決意をしたのである。

慣れぬ鎧《よろい》に袖を通し、颯爽たる騎馬姿になって駆け出した。しかし、間の悪いときは得してあるものだ。騎乗したのはさして駻強《かんづよ》い一頭ではなかったが、土竜《もぐら》の作った穴に足を取られて倒れたのである。劉勝は手綱の捌《さば》き方も判らぬまま、馬の背から投げ出される。そのとき勢いよく顔面から落ちて、頸骨を折ったのだった。

師傅の賈誼は嘆き悲しみ、責任をとって殉死した。また時を同じくして、河東郡絳県で余生を送っていた周勃が老衰のため他界した。

竇皇后の夢には、今でも黄蝶が舞う。だがさすがに末っ子の死を知ったときには、現れなかった。いやそれが渭水の岸辺で、大量に飛んでいるとの噂を聞いた。そして、東方へ去ったとも……。

極東の斉には爰盎がいる。漢の将来は、どうやら彼を中心とした人々に握られていくようであった。

周亞夫

しゅうあふ

河内《かだい》郡太守・周亞夫《しゅうあふ》は、老婆の前で佇《たたず》んでいた。今彼がここにいることと、社会的地位は無関係である。ただ、この媼《おうな》の評判を聞きつけてやってきただけだからだ。

人相見の許負《きょふ》は全身黒い絹織物を纏《まと》い、甲羅《こうら》を経た大蝙蝠《おおこうもり》のようだ。彼女は白髪混じりの頭を掻き上げ、濁った眼で壮士の貌を観察している。

「侯になる相じゃ！　それに……？」

許負は、突然遠くを見る表情で言葉を途切れさせた。

「……どうなされた？　若死にするとでも言うか！」

「いや……、口もとの皺に……、餓死の相が見ゆるで……」

「侯に出世すれば、飢え死ぬ道理はなかろうぞ。……みどもの人相は、何と占い師泣かせよのう」

「太守が言われるとおりよ。じゃが先だって、未央宮《びおうきゆう》でおんみと同じ相に出遭うてのう」

「ほう、差し支えなければ教えてくれ。それはどなたかのう？」

「主上の寵童・鄧通《とうつう》殿じゃ」

「あの、黄頭郎か。あやつと同じ運命とは、情けない気もするワ！」

周亞夫はそれでも苦情を言わず、老女に大枚を叩《はた》いて家路につく。

今まで、予言や占いなど信じたことはなかった。それが鑑定師に観てもらう気になったのは、父・周勃《しゆうぼつ》が謀反を疑われたことが遠因だった。漢建国の功臣であり丞相まで務めた男が、最終的には疑いが晴れたとはいえ、獄卒の影に怯えていた。

『まだ打つか？　もう止めろ。儂は、何も企《たくら》んでおらぬと言うに！』

昼寝をしながら、そう魘《うな》されているのが判った。剛毅で鳴らした男が、再三再四そのように人格を萎縮させたのは、悲しく哀れで理不尽であった。もっと、往年の雄姿にふさわしい晩年が、用意されていてしかるべきではなかったか？　そんな疑問と共に、彼は運命論を信ずるようになったのである。

周亞夫は、軺車に乗りこんで瞑目する。許負の言葉を、反芻《はんすう》するためである。未来を要約すれば、栄華の後に寂しく死ぬと言うことで、父と同様な運命が待っているらしい。まず列侯に成れるのなら、それも良かろう。どうやら、平々凡々とした日常が待っているのではなさそうだ。彼は自らの将来を睨んで、心中ににんまりした。

駆者が鞭を撓《しな》らせたとき、彼は背後に気配を感じた。振り返ると大きな烏揚羽蝶《からすあげは》が一頭、悠然と飛んでいる。それはしばらく併走していたかと思うと、路肩に舞い降りた。湧き水を吸うためである。

「水は、長安の井戸のものに限るぞ」

彼は、そう呟きながら向きなおる。父が生前よくそう言っていたのを思いだしたのだ。

ここ河内は、戦国七雄・魏領東南部に当たり、関中盆地の起伏に富んだ都に比べると平地が多い。湧き水にその差は歴然と現れ、斜面で濾過《ろか》された長安の水の旨さと美しさは格別である。

周亞夫は、黄河上流にある都の方角を眺めた。河内郡との間に河東郡があり、その一県が父の封邑・絳《こう》である。その家督は、兄・周勝之《しゅうしょうし》が嗣《つ》いでいる。彼は今上帝（劉恒《りゅうこう》）の次女を娶《めと》ったが、わがまま女に翻弄《ほんろう》されて、その夫婦仲は円満とは言いがたいらしい。

＊

「また、寡人《かじん》が勝ちましたな！」

金糸銀糸をふんだんにあしらった衣服を着た、呉の太子の大声が未央宮に響いていた。言わずと知れた、博奕《すごろく》の勝負である。この何年か彼の大はしゃぎに、竇《とう》皇后をはじめとする宮廷人は眉を顰《ひそ》めていた。決して、後味の良い勝負をしないからである。

要するに国表の潤沢な資金を背景にした、彼の態度が嫌味なのだ。派手な衣装で闊歩し、厭がる者を無理やり博奕の前に座らせ、周囲から師傅《しふ》たちが囃し立て、集中させぬまま決着を付けるのである。そして負けた相手を、無能呼ばわりして扱《こ》き下ろすのだ。おまけに彼の笑い声が、下卑た不協和音で他人の鼓膜を刺激した。それはどう聞いても、支配階級のものではない。

今日負けたのは、皇太子啓《けい》だった。

呉の太子もさすがにあからさまに嗤《わら》えず、博奕の盤を眺めている皇太子の、駒の使い方について感想を述べた。

「梟《きょう》をお出しになるのが、遅すぎましたな」

「そうかのう。ここで良いと思うたに」

「何事にも、潮時がございます。駒も人も同じこと。家臣も使いようを誤ると、取り返しがつきませぬ。淮南王《わいなんおう》もこの類《たぐい》でございますれば、もっと早う黄泉《よみ》の国へ蹴落としておけば良かったものをと……」

「太子、お言葉が過ぎまする」

呉の太子の話を窘《たしな》めたのは、皇太子の侍従で美男の誉れ高い直不疑《ちょくふぎ》だった。

「おう、おぬしだな、嫂《あによめ》と密通している男というは！」

太子が傍若無人にここまで言ったとき、太子同様の贅沢な衣装を羽織った師傅たちも尊大に失笑した。

「もう一度申してみよ！」

劉啓《りゅうけい》の一言に、呉の師傅たちは黙った。劉啓は自分に対する悪口ならば、敢えて聞き過ごそうと思っていた。しかし今の批判は、あからさまな家臣への中傷である。事実、直不疑に取っ兄はいない。またその前の一言は、博奕に託《かこつ》けた政治諷刺《ふうし》である。父・皇帝が淮南王に取った処置は、頭を悩ませた末の千慮の一失で、今も自責に苛《さいな》まれているのである。それをあざ笑うとは、家臣として不敬だ。周囲の者は、普段大人しい皇太子の血相が変わっているのに気付き、呉の太子の不必要な饒舌を止めさせようとする。しかしそれよりも早く、他人への気遣いのない太子の舌は滑っていた。

「つまり、劉長《りゅうちょう》のごとき不心得者は、辟陽侯《へきようこう》（審食其《しんいき》）を鎚殺《ついさつ》した時点で処刑しておくべきだったということです。のう、皆の者よ」

呉の太子が、師傅たちに同意を求めようと振り返ると、彼らの顔は一様に驚きと恐怖に引き攣《つ》っていた。太子にしてみれば、いつも腹に仕舞っていたことを外に出したまでだった。だから彼らの驚愕の元が判らず、向き直る。すると、それまで前にあった博奕の盤がすっと消えて、広間の敷物の模様が見える。

そのとき突然彼の頭上が翳《かげ》り、顳顬《こめかみ》に強烈な衝撃を受けた。皇太子啓が、怒りの余り盤を取って投げつけたのである。

倒れた呉の太子は、そのまま意識を失っている。皇太子啓は周囲に制せられるやら、宦官《かんがん》が医師や薬師を呼びに走るやら、未央宮は蜂の巣をつついたような大騒ぎになった。

斉《せい》の国相として赴任していた爰盎《えんおう》のもとへは、またしても太倉公《たいそうこう》を探せとの命がもたらされた。理由は知らされず、竇皇后を診る医師が誰も頼りなく、彼女が采配して呼んでいるのだろうと憶測するしかない。確かに、名医を追い出した宦官・趙同《ちょうどう》は都から出奔し、慎《しん》夫人も彼の協力なしでは医療の妨害はできない。だからもう、太倉公を厭がる勢力は影を薄めているのである。

しかし突然探せと言われても、一旦追い出された者は、危険を察して呼んでも応じまいと思われる。爰盎は果たせぬ命を帯び、遣りきれぬ思いで嘆息する。王宮の執務室は、あたかも夕陽に染まっていた。

「爰国相、淮南王太后がお見えです」

一瞬爰盎は、誰のことかと思った。

淮南王・劉長が餓死して後、彼の四人の息子たちは列侯に封じられたが、淮南の王権は宙に浮いていた。劉恒は将来、劉長の長男・安《あん》を据えてやる積もりだった。しかしまだ時期尚早と判断し、城陽王・劉喜《りゆうき》をここへ国替えしたのだ。だから、淮南王太后とは劉喜の母・呂《りよ》未亡人である。

劉喜を淮南へ遣った理由は定かではない。多分劉恒は、劉長と呂未亡人の仲を間者の報告から察していたのであろう。そこで淮南王を図らずも死なせることとなり、詫びのつもりで気を利かせ、彼女を淮南の地に送ったと考える。

「爰国相、初めてお目もじいたします。わらわは……」

「よく存じております。みどもは、元、あなたさまの父上にお仕えしていた者です」

爰盎の意外な応えに、彼女ははっと顔を上げる。

「かつての呂家に、おられたと？」

「あなたさまは、御存じありますまい。みどもが呂家の舎人《しやじん》になったのは、お嬢様が嫁がれた後でございましたから」

「不思議な縁《えにし》ですこと」

「あの呂太皇太后他界の混乱で、みどもの命は、とうに失《な》くなっていても仕方がありませなんだ。それをお救いくださったのは、お父上・趙王（呂禄《りよろく》）でした。家臣全員の命と引き替えに、投降なさいましたから。……申しわけございませぬ」

「そうでしたか。それでは父も誰かの役に立てて死ねたのですね」

「何と。それであなたさまは、その件にてみどもをお責めになりませぬのか？」

「失礼ながら、父の舎人の中に国相がおられたこと、今の今まで知りませなんだし、十年以上も昔。今さら詮《せん》ないことかと……」

「そう仰《おつしや》っていただければ、少しは心安らかになれます。して、ならば本日は、いかような御用件にて?」

爰盎がそう畳みかけると、途端に彼女の顔に逡《しゆん》巡《じゆん》の色が浮かんだ。しかしそれも一瞬、次には静かに言葉を継ぐ。

「太倉公を捜しておられる由、承りました。実は、わらわは彼の居所を存じおります」

それを、なぜ教えに来たのか? 爰盎は当然、疑問を持つに決まっている。先ほどの逡巡は、それを予想してのことだ。

呂未亡人は、彼の質問を待たず劉長との関係を話し、柴奇《さいき》の乱が終結のおり、爰盎が淮南王を助けるよう進言したことを心嬉しく思っていると伝える。彼女が斉へ来ているのは、亡夫の実家の法事があったからだ。爰盎には機会があれば、常々義理立てしたく思っていたらしい。

「それは、かたじけない。できれば今日にでも長安へお連れしたい」

「それでは、すぐに案内いたしましょう」

彼女の先導で来たのは、臨淄《りんし》郊外の屋敷であった。いつも行き先が判らぬ太倉公は、『灯台下暗し』よろしく、実家に帰っていたのである。家族には五人娘がいて、かいがいしく父親の面倒をみていた。

実は未央宮での一件以来、診察の気力が涌かず、彼は寝込んでいたのである。そのため診療依頼を全て断り、予約も解消して世間から怨まれているらしい。

「もう皇室からの依頼は、懲《こ》り懲《ご》りでございます。お願いです。ここで、静かに余生を送らせてくださいまし」

「ならぬ！　勅命である。皇帝御自らそなたを所望だ。ありがたくお受けせよ！」

「断っても受けても、首は胴から離れるのですな！」

「それはなかろう。いやしくも勅命なれば、その内容が処刑ということはない」

「必ず、そうでございますな！」

「そうだ。だが渋っていると、廷尉が出張ってくるぞ」

「判りもうした。もう一度、宮殿へ参りましょう。じゃが国相殿、みどもは人形は使いませぬぞ」

太倉公は、爰盎に背中を押されるような調子で軺車の人となった。中華の極東から、黄河を遡《さかのぼ》るようにして一路西へと向かうが、それでも長安までひと月はかかる。

ようやく未央宮に着いたが、太倉公の出番はなかった。

皇太子啓に、博奕盤で顳顬《こめかみ》を打ち付けられた呉の太子は、昏睡状態が約ひと月半続いた後、一昨日他界していた。その死骸はまだ、葬儀されずに王宮に安置されている。彼を受け入れる墓がないからだ。つまり、死んでもなお誰も係わり合いになりたがらない、鼻摘みであったということだ。

放っておくわけにもいかず、呉国へ送り返すこととなった。その使節に、またもや爰盎が選ばれた。呉王・劉濞《りゅうひ》が、喜んでくれるわけがない。下手をすれば、命はなくなる貧乏籤《くじ》である。それでも爰盎は、愚痴を言わず旅装を整えた。

大倉公は不安な面持ちで、久しぶりに長楽宮へ赴いた。竇皇后は、盲《めし》いた貌《かお》で彼を迎えてくれた。大倉公は平伏して、彼女に突如身を隠した詫びを言う。皇后もその辺の事情は察してくれており、彼の医療は続けられることとなる。

旬日後、皇后に挨拶に現れた者がいた。

「この度、皇太子啓殿の師傅《しふ》を仰せつかりました、舎人の晁錯《ちょうそ》と申します」

舎人という比較的軽い身分にもかかわらず皇后へ挨拶に来られるのは、将来を嘱望されている証左である。だが大倉公は、その鰓《えら》の張った額の狭い三白眼の尊大な顔つきを、悍《おぞま》しいものに見立てていた。

＊

周亞夫のもとにも、啓皇太子の呉太子殺害は報告されてきた。しかし彼にとっては、もっと大きな事件が周囲で起きていた。

兄・周勝之《しゅうしょうし》は父・周勃が他界して後、絳侯の家督を嗣いでいた。彼は劉恒の次女を娶《めと》っていたが、一つ屋根の下に住まっていても、その頃、間柄は冷え切っていた。

その彼女に近づく者があった。夜間その者が、妻の寝所へ入ったのを見計らい、夫は剣を取って斬りつけた。相手は二度三度と逃げる素振りを見せたが、周勝之は執拗に刃物を薙《な》ぎ、相手を引き裂いた。別居も同然の妻に、未練があったわけではない。列侯としての、彼の自尊心が許さなかっただけだ。

ところが斬った相手は、趙同だった。宦官が、まさか妻の不倫相手はしまい。しかも皇帝の寵臣とあれば、処罰は厳しかろう。

その絶望を救ったのが、あろうことか妻だった。趙同は大胆にも、金銭の無心に来ていたのだと言う。そしてそのしつこさに怒った夫が、無礼討ちに斬り捨てたと証言した。

趙同は宮廷から逃亡して、喰うに困っていたのだ。そこで、地方に人を訪ね廻ったのである。昔馴染みの公主に遭えば、しばらくは食生活が保証される。その後、噂話の二つ三つを聞かせてやれば、充分調査もせず信じてくれるはずだ。趙同の話の内容は、館陶《かんとう》長公主と鄧通の密通だった。彼は姉妹が不仲だと思っていた。だから妹が、喜ぶと踏んだのである。ところが、彼女は不機嫌になった。

河東の片田舎で暮らしている自分に比べ、姉は奔放に楽しんでいて、羨ましく映ったのだ。そのとき趙同は焦った。彼女を喜ばせなければ、金蔓《かねづる》にできないからだ。そこで彼がしたのは、後宮の不義の暴露だった。

「慎夫人は今でこそ主上の寵愛が深うございますが、その昔は小間物商いの若者と、いろいろあったのでございますぞ」

「そうかえ。それは初耳じゃのう」

周勝之が斬りこんできたのは、このような遣り取りで、妻が嬌声を上げて相槌を打っていたところだった。

目の前で趙同が血飛沫《ちしぶき》を上げて、驚愕も烈しかったろう。だが彼女は、下世話な噂に耳を傾けていたなどとは、思われたくなかったのである。そこで、夫の窮地をも救う一石二鳥の策として、趙同の金の無心と無礼討ちとなったのだ。

知らせを受けた劉恒は、かつて寵臣としていた者を殺されて指を銜《くわえ》ているわけにもいかず、周勝之の封邑を召し上げた。無論降嫁した公女は離縁の後、長楽宮へ戻っている。

趙同の死骸は絳県にて埋められたが、呉の太子の遺体は国に送られる。

爰盎は呉の国相に任命され、その供をして函谷関《かんこくかん》から黄河を下った。軺車を使って道を急いだが、長江河口の呉国までひと月はかかる。太子の遺体が腐敗しなかったのは、季節が冬だったからだ。それでも緯度の低い南国・呉に近くなると温気《うんき》を感じることが多くなり、爰盎は馬を急がせた。すると供の一人が彼の心配を察して、近隣の町から通気の良い有蓋車を調達してきた。直射日光を遮り空気調整の効く、轀涼車《おんりょうしゃ》である。始皇帝の死骸を、長安へ運んで有名になった車だ。そのときは死臭を誤魔化すため、干し魚を周囲に吊したらしいが、その供は、氷室《ひむろ》を持った屋敷から氷柱をもらってきて冷やした。実に有能な男だった。

彼はこの旅の初めに、甥の爰種《えんしゅ》が推薦してきた者である。名を、季心《きしん》と言う。物腰から、遊侠の出身と思しい。彼は呉国に近づくと、路傍の草花を摘んでは轀涼車に入れた。すると融けだした水で枯れず、氷柱の冷気とで香しい柩となった。

息子の遺体を出迎えた呉王濞は、最初引き攣った表情で一行を睨みつけた。

「長安で死んだのなら、長安で葬るのが筋。それをここまで運んだは、主上のいかなる料簡《りょうけん》じゃ？」

「……恐れながら、太子の望郷の念を叶えんがためかと拝察いたします」

爰盎がこう言ったとき、王は『慮外者！』と怒鳴りたかった。だがそれよりも早く、花の香りが王の鼻孔を擽《くすぐ》った。だから劉濞は、思わず轀涼車に近寄る。そして扉をそっと開けた。そこには、花に囲まれた太子の遺体が安置されていた。怒りを忘れた父は不覚にも、両目から涙を溢れさせてしまう。

「皇太子の師傅どもは、どうなった？」

もう、劉濞の声は弱々しい。

「全員、更迭《こうてつ》されました」

その一言でも、彼の心は和《なご》んだようだった。

「そうか。して、あたらしい師傅は？」

「確か、舎人で晁錯とか申しました」

「晁錯、聞きつけぬ名じゃのう」

劉濞はそう呟くと、改めて太子の葬儀を始めさせた。そこへは特使の一行も参加を許された。

国葬は豪華なものだった。馬車の素材や拵《こしら》えは言うに及ばず、儀式を執《と》り行う文官の衣装も、曲を奏でる楽器も贅《ぜい》を尽くしたものが使われていると一目で判った。これこそが、塩田の生産と銅銭の鋳造がもたらす呉国の富であり、太子驕慢の遠因である。とにかく、呉の国力は端倪《たんげい》すべからざるものなのだ。

ともあれ爰盎は、季心の機転で命拾いができ、勅命どおり呉の国相に収まった。

「旅の途中で、よくあのような轀涼車を見つけて来られたな？」

一段落したある日、爰盎は季心にこう問いかけた。供の男は、主人よりも十歳ばかり年嵩《としかさ》のようだ。彼は不敵に笑って応える。

「劇《げき》親分の、助けを借りやしたんで……」

洛陽の大遊侠・劇孟《げきもう》の知り合いらしい。この男の好意を受けられる者が、なぜ爰盎の行列に紛れ込んできたのだろう？

「吾《あっし》は、凶状持ちでやんしてね」

季心は嗄れてはいるが良く通る声で、問わず語りに身の上を話す。それによると、彼は高利貸しを殺害したらしい。

「人の生き血を吸う、蛭《ひる》みてえな野郎でやんした。あのまま放っておけば、また何人かが破滅させられるんでさあ」

要するに、季心は十人の弱きを助けるため強突張《ごうつくば》りを葬ったわけだ。

「ならば、儂の陰に隠れて逃げるよりも、劇孟を頼る方が匿《かくま》われやすかろう」

「それも考えやしたが、地方王の領国内へ逃げた方が捕らわれにくいんで……。それに、旦那の甥御様から頼まれやした」

「何と言われた？」

「呉には姦悪《かんあく》な臣が多く、旦那を襲おうとするやもしれやせんで、護衛を頼みたいと」

爰盎は、騒がしかった故太子の師傅どもを思い起こして笑った。

爰種は、忌憚《きたん》なく叔父にも言っていた。

『呉王は驕慢ゆえ腹立たしいことも多いでしょうが、弾劾告発などなさらず、ただ酒を飲んで、他事に一切口出しなさいませぬよう』

甥は若いが、他国での処世術を心得ている。正に、そう心配させるほど、爰盎は直情径行だったのかもしれない。

「ところで、おぬし。河東郡太守・季布《きふ》殿の血縁者か？　似ておるところが多々あると見受ける」

「恐れ入りやす。布は、年の離れた実兄で……」

それで納得がいく。季布も、遊侠出身者だった。

＊

長楽宮では太倉公が、竇皇后の脈を取っていた。彼女の目はもう光を取り戻せないが、身体は彼の見立てで至極健康である。

「廷尉府から、お迎えがみえております」

竇皇后に退室の礼をして廊下を歩いていると、取り次ぎの宦官が耳もとで囁《ささや》いた。急病人が出たのか？　外へ出ると、門前で役人が彼に同道を乞う。付きあわされたのは、廷尉の執務室だった。

「医師・淳于意《じゅんうい》。そなた告発を受けておる」

廷尉の呉公は、乾いた声で告げた。

太倉公は、久しぶりに本名を呼ばれたせいか、一瞬その通告を他人事のように聞いた。瀬死の太子を救えなんだとて、呉王が訴えたのだろうか？　彼は、目眩《めまい》を覚えた。

「どなたからのものでしょう？」

こう問い返すのが精一杯である。

「さまざまの者からだ。斉、梁など、国も跨《また》っておるぞ。おぬし、方々で治療の約束をしておきながらそれを反故《ほご》にし、患者を死に至らしめておる。これが誠ならその罪、軽からず。裁《さば》きを受けよ！」

彼を告発したのは、実は太子の師傅《しふ》・晁錯であった。済南で尚書の勉学に励んでいた頃、太倉公の名医振りはそこここで聞こえていた。だが、約束を守らず往診に来ないとの悪評も、相半ばしていた。当時の交通事情や薬草を処理する時間や手間を考えれば、それは非難するに値しないことかも知れないが、待たされた挙げ句、親兄弟を失った者の怨みが彼に向けられても不思議ではない。

晁錯はたまたま、長楽宮の竇皇后に皇太子師傅就任の挨拶をしに赴いたとき、大倉公がいることを聞きつけてこの挙に及んだのだ。怨みからではなく、評判を取るためである。

『皇后の威光を恐れず、利に聡《さと》い医師を懲《こ》らしめるとは、大した奴だ！』

宮廷や世間に名を売るには、またとない時期であり相手である。

『肉親を失った者の気持ちを考えれば、手か足を切断する、肉刑が妥当だ』

世間では晁錯がばら撒いた、そんな噂で持ちきりになった。それは斉の国にも届く。彼の娘が馬車をしたて、長安に馳せつけてきて助命嘆願し、それが徒労と判ると泣いた。

太倉公も娘たちの徒労を嘆く。

「女ばかり生んだことが悔やまれる。男ならば、世間を駆けずり廻ってでも贖銅《しょくどう》してくれるであろうに」

贖銅とは、罪を金銭で贖《あがな》って自由になることである。確かに彼女たちは、その点で無力だった。しかし気の強い末娘が、その身を挺して廷尉に訴える。

「父は病の症状を研究し、薬を造って人々を助けました。その処方《しょほう》を思案する余り、遠い国への往診が疎《おろそ》かになったことも否《いな》めませぬ。しかしさりとて、父を棄市されれば、二度と病人を診ることはできますまい。肉刑に処せられれば手当が充分行き届かず、治る患者も死にましょう。刑は時として新生の道を閉ざします。お上はどうかこの身を官に召して婢《はしため》としたまい、父の罪をお許しくださいませ」

彼女の上申は周囲を感動させ、劉恒にまで聞こえる。確かに娘の言うとおりである。一度消えた命は、もう返ってこない。手足も同じである。彼は朝議を開き、太倉公を放免して医療に従事させることと、死刑と肉刑の廃止を発議した。

皇帝の意向を尊重して、太倉公の放免はすぐに決まった。しかし、死刑の廃止は物議を醸《かも》した。見せしめ効果で犯罪の抑止になるというのが、論旨の大要である。これには劉恒も反論できず、結局、肉刑を鞭打ちなどに替えて廃止することで、三公九卿たちとの妥協が計られた。

大倉公も、もはや長楽宮に留まれず、娘たちと斉への家路に着くこととなる。

彼は帰路で思案する。今まで確かに何人もの患者を救ったが、手足を失った者の肉をくっ付けることはできなかった。それを末娘は弁舌だけで、これから捥《も》ぎ取《と》られるであろう罪人たちの手足を治したことになる。期せずして、ここに名医の血統面目躍如たるものがあった。彼は、内から込み上げてくる笑いに身を任せた。それは阿吽《あうん》の呼吸で娘たちに伝染し、軺車は哄笑とともに黄河沿いを下って行った。


晁錯は、当初の目論見が大いに外れて憮然たる面持ちだった。ところが、思わぬ幸運を摑んだ。それというのは劉恒の評判が上がったからである。先の年貢の半減と肉刑の廃止により、彼は仁帝との評判が定まった。そのようになった今回の発端は、晁錯の告発であった。それ自体は取り下げられたが、根本の精神は是とされたのである。彼は舎人から門大夫に昇進することができた。

晁錯は常に、皇太子・劉啓の侍従として振る舞った。

長楽宮の奥の間は、空き部屋が数多くある。晁錯は独りで、その一室に身を置くことが少なくなかった。先頃から、劉啓は栗姫《りつき》という妾を寵愛している。それは慎みあるものではなく、寄ると触ると交合しているようなありさまだった。劉啓が晁錯と地方王の勢力をいかに

削ぐかを話し合っていても、栗姫の影を見かけると、その場を立って空き部屋で抱《だ》き竦《すく》める
しまつだった。
「しばし、待っていよ！」
劉啓がそう言うと、一時は為《な》すことなく座っていねばならなかった。
その日も、そんな無聊《ぶりよう》を託《かこ》っていた。静謐《せいひつ》な一室で独り黙って座っていると、彼らの喘《あえ》ぎ
や息遣いまで聞こえてくる。
晁錯は煩悩が頭脳に拡がろうとする苦痛を、瞑想して消そうとした。そのために、普段考
えていることを、纏《まと》めだす。だが、その日は勝手が違った。劉啓と栗姫以外の声が、幽《かす》かに
したからだ。それは喋々喃々《ちょうちょうなんなん》とした男女の睦言だった。
『そなた、主上から蜀の銅山を貰いやったそうな。羨《うらや》ましいのう』
『占い師の許負が、みどもには餓死の相があると告げたからです。主上は、その銅で銭を鋳
造することを、お許しくださいました。ありがたいことです』
『その深い感謝を、わらわにも向けられてはのう。主上も、とんだ娘を持たれたものじゃぞ
な』
『それを言われては、みどもの立つ瀬がございませぬ』
『気にするではない。今主上は、狩りにお出かけでございます』
『上林苑の虎圏で、猛獣を見物なさっておられましょう。あな、怖ろし』

『おなごの前で、男が、そのように悲しそうな顔をするではない』

『みどもは、かつて虎が人を襲うのを見たことがございます。それは、もう……。ですから、今日はお暇をいただけたのです』

『わらわも虎じゃ。虎が、おんみを襲うておりますぞな。お抗《あらが》いめされよ』

『めっそうな。みっ、みどもはただの黄頭郎、棹差《さおさ》してお仕えするだけの者。ほかには何も……』

『そうか、ならばわらわにも棹を使《つこ》うてくりゃれ。もっと、……深う差すがよい』

晁錯は耳を欹《そばだ》てた。どうやら鄧通が、館陶長公主に無理やり付き合わされている風情である。彼は、いつの日か役立つ秘密を握れたと思った。

＊

橘の陰から烏揚羽蝶が飛ぶ頃、周亞夫のもとへは、張釈之《ちょうせきし》という男の噂が聞こえてきた。

劉恒が上林苑へ飼育虎のようすを見に行ったおり、件《くだん》の男が供をした。劉恒は虎のことを係の尉に訊ねた。

「奴らは普段、何を食すのじゃ？」

「はっ、それは……」

言い淀んでいると、背後に控えていた配下の嗇夫《しょくふ》が助け船を出す。

「鹿や猪を、捕食いたしまする」

それが皇帝に聞こえ、嗇夫は直接の応答を許された。

「野生においては、狼のごとく群にて暮らしておるのか?」

「虎は猫が大きゅうなったようなものと思しめせ、一匹もしくは番《つがい》で暮らしおりまする」

「中には白虎がおると聞くが、本当か?」

「はい。希《まれ》にではございまするが、それは虎に限らず、鹿も猪も猿も雉も亀も蛇も、この世に生を享《う》けしもの全てにござりまする」

「ほう、神に選ばれしものどもかのう?」

「御意! 金《きん》の神に、選りすぐられたものにござりまする」

劉恒は、この嗇夫の応えが気に入った。帰りの道すがら、彼は陪乗の張釈之に心根を打ち明ける。

「朕はのう。あの嗇夫を、上林苑の令にしようと思うのだ。下問に淀みなく応えられ、行き届いておる。役人たる者、ああでなければならぬ。尉どもは、どうも頼りない。あのままでは、虎が死んでしまいそうじゃ」

こう諮問《しもん》された張釈之は、少し考えてから応える。

「主上は、先の絳侯をどのような人物と思しめします?」

「有徳者である」

「東陽侯（張《ちょう》 相如《しょうじょ》）はいかがでございましょう？」

「同じく、有徳者である」

「あの方々は至って口不調法で、とても最前の嗇夫の真似など、おできになりません。それでも、主上をして有徳者と言わしむる人物であるのは、どういうことでございましょうや？」

こう切り返されて、劉恒は詰まる。

「秦は、刀筆の吏たる小役人に政《まつりごと》を任せました。彼らは、微細な事柄を穿《ほじく》り返しては誇りあったのです。その弊害が、表面の規則だけを整えて民を哀れむ実を忘れたことに表れています。始皇帝は、自らの過ちを指摘する諫言を聞かず、二世皇帝の代になって国が瓦解したのは御存じのとおりです。今主上は、嗇夫の巧弁を高く評価なさいます。が、彼を抜擢昇進させようとなさいますと、天下の者は風に靡《なび》く吹き流しのごとく、弁舌のみに務めましょう。心配されるのは、実がなくなるということでございます」

「うん……」

劉恒は、何も言い返せない。

「主上、下が上に教化されますは、影が形に添《そ》い、響きが声に応ずるよりも速やかでございましょう。人事問題は、慎重なる審議を願わしゅう存じます」

劉恒はこの説得に応じ、上林苑を以前の尉に任せた。

この話は、周亞夫を喜ばせた。張釈之が例え話とはいえ、その劈頭《へきとう》の有徳者の代表に亡父を出してくれたからだ。兄・勝之の失態はあっても、絳侯の威光は生きているらしい。

河内の郡庁舎の執務室にいると、最近は匈奴の被害の知らせが多い。それも守備が手薄で、収穫の多い土地柄に集中している。王宮から公主の供をしていった宦官・中行説《ちゆうぎようえつ》が、そこらあたりの知恵を授けているらしい。唯一奮戦している守備部隊は、雲中郡の太守・魏《ぎ》尚《しよう》であった。侵入してきた匈奴を、車騎にて蹴散らしたと評判である。彼はお上から支給される私養銭を叩《はた》き、それで部下を饗応《きようおう》して人望を得て、戦いにおいて奮戦させているらしい。

中央が懐柔策を打ち出しているからには、武人とはいえ勝手に撃って出るわけにはいかない。周亞夫は腕が鳴ると呟きながら、軺車で屋敷に戻った。いつものように黒い蝶が併走し、途中で湧き水を吸いにいった。

＊

「何だと？　張釈之のやつ、公車令になりおったか！」

呉国の爰盎にも、張釈之の噂が聞こえてきた。人事諫言の後、劉恒は彼を、宮殿の外門・

司馬門を司る長官に任じたという。

爰盎はそれを、わが事のように喜んだ。推薦した者の出世は、鑑識眼の高さの証明でもある。

爰盎は王宮からの帰り、軺車の陪乗者で護衛代わりに連れ歩く季心に、張釈之の話をする。彼も、是非一度会いたいと言う。

屋敷近くに来ると、季心が軺車を止めた。そこにあるのは、小作人が利用する農具専用の納屋である。

「国相、ここでお待ちくださいやし」

そう言い置くと、彼は小走りに納屋へ近づいた。太子の件で、爰盎を付け狙っている者がいるらしい。王がじきじきに、復讐は無用と臣下に釘を刺してはいるが、どこにでも跳ね返りはいるものだ。

季心は羽目板の隙間から中を窺い、扉に手をかけると突然開いて中へ躍り込んだ。女の悲鳴が聞こえただけで、あとは大した物音もしない。遠目ではあるが、解《ほつ》れた髪を掻《か》き上げて走る女と、衣装を整えて後を追う男の二つの影が小屋から走り去った。爰盎はその二人に見覚えがあった。まさか、自分を待ち伏せていたのではあるまい。そう思っているところへ、季心が頭を掻きながら戻ってきた。彼は何も言わず馭者を促した。

呉は製塩と製銅の産業が盛んなため、常に労働力不足である。そこに付け込んで、地方からの人口の流入が著しい。勢い、お尋ね者などいかがわしい人物も多くなる。

二大産業から上がる収益は莫大で、呉国は民に賦役《ぶやく》を課していなかった。進んで兵役に就く者には、多額の金銭が支給されていた。このような富貴な国情は、爰盎によって皇帝へ知らされている。だからといって、劉恒は呉国から税を取るわけにはいかない。農民にすら与えている一部免税措置《そち》を、『皇帝の血縁者には適用せず』とは言い難いのだ。

しかし、この富める国の利益を、何とか中央へもたらそうと知恵を絞る宮廷人がいた。鼂錯である。彼は、劉啓が栗姫と交わっている時間を利用して、長楽宮の空き部屋で地方王の力をいかに削ぐかを考え続けた。そして光明を見いだした。その方法は合法的に彼らの富を奪うことである。

彼は、思わず部屋の中で立ち上がった。そして耳を澄ませた。すると今日も遠くから、啜り泣くような喜悦の音が聞こえた。

館陶長公主が、鄧通に奉仕させているらしい。しかし、いつもとは少し違うようだ。

鄧通が長楽宮へ来るのは、決まって劉恒が馬車で外へ出るときだ。それは狩猟か、慎夫人との遠乗りである。

だが、その日は違った。劉恒の足に、腫れ物ができたからである。

「それは、いけませぬな」

慰めているのは、娘の館陶長公主である。彼女は、父の患部をそっと見せてもらった。それは痛々しい、青痣《あおあざ》が膨れたような腫瘍であった。

「大倉公がおれば、たちどころに切開して膿を出してくれるものを……」

そこへ御機嫌伺いにきたのが、鄧通であった。彼は、自分にできることを弁《わきま》えている。

「主上、我慢してくださいませ。臣が、膿を吸い出しましょう」

そう言うが早いか、佞臣《ねいしん》は皇帝の臑《すね》に齧《か》じりついた。薄く張っていた皮膚が破られ、鄧通が舌を這わせながら頬を窄めて、膿を口腔に含んでいるのが判る。

一通りの動作が終わると、彼はそれを吐き出さずに飲み込んだ。彼はそれを三度繰り返して、腫瘍を小さくした。あとは化膿止めの薬を塗布し、優しく包帯を巻いた。

館陶長公主は、見ていてさすがに胸が悪くなった。鄧通を、秘密の愛人に仕立てているが、彼の口に触れるのが厭だった。口付けを交わすと、自分の肌に疣々《いぼいぼ》ができる錯覚に捕らわれた。しばらくは、肌を合わせたくはない。そこで彼を、妹に引き合わせることにした。

周勝之と別れて独り身の公主は、男に飢えていた。月見の会を口実に、姉から呼ばれて長楽宮で鄧通の接待を受けた。すると意気投合し、その晩から身体を開いた。全ては、館陶長公主の意向を受けた、鄧通の奉仕である。そして二人は、夜となく昼となく睦み合うようになった。その点は姉妹は似ていた。

晁錯が、いつもと違うと感じたのは、相手が妹だったからであった。


一方、劉啓が父・皇帝を見舞いにいったおりも、患部を見せられた。劉恒は意地悪く、親孝行に膿を吸い取ってはと言ってみた。劉啓はやや迷惑そうな顔をして、渋々膿を啜《すす》った。そして終わると、口腔の汚物を庭に吐き出す。

「先日、鄧通はのう……」

劉恒は劉啓に、鄧通の献身振りを話した。

そのようなことを聞かされて、皇太子が喜ぶ道理はない。彼は恥じ入るとともに、鄧通に対する怨みで身がふるえた。

丁度その頃、弟の劉武《りゅうぶ》が入朝しており、二人は久しぶりに長楽宮で寛《くつろ》いだ。

劉武はもともと代、淮陽に封じられていたが、劉勝が落馬して他界した後は、梁国に移されていた。

女官どもに酒肴を整えさせて少し微醺《びくん》を帯びた二人は、馬車を仕立てて未央宮に父帝を見舞うことにした。

「鄧通なる、父上の寵童を知っておるか？」

「黄頭郎の、木偶《でく》の坊《ぼう》でありましょう」

「そうだ。棹を差すだけが取り柄の若造が、父上の出来物を吸い取りおってな」

太子啓がそう言うと、劉武は口腔に苦い汁が湧き出るおもいだった。

鄧通を唾棄すべき若者と酷評して彼らの話は弾み、馬車は未央宮前を軽快に走っていった。司馬門を通過したとき、大声で叫ぶ者があった。

「お留まりなさいませ！」

公車令・張釈之の声らしい。

駅者は皇太子と梁王の命《めい》がなかったので、尚も進んだ。すると公車令は、疾走して追いかけてきて馬車と並ぶ。

「お待ちなされよ！　何人たりとも司馬門で下車することになっております。お降りくだされ！」

この騒ぎに気付いた宮廷人たちは、遠巻きにようすを窺いだしている。

「無礼者！」

駅者が皇太子と梁王の威を笠に着て、公車令を鞭打とうと手を上げた。しかし張釈之はそれを取りあげて、彼を座席から引きずり降ろした。

「おぬし、駅者を何とする！」

台座から転がり落ちた駅者は、地べたで気絶している。

「不心得者ゆえ懲《こ》らしめました。皇太子殿下も梁公も、司馬門まで徒歩でお戻りくださりませ！」

「何だと！」

梁王武はいきり立とうとするが、衆人環視の状況を慮《おもんぱか》って太子啓が制する。それは年長者としての落ち着きだけではない。先年、呉の太子に博奕盤を投げつけて、死に至らしめた反省からである。それも道義的なものではなかった。

これ以上自分に理のない騒動を起こしては、仁帝の誉れ高い父親、否、そうあらしめている周囲の三公九卿たちから、太子を廃される危険があるからだ。劉啓は少なくとも、それぐらいの打算と冷静さを持っていた。

「兄者、寡人ら皇族も、公車令ふぜいの命令を受けねばなりませぬのか？」

「非は当方にあれば、梁公、戻ろうぞ」

「そのように弱気では、臣下に侮《あなど》られましょう。もう一度、馬車に乗らねば……」

劉武が横車を押そうとしたとき、皇太子は張釈之に対して肌脱ぎになる。

「公車令殿。弟の無礼、この太子に免じて許していただきたい。どこへなりと、同道いたすゆえ」

兄の素直な態度に、劉武は毒気を抜かれて車から降りた。

「どういう料簡《りょうけん》じゃ、兄者？」

「法というもの、寡人たちが守らねば、下々に示しがつかぬ。足下《そっか》も従え！」

劉武は皇太子に諭され、しぶしぶ付いてくる。馭者もようやく起きあがり、轡《くつわ》を取ってそのもっと後から車を巡らせている。

皇太子と梁王の一件は、郎官によって皇帝に奏上された。それはまた宦官たちが事件として報じ、長楽宮の薄《はく》太后にも聞こえる。

彼女の憂慮の念が皇帝に伝えられたため、劉恒は母に息子たちの監督不行き届きを詫びた。

この後、未央宮へ帰った皇帝のもとへ、薄太后から鼂錯が使いに立てられ、皇帝の勅許を貰い受けに行く。そしてそれを公車令に伝え、皇太子と梁王は、ようやく宮殿にはいることができたのである。

「臣錯、お側を離れていたため、殿下に辛い思いをおさせ申しました」

「良い勉強をいたした」

劉啓は屈託なく笑っている。

「兄者は、あの公車令を、このまま捨て置くのですか?」

「今はな……」

「なぜです?」

「物事をなしうるためには、時期が必要ということだ。無闇に暴れるは、匹夫《ひっぷ》の勇じゃ」

劉啓は落ち着いて先々を見ようと思った。

彼らは父を見舞って、長楽宮へと戻ってきた。最初に挨拶すべきは、無論憂慮してくれた薄太后にである。二人は晁錯の先導で、広い長楽宮の廊下を歩いた。

栗姫が劉啓を出迎えたが、さすがに劉武を待たせて交接《まぐわ》るわけにもいかず、奥の間へと進んだ。薄太后に慎んで詫びを言い、再度引き下がるため晁錯の後を付いて長い廊下を歩く。すると、啜り泣くような善がり声が聞こえてくる。いや、聞こえるような場所を選《よ》って晁錯が歩いたのである。

彼らは儀式を済ませた後の気楽さから、声の主を一目見たいと思った。

「良い場所がございます」

晁錯は、空き部屋へ二人を案内する。それは、声のする部屋の斜向《はすむ》かいであった。

彼らは声を殺して、部屋の主が出てくるのを待った。すると小半時して、館陶長公主が出てきた。そして少し後、廊下の左右を見渡して、鄧通が小走りに去っていった。

「おのれ！　あの若造、姉上まで誑《たぶら》かしよるか。断じて許さぬ！」

劉啓が息巻いた。彼の脳裏には、父の腫瘍の膿を啜った口で、姉の女陰を嘗《な》める鄧通の姿が描き出されていたのである。

尚、張釈之は公車令としての役目を良く全《まっと》うしたと褒《ほ》められ、中大夫《ちゅうたいふ》に任じられた。就任したばかりの彼のもとへ、宗正府《そうせいふ》の文官がやってくる。呉王が再三の入朝要請を断っているらしい。理由は病だが、太子を殺されたことを根に持っていることは明らかである。皇帝も、皇太子に非のあることゆえ強くは出られないのである。

その年(前一六六年)、匈奴が大挙して北方の朝那《ちょうな》、粛関《しゅくかん》に侵攻した。人民や家畜が略奪され、北地郡都尉・孫卬《そんこう》は、数十条の矢を受けて討ち死にしている。

苦戦の中にあって、雲中郡太守・魏尚の奮戦が目立った。しかし中行説の指導で漢の弱点を突く匈奴の攻撃は鋭く、河西回廊の彭陽から遊撃部隊を放って、回中宮を焼き討ちする。皇帝が使う建造物が、匈奴の武器に汚されるのは一大事である。ただちに都へ伝令が飛んだ。匈奴の奇襲騎兵の勢いは留まらず、皮革戎衣《じゅうい》の軽装部隊は伝令を追走して甘泉宮に矢を射込んでいった。

そこでさすがに危機意識を持った劉恒は、匈奴追討部隊を組織した。

中尉・周舎《しゅうしゃ》と郎中令・張武《ちょうぶ》を将軍とし、戦車千乗、騎馬兵十万騎を長安近郊に布陣させる。また、昌侯《しょうこう》・盧卿《ろけい》を上郡将軍、甯侯《ねいこう》・魏遬《ぎそう》を北地将軍、隆慮侯《りゅうりょこう》・周竈《しゅうそう》を隴西《ろうせい》将軍、東陽侯・張相如《ちょうしょうじょ》を大将軍、成侯・董赤《とうせき》を前将軍に任じ、車騎を発して大々的に攻撃したが、匈奴を討ち取れず塞外へ押し戻したに過ぎなかった。

＊

翌年（前一六五）、河内郡太守・周亞夫に吉報が届いた。

その日は朝から、彼の屋敷の庭に烏揚羽蝶が舞っていた。窪地《くぼち》の湧き水を吸いにくるのであるが、植木の山椒に卵を産めるからでもある。彼はこの、緑がかった黒い翅が好きだった。蝶が彼の周りで輪舞よろしく舞うと、いつも耳あたりの良い話が聞けた。

遠くで開門を呼ばわる声がしている。皇帝からの勅使らしい。居住まいを正して面会すると、列侯に昇格したのだと告げられた。

先月、殺人事件で降格させられた兄・周勝之が薨去《こうきょ》した。普通ならば絳侯・周勃の家系はここで絶えることとなる。しかし劉恒は、周家の、つまり周勃の家系断絶を見るに忍びず、彼の子息で賢明な者を列侯に昇格させる旨、勅命を出したのだ。幸運にもお鉢が廻ったのは周亞夫である。この欣幸《きんこう》は匈奴の甘泉宮襲撃と無関係ではない。

匈奴の侵攻に手を焼く宮廷は、有能な武人が必要だったのである。周勃の血筋で郡太守を勤めあげる者であれば、そこそこの活躍が期待できるとされたのだ。

一見的外れな推薦であったが、彼に限って言えば目矩《めがね》違いではなかった。

ここで早くも、許負の予言は的中したことになる。

長安の屋敷は、かつて絳侯と呼ばれた父が使っていたものであった。だが彼の封邑は絳県にはない。新しく条県を下賜され、彼は条侯と呼ばれることとなった。

彼の最初の出仕は、行幸の供であった。劉恒自らの墳墓とする、覇陵の視察である。皇帝の墳墓建設は、その墓守たる人々が暮らす邑《むら》造り、つまり一種の都市計画でもある。

劉恒が乗る黄屋車には慎夫人が同乗し、馭者役は中郎将に昇進したばかりの張釈之であった。その手綱捌《たづなさば》きは堂に入ったもので、車を丘陵の断崖上まで苦もなく導いた。そこから遠望する北の風景は、山並みが青い影を濃く薄く重ねて感傷的な美しさだった。

そこで劉恒は慎夫人に瑟《おおごと》を奏《かな》でさせ、自ら朗々と歌った。それは遠い黄泉の国の高帝や淮南王を思ってか、悲痛な調子が込められていた。

ひょっとすると、皇太子があやめた呉の太子を追悼しているのかも知れない。周亞夫はそう思ったが、即座に否定する。それにしては、呉王が入朝せぬ理由を述べにきた使者が都に留め置かれているのは変だ。やはり呉のことは別に考えねばならない。

周亞夫の雑念を外に、瑟の演奏が終わる。

「あの北山の石にて棺を造り、麻や綿で周囲を被って漆で塗り固めれば、中の宝物は盗掘できまいのう」

劉恒は自分の埋葬を、そうあれかしの思いを込めて周囲に問いかける。

「御意！」

周囲の群臣は儀礼的にそう応える。だが黄屋車を見上げていた周亞夫は、このとき張釈之の口が動かないのを見て取っていた。

「お畏《おそ》れながら……」

「張中郎将、何かな？」

「中に宝物など人の欲しがる物を入れれば、たとえ終南山をそのまま棺にし、それを鎔鉄で固めようとて、狙う隙間はできましょう。要は、中に人の欲しがる物を入れねば良いのです」

　この木で鼻を括ったような応えに、周囲の思いはさまざまであった。

　周亞夫は、勅勘に触れまいかとはらはらするひとりであった。他には、素封家の大尽を諭すようで、不快だと思った者。あの世へ先に逝った御家族と、ゆっくり豊かに過ごしたいとの御心に、冷や水を浴びせる薄情な言葉と取った者。そして、よくぞ言ったと心で激賞する者もいた。

「そうであるな」

　劉恒は素直に認めた。それは張釈之の言うことが、仁帝の評判に相応しいと判断したからである。周亞夫は朝廷人の人となりを、ゆっくりと眺めていた。

　次ぎに周亞夫が供をしたのは、上林苑での狩りであった。これには、彼なりの期待があった。

　狩りはいわば、軍事演習である。その働きを見ていれば、武人としての能力が推し量れる。彼は自分も負けまいと、鹿の群を追っていった。

彼が美事な牡鹿を射止めると、大きな猪を狩ってきた者がいる。竇嬰《とうえい》なる壮士で、皇后の縁者らしい。獲物が皇帝の前に並べられて品評を待っているとき、少し離れたところから悲鳴と響動《どよ》めきがおこる。

「羆《ひぐま》だ!」

その叫びに皇帝周辺の兵が、十重二十重に人垣を造る。彼らは最前列に盾を託し、後列は鑓衾《やりぶすま》で身構える。

ひとしきり歓声が上がった後、矛と矢で針山のようになった傷負いの羆が現れた。驚いたことに、それに立ち向かっている若者がいる。どうやら、先ほどの響動めきのもとは彼らしい。最初に矢を射込んだ自分の獲物に、止《とど》めを刺したいらしい。だが、腰の剣も羆に折られているようだ。

羆は必死に突っかかってくるが、若者は身軽に体を躱《かわ》し、擦れ違う刹那に拳《こぶし》を打ち込んでいる。その度に羆の顔が歪み、ついに獣は口腔から血を吐いて倒れた。

身分を問わず全員から、やんやの喝采が惜しげもなく浴びせられる。この日の収穫一番は、誰が見てもこれだった。

「あっぱれな強者《つわもの》じゃ!」

皇帝の賛辞に若者は拱手する。大柄で腕が長く、いかにも弓が上手そうだ。

「名告《なの》れ！」

「はい、武騎常侍《ぶきじょうじ》の李広《りこう》と申します」

隴西郡成紀《せいき》県出身の若者は、代々弓射の術を受け継いだ家系に育ったらしい。その先祖には、燕の太子丹を捕らえた秦将・李信《りしん》がいる。彼も先の匈奴討伐に従軍し、騎射にて敵を数十人落としているらしい。

「そなた、時節に遅れたのかも知れぬのう。高帝のお側にいたであれば、万戸侯《ばんここう》になれたであろうに」

皇帝のその褒め言葉にも、李広は不器用そうな笑いで応えた。周亞夫は、この若者に好意を持った。是非、配下の校尉に欲しい逸材だと思ったからだ。

廷尉の呉公が、病で伏せった後に逝った。その後任が決まる前、雲中郡太守・魏尚が懲役刑の判決を受けた。彼が、匈奴の斬首の数を記す尺籍《せきせき》を、誤魔化したのがその理由らしい。雲中だけ成績が上がっていたのも、それで頷《うなず》けたと言う者も多かった。

劉恒は、後任人事をどうしようか迷っていた。廷尉も雲中郡太守も、大役である。彼は周亞夫を供に宮廷内を廻って、その目で確かめたいと思った。歩いてみると、未央宮も広い。治粟内史《ちぞくないし》府から郎中令府と来たとき、中郎署の老署長に目が止まった。齢《よわい》は古稀《こき》近かろう。

「御老体、お名は？」

「馮唐《ふうとう》と申します」

「御出身は、どちらかな？」

「はい、代国でございます」

代と聞いて、元代国王だった彼の足が止まる。

「懐かしいのう。朕がまだかの国におったとき、尚食監《しょうしかん》の高袪《こうきょ》が、趙の賢将・李斉《りせい》が鉅鹿《きょろく》でどう戦ったかを語ってくれたものじゃ。今でも食事のたびに心は鉅鹿に飛ぶようじゃ。御老体は李斉を御存じかな？」

「父は元代の宰相で、李斉は友でございましたゆえ存じております。しかし彼とて、廉頗《れんぱ》や李牧《りぼく》の名将振りには及びませぬ。臣の祖父は、趙にて卒将でございました。李牧とも親しく、よく我が家に連れて参りました。ですから臣も李牧、李斉両将軍を知っている次第です」

「さようか。朕も、彼らのような名将を持てれば、匈奴など恐るるに足らぬのにのう」

劉恒がそう嘆息したとき、馮唐の顔が突然険しくなった。

「畏《おそ》れながら、主上は廉頗や李牧を配下になさいましても、充分お使いこなせられませぬ」

劉恒は一瞬、何を言われたのか判らなかった。このような、帝としての能力不足をすっぱ抜かれたことなど、なかったからだ。彼にできたのは、その場で激怒しないことだけだった。仁帝の沽券《こけん》にかかわると思ったからである。

だが時間が経っても、気持ちが収まらなかった。そこで癪《しゃく》だが理由を質《ただ》すため、周亞夫に使いさせて馮唐を御前へ召しだす。

「中郎署署長殿。人気のないところも多々あろうに、人前で朕に恥を掻かせたのはなぜじゃ？」

「田舎者の老体は、遠慮というものを知りませなんだ。たいへん失礼を申しあげました」

「なぜ朕は、廉頗や李牧のような名将を使いこなせぬのじゃ？」

本題に入る皇帝の顔は、冷ややかである。納得のいかぬ応えをすれば、棄市も辞さぬ心意気が窺える。馮唐は、柔和な顔を引き締めて唇を湿した。

「昔日、王者は将軍を派遣する場合、跪《ひざまず》いて『都城のことは孤《こ》（王の一人称）が裁く。城外のことは将軍が裁け！』そう申し渡して戦地へ赴《おもむ》かせました。したがって、軍功も授爵《じゅしゃく》も賞賜も全て将軍が決定し、帰還後に奏上したのでございます。これは空言ではありませぬ。臣の祖父も『李牧が趙の将軍として辺境に屯営すると、軍中の市の税金は全て意のままに使い、軍士を饗応しようが賞賜を決定しようが王宮は一切口出ししなかった。つまり、全てを委任して干渉せず、勝利だけを要求したのだ。それゆえ、李牧は知能の限りを尽くせた。そして選り抜きの戦車千三百乗、弓術達者の騎兵一万三千騎、屈強の歩兵七十万人の勢力を築くことができた。だからこそ北は匈奴を駆逐し、東胡《とうこ》を破り、澹林《たんりん》を亡ぼし、西の強秦、南は韓・魏を支えたのだ。あのころ趙は、あわや天下に覇を唱える勢いだった。ところがその後即位した趙王遷は凡庸で、佞臣・郭開の讒言《ざんげん》を聞き入れて李牧を誅殺し顔聚《がんしゅう》に代えた。それゆえ軍は敗れ、士卒は四散し、秦王は虜囚となり、国は滅びたのだ』と申しておりました。今仄聞《そくぶん》するに、魏尚が雲中郡太守として良く匈奴を防いでおりましたが、尺籍の数を誤魔化したとて懲役刑を言い渡されました。魏尚は己の給金を全て士卒のために使う、いわば李牧型の将であります。そもそもその士卒は全員庶民の子であり、田畑を相手にしていた無学な若者ばかりです。そのような者たちが、どうして尺籍への記入など知っておりましょう？　また、将がいちいち筆を取っていては、誰が戦いの指揮を執《と》りえましょうや？　彼らは一日中奮戦して、敵を倒したり捕虜にしたりいたしますが、その功を軍監府に上申することになります。しかし、一字でも間違いがあれば、数の合計が合わぬところが一ヵ所でもあれば、文官が法によって糾弾しその功は否定されて恩賞は消えるのです。酷《ひど》い場合には虚偽申請と見なされ、今回の魏尚のように罪人として裁断されるのです。よろしいかな主上、役人が法の名のもとに主張すれば、いかなることでも通ります。主上の御代は、あまりにも賞が軽く罰のみ重いだけの刀筆の吏の極楽でございます。主上には、廉頗や李牧のごとき名将は使いこなせませぬと臣が言うたは、このことでございます」

劉恒は涙ぐんで頓首した。

「そうか。朕は、目から鱗が落ちた思いがする。もう、廷尉の人選も迷うまい」

彼はそう言い放つと魏尚を再び雲中郡の太守に復職させ、張釈之を廷尉に抜擢した。虎圏の嗇夫を上林苑の令に取り立てようとしたとき、刀筆の吏の弊害を最初に指摘したのは彼だったからだ。

馮唐も諫言が認められて車騎都尉に任ぜられ、中尉配下及び郡国の戦車部隊の軍士として指揮を執らせることにした。

周亞夫は後にこのことを、快い思い出として大切に心に刻んでいた。

＊

呉王濞《ひ》は、もう決して入朝すまいと思っていた。長安へ行けばわが子の死を思って、皇太子啓に憎しみをぶつけねばならない。するとそれは、謀反と見なされる。どう足掻《あが》いても、皇室との縒《よ》りは戻せそうにないのである。

皇帝親族の管理をする未央宮の宗正府からは、皇帝への御機嫌伺いを催促してくるが、病身であると返事してある。

国相の爰盎もその呼吸は心得たもので、説教がましいことは一切言わない。

爰盎は例によって季心を長とした従者を伴い、王宮から屋敷に帰ってくる。

「呉王は、もう入朝せぬおつもりでやすな」

「そうだ。儂も、その方が良いと思うておるのだ。なまじ都へ行けば、火種を撒き散らすようなものだからな」

「しかし、行かねば行かぬで、都が騒ぎますぜ」

「そこなのだ。儂は主上にお願いして床几と杖を賜り、老齢ゆえの入朝御免の勅許を与えてさしあげようと考えておる」

「それはよろしゅうございますな。主上も呉王もこれ以上気まずくならずに済みまさあ」

一行が屋敷近くの河を渡ろうとしたとき、季心が馬車を止めた。

「どうした？」

爰盎が訊ねるよりも早く、橋の袂から呉の壮士が十人ばかり現れた。従者たちは六名、人数が劣り緊張が走る。

「爰国相に物申す！」

首班と思しき一人が、声高に問いかける。どうやら、問答無用の斬り込み隊ではなさそうだ。

「いかなる御用かのう？」

「呉国から都へ、何人かの使者が発っておりますが、一人として帰還せぬのはどうしてでございます？」

「呉王が、病気を理由に入朝に応じられないから、その真偽が判るまで留め置かれておるのだろう」

「太子を虐殺した皇太子のいる都などへ、行ける道理がございますまい」

「判っておる。そのために、儂も苦労しているのだ」

そう言いながら爰盎は車から降り、壮士たちの方へ歩み寄る。季心はそれを止めようとしたが、主人の心を読んで後に従う。

爰盎は壮士たちを促して河原に降り、叢《くさむら》に座り込んだ。火照った顔に涼風が快い。

「そこもとたちの心配は判る。呉は富貴の国だ。軍事力もある。だから中央が潰しにかかると思っているのであろうが、最近しきりに匈奴が長城を越えてきておって、呉と戦うことなど考えてはおらん。それどころか、こちらへ兵を借りたいのが本音だ」

「それで使者たちは、その交換のため留め置かれていると言われるか？」

「いや、それは呉王が、入朝を拒否され続けておられるからだ」

「だからそれは、最前みどもが……」

「まあ、待たっしゃい。これでは水掛け論じゃ。長安に留め置かれた使者、しばらく儂に預けてはくれぬか？」

爰盎がこう言うと、壮士たちは一瞬呆気《あっけ》にとられた表情をする。

「どういうことです？」

やや間をおいて、首班の男が口を開いた。

「儂が必ずひと月以内に、こちらへ連れ戻そうではないか」

「これから都へ掛け合いに行かれるか？　そのまま国相の任を外されれば、当方との約束もそこで立ち消えになろうぞ！」

「いや、儂は呉国からは出ぬ。主上に直訴して約束を全うしよう」

「国相殿、今の言葉忘れませぬぞ」

壮士たちはそれでも半信半疑で爰盎から何度も言質《げんち》を取った。

一応の話が付いて爰盎が馬車に乗ると、壮士たちもさすがに拱手して、遠ざかる一行を目送していた。

行列が屋敷近くの納屋近くへ戻ってきたとき、そこから出てくる若い男女が遠望できた。青年は国相付きの従史《じゅうし》で、娘は屋敷の婢である。爰盎は数年前にも、暴漢を警戒した季心に秘密の逢瀬を邪魔された両人を、同じ所で見かけたのを思い出した。

あのときも今日も、青年は非番だったのである。そして今日は、壮士たちの思わぬ膝詰談判に出くわして帰りが遅れた。それで、彼らの別れの時刻とぶつかってしまった。あのとき季心に現場を押さえられた二人は、遊俠の徒が仲を吹聴したりすまいと踏んでいたろう。だがその後、場所を変えて逢っていたに違いない。でもやはり、この納屋が一番便利だったのだろう。それが禍《わざわい》した。今日彼らの姿を見たのは、従史全員である。いわば一種の不運であった。

その夜従史たちは、酒を飲んで騒いでいたようだ。恐らく冷やかし半分に、両人を肴にして嫉妬半分の祝福をしてやったのであろうことは、容易に想像できた。

翌日、爰盎が朝餉《あさげ》を食べようと居間で待っていたが、なかなか膳が運ばれてこない。不思議に思って廚《くりや》に近づいてみると、竈《かまど》が焚かれず火吹き竹が転がっている。怪訝に思った爰盎が勝手口を抜けると、声を殺して泣きじゃくる婢を、数人の朋輩が慰めていた。悲しみの中心にいるのは、昨日青年と逢瀬を楽しんでいた女だ。

爰盎が訳を質す。

『国相はのう、おぬしたちの仲を御存じなのだぞ！　早う……』

仲間の従史がこうすっぱ抜いた途端、青年は『もう、ここにはおれぬ！』と呟いて、屋敷を飛び出したらしい。仲間の従史は、『早う国相に婚礼の許しを得よ！』と言うつもりであった。しかし、律儀で真っ直ぐな心根の青年は、陰で女と逢瀬を重ねていたのを恥じたのである。

「彼の、故郷はどこか？」

「会稽でございます」

婢が、泣くのを止めて応えた。

「たれかある。馬、引けい！」

従史が厩《うまや》から、二頭の轡《くつわ》を取ってくる。

「儂が連れ帰るから、待っておれ！」

言うが早いか、爰盎は馬に飛び乗った。上林苑での狩りの経験が、こんなところで生きた。彼は、会稽へ続く道をひた走る。季心がそれに続く。

二時ばかり走って、ようやく青年の背中が見えた。爰盎は、彼の名を呼ばわる。

初めは空耳かと思っていた青年も、蹄《ひづめ》のけたたましい音を透かして、おのれの姓名が追ってくると思った。振り返ったときには、爰盎と季心が迫っていた。

嘶《いなな》きが二度おこって、爰盎が馬から飛び降りた。季心が手綱を受け取って、近くの木に繋《つな》ぎ止める。

「なぜ、故郷へ帰る?」

主人に問いかけられて、従史は泣かんばかりの表情になる。

「閣下、申しわけございませぬ。みっ、みどもは、泥棒猫にも悖《もと》る男でございます。媒酌人も立てず、主のお許しもいただかず、彼《か》の女を孕《はら》ませてしまいました。かくなる上は、死んでお詫びいたします」

若者は懐から匕首《あいくち》を取り出し、鞘《さや》を払おうとする。そこを季心が、素早く取りあげた。

「素人が、慣れねえ物を持つんじゃねえ!」

季心に一喝されて、若者は項垂《うなだ》れる。

「彼の女とは、いつからそれほど良い仲になったのじゃ?」

爰盎は、笑いながら優しく問いかけた。

「はっ、はい。前太子の葬儀の日からです。豪華な行列を見ようとて歩いている内に、路傍に佇んでいる彼の女の足を踏んづけました」

「そうか。微笑《ほほえ》ましい出会いである」

「それから、彼の女が閣下の屋敷に奉公することを知り、みどもは従史に取り立てていただくべく文武に励みました」

「良い心がけじゃな」

「しかし、閣下。申しわけございませぬ」

「祝言をあげよ。子まで生《な》そうというのであれば、それ相応の心の責務があろう。彼の女を妻として迎え、所帯を持て」

「はっ、それでは……」

「儂は、責任の取り方を申しておる。但し、当家におること罷《まか》りならぬ。二人して呉国のいずれへなり立ち去れ！」

爰盎は、突き放すように言いながら若者を連れ帰り、二人が去るときには大枚の金子を握らせたのである。

「旦那、いいんですかい？　婢だって、いざ買うとなりゃ高い御時世ですぜ」

「ならば明日から、儂とおぬしが、代わり番で飯炊きをするか」

爰盎がこうきり返すと、季心はやれやれという顔をして笑った。

『そのようなことは……』

『うそよ。お姉さまと、縒《よ》りが戻ったのでしょう！』

『お許しくださいませ。慎夫人が風邪でふせっておられますゆえ、主上は、みどもを所望なされます』

『最近、ずいぶん冷たいではないかえ？』

＊

「栗姫！　そなた、子を宿したのではないのか？」

「はい。月の物をもう三月も見ませぬ。このように御寵愛いただきながら、今まで子を宿せなんだはわたくしの不徳でございます」

「子宝は、天帝からの授かり物というが、それにしてもでかした！」

「お喜びいただきまして、この上なく幸せでございます」

晁錯は長楽宮の一室で、ひたすら皇太子の営みが終わるのを待っていた。

遠くの空き部屋では館陶長公主の妹が、鄧通を相手に彼の無沙汰を責めている。そして隣室では、主が愛妾を抱きすくめている。

並の神経の持ち主ならば、とっくに辞表を出しているところである。

だが彼はこの時間を利用して、漢の財政立て直しと、地方の不穏な動きを牽制《けんせい》する策を練っているのである。普段、太子の家令として扈従《こじゅう》しているため、なかなか自分の時間というものが持てない。じっくり考えを纏め上げる暇を造ろうとして、見つけたのがこのときであった。

劉恒の経済政策は全く成果があがっていない。それは農民が、貨幣納に破綻をきたしているからだ。彼らの税は確かに半減された。が、五人家族の農家で、国家の徭役《ようえき》に駆りだされている者は二人以上ある。またその耕地面積は百畝（約四・五ヘクタール）を越えず、収穫も百石（千九百リットル）未満である。しかも彼らは春には耕し、夏は草を芟《むし》り、秋には収穫し、冬は貯蔵する。それから常に薪を集め、材木を切る。徭役以外にこれだけの仕事をこなしながら、四季の風塵、熱暑、冷雨、寒凍を避けられない。また、来客の送迎、死者の弔問、病人の見舞い、孤児の保護、幼児の養育など休む暇とてない。これほど勤告《きんこく》しながら、洪水や干魃などの被害にあうこともある。しかし徴税吏の苛斂誅求《かれんちゅうきゅう》は容赦がない。しかも貨幣による徴税は時期も不定で、命ぜられれば即日に応じねば厳しい罰が待っている。肉刑は廃止されてはいるものの、それに代わる鞭打ちの回数が増え、結局死罪と変わりなく、たとえ生き長らえても起きあがれない身体になることが多い。それが怖さに売り急ぎ、物を買い叩かれ、不足分は高利貸しに倍額の利息で借り受ける羽目になる。ために田地や宅地を売却し、子や孫を奴婢や娼妓とせねば債務が返せなくなるのだ。これに対して大商人は物資を屯積し、原価に倍する利益を収めている。小商人は店舗を開いて余財を操作し、安楽な都市生活を送っている。彼ら商人は農耕、養蚕、織布などの労働を一切せず、刺繍に飾られた絹を羽織り、上米や肉を食べている。つまり、農夫の苦労なくして、農夫の利を収めているのである。なおも彼らは、その富みによって王侯と交際し、勢力は官吏を凌いでいる。この構造こそが、商人が農民を兼併し、農民が流亡する理由なのだ。法における身分の尊卑は農は商に優《まさ》るが、実際には農民が貧賤《ひんせん》に喘《あえ》いでいる。これは官吏が卑しとするところを、世俗は尊しとして上下相反している。こんなことでは、国家が富裕になって法の権威を確立することができないではないか！

晁錯は、その元凶は国家の収税構造にあると睨んでいる。彼はその矛盾を解消すべく頭を捻っていた。彼がここまで具体的に深い洞察ができるのは、その明晰な頭脳もさることながら、彼自身が極貧の農民の子弟だったからである。両親は財産を失って、流浪の民となった。彼は両親とはぐれ、孤児となって潁川郡《えいせんぐん》を彷徨《さまよ》った。たまたま雨宿りに軒先を借りた家が、流行病で息子を失っていた。運の良いことに、晁錯はその子に面影が似ていたのだ。だから、望まれてそこの養子となれた。もう一つの天運は、頭の良さだった。彼は学問が好きだった。だから養父は、彼を軹県《しけん》の張恢《ちょうかい》先生の塾へ入れてくれた。その後は、学識を認められて奉常府の掌故《しょうこ》となり、済南の伏生《ふくせい》先生のもとで尚書を学ぶ官吏に抜擢されたのである。

しかし彼は常に孤独だった。明晰な頭脳ゆえ、周囲が軽佻浮薄《けいちょうふはく》に見えてしかたがなかった。また、これという才人に出会うと、友というよりも敵に見えた。そして、少しでも相手に劣った点を見いだすと、小馬鹿にする癖がついた。それが、その不幸な癖が、彼を彼たらしめる自己認識だったようだ。

遊学を終えて後の出世は目まぐるしかった。そして太子太傅となってから、彼には政策運営の大望が大きく芽生えてきているのである。彼の野望は、大商人及びそれに癒着する地方王から財を奪い取り、農民を解放することであった。

特に斉国と呉国、それに楚国が必要以上の領土を持って富を築いている。それらは農民の敵と言うばかりではなく、経済力にものを言わせ、皇帝にとっても将来の禍根になる可能性が大きいのだ。

その勢力の拡大を防止するためには、生産性の高い土地を皇帝領として召し上げることが一番効果の上がる策である。そこまでは誰でも判る。問題はその方法だ。

『そなた、主上から蜀の銅山を貰いやったとは本当なのじゃな？』

『はい、ありがたき幸せにて……』

周家からの出戻り女が、囁いているのが聞こえた。

——そうか、銅山だ！

晁錯は、飛びあがらんばかりに喜んだ。呉は製銅からくる銭の鋳造で、巨万の富みを貯えている。そこで働いているほとんどは、土地を失って流浪の果てに掻き集められた農民たちである。晁錯の憎しみはそこで募った。呉国の富みを取りあげるには、呉王濞の入朝せぬ非礼を論《あげつら》って罪に落とすことだ。

晁錯は良いところに目を付けたと、思わずほくそ笑んだ。そこへ栗姫を従えた劉啓が、衣冠を整えながら入ってきた。彼は、晁錯が空の一点を見つめて笑っているのを、奇異に感じた。

その頃、周亞夫は皇帝行幸の供として、三輔《さんぽ》と呼ばれる長安近郊を巡っていた。彼の隊は露払い役の先頭である。鉄片で被った鎧を着た彼の一隊は、烏揚羽蝶が飛ぶように進軍する。

劉恒はその治世に先駆けて、漢を土徳に当たるとして黄色を尊んだ。鄧通を寵遇したゆえんである。しかし先の丞相・張蒼《ちょうそう》は律暦を好み、『漢は水徳ゆえ黒を基調とすべし』と忌憚なく公言していた。これに媚びた趙同が黒い衣を常用したのであった。ところが先年、隴西郡成紀県で竜巻《たつまき》が起こり、匈奴に被害を与えた。それはあたかも、漢を救うべく黄龍《こうりゅう》が匈奴を撃退したように思えたものだ。しかし、土徳を象徴する動物は羆である。そういえば、上林苑での狩りで、成紀県出身の李広なる武騎常侍が、かの獣《けもの》を素手で打ち殺している。それは武人としてあっぱれな姿ではあるが、漢の徳を黄色ではないとする天の声のようでもあった。彼はそれを有司に問うた。

『朕は、上帝・諸神を郊に祀《まつ》りたい。このことについて審議せよ』

宗廟、諸陵、儀礼の司・奉常府は、蜂の巣をつついたような騒ぎになった。奉常の大臣・昌閭《しょうろ》は恥を忍んで、今は太子太傅・家令の晁錯へ、尚書についての意見を求めた。

「いにしえ、天子は、夏に郊外へ赴いて上帝を祀りました。それゆえ、郊祀《こうし》と申します」

したり顔で呟く昌閭を見る晁錯の口は、歪《ゆが》んでいた。まるで『そのようなことも知らんのか！』と、言わんばかりであった。

「そうか。夏じゃな。すると色は朱で動物は雀、方位は南になるわけじゃ」

それ以後、昌閭は晁錯に意見を求めることはなかった。いきおい儀式の内容を、在野に問うことになる。このとき意見を奉《たてまつ》ったのが、趙の新垣平《しんえんぺい》である。彼は望気《ぼうき》の術に長《た》けているとの触れ込みで、都の高楼に登った後に皇帝に拝謁する。

「長安の東北に神気があり、五彩の色をなして、人が冠を被ったような形をいたしております。東北は明神の家、西方は明神の墓と申します。このような天瑞《てんずい》が下ったからには廟を建てて上帝を祀り、符応に合うようにされるのがよろしゅうございます」

新垣平は、このような占いを生業とする男特有の押し出しがあった。金糸銀糸をあしらった衣装もさることながら、厳《いか》めしい髭と鋭い眼光で相手を見据える術を心得ていた。また全てを断定的に言い放った。それは何かと含みを残す言い方をする文官にはない、快活な印象を劉恒に持たせた。

「先生が言わっしゃる東北とは、いずこでございましょう？」

「渭水に、覇水が合流するところでございます。神々しく眩い輝きがございます」

新垣平に先導される形で、劉恒は彼の言う場所へ来た。それはかつて柴奇の乱のおり、申《しん》屠嘉《とか》や竇嬰が囮《おとり》の軍艦を見破り、反乱部隊を火矢で撃ち破ったところである。

劉恒はその因縁が気に入り、近くの丘に五時《ごじ》の廟を建て、あたりを渭陽《いよう》と命名した。

周亞夫が供をしたのは、渭陽廟の落成式である。新垣平が万事取り仕切る中、劉恒は五帝に何やら祈願しているようすだった。

儀式を終えて、皇帝の鹵簿《ろぼ》はその地域を大きく一巡し、渭水北岸を通った。そして中渭橋へさしかかったとき、行列の前を走って横切ろうとした者があった。一行の馬が驚き、棒立ちになるものもあった。

周亞夫はその男に、もとへ戻れと言おうとした。だがそれよりも早く、申屠嘉が荒げた声で怒りを示した。

「曲者じゃ！」

それは男を、皇帝への狼藉者と見なす叫びである。声の主が駆けつけるよりも早く、周亞夫は部下に命じて男を捕らえさせた。周辺の農民と思しい。劉恒は無礼討ちにせず、裁決を廷尉に委ねる。

周亞夫は部下数名をその場に待機させ、後から男を廷尉府へ連行させた。どうせ不敬罪が適用され、市場で首を刎ねる棄市《きし》の刑だろうと高を括っていたが、意外にも罰金ですまされてしまった。

これに、劉恒が不満を露わにする。

「行列の馬が暴れて、それが朕を傷つけたかもしれなかったのだぞ！」

「法では、『鹵簿の供先を侵すと罰金刑に処す』とあります。法の規定を守らず、男をさらに重い罪で裁きますれば、以後民はお上を信用いたしませぬ。どうか、御賢察のほどを……」

廷尉・張釈之は、涼しい顔でこう応えた。劉恒はさすがにその真意を悟り、もうそれ以上言葉を挟まなかった。

＊

爰盎は、久しぶりに長安へ戻ってきた。かってかの地の壮士たちとした約束を果たし、呉国の使者を無事帰国させたうえ、呉王濞には皇帝から、朝貢御免の杖まで下賜させたのである。いわば恩を売っての帰郷であった。従って軺車には、呉王が餞別《せんべつ》にくれた土産が堆《うずたか》く積まれている。

都では、皇太子啓と栗姫の間に長男が誕生し、祝いを兼ねた人事の刷新がおこなわれたのである。彼の代わりに呉へ赴任させられたのは、皇后の従兄の長男・竇嬰であった。

「主上のお孫殿は、栄《えい》と名付けられたそうでやすな」

季心は、遊侠の知り合いから聞きかじった噂話をする。彼らの彼方から、一際立派な軺車が進んでくる。供回りも爰盎より多い。

「申屠《しんと》丞相の一行でやすな」

爰盎は遠望してそうと判ると、軺車から降りた。彼が威儀を正している前を、丞相の車が差しかかる。

爰盎は申屠嘉に、丁重な拱手の礼をした。だが相手は車を止めもせず、簡単な答礼をして去った。ここでは、身分の上下がはっきりしている。だから、丞相はそのまま通り過ぎても非礼には当たらない。それにしても今の態度は、あまりにも爰盎を軽視していた。永らく呉にいたため、顔を忘れられたのか？　とにかく爰盎は、部下の前で恥を掻かされたことになった。

かつて、建国の功臣と言われた壮士と、新皇帝を取り巻いた郎官たちとの折り合いは悪かった。それを、いまだに根に持っているようだ。しかし申屠嘉も今では、押しも押されもしない丞相職にあるのだ。些末な怨みを公道でぶつけるようでは、その器量は知れたものである。

爰盎は、そんな憶測が当たっているとすれば情けなかった。彼はいろいろ思いあぐねた挙げ句、申屠嘉の屋敷を訪問した。

「太中大夫・爰盎、丞相閣下に所用あって罷り越しました。お取り次ぎくだされ！」

一人やってきた客を、門衛は初め軽視する態度でいたが、名を聞き、慌てて屋敷へ駆けていった。

奥座敷に通され、かなり待ってから、申屠嘉は供回りを連れて現れた。

「お人払いを……」

爰盎は跪《ひざまず》いて言う。その言葉に、供回りは殺気だっている。

「爰太中大夫殿。そこもとの御用件、公事ならば丞相府の長史《ちょうし》か掾《えん》に相談して欲しい。私事なれば、儂は受け付けかねる」

丞相の歯切れの良い一言であったが、そこで爰盎は立ち上がる。その動きにつられて、供回りがどっと間へ身を入れる。

「丞相閣下、一つお応えいただきたい。あなた御自身と、陳平《ちんぺい》、周勃の丞相振りと、いずれが優れてございましょう？」

「それなら応えは簡単。儂は、遠く及ばぬ」

「よろしゅうございます。遠く及ばぬと御認識いただいたのなら申しましょう。あの陳平と周勃は、将軍となって高帝を助けて天下を平定なされました。また丞相として政《まつりごと》に携わり、呂氏一族を誅滅して劉氏を安泰にもなされました」

爰盎がこう言うのを、申屠嘉も供回りも黙って聴いていた。彼はさらに刺激するよう言葉をつぐ。

「ところで閣下は、胆力と膂力を認められ材官蹶張《ざいかんけっちょう》になられました。隊長として功をお積みになり淮陽の太守になられましたが、それまでのこと」

「何を言う！」

爰盎の言葉に供の一人がいきり立つ。それを申屠嘉が制して先を促す。

「つまり、奇計や攻城野戦の軍功がおありになるわけではありません。ところで主上は、代国から都に入られてからこのかた、朝議のたびに郎官の上奏文を熱心に読まれ、役立つものならば進んで採用なさいます。それは、賢良方正の士に代表される、賢明の人材を招致せんがためでございます。主上自らの不明を補ない、聖智を貯える努力をしておられるのです。しかるに閣下は、御自分から天下の人々の口を塞ぎ、日々愚昧におなりです。そもそも叡智の君主は、蒙昧なる丞相を責めるものでございますれば、閣下の失脚もそう遠いことではございますまい！」

爰盎がこう言い捨てると、供回りは彼を打ち据えようとした。

「待て！」

申屠嘉は供回りを押しとどめ、爰盎を奥の座敷へと案内する。

「かたじけないお言葉をいただき、丞相は心から御礼を言いたい」

彼は急に姿勢を低くした。

「実は本日、未央宮にて一悶着ありましてのう。一人考えに耽っておりましたるところ、貴殿への答礼を疎《おろそ》かにいたしました。お許しくだされ」

「それなれば、初っぱなに詫びられるが筋でございましょう」

「全く、おおせのとおりじゃ。貴殿を試す結果になって、申しわけない。重ねてこのとおりじゃ」

丞相は辞を低くする。

「先ほどおおせの一悶着とやら、お聞かせ願わしゅう存じます」

申屠嘉はまず爰盎に席を設え、落ち着きを取り戻して話しだす。

「新垣平という、新参の礼官を知っててかな……？」

旬日ばかり前、皇帝に取り入った新垣平が上書したという。

「闕下《けっか》に、宝玉の気がいたします」

調べると、宮門の下に玉杯を持った男がおり、文字が彫られていた。

『人主延寿』

人を雇って演出し、皇帝の寿命が延びたとする、追従に過ぎない。新垣平もこれだけで止めておけば良かったのである。だが彼は、その昔、泗水《しすい》で失われた周宗室の鼎《かなえ》が汾陰《ふんいん》から出てくると公言したのだ。そして劉恒に農民を徴用させて捜させたのである。そしてとうとう見つかった。

だが、それは新垣平が数年前に造った贋物と判明した。看破したのは晁錯である。彼は尚書を学んで、古い文字に詳しい。従って汾陰の鼎の筆跡が、秦以降の書体であるとあっさり言ってのけた。

「何をこの偽り者が！」

新垣平が怒りに任せて語を荒げると、晁錯は尚書の写しを示し、周代の文字の撥《はね》や払《はら》いの違いを詳しく説明した。

これには新垣平も逃げ場を失い、佩《は》いた剣に手をかけかけたが、皇帝側近に押さえられる。彼はそのまま刑場に引っ立てられ、役人に斬られて果てた。

「ほう、晁錯という男も、やりますな」

爰盎は冗談混じりに褒《ほ》めたが、申屠嘉は笑わない。切れ者の晁錯に対し、それほどの不安を抱えているのが判る。

「納粟授爵《のうぞくじゆしやく》の制度というを、聞いたことはおありかな？」

「いいえ、初耳でございます。穀物を納めて、爵位を得るの意でございましょうや？」

爵位とは、秦の商鞅《しょうおう》が考案した庶民にも及ぶ階級で二十等級ある。一級・公士が最下位で、二十級・列侯が最高位である。

「晁錯はのう、主上のみの授爵特権を、あろうことか商売に使っておる」

「何と、爵位を売っておりますとな！」

古代中国の商行為は、賤業《せんぎょう》と見なされていた。従って、宮廷人は商売の話など、もってのほかと考えていたのである。しかし貧農出身の晁錯は、現在の経済破綻を打開するためには、何にでも手を出す覚悟であった。元々の宮廷人は頭が堅く、賈誼《かぎ》の銅銭鋳造批判も、全く理解できていなかった。そして今度は、晁錯の型破りな政策建白へ、嫌悪の情を露《あら》わにしている。

これには、晁錯の人柄が絡んでいた。彼はほとんどの宮廷人を、腹の中で無能と蔑《さげす》んでいた。そして、それが顔に表れていた。だからどのような有効な政策も、同僚に支持されなかったのである。ところが劉恒は、彼の案をこよなく取り入れた。

商人は、爵位の埒外《らちがい》にいる。富みを蓄積した彼らが欲しがるのは当然名誉である。だから爵位欲しさの大商人は、穀物を農民から大量に買い付けて官へ寄付した。それにより農民には現金収入の道が開ける。しかも商人に穀物を辺境へ納入させたので、匈奴との前線の食糧は三年を待たずに充足した。見返りに、六百石納めれば第二級・上造《じょうぞう》の爵位が、四千石納めれば当時庶民に与えられなかった九級・五大夫《ごたいふ》の爵位が与えられた。尚も、一万二千石という破格の寄付をした者には、十八級・大庶長《だいしょちょう》の爵位を与えるまでになっていた。

「その後、やつはのう。それで郡県の備蓄も賄《まかな》いおったのじゃよ」

晁錯の経済運営は、美事成功したのだ。賈誼がただ指摘しただけの経済破綻を、彼は具体的に実行して建て直す功労を早や残したのである。帝国の歳入も増え、事実農民の租税は撤廃されている。それは、仁帝・劉恒の希求を具現したものであった。

それを申屠嘉が非難するのは、晁錯が自分を無視する存在で嫌いだからだ。もう少し複雑な感情論を整理すれば、この制度を成立させるため、晁錯は皇帝に直訴して法を整えたという経緯があるからなのだ。

「晁錯の奴、この策を儂ら三公から反対されると判っておったから、皇太子殿下に奏上させ、主上の勅許を取り付けおったのじゃ。それも、かなり早くに……。迂闊《うかつ》じゃった」

それは、太倉公が末娘の助命嘆願で釈放された、翌年のことである。晁錯は秘密裏に勝ち得た納粟授爵制を速やかに活用し、全国の郡に触れを出した。爰盎が知らなかったのは、その触れが、地方国を対象としていなかったからだ。

「これはゆゆしき問題じゃ。主上に商人の真似をさせて、我ら社稷《しゃしょく》の臣が務まろうか！」

白髭を聳《そび》やかして、申屠嘉の憤懣《ふんまん》は遣るかたない。

「しかしやつは、皇太子のお気に入りです。下手に感情的な告発をしたりすれば、丞相の首が飛びましょうぞ」

「そのとおり。だが逆に言えば、味方は皇太子と主上だけなのだ」

言い得て妙である。晁錯は、これほどの功績を上げていながら、否、それゆえに先輩や同僚の味方が皆無なのである。

それを裏書きするように、晁錯はその後の政策を皇太子啓とのみ相談した。そのほとんどは、地方王の勢力削減策である。それももう、数年前から始めている。彼の進言は皇太子を通じて皇帝に取りあげられ、淮南国王・劉喜がもとの城陽国に移された。そして劉長の息子・安、勃、賜をそれぞれ淮南王、衡山王《こうざんおう》、廬江王《ろこうおう》に封じた。これはもとの淮南国の領地を三分したものである。

この年、かって薨去した斉王・劉襄の遺産処分が決定した。

劉章や劉興居の兄で、呂氏粛清の後、皇帝就任の第一候補だった人物である。結局跡継ぎにも恵まれず、劉恒の即位後、斉国の家督は宙に浮いていたのだ。

この度はその領土を六分して、兄弟や甥に菑川《しせん》、膠西《こうせい》、膠東《こうとう》、済北《さいほく》、済南《さいなん》を分割譲渡する沙汰を下したのである。それは斉王の兄弟を国王にする恩を施すと見せかけながら、その実、家督を分割して勢力の削減を計るものであった。事実劉恒は心底から、仁帝として恩賜を下しおいたと思っていた。

晁錯の深謀はこのときはまだこの程度だったが、地方王に対してまだまだ厳しい策を練っていたのである。

＊

「高廟の台座に飾られた玉環を、盗んだ不心得者があったそうです」

「全《まった》く莫迦なやつじゃ。棄市《きし》されように！」

　操練を終えた周亞夫は、配下の校尉・李広からこのような報告を受けていた。

「そのとおり、廷尉は裁を下されました。ところが主上は、その不心得者の三族誅滅を要望なされたとか」

「これは難しい。高廟の調度品を盗むは、大罪だからのう。それに主上は、ことのほか恭しく宗廟に仕えておられるのでなあ」

「でも廷尉殿は、裁決をお変えになりませなんだ」

「法を、厳粛に施行したいとてか？」

「そうです。法で等しく死罪であっても、不敬の程度によって差をつけるべきだと言われたとか」

「程度により差をか！」

「つまり、この者に三族誅滅の刑を適用すれば、長陵を盗掘した者があったときに適用する刑がなくなると言われたとか……」

周亞夫の脳裏には突然、烏揚羽蝶が舞ったような快感があった。

「なるほど。廷尉殿の言われるとおりじゃ。先の中渭橋の件といい、刑ばかり重うなる世を、憂う国士である。儂は、ぜひこの方と交際したいものだ」

周亞夫は李広に招待状を持たせ、張釈之と私的な宴を張ろうとした。ところが、同様な申し入れをしている人物が他にもいた。梁の国相・王恬開《おうてんかい》である。梁国には今、皇太子啓の弟・劉武が封じられている。

李広からそうと知らされた周亞夫は、先に廷尉を招いて上客に据えた。

これにより、周亞夫、張釈之、爰盎、申屠嘉の人脈が固まり、晁錯を包囲する態勢ができあがりつつあった。

新垣平は乱を画策したとして、その三族が誅殺の憂き目にあっていた。五時《ごじ》の信仰はやや廃《すた》れたが、それでも朝廷では、功臣たちを中心に黄老思想が盛んである。

最近在野の士で、王生《おうせい》なる人物がその道に通じていると名を馳《は》せていた。

丞相・申屠嘉らが中心になって彼を宮廷に呼ぼうと話がまとまった。当日は皇帝、皇太子は言うに及ばず、三公九卿ら宮廷人全員に招待状が届けられた。晁錯には知らされなかったが、無論皇太子からの情報で聞き知っていた。そして、その真意をも見抜いていたのである。

『招かれたとて、行くものか！』

彼はせせら笑いながら、むしろ清々した気分で嘯《うそぶ》いていた。

黄老思想の流行は、もう一昔も二昔も前の高帝・呂后時代のことであった。近年、劉恒の新しい師傅たちの間では、やや下火である。しかしここで再び脚光を浴びたのは、晁錯の政策への反発の意味があるのだ。

無為自然の理念は、納粟授爵制などという法とは相容《あいい》れない。間接的にではあっても、皇帝に商行為をさせている制度を、何とか廃止させたいと言う焦りがそこにはある。

「荘子は夢にて胡蝶となられ、醒めてから『我が胡蝶の夢を見たのか、胡蝶が今、我になっている夢を見ているのか判らぬ』とおおせられた。何と壮大な寓話ではありませぬか」

王生は王宮の広間においても草原に休むごとく、三公九卿らが整列している前で話しはじめる。王生は座っているのに、申屠嘉をはじめとする大臣たちは、礼を失してはと立っていた。この辺の風習だけは、儒教的である。

「『現実と夢の区別などは、判然としております』皆様方はこう言われよう。しかし、ところが、そう言うことが人の不明なのです。無為に過ごせなくなった、人の賢《さか》しらさでしょう。現実をありのまま受け入れ、人なれば人の楽しみ、胡蝶なれば胡蝶の楽しみを享受する。それが無為の道を極むるということなのです」

王生はひとしきりの講釈を終えると、大臣たちを見渡した。張釈之の顔を見すえると、柔和な皺を作って一言投げる。

「お若いの。足袋《たび》の紐が解けてしもうた。お手数じゃが、結んでくださらんか？」

王生は、尊大に命じる。張釈之は廷尉という身分を忘れたように、跪《ひざまず》いてかいがいしく言われるがまま応対した。

王生の講義が終わった後、周亞夫は送り役を買って出、軺車に陪乗した。

「先ほどお話くださいました荘子が蝶とは、いかなる色をしておりましょう？」

周亞夫は老人を労《ねぎら》いながら、卒《そつ》なくその場を取り持つ。

「はて……、いつぞや竇皇后と話したときには、黄蝶ということになりましたがのう」

王生も、彼が何か含むものがあって陪乗したことを察したようだ。

軺車が未央宮を離れたところで、周亞夫は老人に、先ほどの行為を質《ただ》してみる。

「先生。なぜ廷尉殿に恥を掻かされた？」

「恥！　将軍は、本当に恥とお思いか？」

「廷尉の評判は上がりましょうが、形としては恥と言うことになります」

「そのとおり。今いみじくも閣下がおおせのとおり、それは形ばかりのこと。廷尉の名はみどもの紐を結んだことにより上がるはずです」

「でも、なぜ、そのような……？」

「先年、中渭橋の前で主上の鹵簿を遮《さえぎ》った男がございましたな」

無論周亞夫は知っている。あのおり、先頭の一隊を指揮していたのは彼だった。王生はそのようなことを知らず先を続ける。

「あれは、みどもの甥でございましてな。捕らえられたと聞いて、妹、つまり男の母が悲しみましてのう。さすがに『無為自然を楽しめ！』とも申せませなんだ。それを廷尉殿が法の適正を述べられて、お救いくだされた。何か礼をと、思うておりましたところへ今回のお招きに与りました。そこで、何の能もない者のこととて、あのような無粋な真似となってしもうたのですわい」

これは張廷尉の人となり、いや、劉恒の側近がいかに慕《した》われていたかを示す、象徴的な逸話である。

この頃の政策は、ほとんど晁錯の進言が取りあげられていたが、彼の人気は全くなかったのだ。

栗姫は子育てに忙しく、最近色香が落ちてきた。従って長楽宮の皇太子の部屋では、新しく王姉妹が寵愛されはじめていた。二人の母は臧児《ぞうじ》といい、燕王・臧荼《ぞうと》の孫である。彼女が王仲なる男に嫁いで生んだ娘たちなので、王姓を名告らせている。王美人の姉は、もともと畿内は槐里《かいり》の金王孫《きんおうそん》に嫁いでいた出戻《でもど》りである。彼女らが皇太子の後宮へ入内《じゅだい》するについては、許負の占いがあった。

『姉妹ともども、高貴になろう』

そう言われて、臧児は美貌の娘二人を一緒に宮廷へ送り込んだのである。その中でも初めは特に、妹の王児姁《おうじく》が寵愛された。

皇太子啓が子をなした姫妾は、他にも四人ある。従って、長楽宮の空き部屋も以前よりは少なくなり、館陶長公主が鄧通と逢瀬を楽しむ場所がなくなってきていた。それを良いことに彼は、できるだけ劉恒の近くに侍ることにした。

本音を言えば、館陶長公主やその妹の相手が、億劫《おっくう》になってきていたのだ。

「主上。そろそろ皇太子に、正式の妃を決めねばなりませぬ」

丞相・申屠嘉が後継者の正妻を進言に行ったとき、鄧通は劉恒の背後から抱きついて離れなかった。

「主上。皇太子妃を……」

何度言っても鄧通が皇帝にひっついて、高貴の鼻を摘んだり耳に噛みついたりしている。劉恒もあえてそれを許し、丞相の言葉に集中していない。

その度《ど》の過ぎた戯れ方に、古稀を幾ばくか過ぎた丞相もさすがに怒った。

「主上。臣下を寵愛なされて、これを富貴になされるは結構ですが、朝廷の礼は厳粛になされねばなりませぬ！」

「言うな。丞相、朕はこの男が可愛いのだ」

そう言われると、申屠嘉は何も言えない。だが、丞相として示しがつかないことも確かである。彼は丞相府に帰ると檄文《げきぶん》を作り、鄧通を呼びつけた。丞相の機嫌を知る鄧通は、それに応じようとはしない。そして丞相に見つからぬよう、未央宮の隠し廊下を使って逃げまくった。無論、劉恒にもそのむね告げて助けを求めているが、皇帝は自分の冗談を丞相が本気にしているのが面白くて笑っている。

それを絶好の肴にしたのは、丁度入朝していた梁王武であった。父皇帝ばかりでなく、姉たちとも不倫を重ねる鄧通を、彼は不快な存在と見なしていたのである。

申屠嘉が未央宮の廊下を通りかかると、劉武は、鄧通が隠れている場所を教えてやる。それに気付いた鄧通が隠し廊下に飛び込み、丞相府の官僚たちに追いかけられることが何度か繰り返された。そしてあるとき劉武が、駆けてくる鄧通に足払いをかけ、倒れたところを白々しく助け起こす。

「これは誰かと思えば鄧通殿。いかがなされた？」

鄧通は大声で呼ばれ、気が気ではない。案の定、彼に気付いた丞相府の官僚が、身柄を拘束《こうそく》しにきた。

鄧通は劉武の悪意に気付いて、怨みがましい流し目で睨んだ。それを受ける劉武は嗤いながら、言葉で追い討ちをかける。

「最近、姉上たちは息災か？」

館陶長公主や、周家からの出戻り公主との関係を知られていると悟った鄧通は、そのまま項垂《うなだ》れて丞相府へ引き立てられる。

申屠嘉の前に立たされた鄧通は、顔面が蒼白だった。そこへ丞相は、容赦《ようしゃ》のない弾劾《だんがい》をする。

「朝廷は、高帝がお創りになった、神聖にしてかしこき所である。それをおんみは、小臣でありながら殿上にて遊び戯れている。この大不敬は斬罪に値する。即刻、棄市じゃ！」

丞相の一喝に、鄧通は泣きださんばかりの表情で這《は》いつくばり、頓首に頓首を重ねた。額が何度も床にあたり、皮膚が破れて血が滴って顔面に赤い筋が流れる。

血と涙が、頬を伝って鄧通の口に入り込んできた頃、勅使が節を持って現れ、鄧通は特赦を受けた。節とは、勅命を証す割符である。その真偽を確かめて、丞相は鄧通を解放した。

「主上に見《まみ》えて、たんと讒言《ざんげん》するがよい。だが、覚えておけ。この次不敬を働きよったときには、丞相の独断にて斬る！」

鄧通はその捨て台詞を聞かばこそ、未央宮の玉座に向けて走り去った。

＊

辺境での、匈奴の動きが不穏である。

老上単于が逝去し、息子の軍臣単于《ぐんしんぜんう》がたった。彼らは政権交代を漢に侮《あなど》られぬため、軍事行動を起こそうとしているらしい。

半年後、上郡と雲中郡が、千人規模の被害にあう。中行説が指揮しているのかどうかは不明だ。最近匈奴へ使いした者の話にも、彼の姿を見たとの報告はない。しかし、死んだものと決めてかかると、煮え湯を飲ませられかねない。

とにかく匈奴の侵攻を抑えるため、中大夫・令勉《れいべん》を車騎将軍として飛狐《ひこ》へ、元楚国相・蘇《そ》意《い》を勾注《こうちゅうざん》山へ、将軍・張武を北地へそれぞれ陣取らせた。これでは匈奴も、迂闊な長城越えはできない。

要塞付近の輜重は、納粟授爵制の効果が上がって充分足りている。問題は、中央常備軍の士気である。それがひいては、辺境にも伝染するものだ。

劉恒は将軍三人を任命し、長安の東北西に軍を駐屯させて指揮させた。まず宗正の劉礼《りゅうれい》を覇上《はじょう》に、祝茲侯《しゅくじこう》・徐厲《じょれい》を棘門《きょくもん》に、そして条侯・周亜夫を細柳《さいりゅう》に置いて匈奴に備える操練をさせた。

鎧の甲片を煌《きら》めかせて、騎兵を中心とした精鋭が長安周辺に展開するさまは、一大絵巻を思わせる雄渾《ゆうこん》な眺めである。

劉恒は予想以上の頼もしさを感じ、自ら各軍を労《ねぎら》いを兼ねた観閲をすると檄を飛ばした。

周亜夫は長安西の陣において全軍に命令を発していた。

『ひとつ。軍中にあっては、将軍の命のみを聞くこと！　たとえ詔があろうとも、これを聞くまじきこと！』

『ひとつ。軍中においては、馬を走らせぬこと！』

『ひとつ。武装軍は軍礼に拠りて行動し、一般の拝礼は割愛すること！』

要するに周亜夫は、将としての自分の命令以外に兵が気を遣わぬようにしたのである。

覇上、棘門を巡った劉恒が細柳に近づく。先駆けの官吏が軍門に到着したが、兵の目が血走り、まるで敵兵を見据えるような異様な雰囲気がした。

「ただいま、主上がお見えになります」

こう言っても兵に敬いの気配はなく、官吏には弩弓が向けられ、短兵は抜き身のまま光っている。

先駆けの官吏は一瞬、謀反ではないかと疑った。するとそれを察したように、軍門の校尉・李広が応える。

「我が将軍は、陣中において、将軍の命だけを聞くよう統率しております。たとえ主上がいらせられようと、我らは将軍の命のみを拝します」

それを聞いた官吏は、手綱を引いて皇帝の鹵簿へと取って返した。彼は劉恒に周亞夫の態度を伝える。

謀反とは言わぬまでも、不敬と取れる態度に、官吏は、皇帝が『傲慢《ごうまん》な！』と怒るようすを思い描いていた。しかし劉恒は、再度彼に節旄《せつぼう》と木簡《もっかん》を持っての使いをさせた。

『朕は軍営に入り、士卒を労いたく欲《ほっ》す』

詔を受けた李広は、木簡を将軍・周亞夫に差しだした。そこではじめて彼は、並《なら》べた戦車の轅《ながえ》を立てて軍門を開けた。

鹵簿の中から、皇帝の護衛《ていふ》だけが進む。十人ばかりの車騎が、並足で軍中へ入ろうとする。それを陣中の校尉・程不識《しき》が咎《とが》める。

「陣中では、下馬されたし！」

皇帝の一団に向けられたので、さすがに郎中令を中心とした一行が怒鳴り返す。

「主上に対し奉《たてまつ》り、無礼が過ぎよう！」

「良い。全員徒歩にて幕府へ向かえ！」

郎中令らを留《とど》めたのは、他ならぬ皇帝である。劉恒は、黄屋車から降りて歩いた。郎中令たちは不承不承《ふしょうぶしょう》手綱を抑《おさ》え、轡《くつわ》を取って幕府に向かう。

皇帝が歩いているというのに、横列で居並んだ兵士たちは、誰一人として拝礼する者がない。ここまで徹底して皇帝を無視すると、かえって一種の清々しさがある。

戦国の世に倣《なら》えば陣中において、将軍の指揮は国王の容喙《ようかい》を許さなかった。劉恒はかつて馮唐《ふうとう》から、廉頗《れんぱ》や李牧《りぼく》の名将を得ても使いこなせぬと指摘され、将軍に対する待遇を研究していた。そして、今回の操練を行ったのである。

覇上でも棘門でも、皇帝の観閲があると聞くと、将軍たちは自ら劉恒を迎えて最敬礼していた。

『この最中に匈奴が襲ってくれば、軍は壊滅しよう。まるで子供の兵隊遊びに等しい。それに比べれば、周亞夫の指揮には臨戦態勢の緊張感が漲《みなぎ》っている。将軍は、こうでなくてはならん』

劉恒は、周亞夫の屯営を見回って、感動を覚えた。そして乗ってきた黄屋車の轅《ながえ》に身を伏せる。それは、将軍の軍の統率に敬意を表す王の態度であった。

それからひと月で三軍は解散した。そして直後、周亞夫は畿内の治安長官ともいうべき中尉に抜擢された。それは、灌嬰の薨去以来空席になっていた太尉の職に、将来彼を就《つ》けたいとする、劉恒の布石であった。また軍門の校尉・李広は隴西の太守に、陣中の校尉・程不識は雁門の郡尉に、それぞれ取り立てられた。周亞夫一門に対する皇帝の期待がここに表れている。

「父上、いや、主上は『一旦緩急ある場合には、周亞夫こそ真に任じて兵に将たるべし』と、おおせられたぞ。将来、太尉にせよということだ。おぬし、どう思う？」

「弱気でございますな。主上は病を自覚しておられるのでしょう」

晁錯は皇太子啓に、周亞夫を褒めたくなかった。爰盎子飼いの廷尉・張釈之と親交がある中尉など、自分にとっては百害あって一利なしの存在である。だが、ときによっては泥を被らせるために使えるかもしれぬと思っていた。また今、皇帝が病だと臭わせたのも、ただの出任せではない。

最近の劉恒は、閨房を避けて鄧通を相手にしていることが多い。それは、出来物の膿を吸い取らせたことでも判る、気を許して体の不調を訴えられる相手だからだ。事実、最近の鄧通は、やたらと薬研《やげん》の前で植物の実や根を砕いていることが多い。

「殿下。失礼ながら万一のときには、即位と同時に皇后をたてねばなりませぬ。どなたを御所望でございます？」

「寡人としては栗姫、いや、王美人も良いのう。しかし、薄太后が……」

薄太后は将来の皇后として、一族の娘を希望していた。だが劉啓は、その娘を好きになれなかった。他の姫妾たちは彼の気に入るよう、望めば閨であらん限りの痴態を演じてくれある。ところが、薄氏の娘は気位が高く、裸体になるのは闇の中と決めてかかっているふしがた。

劉啓は彼女を後宮の一員とはしたが、ほとんど褥《しとね》をともにしていない。

また先ほど彼は王美人と言っていたが、それとても相手が代わっているのである。当初妹を寵愛していたが、次第に姉の落ち着いた色香に惹《ひ》かれていくようになった。彼女は一度市井に嫁いで子までなした、いわば経産婦である。雲上の御曹司が、選りにも選ってと思うのは要らぬ世話であろう。出戻った婦人ゆえに、他の姫妾にはない嬌羞《きょうしゅう》が感じられることもあるのだ。

この年（前一五七）、王美人姉妹双方とも懐妊する。そして劉恒が病に倒れて、起きられなくなった。鄧通の介護は、涙ぐましい手のかけようである。文字どおり箸の上げおろしから下《しも》の世話まで、汚物係りの宦官の仕事がなくなるほどの気の遣いようであった。

劉啓にはそのようすが、ことのほか癇癪の種となっていた。

『おまえの命も、主上と一緒に消えるのだ。殉死すべき寵童としては、むしろ本望であろうが……』

彼は、高貴な一族独特の冷酷さで嗤いながら、次の皇帝としての抱負も持ち合わせている。その腹心・晁錯は、あらん限りの知恵を絞りだそうと手薬煉《てぐすね》引いているのであった。

夏の六月、皇帝・劉恒は崩御した。享年は四十五である。

遺勅は忠実に守られ、葬儀は簡素なものとなった。覇陵には盛り土もなされず、服喪期間も短縮され、祭りや婚礼の飲食も禁止されなかった。これらは、庶民が早く日常を取り戻すよう配慮されたものである。

劉恒は最後まで、仁帝たれと演出した人物であった。それは、天下を武力で勝ち取ったのではないという誇りと劣等感が、複雑に交錯した心理だったのだろう。彼を支えたのが賈誼や爰盎らの取り巻きであった。

諡《おくりな》は文帝とされ、三公九卿が立ち会って棺槨《かんかく》に収まった遺体を埋葬する。

彼らを嗤う頭脳顧問・晁錯は、このときすでに、劉啓の即位式を思い描いていた。

＊

「臣釈之、かつて主上を司馬門にて咎《とが》めたことがございました。そのような者がお側におるのは目障《めざわ》りと存じ、お暇《いとま》乞いして野《や》に下りたく罷り越しました」

「覚えておる。そこもとは、職務に忠実な能吏と心得る。これからも朝廷にて腕を振るうよう」

張釈之は、かつて皇太子と梁王武を譴責したことを怨まれていると思い、即位後の皇帝に詫びを入れにきた。

丁度、王美人の姉が男子を出産したところだった。諱《いみな》を徹《てつ》と付け、劉啓の機嫌はすこぶる良かった。彼の怨みは今、一人の無力で無能な男に向けられていたのである。

文帝の寵臣・鄧通は辞職し、服喪と称してずっと屋敷にいた。彼の財産は文字どおり巨万の富であるが、自分のための有益な用途を知らなかった。いきおい周囲の者があれこれ融通を無心し、いいように使われてしまう。

「主上。やつの税の不払いは今回ばかりではございませぬが、そのようなことよりももっと重い罪が発覚いたしました」

「あの木偶の坊が、不相応な謀反でも企みよったか？」

「似たような背信行為です。先帝から賜うた蜀の銅山で鋳造した銭を塞外に持ち出しております」

晁錯は、部下に調べさせた罪状を、得々として読み上げる。

「何と。漢がその侵攻を防ぐべく憂慮しておる敵・匈奴に、銭を撒きおるか！」

「御意。重罪にございます。即刻棄市いたしましょうや？」

「いや、待て。まず銅山を没収して官営の銭鋳造所といたせ。やつには罰金刑を科して、生涯債務を返済させよう」

「廷尉にくだしおいて、そう決裁させましょうか？」

「今の廷尉が、前任者の張釈之とやらに相談を持ちかければ面倒じゃ。あいつは融通の利かぬ、法の番人だからのう。これほどの罪には落とすまい。それでは朕の気がすまぬのじゃ！」

晁錯はほくそ笑んだ。

「ならば勅命にて、先帝を裏切った反逆者ではあるが、帝の特赦にて死罪一等減じ、債務のみということにいたしましょう」

これらはほとんど鄧通が、与り知らぬことである。有り余った銭の運用を知人に託したところ、その不心得者が匈奴との密貿易を始めたのだ。その男は白熊や雪豹《ゆきひょう》の毛皮をしこたま買い込み、鄧通の失脚と同時に姿を消していた。おまけに男は、全ての決済を鄧通名義で行っていた。だから、どこをどう調べても鄧通以外の名が出てこず、彼の不運に拍車がかかった。

鄧通は、閉門蟄居の軟禁状態になった。そこで彼の全財産が、洗い直されることとなるのだ。

「財産と言えば……」

晁錯は、何か思い出したように言う。

「呉の国相をしておった爰盎は、王の劉濞から賄賂をもらっておる由。みどもの舎人・郅都《しっと》なる者が調べて参りました」

晁錯は爰盎と、面識らしい面識はない。互いに聞こえてくる言動から相手を嫌い、どちらか一方のいるところへは、もう一方は決して行かなかった。今回晁錯が言うのは、爰盎が申屠嘉に答礼されなかったときのようすである。確かに彼の軺車は、呉王濞からの餞別で溢れていたのだ。

しかし劉啓は、爰盎を罪には落とせなかった。文帝を支えた功労者を断罪に処しては、今産声をあげた自らの親政が頓挫するように思えたのだ。そこで皇帝は爰盎の爵位を剝奪《はくだつ》し、庶民に格下げして命を助けた。

人の頂点に立つ者としての気持ちが引き締まったところで、劉啓は新皇帝の初仕事をした。

人事の刷新である。

丞相に陶青《とうせい》、御史大夫は周荷《しゅうか》、郎中令・周仁《しゅうじん》、中大夫令・直不疑《ちょくふぎ》、宗正・劉礼《りゅうれい》、中尉・周亞夫らと決まる。そして内史には晁錯が任ぜられた。少し遅れて、竇太后の縁者・竇嬰が呉の国相職を解かれて詹事《せんじ》に収まり、それに代わる形で張釈之が淮南の国相に移された。その異動を聞いて、誰もがかつての司馬門事件を思い出した。

『新皇帝は、怨みを晴らすのが実に陰険だ』

言葉にならぬ批判は、側近中の側近・晁錯への評価となっていった。また今回から、申屠嘉ら建国功臣全員が名簿上の姿を消した。劉啓は母への配慮として、彼女の兄・故竇長君を列侯として追悼した。これで甥・竇彭祖《とうほうそ》が南皮《なんぴ》侯《こう》に昇格できた。加えて涙の再会を果たした竇甫《とうほ》も、章武侯《しょうぶこう》とされた。

これはいずれにしても皇帝と晁錯の権力掌握の図である。直不疑と周亞夫の名があるだけでも、周囲は一応の安心をしたものである。だがこのころから、朝議はほとんど行われなくなった。政《まつりごと》の原案は晁錯が作り、人払いして皇帝に奏上される。それらはことごとく聴許されて新しい政策になる。

晁錯の進言により、次のことが早くも実行される。

四月、民に爵一等を下賜した。それに関連し、納粟授爵制は商人の大幅な穀物買い付けが峠を越し、国庫への歳入が減ってきて、その効果が薄らいできたことが判った。そこで全廃されていた田租が収穫の三十分の一として復活した。

無論、これだけのことに留まってはいない。次ぎに文帝のため太宗廟が建てられ、礼儀を簡略化して職務を効率的に行えるよう朝賀を省略した。匈奴の代侵略に際し、軍に計ることなく和親の盟約を締結した。そして掌《てのひら》を返すごとく、庶民の男子に、二十歳での兵役義務を課した。

このようなことが、半年以上も続いた。

三公九卿から外れた申屠嘉は、普通なら楽隠居で喜寿に近い身を全うするところだ。ところが彼は丞相職にあるときから、晁錯が社稷に禍《わざわい》を撒き散らすものと信じていた。

翌年、薄太皇太后が崩御する。

晁錯は皇帝の意を慮《おもんぱか》って、薄皇后を廃位にしようと考えた。この皇后は薄太皇太后のために冊立した、劉啓の好まぬ組み合わせであったからだ。代わりの候補は栗姫である。だが彼女は、劉啓が他の姫妾を寵愛すると、烈しい嫉妬心をのぞかせる。最近寵愛している王美人姉妹は、館陶長公主が自己の勢力拡張のため後宮へ入れた経緯がある。すると栗姫は内心姉にも敵意を宿しているようすだ。だから劉啓は、栗姫を皇后の器ではないと拒絶した。結局皇后廃位は沙汰止みとなる。

またこのころから、地方王で入朝の少ないものを論《あげつら》い、罰として封地を県単位で削減没収する政策が取り沙汰されるようになった。

これはさすがに朝議にかけないわけにもいかず、晁錯が三公九卿の前で、謀反予防と帝室財政の確保を訴え、朗々と自説を披露した。晁錯が自信たっぷりなのは、皇帝の賛同をすでに得ているからである。周亞夫も直不疑も無論その場にいた。しかし皆、反論することの無益を自覚していた。従って、敢えて対抗案を動議として提出するものはない。ただ一人、詹事・竇嬰だけが賛意を示さなかった。

「詹事殿は、反対でございますか？」

晁錯は恨めしげに、太后の縁者の貴公子を睨む。

「儂は、全会一致というやつが厭なのです。謀反の予防とやらは大いに結構です。しかしこの予防が反乱のきっかけを作るように思え、敢えて賛意を示さなんだまでです。みどもは朝議における多数に、従わぬつもりは毛頭ござらん」

こうして中央と地方に、新たな亀裂が生まれることが確実となる。

これらのことに、申屠嘉は怒りを隠せなかった。こうなれば、揚げ足を取っても晁錯を失脚させようと、老人は意地になって彼の落ち度を捜した。

晁錯の屋敷は東側に正門があり、高祖劉邦の父・太上皇《たいじょうこう》の廟の北側と接していた。彼が大臣を務める内史府へは、南に抜ける方が便利であった。そこで晁錯は、南の垣根の一部を取り払ってしまった。それを聞きつけた申屠嘉は、『宗廟の垣根を無断で穿《うが》ったのは不敬罪だ』と、晁錯の誅殺を奏上しようとした。

いよいよ寵臣の最後だと周辺がざわめいたのを、内史の官吏・郅都《しつと》が耳にした。彼は文帝の晩年から宮中に上がった若者だが、孤立無援の晁錯の政策に共感し、その下で働きたいと希望した変わり種だった。冷静に、晁錯の進言で実行された政策を見つめてみると、全て世の動きに合致した合理性に溢れていると思えた。逆に、申屠嘉ら旧派の主張は感情論が多く、結局は無為自然に託《かこつ》けた無策と判断したのだ。そこで彼は、晁錯に宮中の動きを注進に及んだ。

晁錯は彼に礼を言い、取り急ぎ皇帝へ面会を申し入れる。劉啓が会わぬわけはない。

「臣錯、抜き差しならぬ窮地に立たされております。先日下賜された屋敷の南の垣根を穿ち、内史府へ行きやすくいたしました。ところが迂闊《うかつ》にもそこは、太上皇廟の外垣でございました。臣錯、死罪に値しましょう」

「何じゃ。そのようなことか。あれは廟の外の空き地を、囲ったまでのものよオ」

これを聞いて晁錯は安心した。明朝、申屠嘉がきて同様の告発をしたとき、皇帝は無役の老人の意地悪さを嫌悪するはずだ。

晁錯の読みどおり、申屠嘉が讒言《ざんげん》を行ったとき、劉啓はそれを一蹴した。

「あの地は廟外である。非役の冗官の居住にさせようと垣で囲んだものだ。内史を告発するは、見当違いも甚だしい！」

素っ気なく応えた後、劉啓は毒のある一言で申屠嘉を刺す。

「高帝に仕えた漢の功臣ゆえ、今回は特にさし許す。じゃが、真摯な政を進めておる者への中傷は、詰まるところ国家への反逆にも等しい行為と心得よ。申屠元丞相よ。そこもとの友にも申し伝えよ！」

申屠嘉の告発は逆効果だった。これでは、晁錯がますます重要視されるよう、助長しただけだ。彼は自らの不首尾に怒りのぶつけようがなく、脳溢血を起こしとうとう倒れてしまった。

爰盎らが見舞いに行くと、呂律の廻らぬ舌で無念を打ち明ける。

「まず、まずもって……、ちょっ、晁錯のやつを斬る……、斬るべきであった。しっ、しかる後、奏請すれば……。錯めにしてやられたのが無念で……ある」

申屠嘉は涙に濡れた顔で爰盎に訴え、そのまま事切れた。

皮肉にも、申屠嘉の葬儀が行われた後、晁錯は御史大夫に出世した。

入朝を行わない地方王の領土が削減されようとする中、楚王・劉戊《りゅうぼう》が長安を訪れる。彼は高祖・劉邦の弟の孫に当たり、劉啓の又従弟である。久しぶりの対面ではあったが、晁錯は、この王の喉元に刃を突きつけるような一言を投げかける。

「楚王は、先の薄太皇太后の葬儀後、服喪期間中にもかかわらず、王宮にて夫人と淫行に耽《ふけ》ったとの報告がございます」

「何とな。しかし先帝は、服喪期間を短縮されたはずですぞ！」

「淫行は、お認めになるのでございますな」

「無礼な！　内史とは、そこまで王の生活に立ち入れるのか？」

「主上の勅許を得てございますれば……。楚王は、新帝即位後、服喪期間が以前同様になったことは御存じなかったと見えますなあ」

「しっ、知らぬ！」

「これはしたり。この件、楚の国相に早馬にて知らせ、王の印鑑を取り付けておりますれば、再度ここに絹帛の書面お持ちいたしましょうか？」

楚王戊は覚えていた。印を押すとき、このような物が何の役に立つのかとあざ笑っていたが、ここで大いにものを言っているい。今さらもう、夫人と褥を共にしなかったとは言えない。

　結局楚王は死罪を免ぜられる代わり、東海郡《とうかい》を削られた。県ではなく、その行政単位を包括する郡である。これは地方王の不安を、大いに募らせた。

　次ぎに長安へやってきたのは、梁王・劉武である。彼は皇帝の実弟で、兄の皇太子時代から仲が良い。司馬門で、二人が張釈之の譴責にあったのは、今でも語りぐさである。

　二人は膳を近づけて、久しぶりに一献酌み交わす。その周囲には晁錯、直不疑、竇嬰ら三公九卿の何人かが同席し、梁王側も韓安国《かんあんこく》、趙羽《ちょうう》らの武人が侍《はべ》っていた。

　杯を呷《あお》った梁王が、口を切る。

「あのときの公車令は、廷尉に出世して、今度は淮南の国相に飛ばされたらしゅうございますなア」

「ああ、国王の安はなかなか利発者ゆえ、今から法を叩き込んでもらおうと思うてのう」

　二人は弾けるように笑いあい、美姫を介して酒を勧めあう。

「それは良い。元廷尉に教育されれば、劉安殿も父親（劉長）の轍《てつ》は踏みますまい」

「しかし世の中、うまくいかぬものでのう。張国相、病に伏せって喀血《かっけつ》したらしい」

「労咳《ろうがい》ですか！　もう長くありますまいな。……話は変わりますが、あの嫌らしい黄頭郎はどうなりました？」

「父姉を誑かしおった罰に、全財産を没収して債務奴隷にいたした。ところが、姉上たちはまた性懲《しょうこ》りもなく、一銭もないのが可愛そうとおおせられて金子をお与えになる。それを徴税吏が、尻からかっさらっていくそうな。そこで姉上たちは、与えるのではなく、お貸しになっているとか。とにかくあの黄頭郎には、もう一銭の財もなかろう」

皇帝も、少し酒精が回りはじめている。

「それはまた、気の毒な……。ところで兄上、いや、主上。跡継ぎの皇太子は、なぜ立てられませぬ？」

「朕の千秋万歳の暁《あかつき》には、この位、梁王に譲ろうと思うてのう」

「何をおおせられます。寡人は、そのようなつもりで……」

梁王は、素直に喜ぶと謀反と受け取られかねないので、必死に両手を振って否定する。

「まあ、良いではないか！　皇帝という職もそう捨てたものではないぞ」

頬を赤らめた劉啓が二度目の戯《たわむ》れを言ったとき、杯になみなみと注がれた酒が差しだされる。腕の主を見ると竇嬰であった。

「詹事。これは何じゃ？」

「罰杯《ばっはい》でございます」

「何の罰かのう？」

「天下は高帝がお取りになったもので、父子相伝が、漢の定めにございます。いかに主上でも、ほしいままに天下を梁王にお譲りになること叶いませぬ」

竇嬰の諫言に梁王の顔は翳《かげ》り、侍従・趙羽には怒りが読み取れた。だが、隣にいた韓安国の表情は、感心した者の柔和さがあった。

この話は竇皇太后に伝わり、わが息子への皇位の道を閉ざしたとして彼女の怨みを買った。これをきっかけに竇嬰が詹事の職を辞任すると、竇皇太后は彼の門籍を削除して正式な皇帝への朝見ができないようにした。これは薄太皇太后の崩御にともない、盲目《めしい》の彼女に後宮が牛耳られはじめている証である。そのため、館陶長公主の地位が上がってきた。彼女は自分の娘・陳阿嬌《ちんあきょう》を皇太子妃にと目論んでおり、急速に栗姫へ接近を計っている。まだ正式の皇太子ではないが、彼女の長男・劉栄がその至近距離にいることは誰にでも明らかである。しかし今の状態は、都合の良いことばかりではない。鄧通への差し入れがかえってままならなくなり、黄頭郎は一文無しの身の上でとうとう餓死してしまったのである。

鄧通の死に方を伝え聞いて、周亞夫は自嘲ともつかぬ笑いで頰を引き攣《つ》らせた。

しかしそれにしても、竇嬰という硬骨漢はなかなか面白いやつだと思う。彼は正式に使者を出して宴席に誘い、親交を結ぶことにした。またその席には、無役の爰盎も呼ばれていた。そこで張釈之の病没も告げられ、彼が淮南から寄越した便りも披露された。東国で晁錯の評判は蛇蝎《だかつ》のそれにも等しく、楚王と同様の扱いを受ければ、火山が爆発するごとく天下は乱れると結んでいる。彼は大いに、内乱を予感していたのである。

おりしも趙王・劉遂《りゅうすい》が宗廟へ差しだす化粧料不足で罪を問われ、河間《かかん》郡を削られた。また膠西王・劉卬《りゅうこう》が、父親の爵位を上げることを餌に、市井の婦人を後宮へ入れた廉《かど》で告発を受け、常山《じょうざん》郡を削られた。

ここまでくれば、次ぎに呉国が槍玉にあげられるのは、火を見るよりも明らかである。

爰盎が朝貢御免の杖を先帝より取り寄せたのは、もう十年も前になる。無論その間、呉王濞は一度たりとも長安を訪れてはいない。齢から推しても経緯を見ても入朝するはずのない王に、晁錯は、新皇帝へのじきじきの挨拶を督促した。それは、呉王濞の従順な態度を期待しているのではない。むしろ、無視してくれるのを待っていたのだ。するとそこに、罪状を作る余地ができる。続いて、削減すべき郡を読み上げられる。それは、夢にまで見た呉国の宝庫だ。製銅と製塩の拠点・予章《よしょう》郡と会稽《かいけい》郡である。

この通達は竹簡に認められて、呉国へ送られた。劉濞は無論、そのような沙汰を受ける気などさらさらない。

彼は中央への返事などせず、常山郡を削られた膠西王・劉卬《りゅうこう》に、皇帝への決起を申し入れる。同じく東海郡を削られて中央に不満を持つ楚王・劉戊《りゅうぼう》、河間郡を削られた趙王・劉遂を加えて、奸臣・晁錯の誅殺を標榜《ひょうぼう》する盟約を結んだ。また、膠西《こうせい》王は斉《せい》王・劉 将閭《りゅうしょうろ》、菑川《しせん》王・劉賢《りゅうけん》、膠東王・劉雄渠《りゅうゆうきょ》、済南《さいなん》王・劉辟光《りゅうへきこう》、済北《さいほく》王・劉勃《りゅうぼつ》らを同盟に加え、ここに九国連合が成立したのである。

『寡人、歳六十二。この身、自ら将たり。末子、歳十四。また士卒の先鋒たり。よってもろもろの歳、上は寡人と等しく、下は末子と等しき者は、皆発せよ！』

前一五四年、呉王濞はこのように命じて十四歳から六十二歳の男子を徴用した。

総勢二十余万人が動員されると、呉王濞は同盟軍の盟主を自任して広陵で挙兵する。そしてそのまま、西方・長安へと進撃を開始した。また膠西王卬も中央から派遣されていた官吏を斬って決意のほどを示した。

これらの動きは、いち早く未央宮にもたらされる。宮廷内は、文官が右往左往して収拾もつかぬ騒ぎになっていく。

劉啓の胸のうちには、黒い煙りが充満したような不安が拡がる。

東方の劉一族が、本気で反旗を翻すとは思わなかったからだ。領地を削減していけば、恐れおののいて、皇帝の前に這いつくばるものと信じていた。

だが、実際に火蓋が切られているのだ。それでもなお、劉啓に戦《いくさ》をするという実感はない。最近の戦いは、もう二十年前の淮南王と柴奇の乱である。無論その際、彼は戦支度《じたく》などしていない。

そう言えば詹事を辞した竇嬰は、あのおり青年校尉として働いたはずだ。隴西郡太守として赴任した李広も、匈奴との実戦を経験している。彼らに東方へ向かわせよう。

こんなとき普段股肱《ここう》と恃《たの》んでいる晁錯は、あまり役立たないようだ。

劉啓は独り頭を抱えて、あらゆる対応を考える。そのとき、父の遺言を思い出した。

『一旦緩急ある場合には、周亞夫こそ、真に任じて兵に将たるべし』

一旦緩急とは、匈奴の侵攻だけを言うのではない。正に今の内乱状況を指《さ》している。

劉啓は周亞夫を急遽呼び、中尉兼任の臨時太尉に任命した。つまり、反乱鎮圧軍の総司令官になれということである。

彼の麾下《きか》には、三十六の将軍が置かれた。

これに血相を変えたのは、御史大夫・晁錯である。彼には、今回の大事の発端が自分だとの認識がある。丞相はただの飾りで、自分が実権を握っているとの自負もあった。だから軍事も、勅命にて差配できるものと思っていた。つまり劉啓に、皇帝としての判断など及ぶまいと、高を括っていたのである。

軍事の司令系統から外された彼は、次ぎに責任転嫁を模索する。

「だいたい端《はな》から、爰盎を問い質しておくべきだったのだ。呉王から収賄しておれば、今回の謀反を知っておったはずぞ！」

彼は丞相府で、史（属官）の郅都を前に、珍しく愚痴った。

「事が起こらぬ内に、拷問にかけてでもやつに口を割らせておくべきだった」

「しかし御史大夫殿、反乱軍は西進しておりますぞ。もう前中郎将（爰盎）を糾弾なされたとて詮ありますまい」

「それはそうじゃが……、腹の虫がのう。……どうしてくりょう！」

晁錯が告発を逡巡している頃、周亜夫は三十六将軍に、配置や司令を与えていた。

「呉と楚の連合軍は淮水を渡り、各国に檄を飛ばしながら、梁国の睢陽《すいよう》に向かいつつあります」

「よし。そこは梁王（劉武）にお任せいたそう。趙羽、韓安国という武将は頼りになりそうだ」

「膠西、膠東、菑川《しせん》、済南の四国連合が斉国の臨淄《りんし》に向かったそうです」

「済北が、同盟から抜けたらしい。斉も莫迦ではないから離脱したのだ。四国連合は、盟約破棄の報復を始めると見るべきだ」

周亜夫は斉と済北の救済と連合国軍攻撃を、将軍・欒布《らんぷ》に託す。彼は幼い頃、攫《さら》われて奴僕に身を落としていたと言われる。その後、燕王・臧荼《ぞうと》に見いだされて這いあがってきた、苦労人の老将である。少し前までは、あの劉沢《りゅうたく》が封じられた燕の国相をも務めていた。彼が仕えたのは、劉沢の長男・劉嘉《りゅうか》であった。

斉王・劉将閭は、呉王濞の怒りに同調してはみたものの、小心にも不安を募らせて後悔した挙げ句、服毒自殺していた。また済北では、城壁の修復が不充分だと臣下が王を軟禁状態にして諫め、挙兵を見合わせざるをえなかった。九国同盟には早くも罅《ひび》がはいり、七国が『晁錯誅殺』を掲げて旗幟鮮明《きしせんめい》を示した。

呉王濞は進軍しながら、諸侯の賛同を得るため檄を飛ばす。

『漢帝室に賊臣あり。天下に何ら功なくして、諸侯王の領地を侵略す。劉氏一族を汚し、刑吏をもって弾劾、繋留、訊問、処分を恣《ほしいまま》にす。諸侯王に恥辱を与えることのみに務め、先帝の功臣を亡ぼし、社稷を危うくせんとする輩を、捨て置いて良しとすべきや!』

木簡に認められた、晁錯誅殺を訴える口上は、遠からず未央宮へも届くことになる。

七国の中では趙国だけが北方に位置し、他の六国から離れている。趙王遂は匈奴との連合を画策し密使を送っていた。これを知った周亞夫は、この地へ、呂氏の乱の功労者・老将軍の酈奇《れきき》を派遣して、邯鄲城を十重二十重に包囲するよう指示した。匈奴との連絡は、それで完全に遮断される。

「周大将軍。ただいま戻りました。太尉御昇進、おめでとうございます。早速、自分をどこへなりと御派遣ください!」

歯切れの良い問いかけは、隴西郡太守の任を解かれ、討伐軍へ召集された李広である。

「おう、おぬしが帰ってきたとは嬉しい。しばらくは、儂の側近として働いてくれ。隴西では、異民族の鎮圧にたいそうな武功を立てたそうだのう」

周亞夫の褒め言葉に李広はちょっとばかり表情を曇《くも》らせたが、すぐに敬礼して次の命令を待っていた。

「儂も主上より、太尉殿の麾下に入れと言われましてな」

静かなもの言いは、竇嬰だった。晁錯の地方王封地削減案に最後まで賛意を表さず、皇位継承は父子相伝だと梁王の前で言い放った気骨の士も、周亞夫に遜《へりくだ》って鎧を着けている。

彼が詹事の職を辞して、蟄居同然だったのは誰もが知っている。また今回の反乱鎮圧に一肌脱いでほしいと、皇帝や皇太后から乞われたことも周知であった。彼は就任に際し、皇帝から千金を賜った。そしてそれを未央宮の廊下へ並べ、軍吏が通るたびに必要分け与えていた。

やや子供じみているが、周亞夫はそのように無邪気な竇嬰に好感を持っている。

「そなたには、滎陽《けいよう》へ進駐していただこう。ただし、できるだけ撃って出ず、反乱軍を疲れさせていただきたい」

「さすがは先帝が見込まれた武人だ。儂も、それを進言したく思うておりました。ついては、一つ御相談が……」

竇嬰はそう言い添え、背後を促した。招かれて幕府内へ入ってきたのは、爰盎であった。

爰盎は幕府へ行く三時ほど前の未明、丞相府の史官から訪問をうけていた。舎人として身の回りの世話をする季心が、主人の傍《かたわら》で警戒している。

「おりいって、お話したき儀がございまして……」

「みどもは市井の庶民です。官吏の御用は、陽が昇ってからに願いたい」

冷たく言い放つと、その史官は再度拱手して言い募る。

「御もっともなれど、事態は急を要します。帝国の非常時ゆえ、曲げてお聞き届け願いたし！」

爰盎が、季心を促してしぶしぶ玄関を開けると、史官は再度非礼を詫びる。

「みどもは、郅都と申します。晁御史大夫の部下です」

こう切り出されて、爰盎は横面を張られた思いだった。

しかし彼の話は、爰盎の命にかかわるものである。晁錯が彼を、背任罪で訴えようとしているらしい。この数日中に、『かつて呉王から賄賂を受け取り、謀反を知りながら隠蔽工作に携わった』証拠固めをするらしい。

「だから、逃げよと言うのか？」

「それは、自ら罪を認めるようなもの」

「ならば、いかがすれば良い？」

「それは、みどもには判りかねます。が、取り敢えず、お知らせせねばならぬと思いたちました」

「しかし、それではそこもと、主を裏切ることにならぬか？」

「なりましょう」

そう言ってのけるところに、ためらいがない。それゆえ信がおけた。一見矛盾した行動をとる男だが、彼は忠義よりも崇高な理念を見いだしたのだろう。

「みどもはかつて、晁御史大夫が推進なさる政策に心酔しておりました。その結果、今日の乱が起こっても、それはなるべくしてなったもの。膿は絞り取らねばなりませぬし、道に落ちてきた岩は砕《くだ》かねばならぬのです」

郅都は訥弁《とつべん》ながら、感想を述べる。

「障壁は、取り除いてしかるべきです。しかるに今の御史大夫は、あなたさまを罪に落とすことのみ腐心してございます。もう、みどもが師事する晁御史大夫ではございませぬ」

要は、部下が見切りを付けたのだ。

爰盎は、自らの命と、乱の鎮圧双方に効く案を考え出さねばならなかった。その鍵は、反乱軍の大義名分にあった。

幕府内での密議は、数時間に及ぶ。

その後、周亞夫が未央宮に出向く。竇嬰が滎陽へ出発する前、彼に、皇帝への拝謁をお許しいただきたいと願い出たのである。その願いは聞き届けられる。

周亞夫が幕府へ帰るのと入れ替わりに、竇嬰がやってくる。

「主上、お久しゅうございます」

挨拶の一部始終を、脇に控えている晁錯が見据えている。彼の後ろには郅都もいる。竇嬰は、ゆっくりと拱手の礼を繰り返した。

「この度の滎陽への進駐、大儀である。是非良き戦果をあげてまいれ！」

「滎陽へでも、呉へでも、みどもは召されれば東海の底へでも参りましょう。しかし主上、兵はこれ凶器と申します。干戈を交えず戦乱を収められれば、これに優る兵はございませぬ」

「ほう、何か妙案でもあるのか？」

劉啓は、竇嬰の態度に期するものを感じた。

「お人払いを」

「皆の者、下がれ！」

劉啓の一言に、郅都以下の側近は座を外した。残るは、晁錯のみである。

「お人払いを」

この一言で、晁錯の表情に軽い憎悪の相が走る。だが、さすがに劉啓はこれを制した。

「晁御史大夫は、朕の股肱と恃む臣である。このものの前で言えぬ事柄であれば、聞く耳持たぬ」

晁錯には涙がでる応答だった。竇嬰は軽く拝礼して言葉を継ぐ。

「先に庶民となった爰盎、市井にありといえども外交の術に研鑽精通してございます。今回の反乱に際し、兵を用いず収める妙案を編み出すに至りました。ぜひとも御聴講願わしゅう存じます」

「お控えなされ、竇将軍。彼の者は、呉王の謀反をかねてより存じていたふしがございます。あまつさえ呉王より賄《まいない》を受け取り、謀議に荷担していた疑いこれあり！」

「控えるのはそこもとぞ、御史大夫。この大乱、地方王封地削減案がそもそもの火種であるのは誰の目にも明らかなこと。これを鎮圧するに、そこもといかなる知恵や力をお出しになった？」

地方王封地削減案が朝議にかけられたとき、当時内史の晁錯は『謀反の予防』と言ったが、竇嬰は『内乱のきっかけ』と看破していた。その遣り取りがあっただけに、晁錯の舌鋒は鈍る。

「許す。爰盎をこれへ連れて参れ」

劉啓も竇嬰の反論を認めた。それは、有事に弱い御史大夫の印象を、より強くしたからに他ならない。爰盎が呉の国相の任を解かれたとき餞別を貰ったのは、双方の人間関係が良かったからだろう。それは、かつて呉の太子を博奕盤《すごろくばん》で殴殺《おうさつ》した自分を庇《かば》って、呉と中央の橋渡しをした結果と考えることもできよう。劉啓は今、そのような心境だった。

爰盎が衣冠を整えて、未央宮に皇帝を訪ねた。劉啓の周りには再び晁錯、郅都といった側近が侍っている。

「市井で清貧に甘んじていたと仄聞《そくぶん》するが、元気そうで何よりじゃ」

皇帝の言葉で、爰盎は緊張を解いた。

「主上におかせられては、日々御心痛のことと拝察いたします」

「まこと、胸が張り裂けそうな毎日じゃ。そこもとは、もと呉の国相をしておったのう。かの国の力をどう見る？」

「必ずかの国が破れましょうが、戦となればそれ相応の血が双方に流れます」

「道理じゃ。して呉の国力はいかに？　製銅、製塩にて富める国だと言うが……」

「富んではおりますが、残念ながらそれを使いこなせる人材に不足がございます。王宮を支えるは、私銭鋳造に目が眩んだ亡命者のような荒くればかりでございます」

「ならば、どのような計略が良い？　竇将軍が推した、そこもとの妙案とは何じゃ？」

劉啓が直截に言うと、並みいる側近が耳を欹《そばだ》てる。

「お人払いを」

竇嬰のときと同様、皇帝の目配せで郅都以下の者が下がる。皇帝と爰盎以外は、晁錯がいるだけだ。爰盎と晁錯が至近距離で対峙するのは、これが最初で最後である。

「お人払いを」

これも、竇嬰のときと同じである。

「御史大夫は、憚《はばか》らずともよい」

竇嬰はここで諦めて口を開いたが、爰盎はなおも喰いさがる。

「この策は、帝王のみに聞いていただける秘密の論理にて、主上以外の耳を通ると効果がございませぬ」

劉啓は迷った。それでも晁錯の同席を認めれば、気骨ある爰盎は策を告げず立ち去るであろう。それにこの反乱鎮圧に関する限り、晁錯は役に立ちそうにはない。

「あい判った。御史大夫、しばらく退室しておれ！」

このとき晁錯は、自分の耳が信じられなかった。鼓膜が、間違った振動をしたとしか思えなかった。彼は、茫然自失のまま立ち上がる。もうその目には、怒りの炎すら宿っていなかった。

翌朝晁錯は、妻の呼びかけで優しく起こされた。自棄酒《やけざけ》の残滓が、まだ体中に残っているような不快感と、雲の上を歩くような重心の不安定さがあった。

昨日、爰盎が皇帝にどのような策を授けたのか、知りたくもなかった。屋敷の外は、彼の気分とは裏腹に快晴である。

「早う、朝餉《あさげ》を召し上がれ。そろそろ王宮からのお迎えがまいります」

「お迎えとは、何じゃ？」

「昨夜、皇帝のお使いが見えられまして、本日、呉王追討の祈願をなさいます由。そのお迎えでございましょう」

晁錯は、身体から毒素が抜け出る思いだった。爰盎の策とは、そのような他愛のないことだったのか！　それでは、人払いもしたくなろう！

彼は久しぶりに、腹の底から笑った。あまり大きな声だったので、妻や奴婢が何事かと心配そうな顔をした。

いつもより多めの朝餉を食べ、衣冠を整えた頃に迎えの馬車がきた。珍しく陪乗者の席に郅都がいる。

「御苦労だな」

声をかけられた部下は、黙したまま拱手する。晁錯が軺車にどっかと腰を据えると、進賢冠に朝日が映《は》えた。

郅都の合図で、馭者は鞭を入れる。車輪の振動とともに、二日酔いの頭痛が晁錯を襲う。彼は、それが辛く瞑目した。軺車は何度も大路を曲がって走っていく。

彼が少し目を開けると、馬車は未央宮から遠ざかっていくようだった。

『そうか、渭陽で五時に祈願するのか。ならば、まだ時間がかかる』

一人合点して瞼を閉じたとき、軺車は止まった。そこは東市であった。長安の台所と言うべき、物資が売買される市場である。前方に、市楼が聳えていた。時を告げる太鼓もある。そしてその下では、人足が丸太を組み立てている。それは、処刑台である。

「誰の、処刑に立ち会うのだ？」

鼂錯は重い頭を我慢して、郅都に尋ねようとした。だが部下は、その問いかけの彼方にいる。市を取り締まる、中尉府の校尉と何やら話しているのだ。やがて、その校尉が配下の兵士に指示した。屈強な戎衣の若者が走ってくる。鼂錯は、彼らが自分に最敬礼するものと思って、尊大に顎をしゃくった。ところが、彼らは麻縄で御史大夫を縛り出した。衣装が乱れて、襟と袖口が破れる。

「なっ、何をする！」

叫ぼうとしたが進賢冠が飛ばされ、猿轡《さるぐつわ》を噛《か》まされた。彼は後ろ手に括《くく》られ、処刑台へ歩かされる。何がどうなったか理解するまで、まだ時間がかかりそうだった。

『そうか、昨日爰盎が人払いまでして……』

そこまでようやく整理できたとき、首切り役人の大刀が振り下ろされた。

＊

爰盎は奉常に任ぜられ、軺車を急がせていた。馭者役は無論季心で、陪乗者は宗正《そうせい》の徳侯が当てられた。彼は呉王濞の実弟のため、説得役をおおせつけられたのである。軺車はまず滎陽の陣に着き、竇嬰に鼂錯の処刑を報告した。爰盎らは、席を暖める暇もなく出発する。目的地は梁国の都・睢陽郊外に敷かれた、呉楚連合軍の陣地である。

梁軍と呉楚連合軍は、早や前哨戦を交えていた。棘壁《きょくへき》で衝突した両軍は、歩兵を中心とした連合国側の圧倒的な勝利だった。それは劉濞直属で士気が高いだけでなく、製銅、製塩に従事するならず者や命知らずが多かったこともある。また、恩賞の高さもあった。檄にもそれは謳《うた》われ、大将格を討ち取ればたちまち百金が支払われていた。それは官軍にとって、脅威であり危機である。

爰盎が、皇帝の使者の徴《しるし》・節旄を携えて連合軍の陣地を訪ったときは、戦勝の宴の最中であった。

「誰だ？」

幕府内へ近づこうとする彼らは、哨戒《しょうかい》の兵に鋭い誰何を受ける。

「呉王の弟。徳侯である。疾《と》く、王に取り次ぐよう！」

少し待たされて、徳侯のみ本陣での謁見を許された。爰盎も一緒と聞いて、王は説得されるのを嫌っているのだ。季心は軺車を繋《つな》いだまま、ぼんやりあらぬ方向を見て考えごとをしている。

爰盎はそこで、皇帝・劉啓と交わした鎮圧策を思い出す。

『反乱の原因は、晁錯が地方王の罪を論《あげつら》い、封地削減策を露骨に実行したことにあります。呉王の檄にもそれが謳《うた》われ、賊臣晁錯の誅殺と故地回復を大義として掲げられております。現下の計としては、晁錯一人を斬り、使者を送って呉楚七国を大赦し、故地を回復してやれば反乱軍も矛を収めるはずです』

これに対し皇帝は、ただ拱手して沈思するのみだった。

「天下のため、一人を惜しまず斬ろう。その上で王たちに謝罪すべきであるのう」

黙考を重ねて、劉啓はこう結論づけた。こうしたとて、反乱が収まるという保証はない。だがこの上でなお進軍を続けるには、大義がなくなることになる。爰盎の本当の狙いは、そこにあったのだ。大義正義を欠いた兵は、拠《よ》り所を失《な》くして浮き足立つものだ。

二時ばかりして、徳侯が戻ってきた。その表情は沈痛である。

「爰奉常殿、申し訳ない。兄は、いや、呉王は、とんでもないことを申します。『我、すでに東帝たり』などと。とても主上に報告できかねます」

「徳侯。御安心なされよ。主上は端《はな》から、われらの説得を肯《き》く呉王だなどと思っておられぬでしょう」

爰盎は、こう言って慰めた。しかし徳侯には、この乱が終結しても、一族誅滅の連座制にかかる可能性がある。その心労は、察するに余りあった。

呉の将軍・田禄伯《でんろくはく》が、彼らのところへ来る。徳侯には軺車が返され、長安へ戻るよう呉王の命が伝えられた。同道してきた従者たちも全員帰された。しかし、爰盎らには留まれとの要請だ。

まだ交渉の余地があるのならと、爰盎は乱収束《しゅうそく》の可能性に賭けた。

「どうだ。呉の将として働かんか?」

徳侯の軺車が遠ざかると、田禄伯はまじめ腐った顔で勧誘をはじめる。

「何だと!」

「呉王は、そこもとを買っておられる。儂もそうだ。かつての国相、つまり爰盎殿は、士卒にもそれなりの人気がある。そこもとが将となれば、士気が大いにあがるというものだ」

「ありがたきお誘いなれど、節旄《せつぼう》を携《たずさ》えた皇帝の使節の身が寝返ったとあらば、末代までの恥さらしとなりましょう」

「それも、なかなか見識のある御発言。しかしのう、爰奉常。呉王は、そこもとが引き受けぬのであれば、首を刎《は》ねるつもりですぞ。よっくお考えめされよ!」

田禄伯は脅しとも取れる捨《す》て台詞《ぜりふ》を吐いて幕府に戻っていった。爰盎と季心はそのまま幕府内の一角に、旬日余り抑留されることとなる。

その晩は、大酒を喰らった兵士どもの鼾《いびき》が、特に大きく聞こえていた。勝利の酒の残りがまだあったらしい。それにしても、哨戒の兵の姿まで消えていた。そこへ校尉司馬《こういしば》の徽章を付けた壮年の兵が入ってくる。

「見張りは、全員眠っております。今の内にお逃げください」

そう言われても、おいそれと動けるものではない。少し行って摑まれば、もっと寿命が縮んでしまう。

「閣下、みどもをお忘れですか？」

言われて爰盎は、その校尉司馬を見る。髭の伸びた顎に惑わされたが、それは婢と密通していた従史であった。あれから二人で所帯を持ち、子供を育て、彼はようやく校尉と呼ばれる身分に出世したようだ。

「元気そうで何よりだ。だが、本当に見張りをどうしたのだ？」

「酒を買い与えて、眠らせました」

「だから逃げられると言うか！　しかし事が発覚すれば、おまえもただではすまぬぞ。儂は、そこまでして逃げられようか！」

「呉王は明日、閣下が色好い返事をなさらねば、斬るつもりでおります。さあ、早う」

「義理を果たしてくれるは嬉しいが、そこもとの家族にまで迷惑はかけられぬ」

「御安心ください。みどもはこの戦は呉の負けと踏んでおります。もう家財も売り払い、遠くへ逃げる用意も整ってございますれば、どうかお気遣いなく」

彼は言うが早いか刀で軍幕を切り開き、兵士たちが雑魚寝している間を通り、陣の外へ案内してくれた。そこには、鞍を着けた馬二頭が用意してある。

「恩に着る」

爰盎と季心は、礼を言って馬に飛び乗った。

「みどもは会稽に帰ります。またお会いできるを楽しみに、鍬と鋤にて生計《たつき》を立てます」

見送る男の目に、光るものがあった。自分を追いかけてきてくれた時のことが、脳裏を過《よ》ぎったのであろう。

「お内儀によろしゅうな！」

爰盎の言葉に頷《うなず》くと、校尉司馬は背を向けて走り出す。それと同時に、乗馬の二人は鞭を振るった。

彼らは、間道を選んでひた走った。それは、遊侠が好む裏道だ。追っ手を撒くには好都合である。加えて呉楚は、歩兵中心である。騎兵が少ないのも、彼らに幸いしている。

半日も走らぬうちに、彼らは梁兵の勢力範囲に入れた。

「もうすぐ仲間の隠れ屋敷がありやすんで、腹に入れる物を恵んでもらいまさア」

「おぬし、いろんな所にさまざまの知り合いがおるのう」

「これはどうも。昔、車を使って荷運びをしておりやしたもんで……」

「何、荷を運んでおったのか？」

「へい、今は河内郡の菑県《しけん》で顔役になりかけてる郭解《かくかい》ってやつと相方でやしてね」

「その運送夫らの、元締めとも言うべき親分もいるのか？」

「そりゃ、洛陽の劇孟《げきもう》の旦那でさア」

爰盎は、暗闇に光明を見いだした思いだった。腹がくちくなると二人は、呉楚連合軍と死闘を繰り返す梁都・睢陽を尻目に滎陽へひた走った。

＊

「さすがに爰盎は、転んでもただで起きん男だ。劇孟に目を着けるとはさすがだ！」

周亜夫は、八個軍団・戦車千乗率いる六頭立ての駅伝車で、陪乗者の李広に話しかける。

「遊俠の大親分ということですが、どのようなことに役立てられます？」

「戦を制するには、まず兵糧の確保と連絡網の整備だ。今回のように帝国全土に兵を展開するに当たっては、兵站部《へいたんぶ》や輜重隊だけでは追っつかんのが現状だ。ところが遊俠の社会では、そのあたりがしっかりしている。だから、協力を乞うたのだ」

周亜夫は爰盎の勧めで滎陽への途中、洛陽に立ち寄って劇孟に会った。大将軍の辞を低くした挨拶に、遊侠の頂点に立つ男は礼を尽くして応えた。

周亞夫は、軍事作戦を包み隠さず話す。

「呉楚の兵は、士気が上がっている。その先鋒に叩かれている梁には気の毒だが、しばらくは堪えてもらうつもりだ」

「呉楚の疲れを、待つんでやすかい？」

「そのとおりじゃ。それに奴らは輜重の運搬を兵のみで行おうとしているはずじゃ。それを遮断するは我らが仕事。劇殿には一般の運送夫と車をこちらへ付けるよう御協力を仰ぎたい。天下万民のために！」

「そんなに買い被《かぶ》られちゃ困りやす。てまえに、どこまで力があるか判りませんが、宮殿の太尉様から頼まれちゃ、断れやせんな」

劇孟は一見、長いものに巻かれる風を装っているが、そのような男ではない。むしろ、『権力何するものぞ』の反骨精神の方が強いのだ。彼があっさり承諾したのは、男気を出したからだ。手の内をわざとさらけ出した周亞夫の作戦勝ちである。

劇孟はさっそく、東国の車輌業者と運送夫に呉楚の仕事をせず、周大将軍のもとへ馳せ参じよと回状を送る。これで漢軍の輜重は確保でき、呉楚は遠からず飢えることとなる。

周亞夫が先日のことを話すと、李広が問う。

「信用できるものでしょうか？」

「われらの軍事条約より、よほど信がおけようぞ！」

言い放ってからからと笑うと、李広の顔に憂愁の影が宿る。

「どうした李校尉、遊俠は嫌いか？」

「いいえ、自分を恥じております」

「おぬしほどの武勇の主が、何を恥じる？」

「……実は、隴西在任中に羌族《きょうぞく》が乱を起こしまして……」

「迅速に鎮圧したと聞いたぞ」

「確かに素早く降伏させ、武装を解除させました。ですが、再度背くことを懸念して、窪地に集めて全員を射殺いたしました。後味の悪い騙し討ちです」

「そうか。軍事とは酷いものよ。ときにはそのような事もせねばならぬ。ところで、それは何人だ？」

「約八百余人です」

「長平の戦いを知っておるか？　秦将・白起《はくき》はそのおり、四十万人を欺《あざむ》いて坑殺《こうさつ》しておるぞ」

「ならばみどもはこれから、己の小ささを恥じねばなりませぬな」

李広はそれで、心の蟠《わだかま》りが氷解したようだった。滎陽へ着くまでに、顔からは自嘲の影が消えた。

「灌夫《かんぷ》、無理をするでない。親父殿が討ち死にされたのじゃ。息子は葬儀のため、戦列を離れても良いのがきまりぞ！」

「竇《とう》将軍、我がそんなことをして、喜ぶ親父とお思いか？　黄泉の国で迎えられたとき、鬢《びん》打《だ》を受けるのが落ちですわい！」

周亞夫が滎陽の陣地に到着したとき、幕府の中から、竇嬰とその部下校尉の威勢の良い遣り取りが聞こえてきた。

太尉の到着に竇嬰は最敬礼するが、全身に矢傷を負って血塗れの灌夫は軽く拱手しただけだった。

「灌校尉、まず休まれよ。今までも持久戦だったが、これからひと月余りも再度戦いを避ける。傷を治したころ、また戦える」

しかし灌夫は太尉の言葉を喜ばず、幕府を出ようとしてよろけた。それを李広が飛び出して支える。強者《つわもの》の血が、彼の鎧にへばり着く。灌夫は李広にそれを詫びたが、周亞夫の方へは視線を返さなかった。竇嬰が太尉に走り寄って部下の非礼に頭を下げる。

梁国は呉楚の大軍に攻められ、必死に防戦しているが苦しいらしい。滎陽へは救援の要請がひっきりなしに来る。先ほどの灌夫は父・灌孟《かんもう》とともに援軍の一員として呉軍に斬り込んできたのである。彼の頭にあるのは、苦戦する梁を義によって助力したいの一念だ。だから、持久戦に反対なのである。

周亜夫はやれやれと言う顔をして、作戦を伝える。

「梁の睢陽《しょうゆう》へは援軍は出さぬ。もう少し呉楚連合軍のお守りをしてもらう。その間、われらは昌邑へと軍を進め、城塞を堅くして立て籠もり、呉楚の糧道を断つ」

竇嬰を榮陽に留め、周亜夫は昌邑へ出発した。進軍する彼のもとへは、劇孟からの使いがひっきりなしにやってくる。

『膠西、膠東、済南、菑川の連合軍に包囲されている斉は、欒布《らんぷ》の援護を得、城を墨守して善戦している』

『趙と匈奴の密約は実行されず、酈奇の軍は邯鄲城を取り囲んでいる』

『呉は東欧との同盟をも画策しているが、相手は状況を見守っている』

それらの状況を踏まえて、周亜夫は昌邑へと向かう。梁へはまだ援軍を送らず、彼は軽装兵を繰り出して梁から呉への幹線道路を塞ぐ。間道沿いには、遊侠たちの見張りを立てた。これで呉楚の糧道は完全に閉じた。

呉楚連合軍の中には、別働隊を編制して長沙を手中に収め、しかる後に武関から都へ攻め上るべきだと主張したものもあった。しかし呉の太子が、別働隊がさらなる謀反に走る恐れがあるとして受け入れなかった。また、軍の通過に際して落ちない城邑があっても、それを捨てて西進し洛陽の武器庫を占拠し、敖倉の穀物を略奪すべきと提案したものもあった。それも軽薄な浅慮と一蹴される。そして、梁の睢陽攻撃に執着する。

例外は周丘《しゅうきゅう》という将だが、彼は正式な連合軍の兵ではなく、下邳《かひ》から義勇兵を起こした呉王の食客であった。彼のみ呉領内より北方に矛先を向け、十万の兵を吸収して城陽を攻撃した。呂未亡人が、太后として君臨する国である。

連合軍の態度は、間者や遊侠の末端から聞き込んで周亞夫にもたらされる。いくつかの情報が違ったものによって伝えられるから、信憑性の高さは自ずと判ってくる。

連合軍の梁への執着が確実になって、睢陽から皇帝へ援軍の要請がなされた。そのことが周亞夫へ伝えられた。しかし太尉は将軍としての作戦上の問題から、皇帝の詔を肯かず援軍を出さなかった。

連合軍が動かぬと見た周亞夫は、兵糧攻めに拍車をかけた。東国の輜重車は全て、遠く滎陽から洛陽の方へ移動させられる。その際当然のごとく、積めるだけの穀物が満載されていた。

これでは、強者揃いの連合軍にも飢えが迫る。雑兵が近隣の疎開民家に乱入し、残飯は言うに及ばず軒下に忘れられた蝗《いなご》の薫製まで略奪してきた。無論それで飢えが凌《しの》げるはずもなく、彼らは梁の穀物を奪おうと攻めた。しかし、体力の消耗した軍は逃亡兵が相次ぎ、韓安国と趙羽の軍に合流した竇嬰の官軍に撃ち破られてしまう。その際、傷を治して満を持していた灌夫が決死の斬り込みを行い、命知らずの呉楚連合軍を震え上がらせていた。

連合軍はじりじり敗退して、今度は昌邑に拠《よ》る周亞夫を目標に据《す》える。

周亞夫の陣地では連合軍が攻め来る緊張で、守備兵の神経が苛立《いらだ》っていた。李広麾下の兵の鏜の石突きが、程不識の部下の顔に当たることがあった。仕返しが起こり、味方同士が拳を振り上げての乱闘となる。

このとき周亞夫は寝ていたが、敢えて起きなかった。そのうちに、小競り合いは収束していった。

城塞の南東から、連合軍が見え隠れするとの報告が入った。周亞夫は密かに、西北側を固めさせる。すると案の定、そちらから主力が攻撃をかけてきた。雲梯《うんてい》や衝車《しょうしゃ》を使い、必死に突破を計るが、周亞夫は城壁上から熱い油を撒いて松明《たいまつ》を落とした。燃え上がる炎になす術《すべ》を失い、火達磨になって悲鳴をあげる者、火傷で動けなくなる者などが続出している。連合軍は浮き足立った。そこを周亞夫軍の主力が、戦車を繰り出して攻撃する。

飢えた連合軍の兵たちは、それで戦意を沮喪《そそう》させて遁走《とんそう》しはじめる。周亞夫の戦車部隊はここぞとばかり追撃に追撃を重ねた。

食糧を充分摂《と》った戦車部隊と、飢えた歩兵では端《はな》から問題にならない。蹄《ひづめ》にかけられる者、車輪に轢《ひ》かれる者、車軸の歯に引き裂かれる者など、呉楚の兵は修羅《しゅら》地獄を厭《いや》というほど味わって斃《たお》れていった。

楚軍は壊滅し、呉王濞もついに軍を捨てる決意をした。そして壮士数千人を引き連れて長江を渡り、丹徒《たんと》に立て籠もる。その地は東欧の支配地で兵力は一万であった。周亞夫は攻撃の手を緩《ゆる》めず、水軍を仕立てて長江を押し渡ってきた。その一方で勇み肌の遊俠を使者に立て、東欧王に寝返りを説得させた。

東欧にすればもともと呉の製銅、製塩の利益に惹かれていただけである。事ここに至れば、劉濞に何の義理もなかった。下手に彼らの味方をすれば、呉王もろとも東欧が禍《わざわい》を受ける。そう結論づけた東欧王は漢の呼びかけに応じ、劉濞が軍兵を労っているところを急襲して突き殺した。呉軍は混乱し、劉子華《りゅうしか》と劉子駒《りゅうしく》の二王子を奉じて閩越《びんえつ》へと逃げる。呉王濞の首が駅伝車で周亞夫のもとへ届けられると、呉の将兵は次々と投降した。城陽を攻撃していた周丘も、大義を失って下邳へ引き揚げる。しかし彼はその帰路、背にできた悪性の腫物・疽《そ》を病んで没した。

斉国の臨淄を攻撃していた膠東、膠西、菑川、済南の四国も、呉王の大敗に浮き足立って、漢将・欒布の軍に打ち負かされた。四王は一族と共に全員自害し、国は一時取り除かれる。

世に『呉楚七国の乱』と呼ばれる内戦は、こうして三ヵ月余りで終結したが、これ以降、地方王への監視は急速に強くなる。その政治的権力はほとんど剝奪《はくだつ》され、彼らは、女色に耽《ふけ》るか狩り暮らすしかなくなっていったのである。

周亞夫は、華々しい凱旋を果たせた。彼は正式に太尉への就任が内定している。暦では春であったが、長安へ着いた日は雪がちらついた。彼にはその白い枚《ひら》の影のみが映り、烏揚羽蝶《からすあげは》の翅の乱舞に見えた。

＊

乱の終結後、皇帝・劉啓は栗姫の長男・劉栄を太子に冊立《さくりつ》した。師傅役には竇嬰が抜擢される。また、一旦廃止された膠東国には王美人の姉が生んだ劉徹が王に封じられ、膠西国には程姫の末子・劉端《りゅうたん》が封じられた。

論功行賞が一段落して、劉啓は久しぶりに上林苑で狩りを楽しんだ。栗姫も王美人も、容色の衰えが目立ち、彼は賈姫《かき》を寵愛して終始供に加えている。

その日、側近として皇帝に侍したのは中郎将に出世した郅都だった。

珍しく不猟《ふりょう》で、誰も賞賛に値する収穫がなかった。腕自慢の李広が遠い牡鹿を射たところ、矢が角に弾かれ灌木に隠れていた猪を脅かした。獣は夢中で駆け出し、俄《にわか》に設置した厠へ逃げこんだ。そこには賈姫が、用を足しに入ったばかりだった。劉啓は気が気ではなく、郅都に目配せする。だが彼は動かない。

「おぬしが行かぬのなら、朕が参る!」

劉啓は側近の矛を摑んで、厠へ出向こうとした。それを郅都が止める。

「たとえ姫妾一人亡くしたとて、また得ることはできましょう。しかし主上が御身を軽んじられては、どなたが宗廟や太后をお守りできましょう?」

劉啓はこの一言に、盲目《めしい》の竇太后を思い出した。彼女にこれ以上悲哀を味わわせられない。また、冊立したばかりの皇太子栄はまだ十歳余りだ。とても任に堪えられまい。心に重くのしかかる諫言である。

劉啓は、気を揉みながらも自重した。彼らの遣り取りを知らず猪は去り、賈姫も無事席に帰った。この話を伝え聞いた竇太后は郅都に百金を下賜した。

ところで、乱鎮圧に際しての遊俠の協力が賞賛されると、それを自任する似非侠客《えせきょうかく》が鼻を高くして無法な行いが目に余った。無論、劇孟ほどの大親分になるとそのような無粋な真似はしない。

国から郡になった済南では、瞷氏《かんし》が三百余家を擁《よう》して暴虐非道を繰り返していた。劉啓はある期待を込めて、この地の太守に郅都を任命した。

郅都は着任そうそう太守命で、瞷氏の頭領を呼び出した。それまで中央の役人を鼻であしらってきた瞷氏は、嘲笑して取り合わない。郅都は翌日未明、武装兵千人を繰り出して瞷氏の屋敷を襲撃した。門番がそれに気付いて叫び声を上げようとしたとき、郅都はその喉笛を剣で斬り裂いた。

「瞷氏の一族はこの世の蛆虫《うじむし》同然だ。見つけ次第血祭りにあげよ！　責任は儂が負う」

太守の歯切れの良い命令に、普段彼らに肉親を呵《さいな》まれていた兵は、復讐に燃えた目に光を宿して暴れ回った。無論頭領もその場で処刑された。

これを皮切りにその地の瞷氏は毎日のように仕置きされ、もう敢えて瞷氏を名告る者はなくなった。また、一部の遊俠は郅都に賄賂《わいろ》を持参したが、手渡すとその場で捕らえられて首を刎ねられた。もう誰も郅都を抱き込もうとせず、道に落ちている物さえ取り込もうとしなくなった。済南郡はよく治まり、近隣郡の太守たちは郅都を畏敬した。彼はこの一世代後、武帝（劉徹）の治世下で活躍する酷吏《こくり》と呼ばれる法技官の草分け的存在になったのだ。

郅都が実績を上げ、中尉に昇進して長安に戻ってきた頃、周亞夫は丞相に昇った。


「主上、御存じでございますか？　最近、巫蠱《ふこ》の妖術を使う者がおる由」

「誰が、誰に対してじゃ？」

「わらわが親しい楚服《そふく》なる巫女《みこ》は、宮殿に妖気が漂うと申しておりますが……」

そう言われて、劉啓は思い当たる節があった。栗姫である。彼女は皇太子の実母の肩書きを得てから、何かにつけて愛嬌がなくなっている。それは、出戻りの王美人を寵愛しだしてから特に顕著だ。同様に扱われるのが、自尊心を傷付けているらしい。そして劉啓の愛の対象が、小娘同然の賈姫に移ると、嫉妬の炎はさらに烈しくなっている。

「栗姫が朕を、呪うておるのか？」

「でなければよろしいのですが……」

未央宮ではこの頃、館陶長公主が栗姫に接近して娘・陳阿嬌との縁組みを申し入れていた。しかし嫉妬に狂う栗姫は、この皇帝の姉こそ禍《わざわい》の種を撒き散らす元凶として憎みたおしている。話がまとまるわけがない。

すると彼女が次ぎに画策したのは、栄皇太子の廃位である。それには栗姫の謀反を装うのが一番早かった。小道具に使われたのが、巫子《ふこ》と呼ばれる呪縛用の桐人形である。

『とんでもない女だ。あんなやつの息子を、皇太子などにせねば良かった！』

皇帝に後悔させながら、館陶長公主が別に皇太子候補と考えたのが、聡明だと噂される劉徹である。彼の生母は出戻りの、王美人の姉・王夫人である。女二人の連携が、ここから始まる。

皇帝の客人接待係で大行《たいこう》なる役職がある。その長官がとある宴会で、王夫人と語らうことがあった。

「最近膠東王（劉徹）は、お健やかでございましょうか？」

「ありがとう。恙《つつが》のう暮らしております。ところで大行殿、皇太子殿下はいかがでございます？　貴殿は師傅殿とお親しいとか」

「栄皇太子は、主上の跡目をお嗣ぎになるべく毎日書物を読み続けておられます」

鈍感な大行は、王夫人を目前にして、劉栄を褒《ほ》めそやした。王夫人はむらむらする怒りを鎮めながら、涼しい声で応じる。

「皇太子殿下がそれほど立派に成長あそばされておられるのなら、栗姫殿が皇后の地位に登られないのは、不自然ではございますまいか？」

そのとき単純な大行はなるほどと一人合点し、皇帝に直言した。

「主上、そろそろ栗姫殿を皇后に据えられてはいかがでございましょう？」

「慮外者、それを言うがおまえの役職か！」

哀れな大行は勅勘《ちょくかん》を蒙《こうむ》り、処刑されてしまう。劉啓は返す刀で薄皇后と皇太子・劉栄を廃し、劉徹と王夫人を皇太子、皇后に昇格させる。

こうして館陶長公主の策略が成ったのであるが、これは宮廷内に物議を醸《かも》した。丞相・周亞夫と師傅役の竇嬰は、とんでもないと猛反対した。

「薄皇后を廃することは、故薄太皇太后との約定を反故にいたし、位牌に顔向けができませぬ。また本人の落ち度もないのに栄皇太子を廃するは、皇室が混乱して社稷を全うできかねると存じます」

この反対意見は、意外なところから掻き消された。

「周丞相や竇嬰殿がどこまで劉氏のことを考えているのか、疑わしいぞ！」

遠慮のない物言いは梁王・劉武であった。彼は七国の大乱で呉楚の精鋭の直撃を受け、国家存亡の危機に立たされた苦い経験をさせられている。その際何度援軍を要請しても、周亞夫は兵を出さなかったし、竇嬰も滎陽からなかなか出陣しなかった。劉武は、それを大いに怨んでいる。

「戦略上の問題でございます。いちいち御釈明するに及びませぬ！」

周亞夫も竇嬰も、取り合わなかった。

「皇帝の弟を捨て駒にするのが、そこもとらの兵法か！」

「『古来、戦時における指揮権は、国王の容喙すら許さず』とあります。それは主上も御存じのこと」

劉武はなおも喰いさがったが、周亞夫は問答無用で論議を打ち切った。だがそのため、廃嫡同然の栄皇太子を救えなかったのである。劉栄は臨江王に降格された。

竇嬰は失意の余り、藍田《らんでん》の別荘に引きこもってしまった。

するとそれを幸いとばかり、今度は竇皇太后が、劉武の跡目相続の一件を蒸し返した。それは、酔いに任せた皇帝自身がかつて口を滑らせたことである。

「かつて竇嬰殿が、罰杯でお諫めになったのをお忘れですか。皇位は父子相伝でございますぞ！」

こう言って、再度諫めたのは爰盎だった。彼は呉国から軟禁状態を脱しやっと長安へ戻れたが、特使としての任は失敗だった。だから無役のまま屋敷にいた。今回意見を奉《たてまつ》ったのは、皇帝からの諮問《しもん》があったからだ。

それに対して、梁王武は彼を怨んだ。

『あの大乱で、戦火を真っ向から受けたのは梁だ。なのになぜ、大臣どもの意見ばかりとおる！』

竇皇太后も一旦諦《あきら》めたものの自分の意見がとおらぬのは面白くなかった。彼女は娘・館陶長公主と仲が良く、息子を皇太子にしてもらったうえ自身も昇格した王皇后とも意を通じている。王皇后には兄・王信がいる。竇皇太后は、皇太子の伯父を世間体良く列侯に昇格させるべきだと、劉啓に命じた。

「母上の兄・南皮侯《なんぴこう》（竇長君）と弟・章武侯《しようぶこう》（竇甫）は、父上、いや、先帝が侯となさいませなんだのを、朕が即位するに及んで侯といたしました。従って、信の件は時期尚早《じきしようそう》かと存じます」

「何を言わっしゃる！　皇帝の決断とはそれぞれの機に応じ、聡《さと》く行うものですぞ。わらわの兄が侯と成れたのは、死後だったことをお忘れか？」

確かにそうだった。あれは一種の、特赦のようなものだ。だからこそ、王夫人の兄など列侯にはできない。

「丞相と議するを、お許しください」

劉啓はそう言って逃げた。周亞夫に計れば反対するに決まっているからだ。

『劉氏にあらざる者は、王たるべからず。功績なきものは、列侯たるべからず。この約定に違反せば、天下共にこれを誅すべし』

丞相・周亞夫は、金科玉条を振り翳《かざ》して劉啓を諭《ふ》した。決して、拳で机上を叩く振る舞いではない。王信の列侯昇進は、それで見送られることとなる。

周亞夫が皇帝の下問に応えて未央宮の廊下を下がってくると、擦れ違う列侯、高官などの宮廷人は皆最敬礼をした。ところが、ただ拱手して通り過ぎた者がいた。

中尉の郅都である。

「落ち目には成りとうないのう」

周亞夫が中尉を振り返ったとき、宮廷人の会話が漏れ聞こえてくる。

臨江王に降格した劉栄が入朝の礼を失したとして、中尉から告発を受けたのである。これは師傅役だった竇嬰が、藍田に逼塞《ひっそく》していたからでもある。周亞夫は早速早馬を飛ばしてこれを知らせた。

竇嬰は長安に駆けつけると、八方手を尽くして劉栄と連絡を取ろうとした。しかし法規厳格な郅都は、それを許さなかった。

「元皇太子は簡牘《かんとく》と刀筆《とうひつ》を欲しがっておられます」

ようやくそんな、劉栄の希望だけが聞こえてきた。簡牘とは文書を記す竹札や木札、刀筆は文字どおり筆と小刀で、現代のノートや鉛筆と消しゴムである。そのようなものすら、郅都は渡さなかった。

竇嬰はそれらを揃え、中尉府の牢番を抱き込んで劉栄に差し入れた。彼はそれで父・皇帝宛の謝罪文を書いた後、小刀で頸動脈を切断した。

中尉・郅都の皇族を憚らず取り締まる行為はこれに留まらなかった。その熾烈さゆえ、彼は『蒼鷹《そうよう》』と呼ばれて恐れられた。不平不満は皇帝にではなく、竇皇太后に届く。

匈奴の地にも異変があったらしい。

軍臣単于の方針に異を唱える王たちが、漢に降ってきた。そこで劉啓は、彼らの処遇について朝議を開く。

「匈奴王・徐盧《じよろ》ら五名、このほど漢の威徳を慕って投降して参った。朕は彼らを列侯に封じ、降伏者勧誘の御標《みしるし》にいたしたく考えるがいかがじゃ？」

皇帝の提案に宮廷人は賛意を示す。だが丞相はこれに真っ向から反対した。

「主上のお考え、納得いたしかねます。そもそも彼らは、己《おの》が主たる単于を裏切った者でございます。このような背徳を顕彰して侯に取り立てるは、人臣の節義を廃れさせましょう。また、『功績なき者は侯たるべからず』の、高帝の遺勅に抵触いたします」

「それは違います！」

周亞夫の反論を待っていたように、声を上げたのは御史大夫・直不疑であった。美男子で、普段無口の彼が発言するのは、後ろに彼を持《も》て囃《はや》す後宮勢力があるからだ。

「人徳とは、教化の行き届いた中華の民に適用される観念。禽獣にも悖《もと》る匈奴など、はじめから対象外です。今回彼らを列侯とするは、喩《たと》えて言えば、虎を捕らえるため罠に牛肉をおくようなもの。食卓に盛られた晩餐の牛肉も罠として仕掛けられた肉も同じ材料でありますが、人々の見方は違いましょう。常に一方しか見えぬ目で全てを量れば、紋切り型の論しか立ちませぬぞ！」

「みどもも同感でございます。政《まつりごと》とは機に臨み変に応ずるもの。それは兵法と同じではございませぬか？　淮陰侯《わいいんこう》・韓信《かんしん》は、兵法では非常識とされた背水の陣にて勝機をつかみました。今回の匈奴への対応は、いわば戦いにおける作戦同様と心得るべきです」

直不疑に続いて周文《しゅうぶん》、張 叔《ちょうしゅく》らが周亞夫に対抗した。これは初めから皇帝の意を受けた側近が、協力しあって丞相を封じ込める作戦だ。朝議の結論は決まっているのである。

周亞夫はもう、反論すまいと思った。

「丞相の議論は採用できない！」

皇帝の一言で、匈奴王の列侯が誕生した。

周亞夫は、即日、丞相を辞任する。

彼はその後、無役のまま屋敷で過ごした。

ある麗らかな日、従僕同士が郅都の噂をしていた。

「中尉殿も、貧乏籤《くじ》を引いたな」

「そうとも、皇族を片っ端から捕らえた日にゃ、いずれはこうなるだろうと思ってたがな。やはりだ」

「でも、竇一族の威光を恐れない気っ風は大したものだったがなあ」

郅都は竇皇太后の逆鱗《げきりん》に触れて、中尉を辞任させられたのである。劉栄を自殺に追い込まれたうえ一族を苦しめる郅都に対し、竇皇太后の憎しみはそれでも消えなかった。彼女は虎視眈々と処刑の機会を狙いはじめた。さすがに皇帝も彼の能吏ぶりを惜しみ、雁門郡《がんもんぐん》太守に追いやって中央から外したのである。丁度匈奴王らの投降もあり、北方に睨みを利かせる意味もあったのだ。

「左遷されると、もう梲《うだつ》は上がるまい。だが、地方で、匈奴相手に華々しく討ち死にするのも一興だぞ」

周亞夫は小さく呟いた。

「父上、良い鎧と盾でございましょう」

日向ぼっこしている周亞夫の前へ、長男が武装してやってきた。しかし飾り立ててあるだけで、短兵の攻撃に耐えられそうもない。

「おまえ、これは……」

「そうです。父上の葬儀に彩りを添えるものです」

要は副葬品である。皇帝が生前から、長命を祈願して寿陵の建設を始めるように、墓に埋葬する冥器を買い集めることは不孝でも不吉でもなかった。

「いや、随分立派な物ではないか！」

「尚方局《しょうほうきょく》の工官が造り過ぎたとて、安値で分けてくれました」

尚方局とは、皇帝の御物管理の役所である。

「いかほど購《あがな》った？」

「五百組ばかり」

「おまえは、儂に黄泉の国で戦《いくさ》をさせるつもりか？」

「彼の世界にも、呉楚七国がござるやもしれませぬゆえ」

周亞夫は、苦笑いして昼寝をした。

無役の彼に、皇帝から晩餐会の招待状が届いた。退屈な毎日なので、出かけることにする。軺車に乗るのも、久しぶりだった。

「雁門郡太守（郅都）は、あれでなかなか匈奴に恐れられておるぞ。匈奴兵が太守に模《も》した藁人形《わらにんぎょう》を拵《こしら》えて射ても、全く矢が当たらぬそうだ」

相変わらずの噂が、宮中では飛び交っている。未央宮の廊下を進むと、彼を閣下と呼び止める者がいた。竇嬰である。

「おう、藍田での生活はどうじゃ？」

「先刻、恥ずかしくも長安へ舞い戻ってまいりました」

「それは良い。無役は退屈ぞ」

「実は、梁王が不穏な動きをしておられるようで……」

「あの皇帝を兄と慕う公子が、謀反でもあるまい？」

「そうではない。爰盎が刺客に襲われかけました」

「それは物騒《ぶっそう》な。季心が救ったのか？」

「いえ、それまでもなく、当の刺客が彼の人徳に打たれて名告り出たそうです」

「有徳の士とは、そのようなものだ。さすがは爰盎ぞ！」

「そう手放しで喜んでもおられませぬ。刺客は次々に放たれましょうから」

「季心だけでは、抗いきれまいのう。多勢に無勢ということもある」

「なるべく外出せぬよう、注意しておきましょう。それに、みどもの舎人をしておりました灌夫、やつは季心と馬が合います」

「あの向こう見ずの元気な男か。乱が終わって中郎将に任ぜられたが、三ヵ月で免職になったと言うのもやつらしい。良い取り合わせかも知れぬな」

二人が話の花を咲かせているところへ、案内役の宦官がきてそれぞれの席を示してくれた。周亞夫は、自分の位置が随分下になったと思いながら座った。そして膳を見て意外の感を強くする。他の膳には細かく切られた肉が盛られているのに、彼の皿には牛肉の固まりがあるだけだった。周亞夫は、いらいらする気持ちを押さえて考えた。だが謎かけの意が判らない。

「尚席《しょうせき》、箸を持ってこい！」

彼はついそう怒鳴った。食堂の長たる尚席は現れず、周囲の者がざわめいた。ふと後ろを見ると、侍女に支えられた竇皇太后や王皇后、館陶長公主がいる。梁王もいた。

「肉にも、いろんな料理の仕方や食べ方があるそうな。晩餐に供されるものもあれば、虎の罠に使うものも。のう……」

誰が言った言葉かは判らない。周亞夫は、ただ拱手の礼をして小走りに未央宮を退散するしかなかった。

あれは肉の固まりではない。皇族の悪意の固まりだ。そう思うと、背中に寒いものが流れた。

爰盎が刺殺されたのは、それから数日後だった。最近不審火など禍事《まがごと》が起こるので、彼は卜筮《ぼくぜい》に優れた棓生《ばいせい》に占《うらな》ってもらった。その帰り、安陵の郭門で待ち伏せていた数人の刺客が、匕首《あいくち》を手に襲いかかったのだった。その日は丁度、灌夫の代国国相就任を祝う宴があり、主を迎えにいこうとした季心を、酔っ払った灌夫がむりやり引き留めたのが仇になった。

周亞夫は、訃報を聞いて黙禱《もくとう》を捧げていたが、彼自身にも火の粉が降りかかってきた。廷尉府の獄卒が、彼の長男を捕縛にきたのである。嫌疑は、尚方局の製品不法取得と、約束の金銭不払いということだ。

周亞夫は、罠に塡《は》められたと知った。

長男は、確かに安い買い物をしたと言っていた。彼は陽気なだけが取り柄の、至って計算が下手な若者だった。おまけに人も好い。金銭には綺麗な交際を心懸けている。約束不履行など考えられない。

だがその長男は、皇帝の御物を私物化した不敬罪の廉《かど》で処刑された。

周亞夫は気が遠くなる思いだった。帝国の功労者が、なぜこのような待遇を受けねばならんのだと、天に向かって叫びたかった。

夫人とともに息子の死を悼《いた》んでいると、またもや廷尉府の獄卒がきた。今度は、周亞夫自身の謀反だと罪状を述べる。

もう罪人に仕立てられるよう、未央宮では筋書きができあがっているのだ。彼は短剣を取って、己《おのれ》を突き刺そうとした。さすがの夫人も、次々起こる不幸のため貧血に襲われた。彼女がへなへな倒れたので、周亞夫は剣を落として彼女を支える。その瞬間、獄卒が彼を捕縛した。

「条侯、そなたは謀反を企てたであろう?」

廷尉は、乾いた声で彼を告発した。かつての上司であり、国家功労者への尊敬の念など全くない口調だった。

「いかなる証拠があるのだ?」

「先頃処刑された長男は、尚方局の鎧と盾を五百組も詐取いたしておるぞ!」

「詐取ではなく、余り物を安値で引き取ったのだ。それにあれは、副葬用のものだ。儂の墓に埋めるためのなア!」

「ならばそなた、黄泉の国にて謀反を起こすつもりだったのであろう」

この判決は後宮の意向である。いくら抗っても、獄卒の拷問を受けるだけだ。彼は蟻地獄に吸い込まれるごとく、観念して罪状を認めた。

囚人として入る牢は、甘泉宮の一角だった。赤い獄衣こそ着せられていたが、さすがに身分の高さはここでは生きていた。そこには皇后の異父弟・田勝《でんしょう》も入れられており、何かにつけて『閣下、閣下!』と立ててくれた。

「竇皇太后に嫌われると、このざまでございます。みどもはちょっと付け届けが少なかったばかりに、不敬罪だと罵《ののし》られて一年の入牢をおおせつかりました。まあ、骨休みのつもりで牢生活を経験しておきましょう」

気さくに言う田勝には、身辺をかいがいしく世話する若者がいた。名を張湯《ちょうとう》と言い、周亞夫にも礼を尽くしてくれた。食べ物、薬あるいは下着など、生活必需品をこまめに届けてくれるのだ。

「条侯閣下は、郅都という元中尉様を御存じでございますか？」

ある日、長安の市で仕入れてきた果実を手渡しながら、張湯が尋ねてきた。

「今上帝の九卿の中における、一番の能吏《のうり》であった」

そう応えると、張湯は嬉しそうだった。おそらく内心、尊敬しているのであろう。

温かい日が続いた。

また張湯が来て、田勝の肩を揉んでいる。周亞夫は、白髪に付いた虱《しらみ》を潰していた。そこへ、見慣れぬ少年がやってきた。風体から、河東郡あたりの奴僕のように見受けられる。使いに来て、広く回廊の多い甘泉宮で迷ったらしい。麻布の貫頭衣を着たその腰に、真新しい竹製の水筒を吊している。

周亞夫は、彼の物怖じせぬようすと顔つきが気に入った。

「そこな童《わっぱ》、すまぬが、水をくれぬか？」

少年は周亞夫の髭面を眺めながら、水筒の栓を外して手渡してくれた。

「水も甘露の味がするとは、これだのう」

周亞夫は、長安の水だと思った。かつて、烏揚羽蝶に旨いぞと教えてやった水である。彼は水筒を返しながら、まじまじと少年の顔を眺めた。眉は凜々《りり》しく二重の瞼がはっきりしていて、母親の美貌が想《おも》われた。

「はて、お主、良い面構えをしておるワ。貴人の相ぞ。末は、列侯にもなろうかのう！」

「ば、莫迦《ばか》な、おらは奴僕の身、そんな夢のようなことが……」

少年は竹筒を受け取ると、逃げるように走り去った。周亞夫は、少年の後ろ姿を目送する。そして溜息が出た。今の自分は、許負の占いを信じ続けていて、かくあるような気がしたのである。

半年後、田勝が御赦免になり、甘泉宮を出ていった。それからは張湯も来なくなった。梁王武が薨去して、調伏を疑う竇皇太后が周亞夫への監視を厳しくしたのであろう。彼は、謀反と裁かれながら、処刑されないのはなぜか考えた。功臣相手の冤罪と判っているから、黄泉の国での復讐が怖いのだ。手を下さず、せめて自然死にしたいのだ。

牢での食事が少なくなり、副食に蝗が供せられるようになった。

「奴らが稲を食べたで、我らが奴らを食べますのじゃ」

牢番は歯の欠けた口を開いて、そう言うのが癖だった。もう彼が相手にできるのは、皮膚の浅黒い下卑たこの男だけだった。そして処刑されないわけが、判ったような気がした。寂寞《せきばく》の刑を科せられているのだ。

誰にも相手にされない淋しさを、たっぷり味わいながら死なそうというのである。確かに夜になっても篝火一つ掲げられない。

その日から、周亞夫は食事を絶った。

最後の気力を振り絞って、彼はじっと座り続けた。思い起こす風景の中には、いつも烏揚羽蝶が舞っていた。その緑がかった黒色に、赤い斑点が垣間《なな》見える。そして五日目、彼は喀血して息絶えた。座を崩さず、ただ上半身が斜めに屈んだ姿勢だったという。

後記

梟雄《きょうゆう》が権謀術数の限りを尽くして鎬《しのぎ》を削る戦乱の世は、躍動的であると同時に、色彩や音響までもが、人間の欲望や失意、憎悪や愛情に搦《から》めとられているようだ。一つ一つが異彩を放って実に魅力的である。

秦《しん》滅亡後の漢楚《かんそ》の抗争はその典型で、劉邦《りゅうほう》と項羽《こうう》が繰り広げる叙事絵巻は、私も興味をそそられる主題である。その反面、混迷と繁栄の端境期《はざかいき》は、天下を震撼《しんかん》させる騒擾《そうじょう》少なきがゆえ、おうおうにして忘れられがちな一時代だと気づくに至った。

漢代初期は、秦の郡県制に対する郡国制の導入、異姓地方王を廃して劉一族の覇権確立を模索した時代であるともいえる。丹念に掘り起こせば、一見安定した世相にも、人間模様が織りなす敵味方、地位の高低、嫡流傍流、男女の反目など、それぞれの価値観を左右する要素が渾然《こんぜん》一体とし、権力構造は時化《しけ》に漕ぎだした箱舟のように揺《ゆ》れ動いているとわかる。

物語は、高祖劉邦の崩御《ほうぎょ》から呉楚七国の乱終結後、周亜夫《しゅうあふ》薨去《こうきょ》までの約半世紀を、主人公四人を配しての連作とした。

呂后の専横、呂氏一族誅滅、劉氏再興と同族の離間、地方王の反乱と鎮圧と、各章各様な展開を秘めながら、呂后《りょごう》、朱虚侯劉章《しゅきょこうりゅうしょう》、淮南王劉長《わいなんおうりゅうちょう》、条侯《じょうこう》周亜夫らそれぞれの視点で事件を捕らえた。むろん、この時代を紡《つむ》ぎだすのは彼らだけではない。陳平《ちんぺい》、灌嬰《かんえい》、周勃《しゅうぼつ》、申屠嘉《しんとか》、審食其《しんいき》、張子卿《ちょうしけい》、劉恒《りゅうこう》（文帝）、劉啓《りゅうけい》（景帝）、呉王劉濞《りゅうひ》、中《ちゅう》行説《ぎょうえつ》、鄧通《とうつう》、呂未亡人ら脇役の多くは四話のいくつかに重複して登場する。とくに爰盎《えんおう》や晁《ちょう》錯《そ》は、一方の主人公であるとしても過言ではない。

　歴史小説を書く醍醐味は、複雑怪奇な人間関係の利害の力学によって起こる、誰も制止できない時代潮流の推移を活写することである。そこには同盟と敵対、賛同と翻意、憧憬や敬愛や感服や思慕と怨念や憎悪や畏怖や侮蔑《ぶべつ》など、人間の心のありようが垣間《かいま》見《み》えて木漏《こも》れ日《び》のように反映されている。しかし、悲しいかな、なんら法則も定理も導きだせないのである。

　時代の奔流は、人物個々の思惑《おもわく》などにはいっさい頓着《とんちゃく》しない名状しがたい運動体となって、誰もがその渦旋《かせん》に翻弄されるがままの人生を送らざるをえない。自らの意志が及ばない、それが運命なのであろう。

　歴史とは、それら不確実な要素を内包したまま右顧左眄《うこさべん》する人々の、喜怒哀楽が果てなく繰り返し織りなす綾錦《あやにしき》でもある。

　従って列伝風一代記は別として、歴史を一人の視点で語り尽くすのは難しい。多くの証言から真実を見極めるように、私の作品は登場人物が多彩である。それぞれが夢を抱きあって歴史の舞台で交錯していたのだろう。彼らが時代を共有するということは、嫌悪や無視をも含む、人と人との否応のない関係づけなのだと思う。

今回の作品には、中学生の教科書にも登場するような歴史上の超有名人《スーパースター》はいない。敢えてあげれば呂后である。猜疑心が強く嫉妬深い性《さが》が史書に散見でき、周囲から疎《うと》まれたことは想像に難くない。それでも女帝然として君臨し、国内には平和をもたらしている。その大まかな国是《こくぜ》や機構体制は、武帝の改革まで続く。圧倒的な存在感、それが彼女の魅力ともいえる。

朱虚侯劉章は呂氏の粛清劇で勇名を馳せた。この逸話から「左袒《さたん》する（意思を表明する。あるいは加勢するの意）」の熟語が生まれていることを付記しておきたい。

拙著に『霍去病《かくきょへい》』（上下巻・河出書房新社刊）がある。これは呉楚七国の乱後から物語が始まる。今回の後半に登場した人物たちも、少なからずかかわってくる。『呂后』の続きとして読んでいただければ幸甚である。

最後に、四話の執筆を熱心に勧めて制作全般を取り仕切ってくださった、講談社の川端幹三氏に心から御礼を申し述べたい。また、カバーと本文扉絵を精緻な筆捌《さば》きで描かれたイラストレーター小泉孝司、並びにいつも装幀を依頼するデザイナー諏訪部博之の両氏にも、美しい本にしていただいた感謝の気持ちを表したい。

一九九九年一月吉日

塚本青史

解説

清原康正

中国四千年の治乱興亡史は、数多くの英雄・豪傑たちを生み出してきた。それこそ「雲霞《うんか》のように」という形容がピッタリするほど、次から次にさまざまなタイプの人物が出現して来ては、歴史の渦の中に消えていった。まさに人間標本の宝庫といってよいだろう。

とりわけ、伝説時代の黄帝《こうてい》から書き起こし、夏《か》・殷《いん》（商）・周《しゅう》の各王朝、春秋・戦国時代、秦の統一と瓦解を経て、前漢の第七代皇帝・武帝（在位は紀元前一四一年〜前八七年）の時代に至るまでの歴史を綴った司馬遷《しばせん》の『史記』、後漢末の魏《ぎ》の曹操《そうそう》・蜀《しょく》の劉備《りゅうび》・呉《ご》の孫権《そんけん》による三国鼎立《ていりつ》の抗争から紀元後二六五年の晋《しん》の統一までを記述した『三国志』、あるいはそれを平易に書き変えた『三国志演義』（『三国演義』とも。正しくは『三国志通俗演義』）は、人間と人生のサンプルとも喧伝《けんでん》されてきた。中国の歴史の古さと深さとを痛感させられる。

表題作はじめ四編からなる本書は、「後記」の中で作者自らが記しているように、「高祖劉邦の崩御から呉楚七国の乱終結後、周亞夫《しゅうあふ》薨去《こうきょ》までの約半世紀を、主人公四人を配しての連作」である。劉邦の崩御は前一九五年、周亞夫の薨去は前一四七年ごろのことだから、『史記』

の世界に題材を取って、「呂后の専横、呂氏一族誅滅、劉氏再興と同族の離間、地方王の反乱と鎮圧と、各章各様な展開を秘めながら、呂后《りょごう》、朱虚侯劉 章《しゅきょこうりゅうしょう》、淮南王劉 長《わいなんおうりゅうちょう》、条侯周亜《じょうこう》夫らそれぞれの視点で事件を捕らえた」中国歴史小説の連作集ということになる。一九九八年から翌年にかけて「季刊歴史ピープル」に発表された三編に書下ろしの一編を加えて、一九九九年二月に講談社より刊行された。

塚本青史は、後に触れるように、一九九六年八月刊行の長編『霍去病《かくきょへい》』で中国歴史小説の分野にデビューした。その後、四十万人の捕虜を虐殺したとして歴史に汚名を残した秦の猛将・白起《はくき》の剛直な生を描いた長編『白起』が一九九八年六月に刊行された。本書はこれに続く第三作であり、連作集や作品集では最初の作品ということになる。四編の題名は、それぞれの主人公の名前である。

表題作の「呂后」（一九九八年盛夏号）の主人公は、西楚《せいそ》の覇王・項羽《こうう》を屠《ほふ》り、劉氏以外の異姓王を次々に蹴落として、漢（前漢）王朝を打ち立てた高祖劉邦《りゅうほう》の皇后である。

前一九五年、その劉邦が没したが、女傑の呂后に取り乱した様子はなかった。呂后には、審食其《しんいき》（辟陽侯《へきようこう》）という愛人がいて、常に彼女の身辺に侍《はべ》っていた。この二人の仲は、呂后が三十路に手が届こうとする頃からで、還暦近くなった今も関係が続いている。

劉邦を高陵へ葬った後、呂后の宮廷内における凄絶な戦いが開始される。わが子の太子・劉盈《りゅうえい》を皇帝に即位させて、呂后は呂太后《たいごう》となり、酒色に耽《ふけ》っていた劉盈が死亡すると、呂太后は劉盈が姫妾《きしょう》に生ませた幼い長男・劉恭《りゅうきょう》を即位させ、呂太皇太后《たいこうたいごう》として摂政を始める。彼女の一番の関心事は、常に次期皇帝の擁立と呂氏一族の安泰にあった。

呂太皇太后は一族安泰の妨げになると感じた人物を容赦なく抹殺し、劉邦が張敖《ちょうごう》（宣平《せんぺい》侯《こう》）の姫妾の一人に手をつけて生ませた末っ子の淮南王・劉長《りゅうちょう》など、劉盈の地位を脅《おびや》かす可能性のある人物に厳しい監視の眼を向ける。劉盈の忘れ形見で、まだ三歳の劉弘《りゅうこう》を恒山王《こうざんおう》に封《ほう》じ、劉邦の長男である斉王《せいおう》・劉肥《りゅうひ》の息子・劉章に列侯の爵位を授けて朱虚侯とし、甥の呂禄《りょろく》の娘の婿に据える。さらに、十二歳になった皇帝・劉恭が生母の死に疑惑を持ち始めたことを察して密殺し、劉弘を即位させた。

呂太皇太后はこうした暴虐の限りを尽くす一方で、審食其との愛欲に耽る。人倫を冒《おか》すことについてよほど肝が据っており、その背徳が高年齢の彼女を旺盛にし、性的に高ぶらせるのだった。政略と性愛の輪舞に発露されるエネルギーには凄まじいものがあるのだが、彼女が君臨した時代、漢帝国は戦乱を抑えて安定期にあったという点に、歴史の皮肉を感じさせる。

「朱虚侯」（一九九八年盛秋号）の主人公は、劉肥の次男・劉章である。

父が亡くなって、兄・劉襄《りゅうじょう》が斉王に即位した翌年、皇帝・劉盈が崩御した。呂太皇太后が幼帝・劉恭の摂政として立った翌年の前一八六年、劉章は斉から長安に出て、郎中令・呂禄の麾下《きか》に入り、宿衛（近衛兵）となる。一年余り経って、劉章は列侯に昇進して朱虚侯となった。呂太皇太后の甥・呂禄の娘との婚儀で、劉章は呂太皇太后の権勢欲の凄まじさを身近に感じることともなる。

この呂禄の娘に横恋慕していたのが、劉邦の末っ子である淮南王・劉長であった。劉長は劉章の屋敷に忍び込み、劉章を傷つけ、新妻を手込めにしようと考えていた。

呂太皇太后は地方王の首を次々とすげ替え、呂氏一族を列侯に昇格させていった。劉章は、漢建国の功臣で、呂太皇太后が実権を握ってからは逼塞《ひっそく》しがちな曲逆侯《くげきこう》・陳平《ちんぺい》と、帝位を劉を源とする正統に戻すための策略をはかり、呂一族に刃向かう姿勢を見せた。

呂太皇太后が犬に咬まれた傷が悪化して崩御すると、劉章の兄の斉王・劉襄が挙兵し、周《しゅう》勃《ぼつ》が北軍の指揮をとって呂氏一族の誅滅を宣言するなど、劉氏と呂氏の力関係も変わってくる。劉章は呂産の軍に戦いを挑み、刺殺する。呂氏一族が処刑され、呂氏という出自の後楯を失ったことで、劉章の妻の精神に空洞ができ、その間隙を劉長に突かれてしまう。前一八〇年、代王《だいおう》・劉恒《りゅうこう》（劉邦の次男）が新皇帝として即位し、城陽王《じょうようおう》に収まった劉章は、妻と遠乗りに出かけ、狂犬に手足を咬まれて死ぬ。これは劉長と組んだ妻の作戦であった。

「淮南王」（一九九九年新春号）の主人公は、劉邦の末っ子の問題児・劉長である。

呂太皇太后の崩御と同時に、陳平、周勃、灌嬰《かんえい》など劉氏を信奉する漢建国の功臣たちが政変を起こし、呂氏一族の粛清に成功した。五代皇帝となった代王・劉恒は、竇姫《とうき》との間に生まれた長男・啓《けい》を太子に冊立《さくりつ》し、竇姫は竇皇后に昇格した。若い皇帝・劉恒は、若い文官たちを登用していった。その筆頭に立っていたのは、劉恒に年貢半減の政策を提案した賈誼《かぎ》であった。

淮南王・劉長は一年半ぶりで入朝し、劉恒に絳侯《こうこう》・周勃に謀反の動きありと告げる。この劉長と城陽王・呂未亡人との関係は、三年前の呂氏誅滅の最中からのことで、二人は協力して劉章暗殺の機会を狙っていた。それがようやく成就しての入朝であった。

竇皇后の眼疾が高じ、失明。後宮における劉恒の寵愛が竇皇后から慎《しん》夫人に移り、側近たちの勢力分布にも少なからず影響する。劉長は地方王の謀反に加担していたとの疑惑で田舎へ護送中に食事を絶ち、餓死した。劉恒は異母弟・淮南王を喪《うしな》い、経済政策に積極策を打てず、匈奴《きょうど》には翻弄され、後宮の策謀にも苦い思いをしていた。文官・爰盎《えんおう》を斉の宰相に任命する。劉恒の四男である梁王《りょうおう》・劉勝《りゅうしょう》が落馬して亡くなったことで、師傅《しふ》の賈誼が責任を取って殉死した頃、周勃も老衰で死亡。漢の将来は、どうやら爰盎を中心とした人々に握られていくようであった。

「周亜夫」（書下ろし作品）の主人公は、絳侯・周勃の次男である。河内郡太守《かだいぐんたいしゅ》・周亜夫は、占いの老婆から、侯になる相だが、餓死の相もある、と予言される。

劉恒の経済政策は、全く成果が挙がっていなかった。太子・劉啓《りゅうけい》の師傅になった晁錯《ちょうそ》は、財政の立て直しと地方王の勢力削減をはかるが、彼の政策への反発が高まっていく。

前一六五年、河東郡《かとうぐん》太守・周亜夫は兄の死で列侯に昇格し、条侯と呼ばれるようになった。匈奴の軍事行動で、新将軍に任命された周亜夫は見事な軍事操練を見せ、畿内の治安長官に抜擢された。

前一五七年、劉恒が病没。劉啓が即位し、新皇帝の初仕事として、晁錯と人事の刷新にとりかかる。劉恒を支えた賈誼や爰盎らの取り巻き連は遠ざけられた。晁錯は謀反予防と帝室財政の確保のために、入朝の少ない地方王の封地《ほうち》を罰として削減没収する政策を立てる。呉《ご》王《おう》・劉濞《ひ》の呼びかけで呉楚七国《ごそしちこく》の乱が起こり、周亜夫は反乱鎮圧軍の総司令官となる。この内戦は三ヵ月で終結し、以後、地方王の政治的権力は殆ど剝奪された。

乱の終結後、劉啓は劉栄《りゅうえい》を太子に立て、師傅役に竇嬰《とうえい》を抜擢し、郅都《しっと》を新たな側近に登用した。王美人の姉が生んだ劉徹《りゅうてつ》（後の武帝）を膠東王《こうとうおう》に封じ、周亜夫を丞相《じょうしょう》に昇進させる。だが、周亜夫は劉徹の太子昇格や匈奴王を列侯に加えることに強く反対し、丞相を辞任した。爰盎の刺殺に続いて、周亜夫にも火の粉が降りかかる。長男が皇帝の御物を私物化した不敬罪の廉《かど》で処刑され、周亜夫も謀反の罪状で投獄され、獄中で食事を絶った。

四編のいずれも、冒頭部と結末部に、鮮やかな色合いの蝶の描写をからませており、宮廷内で繰り広げられる人間ドラマの凄惨さと対比されている。作者のイマジネーションによるこうした仕掛けも、塚本作品の大きな魅力である。

塚本青史は、親本の「後記」の冒頭部で、「戦乱の世」の魅力を語り、「混迷と繁栄の端境《はざかい》期《き》」であっても、「丹念に掘り起こせば、一見安定した世相にも、人間模様が織りなす敵味方、地位の高低、嫡流傍流、男女の反目など、それぞれの価値観を左右する要素が渾然《こんぜん》一体とし、権力構造は時化《しけ》に漕ぎだした箱舟のように揺《ゆ》れ動いているとわかる」と記している。この一文から、本書のモチーフをつかみ取ることができる。

さらに付け加えれば、主人公と脇役に関してのコメントの後に続く文章からも、作者の意図を知ることができる。「歴史小説を書く醍醐味」のくだりと「歴史とは、それら不確実な要素を内包したまま右顧左眄《うこさべん》する人々の、喜怒哀楽が果てなく繰り返し織りなす綾錦《あやにしき》でもある」という一文である。「歴史小説を書く醍醐味」のくだりでは、「同盟と敵対、賛同と翻意、憧憬や敬愛や感服や思慕と怨念や憎悪や畏怖や侮蔑《ぶべつ》など、人間の心のありよう」といった、対立概念を示す言葉が並記されていて、冒頭部の対立語に連環させてもいる。

作者は「漢字に思うこと」と題したエッセイ(「しにか」一九九九年六月号)の中で、「中国を舞台にした歴史小説をよく書くことで、漢字の問題は常に付いてまわる」として、「漢字の意味のある変化と、無闇な簡略化は根本的に違う」ことを論じていた。漢字に対するこうした作者の敏感な反応ぶりの一端は、「後記」にもあらわれている。

塚本青史は、一九四九年四月九日に倉敷市に生まれ、大阪で育った。父は歌人・塚本邦雄で、現在は父が主宰する歌誌「玲瓏《れいろう》」の発行人をつとめている。同志社大学文学部を卒業後、日本写真印刷株式会社に勤務し、イラストレーターとしても活躍してきた。一九七八年度と一九八一年度の『年鑑日本のイラストレーション』に作品が収録されている。一九九一年九月に処女短編ミステリー集『迫迫』を上梓《じょうし》。一九九六年の書下ろし長編『霍去病』で中国歴史小説の分野でのデビューを果たし、超大型新鋭作家として注目された。この分野のほかに、ギリシア史もの、現代短編ミステリー集もある。

『霍去病』は、前漢中期の第七代皇帝・劉徹（武帝）が帝国の絶頂期を築き上げていく過程を背景に、驃騎《ひょうき》将軍と呼ばれた天才的戦略家・霍去病の生涯を描いた大河ドラマであった。二十四歳で夭逝《ようせい》するまで、彗星のような輝きを放ったこの青年将校をめぐるさまざまな人間群像が描き込まれていく。主要な登場人物だけでも五十人は軽く越えており、その虚実のからませ具合に妙があった。宮廷内の権謀術数のさま、中央政権の利権に群がる亡者たち、あでやかに登場してくる女性たちを通して、現代社会にも十分に通じる人間の欲と理想実現に対する葛藤《かっとう》が存在していた。紀元前一〇〇年前後の中国古代王朝の壮大な叙事物語を自在に展開していく手腕には、すでに新人ばなれしたものを感じさせた。

作者がこの主人公に関心と興味を持った経緯は、『霍去病』の「後記」にも記されていた。霍去病との出会いは、高校世界史の授業であった、という。だが、前述したように、作者の処女短編集『迫迫』はミステリー作品であった。高校生の時の関心と興味が、その後、中国歴史小説の執筆とどうつながっていったのか？　いや、その前に、小説を書き始めたのはいつの頃からなのか？　こうした疑問を一挙に解消してくれるエッセイがある。

「細かい記憶を遡《さかのぼ》れば、小説らしきものを書いたのは高校時代である」

こんな書き出しで始まる「〈私が小説を書き始めた頃〉筆《ペン》の転身」（「小説トリッパー」二〇〇〇年六月二十五日号）と題されたエッセイである。

バスケットボール部に所属していた作者は、「運動部の連中が、文化活動に応募するはずないしな」という上級生の会話に反発して、文芸作品の募集に応募してみたという。その内容は、「当時愛読していたブラッドベリを模したSFだった」のだが、「出来心での創作」は長続きせず、「もともと絵画志向だった」こともあって、大学時代は美術部に入り、「そこで知り合った友人らとの同人誌に参加」した。そこでは小説ではなく、イラストを担当し、「ペン、インキやケント紙と格闘していた。少し、漫画家に似た状況である」と振り返っている。

卒業後は印刷会社に勤務し、イラストを描いていた。やがて自分の作画技法に一番合うのはミステリーなどの挿絵であることに気づき、「ならばいっそのこと、その作品ごと創作しようと思い立ったのが、本気で小説を書きはじめた契機である」と明かしている。

こうして八十枚から百枚の短編ミステリーを八作書いた。勤務のかたわら、土曜・日曜を使っての執筆となり、「一作が完成するのに一年を費やしていた」という。推理小説関係の新人賞に応募して、最終候補に名を連ねることができたものの、「該当作品なし」で賞は逸した。だが、「本格的にデビューする土俵へあがれた思いだった」と記している。

このイラストからミステリーへと進む過程と併行して、高校時代に関心と興味を持った霍去病とその周辺を調べることもホームワークにしていて、「いつか、なにかの形で纏めてみたい」との希望を持ち続けてきた。『霍去病』の執筆と上梓に至るまでには、作者の長年にわたる熱い思いのほどがこめられていたことを知っていただきたくて、作者のエッセイを長々と紹介した次第である。

塚本青史は、本書『呂后』の後、『項羽　騅逝《すいゆ》かず』『霍光《かくこう》』『王莽《おうもう》』『蔡倫《さいりん》』『張騫《ちょうけん》』など立て続けに話題作を発表してきた。中国歴史小説のデビュー作となった『霍去病』の「後記」の中で、作者は「歴史小説とは、時間の流れ、すなわち事件の関連を縦糸に、人間関係の喜怒哀楽を横糸にして織りなし綴る文芸作品である」「史書の記載を意図して無視した箇所もある」と、「作家的接合」に関する自らのスタンスを明らかにしていた。

『項羽』刊行時のエッセイ「自作『項羽　騅逝かず』について」(「青春と読書」二〇〇〇年三月号)の中でも、「歴史小説とは前述のごとく、資料のない背景をも埋めていく作業である。そして、かつてのあのときあの場面は、このようにあったのかもしれぬと、読者の脳裏に具体的映像を送り込むのである」と述べていた。

塚本青史のイラストの作画技法というのは、「細かい点と線の描写」とのことだが、これは本書に登場してくる人物たち、それからその背景の描写にも通じるものがあると、大きくうなずかれる読者も多いことと思う。各編の主人公はもちろんのこと、皇帝だけを取り上げても、さまざまなタイプが出てくる。呂后はじめ、女性たちの存在感にも圧倒される。歴史の渦に巻き込まれていく人間の喜怒哀楽のさまを存分にお楽しみいただきたい。

最後に、今後の抱負を語っている興味深いインタビュー記事を紹介しておきたい。異色短編ミステリー集『業平《なりひら》の窓』に関するインタビュー(「新刊展望」一九九九年四月号)なのだが、そのラストで、作者はこう語っていた。

「ミステリーも、もう少し幅を広げていって、できたらハードボイルドも書いてみたいと思っています。それから、歴史小説は春秋、戦国、秦、漢、及び、隋、唐あたりからずっと続けていけたらいいですね。現代までこれるかが一つの課題です(笑)」

塚本青史の中国歴史小説の今後の展開に思いを馳せた時、このインタビューでの発言は、ますますの楽しみを与えてくれる。

発表誌『季刊歴史ピープル』
「呂后」１９９８年盛夏号
「朱虚侯」１９９８年盛秋号
「淮南王」１９９９年新春号
「周亞夫」単行本刊行時書下ろし作品

●本書は一九九九年二月、小社より単行本として刊行されました。

|著者|塚本青史　1949年、倉敷市生まれ。同志社大学卒業。イラストレーターとして活躍し、'78・'81『年鑑日本のイラストレーション』(講談社)に作品の掲載がある。1996年、長編小説『霍去病』(河出書房新社)を発表して注目を浴びる。以後、『白起』(同)、『項羽　騅逝かず』(集英社)、『霍光』(徳間書店)、『王莽』(講談社)、『田甕子・成子』(角川春樹事務所)など、中国史に題材をとった作品を意欲的に執筆する一方で、短編集『水無月祓』『業平の窓』(ともに河出書房新社)など現代ミステリーにも挑戦している。近著に『マラトン』(幻冬舎)、『張騫』(講談社)がある。現在、塚本邦雄選歌誌『玲瓏』発行人。

呂后《りょごう》

塚本青史《つかもとせいし》

2002年3月15日第1刷発行

発行者——野間佐和子
発行所——株式会社 講談社
東京都文京区音羽2-12-21　〒112-8001
電話 出版部 (03) 5395-3510
　　 販売部 (03) 5395-5817
　　 業務部 (03) 5395-3615

Printed in Japan

講談社文庫

定価はカバーに
表示してあります

デザイン—菊地信義
製版——大日本印刷株式会社
印刷——豊国印刷株式会社
製本——株式会社若林製本工場

落丁本・乱丁本は小社書籍業務部あてにお送りください。送料は小社負担にてお取替えします。なお、この本の内容についてのお問い合わせは文庫出版部あてにお願いいたします。(庫)

ISBN4-06-273384-6

講談社文庫刊行の辞

二十一世紀の到来を目睫に望みながら、われわれはいま、人類史上かつて例を見ない巨大な転換期をむかえようとしている。

世界も、日本も、激動の予兆に対する期待とおののきを内に蔵して、未知の時代に歩み入ろうとしている。このときにあたり、創業の人野間清治の「ナショナル・エデュケイター」への志を現代に甦らせようと意図して、われわれはここに古今の文芸作品はいうまでもなく、ひろく人文・社会・自然の諸科学から東西の名著を網羅する、新しい綜合文庫の発刊を決意した。

激動の転換期はまた断絶の時代である。われわれは戦後二十五年間の出版文化のありかたへの深い反省をこめて、この断絶の時代にあえて人間的な持続を求めようとする。いたずらに浮薄な商業主義のあだ花を追い求めることなく、長期にわたって良書に生命をあたえようとつとめるところにしか、今後の出版文化の真の繁栄はあり得ないと信じるからである。

同時にわれわれはこの綜合文庫の刊行を通じて、人文・社会・自然の諸科学が、結局人間の学にほかならないことを立証しようと願っている。かつて知識とは、「汝自身を知る」ことにつきていた。現代社会の瑣末な情報の氾濫のなかから、力強い知識の源泉を掘り起し、技術文明のただなかに、生きた人間の姿を復活させること。それこそわれわれの切なる希求である。

われわれは権威に盲従せず、俗流に媚びることなく、渾然一体となって日本の「草の根」をかたちづくる若く新しい世代の人々に、心をこめてこの新しい綜合文庫をおくり届けたい。それは知識の泉であるとともに感受性のふるさとであり、もっとも有機的に組織され、社会に開かれた万人のための大学をめざしている。大方の支援と協力を衷心より切望してやまない。

一九七一年七月

野間省一

講談社文庫　目録

赤川次郎　結婚記念殺人事件
赤川次郎　微　熱
赤川次郎　死が二人を分つまで
赤川次郎　豪華絢爛殺人事件
赤川次郎　乙女の祈り
赤川次郎　妖怪変化殺人事件
赤川次郎　我が愛しのファウスト
赤川次郎　流行作家殺人事件
赤川次郎　手首の問題
赤川次郎　ABCD殺人事件
赤川次郎ほか　二十四粒の宝石〈超短編小説傑作集〉
赤川次郎・横田順彌　二人だけの競奏曲
泡坂妻夫　死者の輪舞
新井素子　グリーン・レクイエム
新井素子　とり散らかしておりますが
新井素子　ぬいは今日も元気です〈わにわに物語II〉
新井素子　近頃、気になりません？
安土　敏　小説スーパーマーケット(上)(下)
安土　敏　ビジネス人生・幸福への処方箋

朝日新聞経済部　銀行〈その実像と虚像〉
阿佐田哲也　ヤバ市ヤバ町雀鬼伝1〜2
阿井景子　濃姫孤愁
浅野健一　犯罪報道の犯罪
浅野健一　マスコミ報道の犯罪
浅野健一　日本大使館の犯罪
河野義行・浅野健一　松本サリン事件報道の罪と罰
安能　務訳　封神演義全三冊
安能　務　春秋戦国志全三冊
安能　務　中華帝国志全三冊
安能　務　八股《パークー》と馬虎《マーフー》〈中華思想の精髄〉
安能　務　隋唐演義全三冊
安能　務　三国演義全六冊
安能　務監修　「封神演義」完全ガイドブック
阿部牧郎　不倫の戦士たち
阿部牧郎　危険な秋
阿部牧郎　危険な協奏曲《コンチェルト》
阿部牧郎　出口なき欲望
阿部牧郎　雨の夜の秘密

阿部牧郎　惑いの年
阿部牧郎　盗まれた抱擁
嵐山光三郎　素人庖丁記・海賊の宴会
嵐山光三郎　素人庖丁記・ごはんの力
嵐山光三郎　「不良中年」は楽しい
嵐山光三郎　ざぶん〈文士温泉放蕩録〉
安部譲二　四人道路
相部和男　こんな親が問題児をつくる〈一万人の非行相談から〉
綾辻行人　十角館の殺人
綾辻行人　水車館の殺人
綾辻行人　迷路館の殺人
綾辻行人　人形館の殺人
綾辻行人　時計館の殺人
綾辻行人　黒猫館の殺人
綾辻行人　緋色の囁き
綾辻行人　暗闇の囁き
綾辻行人　黄昏の囁き
綾辻行人　アヤツジ・ユキト1987－1995
阿井渉介　銀河列車の悲しみ

2002年3月15日現在